同志少女よ、敵を撃て

逢坂冬馬
AISAKA TOUMA

早川書房

同志少女よ、敵を撃て

装画／雪下まゆ
装幀／早川書房デザイン室

目次

プロローグ　5
第一章　イワノフスカヤ村　13
第二章　魔女の巣　43
第三章　ウラヌス作戦　139
第四章　ヴォルガの向こうに我らの土地なし　195
第五章　決戦に向かう日々　327
第六章　要塞都市ケーニヒスベルク　381
エピローグ　462
主要参考文献一覧　480
謝辞　483
推薦のことば／沼野恭子　484
第十一回アガサ・クリスティー賞選評　486

登場人物

セラフィマ…………一九二四年生まれの少女。狩りの名手。愛称フィーマ
エカチェリーナ……セラフィマの母

ミハイル……………セラフィマの幼なじみ。愛称ミーシカ

イリーナ……………元狙撃兵。狙撃訓練学校教官長
シャルロッタ………狙撃訓練学校の生徒。モスクワ射撃大会優勝者
アヤ…………………狙撃訓練学校生徒。カザフ人の猟師
ヤーナ………………狙撃訓練学校生徒。生徒の中では最年長
オリガ………………狙撃訓練学校生徒。ウクライナ出身のコサック

ターニャ……………看護師

マクシム……………第六二軍第一三師団、第一二歩兵大隊長
フョードル…………同大隊兵士
ユリアン……………同大隊狙撃兵
ボグダン……………同大隊付き督戦隊

プロローグ

一九四〇年五月

薪割りの音が、春の訪れを告げる暁鐘《ぎょうしょう》のように、小さな村に響きわたる。

お隣のアントーノフおじさんは風邪が治ったんだ、と十六歳の少女セラフィマは安心した。肩まで伸びた髪をお下げに結《ゆ》わえると、壁に掛けてあったライフル銃を手に取った。

「行ってくるね」

卓上の写真に言葉をかける。写っているのは、椅子に座る痩身の母と、その傍らに立ち、めいっぱい厳《いか》めしい表情を作る父――自分のいない家族写真。

家を出ると、写真の姿とは違い、がっしりとした体に簡素な外套をまとう母、エカチェリーナが待っていた。

「行くわよ」

「うん！」

答えて、二人並んで村を歩く。草木の芽吹く香りと水車の回る音。それに薪割りの音。ささやかな活気が、小さな農村を満たしていた。イワノフスカヤ村。村人がたった四十人の村は、春の訪れとともに、それぞれの家庭が、それぞれの営みを快活にこなしていた。

小屋の脇で薪割りをしていたアントーノフさんが、息を整えてから声をかけた。

「おや、セラフィマにエカチェリーナさん、また狩りですか。ご精が出ますな」

「ええ、今年は越冬した鹿が例年より多いみたいなんです」

母が答えると、近所のボルコフ家の娘、十二歳のエレーナが、村を流れる小川を跳び越え、勢いよく駆け寄って来た。

「セラフィマ、必ずやっつけてね。兄さんが言ってたの。畑が荒らされて、コルホーズに出荷できなくなったら、この村、他《よそ》と合併されて引っ越ししなくちゃいけないかも知れないんだって」

「大丈夫だよ！」と彼女の頭を撫でた。「そうなる前に仕留めるからね」

額の汗を拭ったアントーノフさんが、微笑んだ。

「母子《おやこ》ともに頼もしいことだ。感謝しているよ」

鋤《すき》をかついでそこを通りかかった村人、ゲンナジーさんが笑いかけた。

「皮が要るときは、俺に言っておくれよ！　手袋でも防寒着でもつくってやる」

はい、と答えると、遠くから声がかかった。

「フィーマ！」

その者の姿を見て、セラフィマも声を弾《はず》ませた。

「ミーシカ」

エレーナの兄、ミーシカことミハイル・ボリソヴィチ・ボルコフ。

豊かな金髪にアイスブルーの瞳をした彼は、心配そうにセラフィマの顔を覗《のぞ》き込んだ。

「フィーマ、大丈夫かい。最近は熊がうろついてるって、学校で聞いたよ」

「大丈夫だよ。それに熊が出たら、それこそ危ないから私が仕留めないといけないし」

セラフィマが答えると、ミハイルは、少し恥じるようにうつむくと、うん、と言った。

「待っててね。そのうち僕も銃を覚えて、一緒に狩りに行けるように頑張るから」

薪割り小屋から、アントーノフさんの妻、ナターリヤさんが顔を覗かせて微笑んだ。

「二人とも偉いわあ、やっぱり将来の村を背負う夫婦ね」

「僕らはそういうんじゃありませんよ」

「まだそんなこと言ってるの？　この村で最初に学問を修めるのはあんたたちなんだから、将来は出世して、ここを引っ張っていってよ」

ミハイルは、村で唯一同い年の男の子だ。村では兄と妹のように育った。

学校へ通う町で同年の男の子と出会ったとき、その粗野で下品な言葉遣いに驚いたが、しばらくしてミハイルが特別に優しいのだと気付いた。そのうえ町へ出て行くと男女を問わず皆に好かれる人気者で、セラフィマはいつも隣にいた少年が特別であると知らされた。

村の誰もが、ミハイルとセラフィマは将来結婚するのだとなぜか決めつけていた。

当の二人はキスもしたことはないし、そんな話をしたこともないのだが、なんとなく、そういう空気を感じてもいた。

ミハイルが生真面目に再度否定すると、セラフィマの胸元で、エレーナが尋ねた。

「でも心配なのは熊だけじゃないわ。人食いキーラも出るかも知れない！」

周囲を見渡す。大人たちは微妙な笑顔を浮かべて、適当な相づちを打っている。

ミハイルがそっとささやいた。

「エレーナは、まだ信じてるんだね」

「私たちは十歳で気付いたのにね」

セラフィマとミハイルは、くすくすと二人で笑った。

夜に外をうろつくと、悪いことをすると、山奥にいる「人食いキーラ」に殺される。大人たちが子どもを脅すのに使う、村の言い伝えだ。

「行くわよ、フィーマ」

エカチェリーナが歩を進めていき、セラフィマもそれに続いた。

裏山へと続く道を登る途中、ふと、村を見下ろした。

離れて立つ小屋の煙突から、ちらりほらりと煙があがり、粉挽きの水車はゆっくりと回る。コルホーズに供出される畑では、芽吹いた作物が日の恵みを浴びている。

薪の束を作っていたナターリヤさんが、こちらに手を振っている。

水車小屋から粉を運ぶボルコフ夫婦。それを手伝っていた息子、ミハイルは、軽く目を合わせると、気恥ずかしそうに下を向いた。

村の外れでは旧式トラクターと農耕馬が、並んで畑を耕している。

見知った家族のように親しい人たち。慣れ親しんだ村。イワノフスカヤ村。

この場所からは、それが一望できる。

ここにいると、人の姿を見ることができる。この光景が好きだった。
きっとこんな日が、いつまでも続くのだろう。
十六歳の少女、セラフィマ・マルコヴナ・アルスカヤは、そう信じていた。

対立する二つの世界観のあいだの闘争。反社会的犯罪者に等しいボリシェヴィズムを撲滅するという判決である。共産主義は未来へのとほうもない脅威なのだ。われわれは軍人の戦友意識を捨てねばならない。共産主義者はこれまで戦友ではなかったし、これからも戦友ではない。みな殺しの闘争こそが問題となる。もし、われわれがそのように認識しないのであれば、なるほど敵をくじくことはできようが、三〇年以内に再び共産主義という敵と対峙することになろう。われわれは、敵を生かしておくことになる戦争などしない。

アドルフ・ヒトラー　一九四一年三月三〇日（引用者註）

（大木毅『独ソ戦　絶滅戦争の惨禍』より）

第一章　イワノフスカヤ村

一九四二年二月七日

照準線の向こうに獲物を捉えたとき、心は限りなく「空《くう》」に近づく。

単射式ライフルＴＯＺ－８を構え、Ｔ字照準線のむこうに鹿を捉えたとき、十八歳になった少女、セラフィマ・マルコヴナ・アルスカヤは、これまでに何度も経験した、その境地にいた。

距離は百メートル。無風。

山林の中だが、目標と自らの間に枝葉なし。ほぼ理想の形に近い。

冬の夜空に煌々《こうこう》と輝く満月が星々の光をかき消すように、雑念の消え去った内面を、「狙え」というただ一つの意志が強固に貫く。やがてその意志もまた消え失せ、限りない無念無想の境地に達したとき、彼女は呼吸をも支配下に置き、それがもたらす銃身の震えを止めた。あとはただ引き金を静かに絞るのみとなった、そのとき。

照準線と獲物の間に、新たな存在が見えた。

「あ……」

声が漏れた途端に、照準がぶれた。澄み切った意識が濁る。

深い雑草の間から、そこに寝転んでいたのであろう子鹿が起き上がった。

子鹿は乳離れして間もないのか、しきりに母鹿の足下をうろつき、その愛を求めるようにじゃれついた。母鹿はそれに応え、子鹿の顔を舐《な》めてやった。

再び雑念を消すため、セラフィマは相応の努力をした。考えるな、と考えてはいけない。ただいつもそうしてきたように、心を研ぎ澄ますのだ。

息を整え、母鹿の頭に狙いを定めた。

引き金を絞ると、銃身が跳ね上がり、拡大された視界から獲物が消えた。

いつもは惜しく感じられるこの瞬間が、今日は与えられた慈悲であるように思えた。

スコープから視線を外したとき、心の内から除外されていた光景が、思い出したように目に入った。

木々の枝に残る雪と、その向こうの澄み切った冬の空。

昨年、突如として始まったドイツによるソ連侵攻を経てもなお、イワノフスカヤ村とその暮らしに変わりは無い。

「当たったね!」

隣から優しい声がして、セラフィマは、母エカチェリーナがそこにいたことを思い出した。

「うん……」

「どうしたの?」

母が不思議そうに首をかしげた。いつも獲物を仕留めたときは必ず笑顔を見せるから、無理もないとセラフィマは思った。母からは子鹿が見えなかったはずだ。

説明すべきだろうかと迷っていると、母が言った。

「フィーマ、撃つ前に歌っていたね」

「私が？」

セラフィマは目を丸くした。まったく記憶になかった。

ええ、と母は答える。

「カチューシャ、小さい声で歌っていたよ。驚いたわ、いつもあんなに集中するのに」

そう、とセラフィマは曖昧《あいまい》な返事をした。

自らの倒した鹿の姿を見る。一撃で脳を撃ち抜かれた鹿は、体を震わせることもなく、四肢を伸ばして即死していた。

不思議だ、と彼女は思う。なぜ死骸は、生きているときと姿形は変わらないのに、一目でもはや命がないものと分かるのだろう。

「よかったね、フィーマ」

獲物に向かって歩き出すとき、母はいつものようにつぶやいた。

「これで村のみんなにお肉を食べさせてあげられるし、畑を荒らされなくて済むよ。偉いよ、フィーマ。とても立派よ」

仕留めたときは、必ずこう言ってくれる。それが、村一番の狩人であるセラフィマと、彼女に射撃を教えた母エカチェリーナの約束であるかのように。

事実、セラフィマが自らの楽しみや腕試しのために狩猟をしたことは一度も無い。彼女の暮らす農村イワノフスカヤは、常に野生動物による食害に苦しみ、食肉が不足していた。

——だから、誰かが鹿を撃つ必要があるのだ。そう実感することが、彼女には必要だった。

そう思ったとき、母と何度も話し合った心配ごとが、セラフィマの口をついて出た。

「お母さん。私がモスクワへ行っちゃったら、一人で狩りができる？　農業も、生活も。本当に、私がいなくなって大丈夫なの？」

セラフィマは、高校教育課程で優秀な成績を収めたため、秋が来ればモスクワの大学へ入学することが決まっている。近郊とはいっても、村からモスクワへは歩いて二日もかかるため、一人で寮に暮らし、長期休校以外に会う機会はない。その間も狩りは必要だ。けれども銃を撃てる男は既に村にいないので、自動的に三十八歳の母がその役割を担うことになる。

母はたくましい体を揺らして、気丈に笑った。

「平気に決まっているでしょう。あなたに狩りを教えたのは私だし、それに見てごらん、私はあなたよりずっと力持ちなの、やせっぽちさん！」

エカチェリーナは、自らの体重と同じく八十五キロはありそうな鹿の体をベルトにつないで、ずるずる引っ張り始めた。慌てて母より三十キロほど軽いセラフィマがベルトをもう一つつなぎ、銃を抱えたまま鹿運びを手伝う。

「フィーマ、周りの人たちを見てごらん。村の人も町の先生も、みんなあなたがモスクワの大学へ行くことを誇りに思っているでしょう。村初めての大学生よ」

「うん。でも町のマトヴェイ神父さんは、このあいだ帰り道で会ったとき、モスクワへ行っても共産党のいいなりになるな、って言ってたよ。スターリンは恐ろしい独裁者で、ちょっとした批判をしただけでも処刑して、何十万人もの人を殺してるからだって」

「マトヴェイ神父さんがそんなでたらめを言ったの？　そのことを誰にも言ってはだめよ」

「どうして？」

「そんなでたらめを言ったと知られたら、神父さんが殺されてしまうからよ」

返事に困った。母が冗談を言ったのか、それともある種の批判をしたのかが判然としなかった。

鹿を引いて林を歩くと、その後ろに二人の靴と、口紅のような鹿の血が跡を残して行った。

深くは考えなかった。ソヴィエト連邦で冗談と批判はそう明確に違うものではない。そしてそれがどちらであるにせよ、何を言っていいか、悪いかは決まっている。地区会議《ソヴィエト》で当局者に生活の不平やノルマへの不満を述べることはできても党そのものを批判することはできない。役人への不平不満を新聞に投書することは推奨されるが、そこに最高指導部への批判を書こうものなら即逮捕。母も心得ていて、話題を切り替えた。

「だから銃の撃ち方なんて忘れて、勉学に励んでちょうだい、秀才さん。娘が大学へ行けるなんて、誇らしいわ。町の先生たちも、あなたなら大丈夫、って言ってたもの。大学を卒業して、学んだドイツ語を活かして外交官になるんでしょう」

「ええ」

「でも、今どきドイツ語なんて勉強していてファシストの手先だと思われないかしら」

「そんなことないよ、お母さん。フリードリヒ先生は党の人たちとも親しい、らしいし」

セラフィマが教育を受けた高校は、イワノフスカヤ村から徒歩で一時間ほど歩いた町にあり、そこでは亡命ドイツ人で元ドイツ共産党員のフリードリヒ先生がドイツ語を教えていた。独ソ開戦後、先生は自分の立場に不安を覚えたのか、ことあるごとにソ連の対独戦争は自己防衛であるとともにドイツ人民を圧政から解放する聖戦だ、と生徒たちに話すようになり、セラフィマが大学進学を決めると、「モスクワへ行って私の話が出たら、フリードリヒ先生はいつでも母国の解放のため、ナチ・ファシストと戦う覚悟ができていると伝えてほしい」と真剣な顔で頼んだ。

それを告げると、エカチェリーナは、

「ふうん」と、どこか冷めた口調で答えた。「ドイツ人も大変ね。自分でヒトラーを選んで、私たちに襲いかかっておいて」

「それは違うわ、母さん」

思わずセラフィマは抗弁した。優しくドイツ語を教え、自らの語学力を褒《ほ》めて伸ばしてくれたフリードリヒ先生が言っていたことと、彼女の信条がそうさせた。

「ヒトラーが総統になったのは、選挙で選ばれたのではなく軍人のヒンデンブルクが彼を首相にしたからだし、それ以来ドイツ人もファシスト政権には逆らえないようになったの。今望まずして戦争に参加しているドイツ人民も、ファシストの犠牲者なのよ。戦争が終わったら、きっと両国は仲良くなれる。人民を苦しめるのはいつも、圧制者だもの」

そうね、と母は優しい顔で笑った。

「昔あなたが好きだった演劇のように」

「うん。戦争が終わったら、必ず外交官としてドイツとソ連の仲を良くするの」

十年以上前、村に来た公共教育演劇団が見せてくれた演劇が、彼女と「ドイツ」の出会いだった。

演劇団は、これは第一次世界大戦のとき、ドイツ軍と帝政ロシア軍との間に実際に起きた出来事だという前口上に続いて、演劇を村人たちに見せた。

あらすじはこうだ。皇帝《ツァーリ》のため、望まずしてドイツとの戦争へ行った人々の間に、レーニンらの革命戦争が伝わり、最前線の塹壕《ざんごう》内に厭戦《えんせん》気分が漂い始める。主人公のロシア人兵士は、無益な戦争をやめようと周囲の兵士たちに呼びかける。彼らは銃や大砲をあさっての方向に撃つようにサボタージュをはじめ、ドイツ語の手紙を伝書鳩につけて向かいの塹壕に飛ばし、俺たちは撃たないからそっちも戦いをやめようと勧める。仲間は次々と集まり、戦争をやめて革命軍に加わり、皇帝を倒すことで戦争を終わらせよう、と語り、集団脱走の計画を練る。しかし、計画実行の前夜、裏切り者のコサック兵によって上官に計画が漏れ、肩に金モールをつけた将校が、主人公を撃ち殺せ、と兵士たちに命じる。兵士たちはそれに従おうとしない。それならば敵に撃たせてやれ、と将校は怒鳴る。

塹壕を越えて主人公はドイツ軍の的《まと》にされる。

主人公は殺されてしまうのだ、とセラフィマは目をつぶったことを覚えている。

しかし、銃声はしない。やがて片言《かたこと》のロシア語が答える。

「撃たないぞ、同志！」

計画を知っていたドイツ人兵士たちは、彼を解放するために塹壕を越えてやってくる。そして兵士たちが銃を捨てて抱き合い、金モールの将校と裏切り者のコサック兵が連れて行かれる。

両国の兵士が、お互いの国での革命を誓い別れるところで終幕を迎えた。

幼いセラフィマは、立ち上がって、手が痛くなるほどに拍手をした。

――今にして思えばやや教科書的な筋書きであるし、史実という展開には若干の誇張もあろうが、セラフィマは劇が終わった夜は眠れないほどに興奮した。

それは、会ったことのない父の姿を、その演劇に見いだしたからに他ならなかった。

「母さん、お父さんもああだったんでしょう?　ドイツとの戦争から逃げてきて、それで、今度は白軍との戦いに行ったのよね」

「そうだよ」

母の答えは短かった。そしてその戦いのせいで命を落とした、という言葉が、続く沈黙のうちに聞こえた気がした。父は内戦終結後、一九二三年に帰還し、翌年に死んだ。この短い間に撮られた一葉の写真でのみ姿を知る父。彼のことを思うとき、そして今の祖国を思うとき、彼女はやはり懸念を抱く。

「それなのに私は、大学へ行くなんて、本当にそれでいいのかな。私は銃を撃てるし、同い年のミーシカだって戦争へ行ったのに、戦わなくていいのかな」

「あなたは女の子でしょ」

「でも、リュドミラ・パヴリチェンコだって女性なのにクリミア半島で戦っているよ」

「ああいう人は特別でしょう、もうドイツ兵を二百人も殺してるのよ。フィーマ、戦うといっても、あなたに人が殺せるの?」

何度か投げかけられた問いに、セラフィマは同じように答えた。

「無理」

「それじゃあだめよ、フィーマ。戦争は人殺しなのだから」

どさりと鹿を置いて、母は真剣な顔で答えた。

「あなたのお父さん、マルクは、戦争はこりごりだと言って脱走兵になり村へ帰ってきた。そしてレーニンの『平和に関する布告』に感動して、白軍がやってきたとき、今度はソ連を守るために戦うんだと言って自ら戦争へ行ったのよ。私が止めるのも聞かずにね……内戦が終わって帰ってきた彼は、寒冷地での戦いですっかり肺を患《わずら》っていた。あなたの顔を見ることもなく死んだ」

セラフィマはうつむいた。その母を、今度は自分が戦場へ行って、一人にすることができるだろうか。

「そしてフィーマ、あなたが生まれた。マルクが守ろうとしたソ連はたしかに、帝政ロシアとは違った。読み書きもできなかった私が、巡回学校のおかげで新聞も読めるようになった。この村の子も教育が受けられるようになって、あなたは大学へ行ける。それには感謝している。コルホーズは大変だけど、それであなたの学費は払えるし」

ほう、と一つ白い息を吐いて、ともかく、と母は言った。

「マルクが戦ったのは、生まれてくるあなたを兵隊にするためじゃない」

「うん……」

結局は、自分に戦争へ行く覚悟などないのだ、という結論を、いつもと同じく認めた。

先月まではこの村も疎開か否かの瀬戸際にあった。撤退すべからずの命令が下り、村人たちは砲声を遠くに聞きながら日常を送った。南北には自分たちよりも東にドイツ軍が進出している土地もあるなかで避難できないことに不安もあったが、それよりも安堵の声が多かった。今ソ連がおこなう避難とは焦土作戦の一環だ。疎開が決まれば家を全て燃やし、数少ない家畜を殺し、何もかもを捨てて国の指定する場所へ逃げなければならない。

要衝都市トゥーラとモスクワの間にあり、小さいながらも中継地点であるこの村は、モスクワを攻め落とそうとするドイツにとって戦略的に攻略されることはないであろうし、モスクワ防衛後には輸送地点としてそれなりの価値を持つため、疎開はないと決まった。

幸い、モスクワ防衛軍は東部方面からの応援も得てドイツ軍を撃退した。今年に入ってからはソ連軍の冬季反攻が始まったので、皆、ひとまずは安心していた。

二人は林から出て、山道を歩く。途端に鹿を引くのが楽になった。

じきに、村を見下ろすことができる場所へさしかかる。

あの場所からイワノフスカヤ村を見下ろすのが、セラフィマは好きだった。

いつもあの場所へ行くと、アントーノフおじさんが薪を割る音が聞こえる。その奥さんで、小麦粉を運ぶナターリヤさんは、必ず手を振ってくれる。昔、町で調理人をしていたゲンナジーさんは獲物を上手に捌《さば》いて、肉の部位と毛皮をつくってくれる。ミハイルの妹エレーナは、その肉をあげると、お返しに、町で男の子にもらった甘いお菓子を分けてくれる。

長男のいなくなったボルコフ家は寂しそうだけれど、三人で彼の帰りを待っている。

父に憧憬《どうけい》はあれど、二人きりの家庭を寂しいと思ったことはない。皆が家族のようなこの村があるからだ。

「ごめんね母さん。私、必ず大学へ行って、帰ってくるから。ここから逃げずに済んで、よかったね……」

エカチェリーナはほっと安堵の息を漏らすと、すこし意地の悪い笑顔を見せた。

「そうよ。それにミハイルが帰ってきたとき、あなたがいなかったら困るじゃない」

「母さん、ミーシカと私はそんなんじゃないってば」

ミハイルもまた一緒に大学へ通うはずだった。しかし彼は、戦争が始まると志願兵となり戦争へ行ってしまった。以来、両親と妹のエレーナは彼の帰りを待っていて、セラフィマは相変わらず婚約者のように扱われていた。

「ともかく、戦争は男どもに任せておきなさい。あれは男が始めて、女はその陰で犠牲になるのよ。せっかくモスクワが守られたのに、わざわざ大学へ行く機会を……」

そう言ったとき、言葉が途絶えた。セラフィマも異変に気付いた。

アントーノフおじさんが薪を割る音がしない。子供の遊ぶ声も聞こえない。

生活の気配が消えた静寂の中に、異質な物音が聞こえた。自動車のエンジン音だ。トラクターではない。

村に自動車を持つ人など一人もおらず、外からやって来ることも滅多にない。

「赤軍の人たちかしら」

母がつぶやいたとき、村の方から叫び声が聞こえた。

猛獣の威嚇のように高圧的で乱暴な叫びだった。

母はその言葉が聞き取れず、ただ何かを察して、恐怖に怯えた顔をセラフィマに向けた。セラフィマは、反射のように頷いて答えた。

「ドイツ語だ。並べって言ってる」

短く答えてから、その意味するところに気付いて、セラフィマは全身が痙攣《けいれん》するように震え出すのを感じた。異常な震えに自ら驚くと、恐怖はあとから自覚した。

ドイツ語で並べと叫ぶものが、村にいる。

「母さん……」

母はただ呆然《ぼうぜん》としていた。もう一度ドイツ語が聞こえた。

並べ、早くしろ！　片言のロシア語がそれに続いた。

「伏せて」

エカチェリーナはそう言って、自らも伏せた。そして腹ばいのままじりじりと前進し、村を見渡せる山道のカーブに向かって行った。

この場所を恐ろしいと初めて思った。セラフィマもまた這いつくばって彼女の後を追った。何を思うでもなく、ただ母から離れたくなかった。

小高いカーブに顔を出すと、イワノフスカヤ村が見えた。雪が浅く積もった村の中央、建物がない、少し開けた場所。

アントーノフおじさんが、ゲンナジーさんが、そこにいた。皆両手を挙げていた。

ミハイルの両親も不安そうに身を寄せ合っていた。

四十人の村人のほとんどすべてが、そこにいた。アントーノフさんの奥さんナターリヤさんと、ミハイルの妹エレーナの姿だけが見えなかった。

そして、彼らの目の前に、ドイツ軍の兵士たちがいた。

彼らの着る制服は、全てが薄汚れ、だらしなく着崩されていた。ドイツ兵らは遠目にも判るほど異常に殺気立ち、銃口を人々に向け、話しかけようとする村人を小突き、伝わるはずのないドイツ語で好き勝手に怒鳴り散らしていた。

やがて、通訳兵がつたないロシア語で叫んだ。

「この村落に、ボリシェヴィキのパルチザンがいるとの情報を得た。我々は、違法なパルチザンとその同調者を処刑する権利を与えられている。大人しく奴らの居場所を言え！」

全員が呆然としていた。やがてアントーノフおじさんが、両手を挙げたまま答えた。

「ドイツ人さんたち。一体何を言っているんですか？　ここは見ての通り、避難する必要も無い小さな村ですよ。いるのは農家と粉挽きだけです。大体、占領されたこともない村に、パルチザンなんているもんですか。落ち着いて。それより、妻に会わせて――」

はっきりとした口調は静寂の中、セラフィマのいる山道にも聞こえていたが、その声が途絶えた。

銃声にかき消され、人々の悲鳴がそれに続いた。

通訳兵のそばに立っていた軍人の一人が、アントーノフおじさんの言葉を最後まで聞くこともなく、彼の頭を撃ち抜いたのだ。

セラフィマは震えが止まるのを感じた。限界を超えた恐怖が、声もなく涙を流させた。

村人の絶叫と悲鳴に対して頭上に拳銃を乱射し、通訳を介して軍人は怒鳴った。

「もう一度聞く、パルチザンの居場所を言え、言わなければ全員処刑する！」

「母さん」

セラフィマは、涙を流しながら母に尋ねた。

「殺されちゃう……みんな、私たちも殺されちゃうの？」

母は蒼白となった顔をセラフィマに向けて、やがて一言だけ言った。

「銃を貸して」

TOZ－8。狩猟用の単射式ライフルを、エカチェリーナはセラフィマから受け取った。

セラフィマは母に銃弾も手渡す。母さん、と祈るようにつぶやきながら。

エカチェリーナは深く呼吸を整えて、伏せた姿勢のまま銃を構えた。

母さんは、きっとあの悪い兵隊たちを撃ってくれる。セラフィマはそう信じた。距離は直線で百メートル未満。難しい距離ではない。自分に射撃を教えてくれたのは、母だ。

きっとあの悪い兵隊たちを次々と撃って、村のみんなを救ってくれる。

祈るようにしてそう思った。

けれど、母の銃が火を噴く気配はなかった。構えとその方向を確かめる。あの指揮官を狙っている。先ほどアントーノフおじさんを殺した指揮官を。通訳を介して、お前たちも全員パルチザンだ、お前たちもボリシェヴィキの手先だと分かった、と叫んでいる指揮官を。

明らかに照準に捉えている。けれど、母はその姿勢のまま動かない。

「母さん、お願い」

お前たちを処刑する、と指揮官が叫ぼうとしたとき、その途中で銃声が響いた。

予期せぬ発砲にドイツ兵たちが逃げ惑い、遮蔽《しゃへい》を求めて散り散りになる。

「母さん！」

撃ってくれたのだ、と歓喜したセラフィマは、母の方を見て凍ったように動きを止めた。

スコープが破壊されたTOZ‐8が、真っ先に目に入った。

そしてうつ伏せになった姿勢のままの母は、頭から血を流していた。

その意味が即座に理解できてしまった。

死の姿。獣たちがそうなるように、生物であった母は、既に屍《しかばね》と化していた。

「撃て！」

ドイツ語で叫びが聞こえて、直後に幾重にも銃声が響いた。

眼下に目をやる。逃げる必要がないと悟ったドイツ兵が、一斉に発砲していた。村に整列させられていた人々もまた、音とともに死体と化した。

ボルコフ夫妻もゲンナジーさんも頭から地面めがけ飛び込むように倒れ、苦しみながら倒れた村人にはさらなる銃弾が浴びせられ、念を押すように銃剣が刺突される。村人たちの体から血が溢れ、村に積もっていた雪が赤く染まってゆく。

不意の銃声に対する怒りを転嫁するように、ドイツ兵は村人を滅多刺しにした。

セラフィマは時間が経つのを感じなくなった。

思考することもできず、ただ無為に母の死体と、村人たちの死体を交互に眺めていた。

気付けば、再びドイツ語の会話が聞こえるようになった。今度は間近から。

「イェーガーのやつ、びびらせやがって、マジかよ、こんなところに敵の狙撃兵だって」

「本当にパルチザンがいるとは」

「おいおい、俺たちは正しいんだから当たり前だろ、つまりあの連中もパルチザンだ！」

笑い声がした。今何十人もの人を殺《あや》めた者たちの笑い声には屈託がなかった。

ドイツ語の会話の声が近づいてくる。セラフィマはそれを聞きながら、逃げ出すことができなかった。体が恐怖で凍りつき、立ち上がることができない。足に力が入らない。

三人組のドイツ兵が山道を上がってきた。

「ただの猟師のばばあだ」

ドイツ兵の一人がそう言い捨てると、セラフィマと視線を合わせた。

「おやおや」

下卑《げび》た笑いを見せて、ドイツ兵たちが近づいてくる。セラフィマは逃げようとしたが、仰向けになるのが精一杯だった。足が震え、まるで神経を失ったように立ち上がることができない。叫ぶことも逃げることもままならない彼女の頭を、大きな手が乱暴につかんだ。

「いい見っけもんだぜ！」

「ここでいただくか？」

「みんなに分けなきゃな」

死の恐怖と嫌悪によって、セラフィマは吐き気を催した。

三人のドイツ兵はとても陽気に笑い、談笑しながらセラフィマを銃剣で小突いて歩かせ、TOZ-8を奪い、エカチェリーナの死体をゴミのように引きずって歩いた。

村に着くと、そこに地獄があった。

水車小屋といくつもの家がすべて戸を壊され、家畜がトラックに乗せられている。

雪上に倒れた三十数名の死体からはおびただしい血が流れ、その血からもうもうと湯気が上がっていた。時折うめく声がすると、ドイツ兵は念入りに銃弾を撃ち込んだ。

セラフィマは一軒の家へ連れて行かれた。そうと知っているわけではなかろうが、それは彼女の自宅だった。母と二人で暮らしていた家に、ドイツ兵たちは我が物顔で上がり込み、略奪した食料を食べ、秘蔵の酒を呷《あお》っていた。

そこへ、引きずられて来た母の死体が、銃とまとめて無造作に投げ出された。

「イェーガー、お前の言う通りだったぜ。狙撃兵ってほどのものでもないが、猟師のばばあと、この娘がいた」

イェーガー、と呼ばれた男は、家の隅に椅子を置いて、ただ一人座っていた。

妙に暗い雰囲気をして、ライフルを抱くような格好で座る、顔に傷のある男だった。

年は若そうだが、耳の辺りから顎先、口元に至るまで髭で覆われている。

「人間を狙う猟師は狙撃兵であり、俺はそれを撃った。その娘のことは知らん」

「相変わらず陰気な野郎だ。なあみんな、こいつ、どうする？」

「どうするもねえだろ、順番にいただくんだよ」

「さっきもさあ、ちゃんと分け前をよこせって言ったのに、たった三人で殺しちまった」

兵士の一人がそう笑って、ほら、と視線をやった。視線の先に、先ほどはいなかった二人、アントーノフおじさんの奥さんナターリヤさんと、十四歳のエレーナが、死体となって転がっていた。二人とも衣服の全てを剝ぎ取られていた。頭と、それから足の間から、激しい出血の痕があった。

「しょうがねえだろ、途中で銃声がしたんだ。こいつはそのぶんもみんなでさ」

セラフィマの体が再び震え出したとき、髭の男が言った。

「女への暴行は軍規に反するし、劣等人種たるスラヴとの性交は犯罪だ」

セラフィマの頭をつかんでいる男が声を上げて笑った。

「そりゃ占領地で性病にならねえための決まりだろ。だれもこいつに妊娠して俺の子を産めなんて言ってねえし、お偉方にこいつが泣きつくなんてことも考えていねえよ、とっとと終わらせて、撃って終わりだ、いつもそうだろ」

別の男が答えた。

「いや、連れて行こうぜ。長く楽しみたいし、ほら、例の宿もあるだろ」

「ああ、それもいいかもな。こいつなら見た目もドイツ人とそう変わらないし」

「まあまあ、諸君。私の立場を考えてくれ、後腐れなく殺すに限るよ」

セラフィマの目の前に立ったのは、先ほどの指揮官だった。

「まずは私と彼女を二人にしてくれ、話はそれからだ」

はい、と周囲の兵士たちがつまらなそうな顔で答えた。

自分はドイツ語を覚えた。優しいフリードリヒ先生に習って、いつか外交官になるために。ドイツ人民や、人民兵士たちと仲良くなり、両国の平和に貢献するために、ドイツ語を覚えた。そのことが、もうすぐ終わる自分の人生で最大の後悔すべき事柄なのか、と不意に思った。

「おい……娘。お前、これを見ろ」

不意に髭の男が自分に声をかけた。

そして、それに対して視線を向け、目が合ったとき、セラフィマはさらなる後悔に気付いた。髭の男は周りに言った。

「こいつはドイツ語を理解しているぞ」

周囲の兵士たちの顔色が変わった。突如として、にやついた笑みは消え、猛禽《もうきん》のごとき獰猛《どうもう》な視線が彼女に浴びせられた。

「バカどもが……」

髭の男はそう呟いて、裏口から家を出て行った。

視線を集めながら、セラフィマはドイツ語で言った。

「殺さないでください。私を行かせてください」

突如として、兵士たちの表情に恐怖のようなものが生じた。意味が理解できなかった。しかし、その奇妙な恐怖はすぐに怒りに変わり、目の前の士官が拳銃を抜いた。

「ドイツ語を話すな、この薄汚れたパルチザンの豚娘が！　……全員、外へ出ろ！」

額に銃口が突きつけられた。これが人生の終わりなのか、という諦観が、どこか安堵のように彼女の思考へ覆いを被せた。

間も置かず銃声が響いた。

自分の死。感じるはずもないことを意識していると思ったとき、彼女は目を開けた。

目の前に、ドイツ軍士官が転がっていた。その周囲には細かく砕けたガラス片が散らばっていて、セラフィマの頬に、熱い旋風が掠《かす》めた余韻があった。

「ガッ……」

腹から血を流し、臓物をこぼれ落とした彼は、そのまま血を吐いた。

「外からだ！」

「敵襲ー！」

ドイツ兵全員が武器を手に、一目散に家を飛び出す。

再び銃声が響いた。士官を抱えて逃げようとした兵士が、頭に穴を開けて倒れた。

さらなる銃声が次々と聞こえた。セラフィマはうずくまり、頭を抱えて叫んだ。

絶叫の間に、腹を撃たれた士官と目が合った。彼はまだ生きていた。その姿に悲鳴を上げた。種類の異なる銃声が幾重にも交錯したのち、地面を揺るがす爆発音が轟《とどろ》いた。

トラックのエンジン音が遠くへ消えていき、やがて、静寂が訪れた。

その中に残ったのは、血まみれでのたうち回るドイツ軍士官のうめき声だった。

「大丈夫か！」

部屋に銃を抱えた男たちが入ってきた。ドイツ兵ではない。赤軍の兵士たちだった。

安堵などなかった。麻痺しきった彼女に、殺気立った赤軍兵士たちの、怒号のような質問が浴びせられ、その声がただただ木霊《こだま》のように聞こえた。

おい、怪我はないか。君の名前は、君はなんていう。

生き残ったのは君だけなのか、なぜ君は無事だった。

そこのＴＯＺ－８は君のものか。君はなぜ銃を持っていた。

おい、聞こえているのか、おい、しっかりしろ……。

「無駄だよ、今のこいつは生きる屍だ」

摩耗しきったセラフィマに、その言葉だけが、奇妙にはっきりと聞こえた。

女性の声だった。とても澄んだ、綺麗な声色《こわいろ》だった。

声の主が家に入ってきた。ライフル銃を傍らの兵士に預け、彼女が室内を見渡すと、姿勢を正す赤軍兵たちが、一様に緊張したのが分かった。

カーキ色の軍服を見事に着こなし、制帽《ピロートカ》を被った、黒髪の女性だった。

瞳の色も黒く、肌は対をなすように白い。精悍《せいかん》な顔立ちに、細身の体。それでいて屈強な兵士たちに比べても遜色《そんしょく》ない長身の、おそろしく美しい女性だった。

彼女はセラフィマと目を合わせてから、のたうち回っているドイツ軍士官を一瞥《いちべつ》した。

「こっちに聞け。臓物をしまって止血しろ。手下の死体の制服を裂いて包帯に使え」

部下が意外そうな顔をして答えた。

「尋問ですか。この深手じゃ耐えられませんし、どうせすぐに死にますよ」

息も絶え絶えの士官の指先を、彼女は踵《かかと》で踏みつけた。骨が砕ける音がした。

獣の断末魔のごとき悲鳴を聞きながら、彼女は部下に微笑みかけた。

「だったら長引かせてやれよ……」

兵士は頷いてドイツ軍士官の襟首をつかみ、屋外へ引きずっていった。

「さて！」

周囲の空気もろとも自分の思考を切り替えるように、彼女は大声を出した。

そしてセラフィマの襟首をつかんで壁際に引っ張り上げた。

「目が覚めたなら答えろ。敵はどこから来て、どこへ行った。あれは、どの部隊か分かるか。記章か胸章になにか特徴は無かったか。素性の分かる兵士はいるか！」

何一つとして答えられなかった。

味方の女性がいたわりの言葉ひとつかけてくれないことに、遅れて気付いた。

周囲の兵士たちがざわめき、彼女に声をかける。

「そんな、可哀想ですよ、同志上級曹長。いまこの子の家族と村人が死んだばかりですよ」

「ああそうかい、じゃあ質問は一つにしよう……」

ふう、と一つ息をついて、彼女はセラフィマに尋ねた。

「戦いたいか、死にたいか」

兵士たちが困惑の表情を浮かべた。セラフィマも意味が分からなかった。

頬を張られた。ざらついた手袋の感触が、鋭い痛みを与えた。兵士たちが制止するのを聞かず、襟首をつかんで彼女は叫んだ。

「お前は戦いたいか、それとも死にたいかと聞いている！」

セラフィマは答えた。

「死にたいです」

それが本音だった。目の前には母の死体が転がっている。村人は皆死んだ。そして自分は、生きながらにして地獄を見た。その自分に、誰と、どう戦えと言うのか。

「そうか」

女性兵士は一つ呼吸を入れると、振り返って食器棚の方へ向かった。

そして無造作に棚を開けると、そこに入っていた食器を取り出して、床へたたきつけた。

去年の秋に母さんが買ってきてくれた皿。

アントーノフおじさんが行商から買って分けてくれたカップ。

いつ買ったとも思い出せないほど小さな頃から慣れ親しんだコップ。

数少ない、そして思い出の食器が次々と床にたたきつけられ、打ち砕かれた。

セラフィマは、気付けば叫び声をあげて女性兵士に走り寄っていた。

彼女にしがみついて止めようとすると、あっさり壁へ押し付けられた。

「やめて！」セラフィマは叫んだ。「なにをするの！」

「どうした。なにをしようと気にすることはない。お前は死ぬのだから。お前の家族は死んだ。そして村人も死んだ。したがって我々はここで焦土作戦を展開する。もはや守るべきものが存在しない村落は潜在的にドイツ軍の収奪の対象だ。不要なものを奪取されることを防ぐために、家具も家屋も、すべてを破却しなければならない」

女性兵士はすらすらと答えた。

そんな馬鹿な。なぜドイツ軍と戦うために私の食器を壊す必要があるのだ。

「やめてください。思い出とともに死なせてください」

「どのみちその後にすべてを壊す。いいか、死者は存在しない。そしてお前が死ねば思い出とやらも消えてなくなる。どのみちこの家には、さしたるものもないだろう」

思わず視線が動いた。自分のいない家族写真。卓上のそれを見やったとき、女性兵士がその目の動きに気付いた。

「ほう」

彼女はセラフィマを離して机に向かった。彼女に組み付こうとして、セラフィマは足を払われ、簡単に転んだ。

「写真か。これがお前の思い出か？」

返してください。そう叫ぼうとしたとき、彼女はそれを思い切り投げ捨てた。

割れた窓ガラスの向こうに、写真が飛んでいった。

「やめてください！」

「頼めば相手がやめると思うか。お前はそうやって、ナチにも命乞いしたのか！」

女性兵士の叫びに、セラフィマの心臓が跳ね上がった。

「そのようだな。この戦争では結局のところ、戦う者と死ぬ者しかいないのさ。お前も、お前の母も敗北者だ。我がソヴィエト連邦に、戦う意志のない敗北者は必要ない！」

床に這いつくばるセラフィマの肩を、女性兵士のブーツが蹴り上げた。

視界が歪む。そして歪む視界に、さらなる絶望が見えた。

ひっくり返るセラフィマを残して、女性兵士は母の亡骸《なきがら》に向かい、その背中を思い切り踏みつけた。

「そこの兵卒、ガソリンの携行缶を持ってこい」

「い、いや、しかし」

抗弁する兵卒を女性兵士が一睨みすると、彼は屋外へ飛んで行った。

ものの二分で戻ってきた男から缶を受け取り、中の液体を母の遺体にかける。

「ドイツに殺された母にも、お前にも、死後の安寧もなければ、尊厳も必要ない！」

マッチを擦り、彼女は母の遺体にそれを落とした。

母の亡骸は炎に包まれた。焼かれてゆく母が微動だにしないことに、ひどく恐怖した。

我が家が、母の遺体とともに燃やされていく。

セラフィマは視線を周囲に巡らせた。

もはや、生への渇望とも死への逃避とも異質の衝動が、彼女を突き動かしていた。

赤軍兵の男たちは呆然と自分たち二人を眺めている。彼らは関係ない。

部屋の中央、置き捨てられたＴＯＺ－８。単射式の、弾が込められたライフルがある。

セラフィマは走って行ってその銃を拾った。男の兵士たちがやめろ、と叫ぶなか、ボルトを引いた。

そして女性兵士に向けようとした瞬間、彼女は足を蹴り上げ、ブーツのつま先がセラフィマのみぞおちに入った。

「ぐ、う……」

「それでは軍用犬にもならんな敗北者め！　ドイツに負け、私にも負けて死ね！」

銃を拾い高らかに笑った女性兵士は、もう一度叫んだ。

「お前は戦うのか、死ぬのか！」

「殺す！」

這いつくばったまま、セラフィマは答えた。

生まれて初めて口から出た言葉だった。

「ドイツ軍も、あんたも殺す！　敵を皆殺しにして、敵《かたき》を討つ！」

静寂が突如として訪れた。床を焦がす炎が壁に移り、徐々に大きくなっていった。

女性兵士は、笑みを消して答えた。

「それならば、有用だ。今は殺さずにおこう。それで、改めて聞くが、お前、敵兵について何か気付かなかったか」

セラフィマは記憶をたぐった。部隊など分かるはずもない。全員が同じ制服を着たドイツ軍人だ。見分けなど……ふと、唯一印象に残った男のことを思い出した。

「顔に傷のある、髭面の男がいました。スコープつきの銃を持ち、イェーガーと呼ばれていました」

兵士らの何人かが、視線を女性兵士に向けた。

「そういう死体はありませんでした」と兵士の一人が言った。

「それが、お前の母を撃った狙撃兵だ。お前が殺す相手さ。お前、見たところ銃の扱い方は一応知っているな」

「……はい」

「一般軍事教練《フセヴォーブチ》は修了しているか」

「学校で必修でしたから、終えました」

そう、と答えて彼女が退出すると、赤軍兵士たちが全員続いた。

「上級曹長、まさか、彼女を例の……」

兵士に何か問われたが、女性兵士は無視して答えた。

「焦土作戦開始だ。全家屋と遺体にもガソリンをかけて燃やせ。何一つ残すな」

本当にやるのか。セラフィマが途方に暮れていると、二人の兵士に腕をそれぞれ掴まれ、なかば引きずられるようにして燃えてゆく我が家を出た。村には、先ほどのドイツ軍の数倍の赤軍兵たちがいて、死体を一ヵ所に集める作業を始めていた。家族のように接した村人たちは、薪木の如く無造作に積み上げられていた。

そして目の前に、あの腹を撃たれたドイツ軍士官の死体があった。

「死ぬ前に、何か言ったかい」

女性兵士の問いに、尋問していたらしい血まみれの赤軍兵士は肩をすくめた。

「小隊規模で敗走して、道を間違えてここになだれ込んだと、それだけ言って死にました。フリッツの死体の数と合いませんから、何人かは逃げていますね」

「そいつの認識票と階級章は回収しろ。ＮＫＶＤ（内務人民委員部）にでもくれてやれ」

兵士たちはものも言わずにトラックに分乗し、そのうちの一台にセラフィマも乗せられた。荷台に座り込んでしばらく待つと、イワノフスカヤ村の家屋が一斉に煙を上げ始めた。木造の簡素な家が、次々と炎に包まれてゆく。

そして家から出てきた兵士たちは、残されていた村人たちの死体を埋葬することもなく、手持ちのガソリンを上からかけて、無造作に火を放った。

生まれ育った村と村人たちが炎に焼かれてゆく姿を、セラフィマは見つめていた。

「イリーナ・エメリヤノヴナ・ストローガヤ」

助手席に入った女性兵士が、振り向いて言った。彼女の名前であるらしい。

「君の名前は？」

「セラフィマ・マルコヴナ・アルスカヤ」

ふ、と女性兵士、イリーナは笑った。

鬼畜が、こんな優しい顔をするのか、と苛立った。

「よろしくね、セラフィマ。今日から君は、私の教え子だ」

周囲の兵士たちがその言葉に顔をこわばらせた。明らかに不吉な反応だった。

しかしセラフィマは動じなかった。いまさら何を恐れることがある、という、どこか開き直った心根でいた。

けれど村を離れるとき、そして自分の家が焼け落ちるのを見たとき、悲しみが胸を打った。

母は、その家とともに火葬された。

敵《かたき》を討つ。

その言葉に自らの悲しみが収斂《しゅうれん》してゆくのを感じた。ドイツ兵を殺し、あのイェーガーなる男を殺し、そして、自らと母の亡骸を侮辱したイリーナを殺すのだ。

悲しみが怒りへ、そして殺意へと変わってゆく。

第二章　魔女の巣

狙撃によって多数の死傷者が出ているという報告が前線から国防軍総司令部に届きはじめたのは、彼らが一九四一年六月に対ソ侵攻に乗り出してからのことだった。たとえば、第四六五歩兵連隊は、森林が点在する地域を進むあいだに、狙撃によるおびただしい犠牲者を出した。その進撃速度は鈍り、停止を迫られる頃には、一日あたりの損失が一〇〇名にものぼっていたという。うち七五名は、連隊日誌係の言う〝樹上狙撃兵〟に射殺されたということらしい。

フランツ・クラーマーは、その体験記のなかで、五名のドイツ兵が頭を撃ち抜かれて死んだあとに彼が取ったみごとな対抗策について述べている。そのとき彼は、中隊の機関銃の発砲にあわせて銃撃をおこない、自身の発砲を隠蔽した。

「彼はロシア兵の狙撃陣地を観察した。……奴らはドイツ軍陣地がよく見えるところにいなければならない。つまり高いところだ。この場合、それは葉が濃く茂った木の梢だ。フランツにはほとんど信じられなかった。連中が樹上から撃つなどという初歩的過ちを犯そうとは。いったん露見すれば、そこから逃げる手段もなければ、身を隠すこともできないというのに。それで判明したのは、なるほど彼らは射撃の名手かもしれないが、戦術的には未熟なのだということだった。彼の計画は驚くほど容易に運び……（中略）……ロシア兵がバタバタと袋のように木から落ちてきた（中略）」

それがことごとく女性スナイパーだったとわかって、ドイツ兵は驚愕した。

（マーティン・ペグラー　岡崎淳子訳『ミリタリー・スナイパー　見えざる敵の恐怖』より）

セラフィマは、トラックの荷台に揺られていた。

荷台は無蓋の、ZISトラック。行き足は遅く、日も暮れた。自分がどこへ行くのかも、何をするのかも分からなかった。

それを尋ねる気にもなれず、兵士たちも何も言わなかった。

わずかに彼らの視線を感じるときは、常に同情と哀れみがそれに纏《まと》わり付いていた。

「君は、本気で上級曹長について行くつもりか」

隣にいる兵士が、突然そう尋ねた。視線は前を向いたままで、声を潜《ひそ》めていた。けたたましいエンジン音の中に、声はかき消されている。

一瞬だけ、助手席を見る。イリーナはまっすぐ前を向いていた。

気付かれないように、セラフィマも声を殺して答えた。

「そうでないと殺せません」

「恐ろしいことを言うな。あの人は魔女だ。君が敵《かな》う相手じゃない。我々の全員を合わせたよりも、彼女一人の方が強いんだ」

「そんなに強いなら、なぜ村の人が皆殺しにされる前にドイツ兵を倒してくれなかったんですか。あの人は私を殴って母の亡骸を燃やしただけです」

「何を言ってる、あの人が……」

どん、と何かを叩く音がした。

助手席のイリーナが、右手で天井を殴っていた。

聞いていたのか。地獄耳に驚いていると、彼女は前を向いたまま、右手の手袋を外した。

思わず押し殺した悲鳴を上げた。

彼女の右手には、人差し指がなかった。中指の先も欠けている。

セラフィマに話しかけた兵士は、顔色を失ってから、諦めたように声を大きくした。

「あの方は前線で戦い、迫撃砲にやられて右手の指を失った。今までは俺たちの隊長をしながら、その合間に君が行く『巣』へ、人間を集めていた。精鋭を育てるためにな」

精鋭。自分に似合うとも思えない言葉だった。

なぜそれに自分が選ばれたのかも、よく分からなかった。

ほどなくして、車列は止まった。

「降りなさい」

兵士の一人に促され、トラックを降りた。誰も続かなかった。

思わずといったように、先ほどの兵士が声をかけた。

「辛くなったら逃げ出せよ」

「どこへも行けません」

答えると、荷台の下半分を覆う蓋が閉じた。その向こうから憐憫《れんびん》の視線をいくつも浴びせて、兵士たちは去って行った。

イリーナはセラフィマを顧みるでもなく、二人の護衛らしき兵士を連れて歩いて行った。

彼女が進んでいく先には、平屋で装飾のない、学校のような建物があった。

人の気配は感じられないが、イリーナは慣れた足取りで入っていった。

呼ばれることもなく、セラフィマは気後《きおく》れしながらも、それに続いていく。

内部も学校のような作りだった。周囲を観察しながら、ここがいかなる場所かを考える。

イリーナは魔女だ。それに異論は無い。彼女が己が巣に集める精鋭とはなんだろうか。

荒くれ者の猛者《もさ》たちか。違うように思えた。多分彼女のように冷酷な殺し屋だ。

実戦で戦う兵士たちがあれほど恐れるような連中。それと自分はどう対峙すべきか。

セラフィマが思案している最中もイリーナは歩を進めてゆき、彼女が一室に向かうと、戸が向こうから開いた。

瞬間、空気が一変したのを感じた。

「同志イリーナ、お帰りなさい！」

目にも鮮やかな金髪をした女の子が、彼女に抱きついた。

年頃はセラフィマと同じくらい。目鼻立ちの整った丸顔で、頬は紅をさしたように少し赤い。身長は一六〇センチもない。軍服を着ていたが、まるで似合っていなかった。

「ただいまシャルロッタ。皆変わりないか」

イリーナが軽く頭をなでると、シャルロッタと呼ばれた彼女ははつらつとした笑みを浮かべた。

「はい、みんな元気で先生の帰りを待っていました。冬季反攻はいかがでしたか？」

「大失敗だ」イリーナは即答した。「去年のモスクワ防衛成功に気を良くして、準備も足りないのに攻めるからこうなる。将軍たちの言う通り防衛に徹して兵力を増強する機会だったのに、これだから現場を知らないお偉いさんは……」

その言葉にセラフィマは驚いた。思わず護衛の兵士たちを見ると、あからさまに視線を外され、彼らはそのまま建物の外へと向かった。驚くべき反応だった。お偉いさん、が意味するところは最高指導部であり、それに対する批判を赤軍兵士たちが聞き流している。

「でもプラウダ（ソヴィエト連邦の機関紙。意味は『真実』）には、敵軍が次々と押し戻されたって書いてありますよ」

「もう少し真実《プラウダ》の読み方ってものを勉強しなさい、模範的ソ連のお嬢ちゃん。味方の損害は書いてないだろう。要は戦略的に無価値な程度に敵を押し戻して、その何倍もこっちが死んだよ。冬季反攻は終了。ま、おかげで本腰を入れてこっちに専念できるがな」

「本当ですか。あ、詳しい話は、中で聞きます」

彼女に手を引かれて、イリーナは室内に入った。セラフィマもそれに続く。

「お帰りなさい、イリーナ・エメリヤノヴナ！」

ざっと一斉に敬礼する音に、いくつもの高い声が重なった。

教室を改造した大部屋。壁の方に机と椅子が寄せられているその部屋に、およそセラフィマと同年代の、若い女性が十数人いた。

イリーナは部屋の真ん中にある長椅子へ歩いて行って、そこへ仰向けに倒れ込んだ。

「お前らは前線に呼ばれない未熟さに感謝しな」

見たところ一〇代の少女がイリーナの軍用外套を預かり、別の子が湯気の立つティーカップを運んできた。

部屋の隅で丸まっていたジャーマンシェパードが、駆け寄って彼女の頰を舐めた。

「……え……？」セラフィマは思わず間の抜けた声を出した。

ここがどこであるかも分からないが、イリーナの雰囲気が微かに軟化したように見えた。

すると、彼女のブーツを脱がせていた、シャルロッタという金髪の女の子が、不思議そうにセラフィマを見てから、再びイリーナに視線を戻して尋ねた。

「教官長、誰ですか、あの子は」

「土産《みやげ》だ。境遇はお前たちと同じ。新しいのはこれで最後だ」ひどくあっさり答えて、イリーナは笑いながら付け加えた。「お前と同い年。なかなか見所があるぞ、そいつ」

「ふうーん……」

じろじろとセラフィマを眺めていたシャルロッタは、姿勢を正し、妙に強い足取りでこちらへ歩いてくると、腕を組んでから、「初めまして」と言った。

思わず見つめ返すと、彼女は眉をひそめた。

「あら、挨拶してくださらないの？　あなたはどこの誰なの」

「は、初めまして。私は、セラフィマ。イワノフスカヤ村から来ました」

「私はシャルロッタ・アレクサンドロヴナ・ポポワ。誇り高きモスクワの工場労働者の娘であり、イリーナ上級曹長の一番弟子よ！」

はあ工場労働者の。とセラフィマは答える。間近で見る彼女は、金髪に光沢があり、肌もなめらかで、まるで陶磁でできたお人形のようだった。

「貴族のお姫様のようですね」

そう答えると、突如としてシャルロッタの顔が紅潮した。

「なんですって、私を侮辱しているの！　取り消しなさい！」

予想外の反応に当惑しつつもセラフィマは答える。

「侮辱したつもりはありません」

「私は由緒正しい労働者階級の生まれであり、共産党少年団で優秀と選抜され、航空科学協賛会《オソアヴィアヒム》の射撃大会ではモスクワ一位の座を勝ち取った誇り高い共産主義者よ！　それが階級の敵、反民主的存在の象徴である貴族の娘ですって！　侮辱以外のなんだと言うの。それとも田舎農家の娘にはその言い草が侮辱だということも分からないのかしら」

生まれを鼻にかける言い回しにかちんときた。そして自分が生まれ育ち、今まさに失った故郷を見下されることに我慢がならなかった。

「両親の生まれで優劣をつけるという考え方こそ反民主的であり、階級的でしょう」

「なんですって！　もう一度言ってみなさい、田舎娘！」

「そうやって出自を自慢して他人を見下す考えが気に入らないって言ったのよ、それこそ貴族様みたいで！」

この、と叫んでシャルロッタはセラフィマの胸ぐらをつかんだ。イリーナに比べればたいした力ではなく、なにより自分より背が低い。片手で頭をぐいっと押し返した。

距離を取られながらシャルロッタが叫ぶ。

「こ、この田舎の野蛮人！」

「うるさい、ちび！」

「ちびって言ったわね！」

「いちいち聞き返すな！」

タックルしてきたシャルロッタにセラフィマが肘を打ち下ろしたあたりで、他の女性兵士たちが飛んできて間に入り、総がかりで二人を引き離した。犬が興奮して吠え回る。

「面白いから放っておけよ」

イリーナが長椅子に寝転びながら笑ったが、セラフィマは頭に血が上ったままだった。

なんなんだこいつは。自己紹介は聞いたが、伝わったのはシャルロッタとかいうフランス人みたいな名前とけんかっぱやさと教条主義的な共産主義者ということだけだ。

すると、大人しそうな顔立ちをした、やはり同年代の女の子が、ごめんね、とセラフィマに謝った。

「私はオリガ。あなたも大変だったのに、こんなことになって。今、落ち着かせるから」

犬の話でもしているような言い草だった。

「ね、ねえシャルロッタ。私、イリーナ教官長に食べてもらおうと思って配給の蜂蜜を取っておいてあるの。あっちでパンにつけて食べよう。お茶入れてあげるから」

ずいぶん幼稚なだめ方だったが、シャルロッタの反応は早かった。

「え、本当！」

シャルロッタは、オリガという女の子の腕をつかんで隣室へ去って行った。

「じゃあ私は食えんのか。寝るぞ」

イリーナが立ち上がって退室すると、周囲にいた女性兵士が全員直立の姿勢で敬礼した。

「おやすみなさい！」

軍服の女性たち全員に共通して、イリーナへの敬意が感じられた。

この女性たち、そしてこの場所は一体……。

「お嬢さん、セラフィマさん」

途方に暮れているセラフィマに、女性の一人が声をかけた。

見たところ二〇代後半ほどの、柔和な顔立ちの女性。

自分や他の女の子と比べれば年長のようだった。

「私は、ヤーナといいます。ヤーナ・イサーエヴナ・ハルロワ。ここがどういう場所か、イリーナ教官長がどのような人か、知っていますか？」

「い、いいえ。まったく知らないのです。あの人は強いということしか」

「どうしてここへ？」

「今日、ドイツ軍に村を焼かれ……家族が死に、あの人に、ここに連れてこられました」

そう言った途端、室内の空気と、彼女を見る目が変わった。

それは自分を移送した兵士たちが感じさせた、憐憫や同情とは異なるまなざしだった。

親しみに満ちた視線の中に、高揚と、奇妙な興奮のようなものが同居していた。

「あなたもなのね！」

「私も村を焼かれたの！」

「私は、モスクワで家が壊された！」

「私は父親だけだったんだけど、先月戦死しちゃった！」

セラフィマはたじろいだ。こういう調子で家族の死を語る人たちにまとめて出会うとは。

「みんな興奮しないの。セラフィマさんが困ってるでしょう」

ヤーナがなだめると、皆が、はーいと返事をした。

「ごめんなさいね、みんな同じなのよ。どの子たちも、私も、家族を喪ったの。あ、ちなみにこの犬のバロンもそうなのよ」

「は、はい……」

だからね、とヤーナは言って、セラフィマを抱擁した。思わず体を硬くする彼女に、ヤーナは語りかける。

「なにも心配しなくていいの。みんな味方よ。もちろんさっきのシャルロッタも、本当は味方。あなたはここでは何も特別ではない。安心して、セラフィマ。ここへ来たあなたは、決してもうひとりではない」

こわばった体から、力が抜けてゆくのを感じた。

そして視線を周囲に巡らすと、女の子たちも賛意を示すように微笑んでいた。

高揚していた彼女らの心情を、そのとき理解した。仲間意識。

皆が同じ経験をしていた。全員が、全てを喪ったと感じ、そしてここで出会ったのだ。

そう思ったとき、涙があふれた。しばらく言葉も出せず泣き続ける彼女を、ヤーナは無言で抱きしめ、周囲の子たちも、ただじっと見守っていた。

ここには、泣く自分を許してくれる人たちがいる。そのことがセラフィマにとめどなくいっそう涙を流させた。

しばらくそうして泣いたあと、セラフィマは、イリーナがいた長椅子に座って身の上話をした。おおよそが伝わったところで、オリガという、さきほどシャルロッタを連れて行った女の子が戻ってきた。

「シャルロッタは部屋に行ったわ。あの子も悪い子じゃないから、恨まないであげて。ただ彼女はイリーナ教官長に思い入れが強いから、あなたが気になったのね」

「あ、あの……それより、ここはどこで、何をする場所ですか。イリーナ……イリーナ・エメリヤノヴナ・ストローガヤは、何をしているのですか」

ヤーナが微笑みとともに尋ねた。

「あなたは、リュドミラ・パヴリチェンコをご存じ?」

「はい」と彼女は答える。「セヴァストポリ要塞で戦っている、女性の狙撃兵士です。もう既にドイツ兵士二〇〇人以上を倒しています」

そうよ、と頷いてヤーナは答えた。

「イリーナ教官長は、リュドミラのパートナーである狙撃兵として戦っていたの。彼女も敵兵を九八人射殺している」

九八人。驚くべき数値ではあるが、イリーナから受けた印象に照らし合わせて意外性はない。やはり、という感覚があった。

「彼女はその後、迫撃砲で右手の指を失い、前線から戻ってきた。……そのころ赤軍は、訓練を受けたはずの狙撃兵たち、特に女性の損耗率が他の兵科よりも高いことに気付いた。男性の一般兵士と同じ訓練をこなすのではなく、女性には女性に、そして狙撃兵には狙撃兵に最適化された軍事訓練と、学校。そしてその教官が必要ということで、同志イリーナはその教官の長に任命されたの。冬季反攻で、一時的に前線に復帰していたけれど」

「それではここは、女性の狙撃兵訓練学校ですか……」

「中央女性狙撃兵訓練学校」オリガが答えた。「正確にはその分校。来月、女性狙撃兵を専門的に養成する訓練学校がポドリスクに設立され、来年から本格的に活動を開始する。その先行実験として私たちはイリーナ教官に選ばれたの。この建物は、疎開した学校を借りたもので、寮も併設してるから、卒業まで一緒に暮らして。……そして私たちは、ファシストどもを殲滅《せんめつ》する。私たちは全員が、超一流の狙撃兵であるイリーナ教官長に選ばれたのよ。もちろんあなたも。私たちはともに戦い、ナチの手先どもを皆殺しにするの」

オリガは顔色も変えず告げた。抑制的なトーンの中に、凄まじい憎悪を感じ取った。

「あなたのご家族は？」

セラフィマは躊躇《ちゅうちょ》なく尋ねた。互いにそれができるという確信があった。

「故郷のウクライナで、一族みんな前線に行って、全員死んだ」

「お母さんも？」

「うん。……まあ私、コサックの家だからね」

「コサックですか」思わず問い返した。

「軽蔑する？」

「そんな、とんでもない」

軽蔑などしないが、驚きはあった。元々トルコ人やタタール人にそのルーツをもつコサックは、自己武装した遊牧の民として広大なロシア領に散在していたが、後期の帝政ロシアでは、専《もっぱ》ら帝国に仕《つか》える軍事集団として扱われ、村落や市区町村が軍管区や軍団として編成される、特殊な社会的地位を有していた。皇帝の切り札とでも呼ぶべきその強力な軍事力は、革命初期においては弾圧の中心を担い、戦い慣れた彼らの暴力の前に、おびただしい民衆の血が流れた。続く干渉戦争でもコサックは赤軍に立ち塞がり、戦局が赤軍優勢になると、今度は膨大な数のコサックが戦死し処刑された。革命後ソ連は、コサック軍管区や軍団をはじめとする社会的構造を解体した。もとよりコサックは民族というより社会集団であったので、その解体は比較的速やかに完了し、彼らはソ連人民の同胞となった。

……というのが建前ではあるにせよ、やはり「コサック」に対する恐怖と憎悪はそう簡単に消えるものではない。帝政ロシア時代を舞台とする文学作品にコサックが登場するとたいてい悪役だ。コサックを丁寧に描いた文豪ショーロホフの『静かなドン』のような作品は例外的であり、セラフィマが見た演劇でも裏切り者の兵士はコサックだった。

オリガは、別段気にする様子も見せず答えた。

「軽蔑されたとしても仕方ないよね。少なくもないコサックが、ソ連を恨んでドイツについているから。けれど『赤軍コサック師団』として編入されていた私の家族は違った。コサックの汚名を雪《そそ》ぐため、祖国のために戦って死んだ。私は、その意志を継ぐ。ドイツ兵を倒して家族の復讐を遂げ、かならずコサックの誇りを取り戻すの」

その言葉を、セラフィマは一字一句忘れまいと思った。

同い年。一八歳の少女が通常口にする言葉ではない。

けれど心情は同じだった。ナチ・ドイツを打ち砕き、復讐を遂げる。

それ以外に、自分が生きる意味は無い。

「みんなで、頑張りましょうね」

ヤーナが、料理でもつくるような調子でその場の全員に対して言った。その言葉を、同年代の少女たちは目を輝かせて受け入れた。

そうだ。皆が家族を喪ったのだと、彼女は言っていた。

「はい！」

若き女性たちが声を揃えて返事をした。

言い知れぬ高揚と一体感が、セラフィマの心を温かく満たした。

がちん、と堅い音がした。

音の方を見やると、そこに一人、シャルロッタと同じくらいに小柄な少女がいた。

壁によけられた椅子に腰掛け、組んだ足を机に投げ出していた。

セラフィマは思わず目を丸くした。室内に入ってずいぶん経つのに、彼女がそこにいたということに、まったく気付かなかった。

一切の気配を感じさせなかった彼女は、ちらりとこちらを見た。

周囲の少女たちが、冷や水でも浴びせられたかのように静まりかえった。

仲間のはずだが、とセラフィマは不思議に思う。

漆黒の髪、橙《だいだい》色の肌と、平板な顔。アジア風《ふう》の容貌をもつ痩せた少女は、見たところ一四歳程度のようだった。

「は、はじめまして。あなたもここの生徒なのよね？」

彼女は何も答えず、ため息をついて立ち上がり、部屋から出て行こうとした。

「あ、あの、あなたのお名前は？　……私、何か気に障《さわ》ることでもしたの？」

思わずセラフィマは彼女の前に立ち塞がった。

目が合った。眼光は鋭く、それでいて一切の感情をうかがわせない、冷えきった目だった。こちらの言葉に対しての反応がない。

「お名前は……あ、もしかしてロシア語が分からないんですか？」

セラフィマがそう言ったのは、別に皮肉や悪口の類《たぐ》いではなかった。広大なソ連には非ロシア語圏も多く、実際にロシア語が話せないまま赤軍の一員となる兵士は多いのだ。

しかし彼女は、ロシア語で答えた。

「私はアヤだ。アヤ・アンサーロヴナ・マカタエワ。話したくないんだ」

多少の訛《なま》りがあり、まるで愛想のない口調で答えると、それだけで室内の空気が凍り付いた。

「狙撃兵に向かない奴がいる。感情に流される奴、無駄口を叩く奴、目立ちたがる奴……それと、他人を頼りにする奴だ。みんなで頑張ろうなんて奴は、今のうちに退校しろ。単身、前線へ放り込まれたら、射撃位置につくまえに撃たれて死ぬのがオチだ」

言うだけ言って、アヤはドアの方へ向かう。

セラフィマは身じろぎ一つできなかった。

それほどまでに、何か圧倒的な雰囲気を持った少女だった。

オリガがやってきて、ごめんね、と小声で謝った。

「気を悪くしないで。アヤはね、カザフ人で、ものすごく人付き合いが苦手なの」

「そう……でも、なんだかただものじゃなさそうね」

「イリーナ教官長が言うには、ロシアへ来る前は猟師だったそうよ。山岳地帯の猟師で、大型ライフルを使えば五〇〇メートル先の獲物も撃てるんだって」

田舎の村で半農半猟の生活をしていたセラフィマからすると、それは途方もない数値だった。二二口径弾を使用するTOZ‐8を使う場合、獲物との距離は大体が一〇〇メートル以内で、二〇〇メートルが限度に近い。

彼女が出て行こうとしたとき、入れ違いでシャルロッタが入ってきた。

反射的に身構える。シャルロッタは、違うの、と言った。

「あ、あのね、セラフィマ。私、さっきのことを……」

シャルロッタがなにかを言おうとした。

それが大体なんであるか、セラフィマに察しがついたとき、アヤがすれ違いざま、鼻で笑った。セラフィマとシャルロッタにだけ聞こえたその笑いを聞いた瞬間、シャルロッタの顔色がまた一変した。

「わ、私は、あなたたちに絶対負けない！」

「え？」

セラフィマが思わず間の抜けた声を出すと、シャルロッタがますます怒った。

「猟師よりも競技射撃者の方が、絶対に優れた狙撃手になれるのよ！　そうよ、私はそれを言いに来た。的の小ささ、射撃に求められる正確さ、それらはいずれも猟師よりも競技の方がシビアだからね。だから覚えてなさいセラフィマ、アヤ！　私は負けないから！」

「はあ。うん。忘れないようにしておく」

一応答えると、シャルロッタは扉も閉めずに、一目散に走って行った。

「まあその、そのうち仲良くなれるから、ね？」

オリガが慰めるような調子で言って、犬のバロンがワンと鳴いた。

ヤーナやオリガはともかくとして、シャルロッタやアヤと付き合うのは大変そうだな、とセラフィマは思った。バロンの頭をなでてやると、手をぺろぺろ舐められた。


中央女性狙撃兵訓練学校分校の訓練課程は、その翌日に始まった。

午前六時。全員が髪の毛をばっさりと切られた。

辛そうな顔をする子もいたが、慣れ親しんだお下げを切ったセラフィマは、特に悲しみを覚えなかった。むしろ覚悟が定まる機会を得たと感じた。

与えられたのは、全員同じ髪型。しゃれっ気のみじんも無いボブカットは、制帽にすっぽり収まる長さだ。機能性のみを追求した髪型になるということは、大げさに言えば、自らが兵器化することのように感じられた。

おそろいの髪型になった彼女たちに、学校卒業までの行程についての説明がなされた。

課程開始とともに兵卒の階級を与えられ、訓練期間は予定で一年。ほぼ全員が、射撃の基礎ができているだけの素人である生徒たちを、狙撃のスペシャリストへ養成する課程としては短いようにも感じられるが、前線へ赴く兵士たちの多くは、訓練期間が数ヵ月であり、ひどいときには一ヵ月の基礎訓練でいきなり実戦投入されている現状に鑑《かんが》みれば、異例の長さといえた。

なお休日は一週間に一日のみで、その休日にも座学訓練はある。歩いていける距離には町もあるが、外出の機会は、野外訓練を除いて無い。

ともあれ狙撃兵に特化された訓練学校であるならば、長距離射撃の訓練を徹底的に反復するのであろうという大方の予想に反して、彼女らの手元にはスコープだけが与えられた。イリーナは初日の座学で、まず射撃の訓練が最も重要だという固定観念を捨てろと言った。

「お前たちに課せられた任務は、優れた射手になることではなく、優れた狙撃兵となることだ。狙撃兵に求められる能力のうち射撃とは、中心ではあるが一部でしかない。金槌に頭がなければ金槌にならないが、頭だけではただの鉄だ。金槌がすべての部品を備えるように、お前たちもまた優れた狙撃兵となれ。最初の一ヵ月、銃に触ることも許さん」

その言葉に対して、シャルロッタたち競技射手は意外そうな顔をしたが、セラフィマたち猟師にはむしろすんなり受け入れられた。

しかし心構えはともかくとして、いざ始まった座学はといえば猟師たちを悩ませた。

基礎の基礎として、全員が「ミル」という単位を覚える。ミルとは射撃および砲撃の照準に用いられる角度の単位であり、周回三六〇度を六〇〇〇ミルとして定義する。すなわち正面に対して右に九〇度は一五〇〇ミルであり、上に四五度は七五〇ミルである。

なぜこんな面倒な単位を用いるかといえば、「一〇〇〇メートル先にある、幅一メートルのもの」がおおよそ一ミルであるからだ。この単位を用いることは照準に有利となる。

故《ゆえ》にスコープを覗いて、「幅五〇センチと推定される物体が一ミルの幅に収まっている」という状態があるならば、彼我《ひが》の距離は五〇〇メートルと計算できる。

ここまでは、ソ連国民必須の軍事基礎訓練、フセヴォーブチで全員が習っていた。

しかし、どうすれば「幅五〇センチと推定される物体が一ミルの幅に収まっている」などと理解することができるのだろうか。答えは簡単。あらゆる物の大きさを頭にたたき込み、スコープを介して「距離と見え方」を覚えるのだ。

イリーナは生徒たちを屋外へと連れて行った。

競技練習場に近い空き地も接収して造られた除雪屋根つきの屋外演習場は、長さ一キロ、幅五〇〇メートルにわたり、当然それ故に選ばれたのであろうが、射撃に向いていた。

途方に暮れるような広さを前に、イリーナは表情も変えずに言った。

「お前たちについた両目と、お前たちが用いる三・五倍スコープ。そこから見える景色から、見える物の大きさと距離を覚えろ。人間の大きさはそう変わらない。肉眼で一〇〇メートルの距離では顔が判別できる。スコープを覗けばT字は両目の間だ。二〇〇メートルならば肉眼で制服が分かる。スコープの中では胸元までが入る。四〇〇メートルならば人影が分かる。スコープを覗けば全身が映る。一〇〇〇メートルならばかろうじてそこに人がいることが分かる。スコープを覗けば、レンズ中央部二五パーセントに頭から足までが入る」

初めて明確な指標が示された。生徒たちはそれをノートに書き写したが、それをあざ笑うようにイリーナは、ただし、と付け加えた。

「人間の目は全員が同じようにできてはおらず、スコープの精度にも差がある。また気象条件によって見え方はたやすく変化する。気温が高いとき、物は実際より近くに見える。故にこれは単に一つの目安であり、この目安を盲信すると距離を誤る。そして死ぬ」

それでは一体、何を頼りにすればいいのか。イリーナは簡単に答えた。

「自分の視力、見え方、スコープの性質を覚えろ。徹底的に覚えて、気象、地域差、心理状態がどのように影響するかを、全て覚えろ。そうすれば間違えなくなる」

そんなことが可能なのか。セラフィマが思ったとき、イリーナと目が合った。

彼女は何かを読み取ったのか、手元からトランプを取り出した。

何事かと身構えるセラフィマにイリーナは軽く笑みを見せてからシャッフルしてみせ、三枚適当な場所からとれ、と命じた。

同じようにシャルロッタと、それからアヤも命じられた。

怪訝《けげん》そうな顔をする教え子たちに、イリーナは説明する。

「三枚それぞれの数字に注目。一枚目を一〇〇メートル単位、二枚目を一〇メートル単位、三枚目を一メートル単位に換算しろ。JからKまでは一桁目を採用。方位、校旗掲揚台を中央として、シャルロッタ、左へ一〇〇ミル、アヤ、右へ二〇〇ミル、セラフィマは二五〇ミルだ。行け！」

行けと言われても。セラフィマは手元であたふたと分度器を動かしていたが、その尻に膝蹴りを食らった。

「ナチを目の前に分度器使う気か！　肉眼とスコープだ、行け！」

トランプを見る。2、K、6。距離二三六メートル。右へ二五〇ミルだから……約一五度。右へ一五度、二三六メートル行け。

スコープを覗いたが、物が拡大されて見えるだけで距離は分からない。

それでもセラフィマは自分なりのめどをつけて走った。校旗が正面、九〇度右に校舎があった。中央の四五度ならば目算可能だ。その半分の二二・五度向こうには、山の峰が見えた。その峰と校旗の真ん中が一一・二五度。残る四度弱を感覚で右にずれる。距離は、フセヴォーブチで散々やった一〇〇メートル走を二回。自分が一〇〇メートル走ったと実感できる距離を二回。残る三六メートルはその半分弱だが、疲れが距離を遠く感じさせていることを考え、さらに一〇メートル追加。

ここだ、と思うところで止まった。

多分、ここだ。ここに違いない。

しかしこの正しさをどう判定するのだろう、と思っていると、間近に呼吸を感じた。

愛想が悪いカザフ人のアヤが、息をあげることもなく、すぐ隣にいた。

「あ、あれ……？　アヤ、なんでここにいるの？」

アヤは答えなかった。

遠くからイリーナの声がした。

「シャルロッタ、自分の角度と距離を言え！」

だいぶ遠くにいるシャルロッタが、手を振って答えた。

「左一〇〇ミル、距離一二八メートルです！」

イリーナは肉眼とスコープでシャルロッタを一度ずつ見た。

「ちがう。そこは左七八ミル、距離一四五メートルだ！」

え、とシャルロッタが答える。

「セラフィマ、お前はどこにいる！」

「み、右二五〇ミル、距離二三六メートルです！」

イリーナは先ほどと同じく肉眼とスコープでこちらを見る。

銃のないスコープ。それにただ見られただけで、なにか底冷えのするものを感じた。

イリーナは何も答えず、首を振った。

「面白いことになったが、横にいるアヤ。お前はどこにいる」

すぐ隣にいるアヤが、静寂の中に通る声で答えた。

「角度、右へ二〇〇ミル。距離は二八八メートル」

イリーナはスコープから目を外して、一言だけ答えた。

「正解だ。そこを動くな」

イリーナが視界の向こうで何かの器具を踏んだ。それを男性の教官が持ち上げると、彼女の足下から巻き尺が伸び始めた。競技用の測距器具を手に彼ら二人は走ってきて、シャルロッタと、それからアヤの足下へ置いた。自分とひとまとめにされたアヤの足下に、競技用測距器具がどんと置かれた。

二八八メートルの表示が読み取れた。

「どうだ？　セラフィマ」

イリーナに問われ、屈辱的な気分を味わいながらセラフィマは答えた。

「教官長どのとアヤが正解です！」

わっと女性生徒たちが沸いた。自分と同じく誤差を指摘されていたシャルロッタも、その悔しさよりイリーナの慧眼《けいがん》がうれしかったのか、同じ調子で喜んでいた。

「お前たちも、二カ月でこれができるようになれ！」

全員が、水を打ったように静まりかえった。イリーナは続けて叫ぶ。

「もしも今不可能だと思った者がいるなら、即刻退学しろ。戦場においてこんなものは、基礎技術にもならない、ただの余技だ。お前たちは数秒のうちに角度、距離、標的の大きさを計算し、そしてそこへ向けて銃弾を放って敵を殺し、その後自陣へと戻る。それができなければ死ぬ！」

狙撃兵になる。その養成校を卒業する。

鍛えられる、と漠然と捉えていたその困難さの片鱗が覗いたとき、全員が表情を暗くした。ただ一人の例外が、ふんと軽く息を漏らして戻っていった。

「アヤ」

思わず呼び止めると、一拍間を置いて彼女は振り返った。

心底つまらなそうな彼女に、セラフィマは尋ねた。

「これ、あなたはどこで学んだの。普通、猟師はミルなんて使わないのに……」

「ミルは、今日初めて使った。……簡単だろ、こんなの」

息を乱すこともなく、彼女は去って行った。

アヤは別に特別の訓練を受けたわけでもなかった。

ただ己の天性によって距離と方角をつかんで、そこまで走ってみせた。

天性の才能。

基礎訓練を受けたというアドバンテージがありながら全く及ばない実力の差に、セラフィマは打ちのめされた。

この後、ウクライナコサックの娘オリガは、シャルロッタとセラフィマと同程度の誤差を示した。

二八歳のヤーナも続いて挑戦していたが、輪をかけてひどく、そもそもカードに示された九八六メートルを時間内に走りきれず、途中で失格を宣告された。


これが第一日目の訓練であり、二日目以降は、これを習得したものとして扱われた。むろん計測ミスや角度に誤差を生じさせる生徒はいる。その都度イリーナの怒声が飛び、そして同じことを二度聞けば即座に時間を延長しての復習を宣告された。

厳しいのはイリーナの叱責だけではない。他の教官らも男女を問わず体力訓練では容赦ない走り込みと体力トレーニングを課すし、広大な訓練場を行進する訓練は、足並みが乱れると即座にやり直しになる。座学は座学で工科大学の教授や博士たちによる詰め込み教育がおこなわれた。弾道学、という耳慣れない学問領域は「なぜ弾丸は飛ぶのか」というところから始まって、ライフル弾が回転する理由、重力と飛行距離、薬莢の長さと射程、有効射程と限界射程、気象条件がおよぼす影響とその原理、果ては砲弾が宇宙空間に届く超長距離砲と地球の自転の関係等を次々と数式を用いて教えた。

高度な計算を用いる数学は、セラフィマにとって苦ではなかった。もとより村の優等生だ。しかし学校の勉強と違うのは、それが常に実戦、すなわち戦場で銃を手に取り発射する際にどう応用するのかを問われるということだった。いかに応用数学の難易度が高いといえど、公式を覚えた後に「高度は海抜三〇〇メートル。湿度が四〇パーセント、東風、風速一〇メートルの場面で、三〇〇メートル向こうの北に敵がいる。この場合標準的なラシアン弾を使用する際には、上下左右それぞれ何ミルの調整が必要か？」などという問題は出題されなかった。

しかも提示された公式は暗記し、暗算することを求められた。矢継ぎ早に飛んでくる質問に詰まると、即座に不正解を宣告される。イリーナは言った。

「複雑な公式を覚えたとしてのんびり机の上にノートを広げて計算していれば、その間にカッコーが暗算してお前を殺す」

このとき、生徒の一人が、イリーナの言った「カッコー」という言葉がなにかと質問すると、敵の狙撃兵のことだと教えられ、そこで奇妙なルールを教えられた。

ドイツ兵のことはいついかなるときも「フリッツ」と呼ぶこと。

同じく敵の狙撃兵は「カッコー」と呼ぶこと。

いかなる場面においても例外はない、と付け加えられた。そうは言っても使い慣れない俗語には抵抗があるもので、生徒たちはうっかり、「ドイツ兵」、「ドイツの狙撃兵」、といった言い方をしてしまう。そのたびに教官の誰かが大声で注意した。

その怒り方は、なにかのミスをしたときよりも明らかに強いものだった。

理由は不明だが、たいして難しい問題ではない。一週間もするうちに全員が「フリッツ」と「カッコー」を間違いなく使えるようになった。

最初の脱落者が出たのは、その直後だった。

離脱は必ず、全員がそろった朝、点呼の際に自己申告しなければならない。

全員が、離脱を申告した彼女を見た。

「ねえ、本気なの、ポリーナ。一緒にフリッツをやっつけるって誓ったでしょ？」

モスクワ出身のポリーナという女の子に、同郷のシャルロッタは語りかけた。

ポリーナは目に涙を浮かべて、ごめんなさい、と答えた。

「私は狙撃兵にはなれない。私はドイツ人を殺せないと思う。でも、電信隊へ行っても戦うことに変わりはないから」

既に軍隊に籍を置いている以上、除隊ではなく転属という扱いになる。彼女自身はそれを挫折と捉えていることは明らかだったが、決意は固かった。

転属を割り振ったイリーナはそれを聞いて笑った。

「その通りだ。お前は狙撃兵にはなれない。ここで起きたことを忘れ、電信隊で働け！」

それだけ言って、荷物をまとめて受付に行くようにポリーナに告げ、あとは何事もなかったかのように通常の授業を始めた。

セラフィマは内心憤《いきどお》った。ポリーナは初日に話しかけてくれた子の一人で、空襲で親を亡くし、その仇を討つと言っていた子だ。大体、みなしごを集めて狙撃兵に仕立て上げようとしているのは、当のイリーナではないのか。

そこまで考えて、ぞくりと冷たいものがセラフィマの背中を走った。

イリーナが声をかけて集めたのは孤児ばかりだ。いかに同じ境遇の子が多い現代とはいえ、偶然そうなったとも思えない。死んでも悲しむ者が誰もいない孤児を狙撃兵に育てるという発想。それは、誰はばかることなく自らの「死兵」を育てるという発想ではないか。

セラフィマは、自らが仮定した残虐な発想に、まさか、とも思った。しかしその印象を払拭《ふっしょく》するだけの要素はイリーナのなかに見当たらない。戦うのか、死ぬのか。彼女にはその価値基準しかない。毎日罵倒され、徹底的に訓練をたたき込まれるうちにその確信を深めた。

セラフィマは離脱しようとは思わなかった。

いつか彼女を殺してやる、という決意がむしろ強固になっていった。

徒手格闘訓練もおこなわれた。ボクシングとレスリングをそれぞれ基礎として習うと、それを応用して実戦形式の模擬戦となる。力は七割程度、という制約を課されたが、気の抜けた立ち回りをすると即座に怒られるため生徒たちは困惑した。

ものは試しということか、セラフィマとシャルロッタの模擬戦も実施された。

男性の教官は二人の気迫を称賛したが、セラフィマの放ったパンチが偶然カウンターになってシャルロッタを昏倒させ、続く第二ラウンドでシャルロッタがセラフィマにバックドロップを放って気絶させると、以降ふたりの対戦は禁止となった。

全力で戦った。だからといって都合よく友情など芽生えるはずもなく、ただただ怒りと徒労感が募った。

三週目に入ると、座学には政治教育、という短期集中科目が組まれた。てっきり政治将校が型通りの赤軍思想でも教えるのだからこちらも型通りに答えればよかろうと軽く考えていたが、教師はイリーナ本人だった。そして彼女は絶えず質問を投げかけた。「なぜソ連はドイツと戦っているのか」「なぜ赤軍はソヴィエト連邦国軍でなく赤軍を名乗るのか」「革命戦争と対ファシズム戦争は何が共通し、どう違うか」

生徒は全員、間違った答えをしてはならない、と身構えて教科書通りの答えを披露しようとする。

答えに詰まると、たいていの場合シャルロッタが「ソヴィエト連邦の自衛と人民の解放のため」「赤軍は国家の抑圧機構ではなく人民の武力であるから」「人民の戦いという点で共通しているが、敵が自国の帝政であるかファシスト国家であるかの違い」といった、優等生的な回答を示した。

そしてそのたびにイリーナは、同じ反応を示した。

「それはお前の答えではなく他人の答えだ。自分で考えろシャルロッタ」

シャルロッタは、自分で考えました、と反論したが、聞き入れられなかった。

イリーナはシャルロッタをソ連で最も虚像英雄化された労働者になぞらえて「わが校のスタハーノフ」と呼んだが、露骨な皮肉に気付くでもなくシャルロッタは喜んでいた。

好き勝手に質問を投げかけながら、イリーナは正答を示さなかった。明らかに、生徒たちが混乱し、間違った回答を示すことに怯えながらあれこれ議論する様子を楽しんでいた。このサディストめ、とセラフィマは怒ったが、彼女も質問をかわすことで精一杯だった。型通りの答えは否定されるが、うかつなことを言えば体制批判になりかねない。いかに弱点を隠して答えるのか、と常に考えざるをえず、それがため頭をフル回転させた。

ただ一度、「なぜ赤軍は戦うか」という議題の最中、次々と生徒たちが自らの思う動機を語り始めたとき、イリーナはそれを遮《さえぎ》って、訓示めいた口調でこう言った。

「個々の思いを否定はしないが、その気持ちで狙撃に向かえば死ぬ。動機を階層化しろ」

イリーナによれば、「侵略者を倒せ」だの「ファシストを駆逐しろ」だのの動機は重要であるが、個人の心中にとどめておき、戦場へ行くまでの、動機の起点とすべきものなのだ。

「いざ戦地に赴き、敵を撃つとき、お前たちは何も思うな。何も考えるな。……考えるな、と考えてはいけない。ただ純粋に技術に身を置き、何も感じずに敵を撃て。そして起点へと戻ってこい。侵略者を倒し、ファシストを駆逐するために戦っているという意識へ」

生徒たちはその答えを難解と思い、困惑していた。

ただ、セラフィマは、提示されたその考えを、まるであらかじめ知っていたかのように、何の違和感も持たずに受け取ることができた。自分とイリーナの間に、ある種の共通点があるようで気味が悪かった。

そう思ったとき、彼女と目が合った。

「ちょうどいい。起立して、それぞれ個人が戦う目的を述べろ」

自分の思いを述べろ、などと訓練学校に入ってから言われたことはなかった。

面食らいつつも、正直に「ナチスとお前を殺す」とは言えまいと思った。シャルロッタが威勢よく立ち上がってはつらつと答えた。

「人民を守り、祖国ソ連を守るためです！」

「はいありがとうスタハーノフ。次、ヤーナ」

最年長、二八歳のヤーナは答えた。

「若い皆さんに任せてはいられないからです」

二歳年下のイリーナは軽く微笑んで答えた。

「そうかい、ありがとよ。次、アヤ」

カザフの天才、アヤは短く答えた。

「自由を得るために」

イリーナの目元が、ぴくりと動いた。

そうか、と答えて、彼女はオリガを見る。雷に打たれたようにオリガは立ち上がって、気の毒なほどに震えながら答えた。

「う、ウクライナのコサックの名誉を取り戻し……」

イリーナは最後まで聞こうともしなかった。ふたたび彼女はセラフィマと目を合わせた。

「お前はどうだ、セラフィマ」

セラフィマは思考を巡らせた。同級生たちの答えの間も考え続けていた。

通り一遍の答えではなく、かといって本音でもない。伝わるべき人間に伝わる言葉。

「敵を殺すため」

軽く、教室がざわついた。あまりにも露骨な答えであるし、彼女らの知る自らのイメージとも異なるのだろう、とセラフィマは思う。

真意を知るイリーナだけは、無言で口の片端を歪ませた。

その後も生徒たちは順番に起立し、ソ連を守るとか、家族の仇を討ちたいといった、無難であろう答えを示した。

一通り聞き終えてから、イリーナは言い捨てた。

「お前たちはそろいもそろって人形のように空っぽだ」

教室は水を打ったように静まりかえった。

自分たちが赤軍に身を投じ戦おうとした決意。それを否定されるとは思っていなかった。

イリーナは全員の顔を見渡した。

「起点を持てと私は言った。そしてそれを戦場では忘れろとも言った。起点すらないようでは話にならない。一度しか言わないからよく聞け。狙撃兵の特異性はその明瞭な意思により敵を狙い、撃つことにある。現代の戦争では、機銃兵も砲兵も爆撃手も軍艦乗りも、あらゆる兵科は集団性とそれによる匿名性の陰に隠れることができる。しかし、お前たち狙撃兵にそれはできない。常に自分は何のために敵を撃つのかを見失うな。それは根本の目標を見失うことだ。そこで死を迎える。各自、新しい答えを考えろ。宿題にしておく」

次なる課題は「なぜソ連は女性兵士を戦闘に投入するのか」ということであり、「大祖国戦争の聖戦に性差はないから」と答えたシャルロッタ他何人かに対して、アヤは単純に兵力の不足を補うためと答え、イリーナが、ではなぜ兵力が足りないドイツと防衛戦を戦うアメリカは女を実戦投入しないのかと問いかけたことで議論が紛糾した。

資料として例示されたアメリカの「女性兵士」の「訓練」も見た。事務職が専業だという彼女らはヒールのある靴を履きスカート姿で公園の遊具のような丸太をぞろぞろ越える訓練をしており、イリーナが正面にいれば全員射殺できるであろうとセラフィマは思った。

それでも彼女らは軍隊に身を置くだけ例外的な存在であるらしく、アメリカ製のカラフルなプロパガンダポスターでは、勇ましく出征する兵士たちを後ろでチアガールのように応援している姿が目立ち、要するにこれがあの国における女性の役割であるらしかった。

対して、見たくもないナチ・ドイツのポスターでは、いかにもな写実画の中でブロンドの女性らが農業と家事と看護に明け暮れていた。

どちらにせよ、彼女らが全員散々目にしていたソ連のプロパガンダポスター――「母なる祖国」と大書され、いかめしい顔をした赤服の女性が銃剣を背後に戦地へ来いとばかりに右腕を上げているあのポスターや、「ドイツの占領者どもに死を！」という文言とともに自ら銃を手にした女性が描かれたポスター――とは決定的に異質であった。

しかし、その差異は分かっても背景が答えられない。なぜ自分たちはここにいるのか、という根源的な問いに結びつく疑問に自ら答えを見いだせないまま、その日の政治教育は終わった。

全員が憔悴《しょうすい》しきった顔で教室を出た。続く基礎体力訓練が、むしろ待ち遠しく思えた。

――思えたのだが、それはそれとして、周回三キロを木製の模造銃を抱えて三周走ればやはり疲れる。頭はまったく使わないが、心臓は体を内側から叩くように脈打ち、肺はやけつくように酸素を求め、全身の筋肉が痛む。

「よし、一五分休憩！」

男性の教官とともに、同じ装備で同じ距離を走破したイリーナは汗もかかずに告げた。

うら若き女性たち全員が、人目もはばからずその場に寝転んだ。休めと言われたら徹底的に休め、というのが規則だった。ただし模造銃は地面に接しないようにする。

「ハァッ……」

セラフィマも仰向けになって呼吸を整えた。

頭の次は全身の酷使だ。そう思いながら休憩の後の講義を考える。弾道学だ。今度は完全に数式と学問の世界。それならばここで必要以上に気を抜いては危険だ。多分、安心のあまり眠ってしまう。即刻徹夜で補講訓練だ。体から、今完全に疲れを抜き、それから前回の内容を思い出して、集中力を研ぎ澄まさなければ。

一〇分、ただ無心に数を数えて空を眺めて、その後無言で起き上がった。ほとんど「目を開けたまま寝る」という芸当をやってのけた。もはや「休む」ということをある種の課題と捉え、それを自分がこなしたことにセラフィマは驚いた。

「セラフィマ、大丈夫……？」

ただ一人校舎へ向かおうとすると、オリガが心配そうな顔をしながらついてきた。

「まだ五分あるよ、オリガ。あなただって辛いでしょ」

「うん。でも一五分休んだら、もう立てなくなりそうだから……」

同じようなことを考えるんだ、と思うと少しうれしくなった。

なにかにつけて食ってかかってくるシャルロッタとも仲が良いオリガは、セラフィマとも疎遠にならないように意識しているようだった。彼女は、成績としてはあまり目立たない方だが、皆に好かれる、という点で他の生徒たちにない素養があった。

それはそれで兵士の特質なのだろうな、とセラフィマは思う。なんとはなしに振り返ってアヤを見る。高地育ちの心肺には負担でもないのか、彼女は一人木陰に座して地面を眺めていた。オリガは常に誰かといようとする。アヤは、四六時中軍隊にいて、孤高の射手として生きるつもりなのだろうか。軍隊の同質性と狙撃兵のあり方を思うと、どちらが正しいとも思えなかった。

オリガは、ねえ、と明るく笑った。

「座学でいつもシャルロッタが言うこと、どう思う？　悪い子じゃないけれど、単純すぎると思わない？」

セラフィマは多少驚いた。オリガが他人について批判めいたことを言うのは珍しい。

「それは、多少は思うけど。どうしたの、急に」

「セラフィマはシャルロッタとは違うし、他の子とも違うから、話せるんじゃないかな、って思っただけ。私は、モスクワのロシア人と違うもの……ソ連についての考え方が」

「オリガはウクライナから来たんだよね。こうやって話してると、違いが分からないな」

なんとはなしにはぐらかす。オリガの口調に危険な気配を感じた。

「そう。ソ連だからこうやってロシア語を話すことができる。ソ連だからウクライナ語があったことも忘れてロシア語を使うことを強いられる。ましてコサックなんていない」

思わずオリガの顔色をうかがった。

いつもの愛想のいい笑みを浮かべて、彼女は話した。

「ウクライナがソヴィエト・ロシアにどんな扱いをされてきたか、知ってる？　なんども飢饉に襲われたけれど、食糧を奪われ続け、何百万人も死んだ。たった二〇年前の話よ。その結果ウクライナ民族主義が台頭すれば、今度はウクライナ語をロシア語に編入しようとする。ソ連にとってのウクライナってなに？　略奪すべき農地よ」

「オリガ！」

思わず言葉を遮った。

異議があるわけではない。そういう噂は聞いていた。

「そんなこと誰かに聞かれたら、殺されてしまう！」

「そう。私はそれが言いたかった。本当のことを言えば殺されてしまう国に、私たちは住んでいる。ねえセラフィマ。あなたはこのことを、誰かに聞かせる？」

周囲に、二人だけで校舎へ歩く自分たちの会話を聞いているものはいない。

誰かに聞かせるか。言えるはずもない。自分の密告でオリガを死なせることなどできない。

「言わない。でも、聞かれるかも知れない。だからお願い。そんなこと言わないで」

「ごめんなさい。だけれど言わなければ、あなたとは本当の仲間になれないと思うの」

ぞっとする言葉だった。論法に、なにか恐るべきものを感じた。

オリガはセラフィマからまったく視線を外さない。

いつものように微笑みを絶やさず、しかし、その笑みに異様な輝きがあった。

相手は敵か、脅威か、それとも餌か。何かを見極めようとする獣の目――。

「ウクライナでは、みんな最初ドイツ人を歓迎していた。これでコルホーズが終わる。これで共産主義者がいなくなる。これで、ソ連からウクライナは解放されるんだって」

「フリッツはあなたにとって味方なの？　なら、なぜここにいるの」

「コルホーズは解体されなかった。ドイツ人はスラヴ民族を奴隷にするため、コルホーズを維持してウクライナの支配者になったの。……どういう意味だか分かる？　セラフィマ。コルホーズはウクライナ人を奴隷にする手段なの。ドイツにとっても、ソ連にとっても」

「それなら、なぜドイツとだけ戦うの？」

「ロシアとウクライナをまとめて奴隷にしようとするドイツに支配されていれば、ウクライナは奴隷でしかあり得ない。『ナチスとともにソ連を倒す』ことはできない。けれど『ソ連とともにナチスを打倒する』ことはできる。赤軍の中でウクライナを勝利に導き、コサックの誇りを取り戻すことはできる。ソ連の一部であるかぎり、そのなかでウクライナは強大化する。ドイツとソ連は、理念が違う。

ソ連が自らを称賛する限り、ソヴィエト・ウクライナを否定することはできない。そしてそのなかで、コサックは再び栄光を取り戻す」

オリガは微笑みを絶やさない。その瞳が恐怖に揺らぐこともない。

赤軍として戦い、コサックの誇りを取り戻す。

思えば最初に聞いた言葉だった。

「セラフィマ、あなたはシャルロッタと私と、どちらが真実に近いと思う？　本当はあなたも気付いているんじゃないの？　これは、異常な独裁国家同士の殺し合いなんだと」

「それは……」

外交官を目指していたとき、ソ連という国家について思いを巡らせたことは何度もあった。気高い理想と、それとはほど遠い現実に落差があることを、他の誰しもと同じく理解していた。本当のことを言えば殺される国に住んでいることも知っていた。

自分の故郷、イワノフスカヤの村民をドイツ軍が皆殺しにして、赤軍が全てを燃やした。

他ならぬ自分は、ナチの狙撃手とイリーナを殺すことで、その仇を討つつもりでいる。

「私はフリッツを倒し、母の仇を討ったら、最後にイリーナを殺すつもりでいる」

あえてそのまま口にした。そうでなければ彼女の信頼を得られないと思った。

しかし、とセラフィマは続けて思った。

ソ連の名の下に死んだおびただしい人命を考慮しても、ナチ・ドイツとソ連を同列視することはできなかった。

「ナチスはソ連に攻め込み、私たちソ連人を皆殺しにしようとしている。その反対じゃない。それは起きえなかった。そうでしょう？」

「本当に？」

オリガの反問に、何か怒りを覚えた。自分の愛国心が発火したのか、それとも自分を試そうとするような彼女に対する怒りか、判然としなかった。

「オリガ、あなたの話の中に、私はナチとソ連の決定的な違いがあったように思うの。ナチはウクライナを解放しようとはしなかった。ソ連を打倒してロシア人民を解放するとも言わない。それがドイツにとって合理的な勝利への近道であっても。それはナチ・ドイツが戦争を始めた理由が、そもそも私たち全部を奴隷にするためだったからよ」

「そう。奴隷化そのものが目的。ソ連がウクライナを目的のために奴隷化したのとは違う」

ぐっと言葉に詰まった。ソ連を非難されるたび、自分が非難されているように感じた。

何か言い返さずにはいられなかった。

「ナチ・ドイツは、絶対に友達になれない。けれど、ソ連のなかで、ロシアとウクライナは朋友になれる。私とあなたもそう。……いえ、私は、ウクライナもソ連も関係なく、初めて会ったときからあなたを、大切な仲間だと思っている」

オリガが意外そうな表情で瞬きをして、答えた。

「そうだね。私もだよ」

そのとき、遠くから声がかかった。

「ねえねえ、オリガ、次、次なんだっけ……」

一五分が経っていた。シャルロッタが、自分を素通りしてオリガの腕に絡みついた。明らかにまぶたが重くなっていた。

「次は弾道学だよ。シャルロッタ。寝ちゃダメだよ」

オリガの笑顔からは異様な輝きが消え、いつもの彼女がいた。シャルロッタと自分の、どちらとも友好的なオリガ。

「ごめんね、急に変な話して。セラフィマの言ったこと、本当にそうだと思う」

その様子を一切変調させず、彼女は笑みを見せて去って行った。

しばらく、呆然としていた。弾道学の授業も頭に入ってこなかった。

あまりに濃密な言葉を聞いた。オリガにとっても生半可な覚悟ではなかったはずだ。

そう思ってから、ソ連に対する批判へ、反射のように怒った自分を恥じた。

その言葉を投げかけて密告されないと自分は確信を持たれていたのだ。

どんな考えを持っていようと、オリガは仲間だ。それだけを心に刻むことにした。

シャルロッタは案の定居眠りし、その日徹夜で走り込みをやらされていた。


脱落者を出しつつ訓練生活は進んで、移りゆく季節をめまぐるしく感じた。座学はどんどん高度になっていき、格闘訓練では木製のナイフを使うようになった。

五月には、彼女たちの本校たる「中央女性狙撃兵訓練学校」が正式に発足し、小規模なパレードが挙行された。もとより女性狙撃兵の養成課程を一本化するこの学校に対して、人数が減った自分たちも合流するのかと思っていたが、結局は違った。

イリーナが組織的合流を拒絶したのだ、とシャルロッタは言っていた。

分校へ見学に来た本校の教官たちに聞いたところでは、学校の在り方もずいぶんと違った。訓練の厳しさは本校と遜色ないが、射撃姿勢の差異や個室内部の整理整頓にイリーナが全く無頓着なのは驚くべきことなのだという。

イリーナは、万事自分の好きにできる分校という空間を捨てるつもりはないのだろう、とセラフィマは思った。

その間も戦況は推移し続けた。モスクワ防衛戦の成功によりドイツの攻勢能力を削《そ》いだというソ連首脳部の期待に反し、ドイツは攻撃の牙《きば》を失ってはいなかった。その事実は、クリミア半島におけるソ連最後の牙城、セヴァストポリ要塞への攻撃として示された。

前年九月から、すでにクリミア半島全体を失陥した状態にもかかわらず、一年近くにわたる包囲攻撃に対して、赤軍は奮戦し続けた。戦艦砲を改造した巨砲による砲撃、黒海艦隊による海からの反撃、同海軍陸戦隊を投入しての援護、そして狙撃兵たちによる絶え間ない狙撃と、ありとあらゆる手段を駆使して抵抗した。

しかしドイツ軍は重砲、迫撃砲、野戦砲、さらには口径八〇センチの列車砲まで動員して、徹底的にセヴァストポリを砲撃。独ソ両軍にそれぞれ数万人の戦死者をもたらした末、一九四二年六月、ついにセヴァストポリ要塞は陥落した。

すべての生徒たちがその戦況に衝撃を受けながら、同じことを語り合った。

ソ連女性狙撃兵の象徴であり、最強の女性兵士。セヴァストポリ要塞で戦い抜き、確認戦果三〇九人に達したリュドミラ・パヴリチェンコは無事なのか？

七月、彼女は重傷を負いながら、潜水艦による脱出作戦により生還した、という報道に全員が歓喜した。あらゆる生徒にとっての憧れであり、目標だった。

そして彼女の戦友であり生徒たちの師であるイリーナは、その知らせが届いた日、座学の授業に現れると、壁に掲示された新聞を覗いて沸き立つ生徒たちを一瞥した。

全員が即座に姿勢を正して傾聴の姿勢を取ったが、彼女はすべてを見通していた。

「同じことが自分にも起きると思うな」

生徒たちが、かすかに震えた。活躍の末の、死地からの奇跡の生還。

「同志リュドミラは偉大な狙撃兵であるが故に生還した。お前たちは誰一人として、リュドミラ・パヴリチェンコではない。敗北は死だ。お前たちは、負けたときは死ぬ」

そして、リュドミラの無事について、戦友のイリーナは何か感じないのだろうか、とセラフィマは思った。

そして、ほぼ時を同じくして、ドイツの大規模攻勢が開始された。モスクワを再び狙うだろうとのおおよその予測を外して、なぜか彼らは一路南を目指し、カフカス山脈へと驀進《ばくしん》し始め、そして工業都市スターリングラードへと突入した。

不利に推移する戦局に、生徒たちが不安とじれったさを感じ始めた同じ頃、やっと実銃が配布された。SVT-40というその銃は、半自動式の新型銃であり、弾倉に弾丸が一〇発も入る、狙撃銃としては異色の構造をしていた。弾丸は口径七・六二ミリ、薬莢長五四ミリ。

同五・七ミリ×一五・六ミリの弾丸を単射で撃つTOZ-8とは訳が違った。

近代的な狙撃銃の姿に色めき立つ生徒たちへ、イリーナは冷厳に告げた。

「狙って撃つという要素は、銃の扱いにおけるごく一部だ」

その言葉は間違いではなく、分解と維持の煩雑《はんざつ》さ、そしてその手順の暗記が生徒たちを圧倒した。

モシン・ナガンの方が構造的に簡素で射撃精度も高いし性能が良いのでは、というヤーナの質問に対して、イリーナは、それは標的射撃の場合の話だ、と答えた。半自動のアドバンテージは実戦に向いている。問題となる銃の品質は、同種の銃の中で最も工作精度の高い個体を選抜したものである。

「その最高の銃を、お前たちは最高の状態に保て。そして最高の技術で撃て」

実技としてついに射撃訓練が始まると――。

自身の示したその結果に、セラフィマは自ら圧倒された。

スコープを覗いて見える景色が、半農半猟の頃とは違う。距離の測り方、角度の読み取り方。修正すべき照準が、手に取るように分かる。

肉眼で点のように見える標的が、スコープを介して五〇〇メートル彼方にあると分かり、そのために調整すべき照準が上に一〇〇センチ、〇・七ミルと分かる。

せいぜい一〇〇メートルで鹿を撃つのが精一杯だった技量は、実射の訓練を後回しにしたのにもかかわらず、既に五〇〇メートル向こうの的を射抜けるまで向上していた。

「すごい、セラフィマ」

隣で観測をしていたオリガが感嘆を漏らすと、シャルロッタがふん、と大げさに笑った。

「そんなの基礎よ、見てごらん！」

彼女の放った一撃は、六〇〇メートル向こうの的に命中した。青少年射撃大会モスクワ王者だけあって、さすがに自分よりも遥かに優れている、とセラフィマは思った。

周りの生徒たちの様子を見る。八人までに減った彼女らの多くはオソアヴィアヒムで射撃を習得した競技射手で、その技量は、確かなものだった。

最年長のヤーナも同じく競技射手として技能優秀の評価を得ており、優れた技術を発揮していたが、ふと顔をあげて笑った。

「あらー、でも私、やっぱりあの子には敵わないのかしら」

高地の猟師、アヤは、平然と六〇〇メートル向こうの的の真ん中を射貫《いぬ》いていた。

シャルロッタは彼女に対抗しようとより長距離の的に向かったが、イリーナに「競技じゃないんだから」と言われて今度は半分程度の的を撃たされていた。

的の距離がバラバラなのは、それを測ることが訓練の一部であるからだ。決められた距離を教えられて撃つ能力など狙撃兵に必要とされない。的までの正確な距離を知るのは教官たちのみで、一度覚えても、夜間にこっそり移動させられてしまう。故に、常に複合的な訓練が求められた。銃を分解、整備、維持し、測距し、計算し、狙う。

狙撃兵にとっての射撃が単に主要な構成要素の一部であり、引き金を絞る瞬間はその他に費やした全ての結果を出す「極」に他ならない。その考え方と技能を、セラフィマは習得していった。それは他の生徒たちも同じだった。

なぜか、的が途中で円状の板から立体的な人形に切り替わったとき、ひどくぎょっとしたが、それも何度か撃つうちに慣れた。

競技ではないが故に、特にスコアが発表されることもなかったが、技能はおのずと明らかになっていった。

抜きん出たアヤと、猛追するシャルロッタ。セラフィマとヤーナが少し遅れてその後に続き、オリガは中間的な成績、他の生徒たちはついて行くのに精一杯だった。

それでも同様に育ってゆくのだろうと思えた頃。

転機は突然やってきた。

「皆さん初めまして。近所のイワンと申します。今日はよろしくお願いいたします」

がっしりした体格にごつごつの手。麦わら帽子を被ったその男性と、同じ格好をした隣の女性は見るからに農家であったが、校庭で挨拶した彼が牧畜を営んでいると分かったのは、なにもその風体のためではない。彼の傍らに、大きな牛たちが五頭もいたからだ。

困惑する女性兵士たちの視線に晒《さら》され、先頭の牛は主人の顔を見て、もう、と鳴いた。

男性教官の一人が慇懃《いんぎん》に礼を言った。

「ご協力、ありがとうございます」

「いいえ、供出にかわりはないですし、これも貢献ですから」

「同志教官長」

シャルロッタが挙手してイリーナに質問した。

「本日はなんの訓練でしょうか」

イリーナは頷いて答えた。

「お前たちが、あの牛を撃つ訓練だ」

少女たちがざわついた。

「移動目標を撃つ機会、また致命的箇所を狙う訓練としてこれ以上のことはない。難易度としては、今のお前たちに難しいことではないはずだ、他に質問は？」

「質問」セラフィマは挙手して尋ねた。「あの牛は撃った後どうなりますか？　またどこから来ましたか？」

「食肉として出荷される予定であり、肉牛としてイワンさんに飼育されていた」

イワンさんが、そうですとも、という感じで頷いた。

妙に訳知り顔をして、イリーナが笑った。

「他にあるかな？　同志セラフィマ」

「いいえ、他には何もありません」

まだ少し動揺している少女らもいたが、セラフィマは既に落ち着いていた。

射撃位置に、横一列をつくる。居並ぶ銃口が、いつもとは違う雰囲気を伴っているように思えた。

的の方に連れて行かれた牛の一頭が、イワンさんにけしかけられて、走る。

「最初にアヤ、撃て！」

す、と軽く息を整える音に続いて、銃声が轟いた。

牛は一撃によって全身を硬直させ、声も上げずその場に倒れ伏した。

見事だ、とセラフィマは感嘆した。推定三〇〇メートル。直撃が脳を射貫いた。

静まりかえる生徒たちとは対照的に、死を目にした牛たちは、ぐおお、ぐおお、と鳴き声をあげて、顔を左右に振り始めた。イワンさんの奥さんと教官たちが、それを押さえていた。

「命中。続いてセラフィマ、撃て！」

再び鞭《むち》を入れられ、二頭目の牛が走り出した。動揺しているのか、速度が速い。違いにわずかな不利を感じて、セラフィマは計算に入る。距離は同じく三〇〇メートル。照準距離は二〇〇メートル。移動速度は時速二〇キロ。補正、上に一〇センチ。狙点、眼球、誤差修正、前方五センチ。

撃った。耳の辺りを撃たれた牛は一撃で倒れ伏し、そして悲鳴を上げた。

一撃では仕留め損ねた――。

「命中」

「教官長」

続けて命令を下そうとするイリーナに、セラフィマは尋ねた。

スコープの向こうで、牛は致命傷を負いながら悲鳴を上げている。

「牛に『慈悲の一撃』を与えてもよろしいですか」

「一撃で済めばな。三発目は許さん。近づいてナイフでやれ」

仕留めてみせる。セラフィマは再びスコープを覗く。背を向けて倒れた牛の頭。もはや外しようもない。頭頂部に当たった二発目が頭蓋を炸裂させ、牛のあえぎは途絶えた。痙攣する死骸が周囲に脳《のう》漿《しょう》をまき散らす。血の臭いをかすかに感じる。三頭目の牛が放たれた。

「次、シャルロッタ、撃て！」

シャルロッタの技量を思えばたやすく仕留めるだろうと思ったが、彼女はなかなか撃たなかった。五秒もかけてから放たれた弾丸が、牛の足下をえぐった。なぜ？　とセラフィマが首をかしげると、二発目が牛の背後の的に当たった。さらに三発目は、牛が進んだ五メートルも後の地面をえぐった。

牛が射撃場を横切って、敷地外へ向かう。シャルロッタがスコープから視線を外した。血の気の失せた顔。シャルロッタの異変にセラフィマが気付いた瞬間、イリーナは叫んだ。

「アヤ、撃て！」

唐突な命令に、アヤは即座に従った。今度の射撃は心臓を射貫いて、牛を即死させた。

生徒たち全員が、アヤの技量ではなく、シャルロッタの異変を注視していた。常に誇り高く、アヤに対抗していたシャルロッタが、ただ無力に震えていた。

「シャルロッタ、あなた……」

セラフィマは、思わず声をかけた。

「生き物を撃ったことがないの？」

シャルロッタは頷いた。

アヤが軽く笑った。

「野蛮よ！」

シャルロッタが激昂《げっこう》したように叫んだ。

「戦いを挑んでくる敵じゃない、無防備な牛を撃つなんて、そんなの兵士じゃない！」

「故郷で狩りをしていたころ、前大戦で鹵獲《ろかく》したドイツの対戦車ライフルってやつが村にあった。単射式で馬鹿でかい銃だ。狩りが身について間もない頃、私はそいつを持ち出して、六〇〇メートル向こうの羆《ひぐま》を撃ったことがあった」

アヤがスコープから視線を外しもせずに、独語のような口調で答えた。

「口径一三ミリの初弾は肩口に浅く当たったが、頑丈な骨に阻《はば》まれて即死しなかった。羆はこっちに走ってきて、数秒で五〇〇メートルの距離まで詰められた……二発目が外れて、再装塡したとき、羆は五〇メートル手前に来ていた。……三発目を撃ったとき、私は目を狙って、当てた。羆の死体は目の前に転がって、そいつの息吹を鼻に感じた」

狙いの格好はそのまま、アヤの目だけがシャルロッタを見た。

目標を見失わない、猟師の目。

「よかったな、シャルロッタ・アレクサンドロヴナ。フリッツどもは、決して無防備な獣じゃなく、重武装で私たちを殺そうとする人間だ。お前が奴らの足下に無駄弾を撃っていれば、すぐに奴らがお前を殺してくれる。それがお前の望みなんだろう。スポーツ射手」

シャルロッタが呆然と視線を落としたとき、イリーナが告げた。

「五分だけやる。五分経って落ち着いたら戻ってこい」

シャルロッタが頷いた。イリーナはついでのように告げた。

「それでも牛を撃てなかったら、もう二度と私の前に姿を見せるな」

イリーナを盲信するように慕うシャルロッタは、目に涙を浮かべた。

そして校舎の方へ去って行く彼女を、思わずセラフィマは追った。

無許可であったが、イリーナはなぜか、セラフィマを止めようとしなかった。

「シャルロッタ、待って。シャルロッタ」

「なによ。笑いなさいよ。あなたも猟師なんでしょう、さぞ痛快でしょ」

「なにを言ってるのシャルロッタ。そんなことより、あなた、まさか辞めるつもり?」

「まさか!」

シャルロッタは振り返ってから、力なく視線を落とした。

「でも、私、牛を撃つなんて……それは、フリッツどもを撃つつもりだけど、でも……」

言葉に詰まってから、シャルロッタは悔しそうに地面を蹴った。

好戦的な視線を向けてから、心底悔しそうな口調で彼女は尋ねた。

「ねえ、セラフィマ。あなたは田舎の猟師ではあるけど、残忍な野蛮人ではないわよね」

「ケンカ売ってんの」

「ちがうわよ、……つまり、あなたは優しい。それなのに、どうしてあんなに落ち着いて牛を撃てるの？　同情は？　牛にためらいとか……可哀想だとは思わないの？」

それは、と返事の中で言葉に詰まる。

「シャルロッタ、あなたはお肉を食べたことがないの？」

むっとしたような顔をされて、セラフィマは慌てて付け加える。

「ちがうの、皮肉を言ったんじゃなくて、そのままの意味。誰だって牛肉を食べる。でもそれは誰かが動物を殺して、捌いて、それでやっと肉になるんでしょう。それに、寒さには毛皮が必要で、鹿の食害にも気をつけなければならない。つまり誰かが動物を殺さなければならない。それを自分がやるのは、別に残忍なことではない。誰かに必要とされることを自分でする。ただそれだけのために、べつに残忍になる必要なんてないんだよ」

「さっき、あの牛がどこから来て、どうなるのかを聞いたのって、そういう意味？　つまり食肉の牛で、最初から死ぬ予定の牛で、肉が無駄にならないのだと確認していたの？」

そうだよ、と答えるのに一瞬間を置いた。今聞かれて、そうだったのだと気付いた。

「セラフィマは、本当に全然ためらわずに動物を撃てるの？　辛くならないの？」

「辛いときもたまにある。たとえば致命傷を与えた鹿がそのまま走って行って、仕留められなかったときとか、あの鹿は苦しいんだろうなとか、どのぐらい辛い思いをさせるのかな、って思うときもあるよ。けれど……それで、狩りをやめるわけにはいかないし、誰かがかわりにやる。もしも誰もやらなかったら、生活が成り立たない。村も、この国も、その食卓もそう。つまり、誰かがそれを殺す。殺す必要がある。誰が、いつ、どうやって殺したかなんて、誰も気にしない。……だから、私たちが殺したことにはならない」

最後の言葉に自分でも何か抵抗を感じたが、シャルロッタにはその言葉が必要とも分かった。

そうか、とシャルロッタは呟いた。

しばらく沈黙が続いたが、その間にシャルロッタの顔に生気が宿っていった。

「五分経ったぞ！」

イリーナの声がした。

「ありがとうセラフィマ、私、撃てる！」

シャルロッタは緊張しながらもわずかに笑みを見せて、射撃位置へ戻った。

記憶にある限り、初めて彼女に礼を言われた。

四頭目の牛をシャルロッタが撃った。

一発目が肩に当たり、牛は鮮血をまき散らして走り続けたが、シャルロッタはめげずに二発目を放った。倒れ伏した牛に、セラフィマをまねたのか、彼女はイリーナに断ってから、慈悲の一撃を与えた。

牛一頭に三発。決して熟練した手つきではないにせよ、シャルロッタはそれを成し遂げた。

その後、ヤーナは意外にもあっさり牛を仕留め、オリガは恐る恐る、四発を費やして仕留めた。

そしてその日、牛を撃てなかった三人がイリーナに退校を告げられた。

生徒は、セラフィマ、シャルロッタ、アヤ、オリガ、ヤーナの五人だけとなった。

五人は、荷物をまとめに宿舎へ去る彼女らに別れを告げようとしたが、イリーナはそれを許さず、銃本体を教官に返し、屋内練習場へ行って格闘訓練をするように命じた。

全員が、無我夢中でサンドバッグを殴った。獲物を撃った直後の異様な興奮と、名状しがたい後味を振り切ろうとするように、全員が声を張り上げて体を動かし続けた。

射撃訓練場へ戻ると牛の死体はきれいに片付けられていて、イリーナは、今度は五人を延々と走らせ、息せき切っている彼女らに片手をあげて告げた。

「三〇分休め」

全員が倒れ込んで青空を仰ぐ。犬のバロンも同様に。頭が空っぽになる、とはこういうことか、とセラフィマは痛感した。もはや後味を感じる余力すら無い。それが救いに思えた。

ヤーナが、倒れ込んでいるシャルロッタに声をかけて、水筒を手に取らせた。

「ほら、シャルロッタ、お水飲みなさい」

同様に虚脱に陥り、そのあまり水分補給も忘れている彼女は疲れた顔で答えた。

「ありがとう、ママ」

言った瞬間に、シャルロッタが真っ赤になった。

全員聞かないふりをしたが、ヤーナはにっこりと微笑んで答えた。

「あらあら、ありがとう。みんなも、私をママって呼んでね」

オリガが笑いながら答えた。

「ママ、まだ二八歳でしょ。一〇歳のときに子ども生んだの？」

「一六のときよ。みんなモスクワ空襲で死んでしまった」

ヤーナが答えたとき、全員がそろって息をついた。家族を喪ったという思い。皆が共有している、と実感する空気。ここへ来てなじんだ。

「私は、娘たちを戦争の犠牲にしたくないからここへ来たの。もちろん、みんなのことも犠牲にしたくない。だから、私をママって呼んでね。その分きっと、強くなれるから」

「分かったわ、ママ」

セラフィマは、つとめて真剣な口調で答えた。

「あ、ありがとう、ママ」

シャルロッタが、顔を赤らめたままそう言った。

アヤは我関せずで空を見ていたが、その頬がかすかに緩んだ。

「私もそう呼ぶ」

年下の教官長イリーナが大真面目な口調で答えて、生徒たちが笑った。

シェパードのバロンも空気が緩んだことを察したのか、セラフィマの額を舐めた。

倒れたまま彼の頭を撫でる。この犬を調教しているのは近所に駐屯している歩兵大隊で、狙撃学校の訓練生には、彼を甘やかすことが求められている。厳しい訓練と調教の間には、そういう時間を設けて人間との間に愛情を築くことが重要なのだという。

「バロンも大変だね。戦いになったら、伝令になって働くんでしょう？」

セラフィマが尋ねると、シャルロッタが答えた。

「バロンならきっとフリッツの喉元に食らいついてくれるわ」

そのとき男性の教官が一人やってきて、イリーナに挙手敬礼した。

「同志教官長、本校のノーラ・パヴロヴナ先生がお見えです」

「ん、分かった」

軽く答えてから、呼吸を一つ置いて彼女は生徒たちに告げた。

「お前たち、次の座学までここにいろ。練習用スコープで測距でもしておけ」

言いながらイリーナが、意識的に自分を緊張させたのが、その表情から見て取れた。

ノーラ・パヴロヴナ・チェゴダエワは彼女と同じく女性の狙撃兵教官であり、中央女性狙撃兵訓練学校の校長だ。スペイン内戦に共和国への援軍として参戦した古強者《ふるつわもの》であり、卓越した狙撃兵だった。

パレードを眺めに行ったときなど、何度か二人が会話している様子を見た。将官に対してもさほど緊張した様子を見せないイリーナが、ノーラには常に敬意を態度で示していた。イリーナから見て本校のノーラは格上にあたるが、階級の問題ではなく、おそらくは狙撃兵、あるいはその教官として敬意の対象なのだろうとセラフィマは思った。

校舎の方を見ると、大きな窓がある応接室に、ノーラ校長が腰掛けている様子が見えた。

イリーナは挙手敬礼すると、そのままうつむいた。

「セラフィマ、どうしたの？」

シャルロッタが声をかけた。

「あんたの敬愛するイリーナ先生、少し様子がおかしいから」

「え？　そうかな」

シャルロッタと並んで、三〇〇メートル向こうのイリーナの顔色をうかがう。

「様子って。立ってるだけじゃない」

横に寝転んだオリガが尋ねた。

「肉眼だと表情が分からないわね、測距の練習する」

言いつけ通り持ち歩いている三・五倍スコープ。もちろん銃本体はないのだから、ただの小型望遠鏡だ。それでもスコープで人間を覗き見るのには、独特の緊張感があった。隣にシャルロッタが寝そべり、二人で匍匐《ほふく》の体勢を取った。

ノーラ校長は座った姿勢で窓に背を向けている。

イリーナの体はこちらを向いている。

沈痛な面持ちでうつむく彼女は、何かよくない知らせを受け取ったように見えた。

なぜだろう、とセラフィマは思う。ずいぶん彼女の内面が分かるようになってしまった。

忘れるな、とセラフィマは思い出した。彼女は仇敵なのだ。いつか、自分が――。

そう思ったとき、照準越しに眺めるイリーナに、T字照準線を、思わず合わせた。

その瞬間、イリーナの顔がさっと上がり、こちらを睨みつけた。同時に、ノーラ校長も振り向く。

セラフィマは驚愕した。距離三〇〇メートル、銃のないスコープに照準を合わせられた途端に、二人の狙撃兵は反応した。

イリーナは顔に怒りを浮かべて窓を開け放つと、叫んだ。

「誰が覗きをしろと言った！　セラフィマ、シャルロッタ、罰として訓練場五周！」

「は、はい！」

飛び上がって敬礼し、セラフィマはシャルロッタとともに走り出した。

「セラフィマ！　すごいよね、二人とも！」

「う、うん！」

あれが、本物の反応なのか——。畏怖《いふ》の念が、鼓動をさらに速めた。


「まったく！」

イリーナは窓を閉めてため息をついた。

「気配と殺気の隠し方に補講が必要だ」ノーラは愉快そうに笑って、彼女に着席を促した。「君の分校は面白い生徒ばかりだな。射撃の姿勢から性格まで、まるでバラバラだ」

「同じ形の卵から育つ鳥も、違う飛び方をします」

向かいの椅子に座ってイリーナが答えると、ノーラは頷いた。

「我々がヴィストレルで習得した狙撃術もそういったものだった。君は良い教官だ」

ヴィストレルとは、ソ連軍で最も難易度の高い士官養成学校であり、一九二九年からは狙撃兵育成課程が設置された。ソ連赤軍にとって初めての狙撃兵の専門教育課程であり、ノーラやリュドミラ、イリーナはいずれもここで、単なる射撃の名手に留まらない「狙撃兵」としての訓練を受けた。当然、男性生徒に交じって。

「ただ、君の分校が厳しすぎると国防人民委員部からは苦情が来ている。一二人いたものが、今は五人か。退学が多すぎるということだ」

「これ以上は脱落者も出ませんよ。それに、半端な狙撃兵など、戦場では邪魔なだけです。電信、補給、航空管制、整備から内部警備に至るまで、あらゆる兵科に人員は必要ですし、ここを脱落した者も無駄にはしていません」

「君は優しいんだね、イリーナ」

ノーラの言わんとすることは分かった。それ故に、返事に躊躇した。

「私は、そのような慈悲深い人間ではありません。あの五人は地獄に連れて行きます。おそらくは未熟なままに」

「ああ、済まない。……結局、一年の養成課程は切り上げに決まったよ」

「予測しておりました」

ノーラが直々《じきじき》に来た時点で、おおよその察しはついていた。ドイツ軍の再度の攻勢を受けて、前線は狙撃兵を必要としている。狙撃兵が必要となる局面は、堅固な陣地に立て籠《こ》もる防衛戦闘と、そして……

「やはり、スターリングラードですか」

「おそらくな。いかなる形になるのか、詳しくは、私も知らされていない」

かつてマドリード市街戦を戦ったノーラは、深く頷いた。

「市街戦は狙撃兵の天国だ。……すなわちこの世の地獄だが、何にせよ、現戦局においてスターリングラードがこの戦争を左右する焦点であり、そこに狙撃兵が必要とされることは私にも理解できる。彼女らを育てたかいがある、と言う他あるまい」

「理解しています。ですが、彼女ら五人だけを放り込む訳にはいきません」

「それで、その指で前線へ行きたいわけか。せっかく少尉に昇進し、本校教官の着任を知らせに来た私を追い返して」

狙撃兵同士の会話は常にこうだ、とイリーナは苦笑した。互いに先読みをしながら会話が進む。

「同志イリーナ・エメリヤノヴナ」

改まった口調で名前を呼ばれ、イリーナは軽く姿勢をただす。

「この世にそんなものがあると仮定しての話だが、あまたの命を奪った狙撃兵に、公正な裁きは期待できない。捕虜になれば八つ裂きにされ、生還すれば、誰も裁きはしない。……故に多くの狙撃兵は自罰の欲求に苦しむ。私はスペインで、フランコとナチのファシストを四〇人射殺し、結局は奴らに負けた。敵を殺したことに何も後悔はないが、未だに、最初に殺した人間の顔は忘れられない。人間として忘れるべきではない」

「はい」

「しかし死を選ぼうとはするな、イリーナ。それは、自分の人生に対する裏切りだ」

「死ぬために戦場へ行くつもりはありません、同志」

「本当だな」

念を押すように問われたイリーナは、ノーラの視線から逃れるように、窓の外へ視線を移す。

シャルロッタとセラフィマが、息を切らせて走り続けていた。

「私には、もっとふさわしい死がありますから」

そうか、とノーラは頷いた。深く尋ねようとしないのは、尋ねても答えはしまいとの感触を得たからに違いなかった。深く息を吐いて、話題を転じた。

「スペインで一敗地《いっぱいち》にまみれた私の戦争は、今も終わってはいない。ファシストを倒す機会は、次世代に譲った。彼女らがナチ・ドイツを打倒したとき、私の戦争は終わる」

再び視線を合わせて、彼女は尋ねた。

「イリーナ、戦場で死ぬつもりがないのなら、君の戦争はいつ終わる」

暫時《ざんじ》、答えに迷った。あらかじめ用意された言葉はなかった。

「いつか……戦争が終わって」

イリーナは、窓の外を眺めながら答えた。

「私の知る、誰かが……自分が何を経験したのか、自分は、なぜ戦ったのか、自分は、一体何を見て何を聞き、何を思い、何をしたのか……それを、ソ連人民の鼓舞のためではなく、自らの弁護のためでもなく、ただ伝えるためだけに話すことができれば……私の戦争は終わります」

「それをするのは、君ではないのだな」

「はい。私は、私の戦争が終わる様を、見届けられるとは思いません」

ノーラは立ち上がった。士官らが戸を開け、彼女に上着を差し出す。

「分校の卒業試験には、本校から有望な奴を差し出すから、対抗戦といこう」

「はい」

「……その前に、異物がある」

「気付いております」

イリーナは起立した。

去り際、ノーラはぽつりと呟いた。

「君の戦争が終わるのはだいぶ先になりそうだが、なるべく早くであることを願う。そして、私も同じ体験をしたいと思う」

瞬時の間を挟んで、イリーナはノーラに敬礼した。

同じ立場。若き女性を狙撃兵へ育成し、実戦へ投入するという任務に従事する女性二人。自分たちにのみ共有可能な特有の痛みを、分かち合っていることを実感した。

分校の生徒たちが五人だけになってからも、訓練は延々と続いた。

座学は徐々に減り実技は実戦的となった。カモフラージュ、その見破り方、長距離単独行動の仕方、砲兵や一般歩兵との連携の仕方などの高度な科目が増え、合間に偽装を凝らして空砲で撃ち合う模擬戦もして毎回教官チームに惨敗し、その都度狙撃兵の鉄則をたたき込まれた。

一カ所に留まるな！　自分の撃った弾が最後だと思うな！　相手を侮《あなど》るな！　賢いのは自分だけだと思うな！

実戦訓練の合間に動物を撃つ訓練もこなした。

シャルロッタもすっかり慣れて、鹿を一撃で仕留めると、「どう？」とでも言わんばかりに周囲に笑顔を見せるようになったし、倒した獲物を捌くこともできるようになった。

秋に入り、戦況は悪化を続けていた。次々とドイツ軍に押し込まれてゆくスターリングラードの戦況にソ連国民が釘付けになり、生徒たちも壁に貼られた新聞で、この戦局は打開できるのか、そして市街地で狙撃兵はどう戦うのか、と議論した。

そんな教室へ入ってきて、彼女らの訓練期間が切り上げられる、とイリーナが告げた。

セラフィマは、なるべく平静を保ちながら他の生徒たちの表情を観察した。皆が同じ顔をしていた。不安と、それに同居する興奮。

生徒たちの様子を一瞥し、イリーナは一言だけ付け加えた。

「本校の生徒たちと、卒業試験としての模擬戦をする。そこで合格すればお前たちは上等兵へ昇進し、小隊となる。そして実戦だ。……今まで、よくやった」

初めて褒められた――。一瞬、喜んでしまった自分を嫌悪した。

「ありがとうございます、同志教官長！」

シャルロッタは特に隠すでもなく喜んでいた。

「ただし、卒業試験そのものが必要の無い者がいる」

生徒たちは首をかしげる。セラフィマは、アヤは優秀だから試験がいらないのだろうか、と思った。

「オリガ・ヤーコヴレヴナ・ドロシェンコ！」

イリーナはオリガの名を呼んだ。全員が彼女に注目する。

「模擬戦とはいえ、スパイとともに戦わせる訳にはいかない。お前は外れろ」

オリガがスパイ？　全員が、驚きというよりは困惑した。イリーナは何を言わんとしているのか。

オリガは笑っていた。愛想が良く、誰とでも仲良くなれる彼女が、今までで一度も見せたことのないような、残忍な笑みだった。

セラフィマはオリガの顔色をうかがって、驚愕した。

「なんだ、気付いていたんだ」

口調も変わっていた。まるで別人のように、陰湿な目でイリーナを見返した。

人が変わったかのよう、と思ったセラフィマは気付いた。以前、ウクライナについて自分を詰問《きつもん》するように尋ねたときの、相手を見定める獣のような視線。彼女は擬態を外したのだ。こちらが本性だ。

生徒たちが、愕然とした表情で彼女を見る。

ただ一人、イリーナは動じずに答えた。

「目立つまいと隠れる者はそれ故に目立つものだ。お前がウクライナからついてきた時点で、おおよその察しはついていた。……お前の背後に、ハトゥナがいることもな」

誰だ？　新たな人名に混乱していると、教室に見知らぬ女性が現れた。

言い知れぬ負の気配を背負った、イリーナと同じく長身の女性。

「さすがは、女殺し屋の頭目だけあって慧眼だな。わざわざお前が言い出さなくても、今日私が事情を話すつもりだったのに。だが、我が祖国の防壁たる内務人民委員部の一員であるオリガをスパイと呼称するとは、看過できぬ反逆的態度だ」

その言葉と、彼女の被る青の制帽、そして、ハトゥナとオリガのまとう、陰湿な空気が全く同じであると気付いたとき、思わずセラフィマは呟いた。

「秘密警察《チエーカー》……」

ハトゥナという彼女は、セラフィマと目を合わせた。それだけで足がすくんだ。

「古い名で呼ぶなよ。ＮＫＶＤだ。村を燃やした赤軍を恨んでいる田舎娘。お前、いつかイリーナを殺したいんだって？」

セラフィマは驚愕した。オリガにだけ一度打ち明けたことに思い至った。

オリガは口の片端を歪めて笑った。嘲《あざけ》りの笑みだった。

「イリーナ、お前が気付いていたかは知らんが、生徒たちは誰も気付かなかったぞ。同志オリガは貴重な情報をくれたよ。お前が集めているのは異常者ばかりだ。焦土作戦を逆恨みする娘っ子、ドイツの子供も守りたいとか抜かした中年に、果ては旧貴族の娘」

中年というのはママのことだろうけど、最後の言葉に心当たりがなかった。

まさか、と思ってシャルロッタを見る。

誇り高き工場労働者の娘と自称し、かつて貴族のようと言った自分と喧嘩した、シャルロッタ・アレクサンドロヴナ・ポポワが、真っ青な顔でうつむいていた。

セラフィマはオリガとかわした会話の正体に思い至った。全てが欺瞞《ぎまん》だったのだ。

ウクライナのコサックとして、彼女は巧みに体制に疑問を抱いていると装った。それによって相手の本音を引き出した。もしも彼女の言葉に同調するものがいれば反逆者なのだ。命をかけての告白なのだと信じた自分を、セラフィマは悔しく思った。

命などかけてはいなかった。オリガは常に、最も安全な立場にいた。

イリーナが言葉を返した。

「ああ、つまりアヤだけは何も聞き出せなかったわけか」

アヤは一人、彼女らのやりとりを他人事のように眺めていた。

ハトゥナはイリーナの元へ歩いて行って、その胸ぐらをつかんだ。

「気付いていたなら、なぜ今までオリガを排除しなかった」

「ふるいとして使えると思ったからだ」

イリーナは気にするそぶりさえ見せずに言い返した。

「たかだか正体を隠して反体制的なそぶりをみせるＮＫＶＤ程度にほだされて致命的な言葉を発するバカは狙撃兵として必要ないし、ましてやオリガが反体制的な発言をしたなどと仲間を密告しようとするバカも必要ない。……実際、お前の秘蔵っ子は私の生徒たちを処刑することは叶わなかったし、私はオリガを密告した奴を一人退校にした」

「さすがだよ、イリーナ。ものがちがう。かつて軍隊民主化の馬鹿げた構想を掲げてシベリア送りにされた反体制将校の娘。そしてウクライナで我が同志政治委員を射殺したお前は、やはり筋金入りの反逆者だ」

「勲章をくれよ、チェーカー」

イリーナは、笑ってハトゥナの手を払いのけた。

「私は、前線を放り出して女を引きずって逃げようとしたお前の上官、敗北主義者の政治委員を殺したんだ。調査で認められただろう。ああいうのは、本来お前らの仕事だ」

「ほざけ」

ハトゥナはうなるように答えた。

「NKVD本部は、お前たちを監視下に置くことに決めた。やはり異常者が率いる小隊に自由を与える訳にはいかない。オリガは我がNKVDの軍曹相当として常に帯同させる。私も、彼女の上官として常に後方にいるから覚悟しておけ！」

「ご自由に、尉官相当どの。そういや私も昇進したんだ。同格だな、同志チェーカー」

ハトゥナは舌打ちして部屋を退出した。当然のように、オリガもそれについて行った。誰とも仲良くする、ウクライナの少女。生徒たちが知るオリガの姿は、どこにもなかった。

「うっ……」

シャルロッタが、押し殺した声をあげて立ち上がり、教室から走り去った。

泣いている。それに気付いたセラフィマが立ち上がると、イリーナと目が合った。

行け、と視線で言われた。

視線を外して、セラフィマはシャルロッタの後を追った。

廊下に飛び出して、声をかける。

「待って、シャルロッタ、待って！」

シャルロッタは逃げるように歩調を速めて、校庭へ出て行った。

けれどどこへ行くこともできず座り込み、セラフィマもその隣に座った。

しばらく声を押し殺して泣きながら、シャルロッタは涙声で言った。

「そうよ。私は工場労働者の娘なんかじゃないわ。貴族の娘よ。さぞ軽蔑したことでしょう、セラフィマ。農業にいそしんできたあなたの方がよっぽど尊いの」

「ま、まあまあ。人間、生まれで価値は決まらないものでしょう」

「うう……でもプロレタリアートの家に生まれたかった」

シャルロッタにとっては、自らが貴族の娘であることは耐えがたい汚点であるようだった。初対面で、よりによって自分は最悪のことを言っていたのだとセラフィマは気付いた。

「あなたがどこの家の娘でも、軽蔑なんてしないよ、シャルロッタ。私はあなたがどんな人間かをよく知っているし、あなたのことを好きだから」

「本当？」

「本当」

シャルロッタがセラフィマの顔を覗き込んだ。青い瞳が涙にぬれていた。

髪の色と同じ、金色をした頬の産毛《うぶげ》に涙が伝い、日の光を反射して光っていた。

間近で見るとやはり、お人形のような顔だった。

「あ、あのね、貴族と言っても、先祖はデカブリストの乱に加わって流刑にあった由緒正しい革命派の家系で、革命戦争のときも赤軍に協力したの。だからこそお父さんは革命後もソ連の役人として働けたのよ。……まあ、私にこの名前をつけたお母さんはフランス人の家庭教師と一緒に亡命しちゃったけど」

ただ教条主義的と見なしていた彼女の考えに、なんとなく、悲哀を感じた。

彼女は、熱烈な共産主義者にならざるを得ない立場にいた。この国で、貴族の子が生きるということは、生半可なことではない。

「シャルロッタは、なぜ狙撃兵になろうと思ったの？」

セラフィマは初めて尋ねた。今なら、きっと生の言葉が聞けると思った。

「モスクワが砲撃されたとき、お父さんが死んで……軍隊の病院で泣いているとき、指の治療訓練に来ていたイリーナ教官長に出会ったの。私がモスクワ射撃大会の優勝者だって周りに聞いたら、教官長は訊いたの。『お前は戦いたいか、死にたいか』って」

すっ、と音を出して息を吸った。

自分だけではなかったのか。セラフィマのなかに、得体の知れない感情が芽生えた。

シャルロッタはその反応を誤解したのか、慌てたふうに微笑んでみせた。

「すごい言葉だけど、私はそこで気付いたの。ここで泣いて死んじゃったら、私、ただの可哀想な女の子になっちゃうって。でも、オソアヴィアヒムで銃を習った私には、別の道があった。私は戦う。それは女性もまた戦争に参加することができる。女性も戦争に参加することで、ソ連に貢献できる。それは他の国にはない、ソ連が進化した国である証《あかし》なの」

セラフィマは眉根を寄せた。

「女性が武器を取って戦場で戦う国は、より進んだ国なの？」

「防衛戦争のさなかであれば、という条件付きで、そうよ。あの講義のときはうまく言えなかったけど、今なら分かる。男女が同権であるということは、そういうことでしょう。座学で現代の外国の女性について学んだじゃない。ファシスト・ドイツは女性を台所に押し込めているし、アメリカの女性はチアリーダーになっている。けれど我がソ連は女性が同等の国だと認めている。機会さえあれば、英雄にも将軍にもなれる。それを実現してみせたいの」

危険な発想だ、とセラフィマは思った。

女性も男性と同じく国家に心身を、生命を捧げることができる。国家としてのソ連へ立派に貢献することで国力を上昇させ、そこで価値を認められ女性は輝くことができる。

確かにそれは、ファシズムが性差別を背景に戦地から女性を遠ざける思想の対極ではあろうし、「男の兵士」のチアリーダーにするアメリカの発想とも異なるが、結局は、より同質性を強いる思想ではないのか。

ただ、女性が徴兵制の対象でない以上、個々の女性兵士が自らの意志で戦争にはせ参じたこともまた事実だった。

牛を殺す「誰か」のように、「誰か」がナチを撃たねばならない。

（それなら私がナチを殺したことにはならない）

唐突に思い浮かんだ自己弁護を、セラフィマは内心にとどめて打ち消した。

それならば女性もまた、能力さえあれば戦地で戦うのだ。それを選んだのが自分たちだ。目の前にいるシャルロッタがそうであり、セラフィマ自身がそうだった。

ママも、そう言っていた。アヤも、きっとそうだ。

「セラフィマも、そう思うでしょう？」

予期した通りに問いが来た。

「うん。……村と、母の仇を討ちたい。母を殺した狙撃手を殺さないといけない。けれど、大変だよね、この大戦争で、個人的な復讐なんて」

「優れた狙撃手になれば、きっと可能だよ。優れた狙撃手は重要な戦局に投入されるもの。リュドミラ・パヴリチェンコも、彼女を倒すためだけにドイツの優秀な狙撃兵が何人も派遣された、そしてその全てを倒したんだから。そういう戦い方ができるのは、戦闘機のパイロットと狙撃手だけよ」

「それなら、一刻も早くイリーナ教官長のスコアに追いつかなくちゃね」

「うん、お互いにね」

闘争と同時に生存を選択したシャルロッタは、涙を拭って笑った。

「セラフィマ、私ね、イリーナ教官長がいなかったら死んでたと思う。だからいつか、教官みたいになりたいんだ。誰も怖がらず、何にも媚《こ》びず、怯えず、自分の道を生きるの」

うん、とセラフィマは笑った。そして目が合うと、シャルロッタの表情が暗くなった。

「ねえ……チェーカーのオリガが言ったこと、ウソだよね。仇を討ったら、イリーナ教官を殺したいなんて」

う、と言葉に詰まってから、セラフィマは答えた。

「ごめん、本当」

「そんな、なんで？　あなたもイリーナ教官の隊に助けられたんでしょう？」

そうだ。そして思い出の家具を破壊され、唯一の写真も捨てられ、母の亡骸を傷めつけられて、亡骸と家と村を全て燃やされた。

思い出しただけで、種火に燃料をかけたように、心の深部でくすぶっていた憎悪が、全身を支配するのを感じた。

ただ、イリーナを慕うシャルロッタに、それを言うべきではないとも思った。

「私は……私の戦争は、多分、そこに行かないと終わらないの」

「ダメよ。もしそんなことをするなら、私があなたを殺してでも止める！」

シャルロッタが深刻な調子で言った。かつての取っ組み合いをする仲でもなくなったが故に、かえって真剣に感じられた。

「ん、じゃあ、そのときはよろしく」

妙な間を置いて、互いに笑った。半ば儀礼的な笑みを浮かべて、シャルロッタは言った。

「お互いに、途中で死なないね」

守りたい、と思った。

その感情に後から奇妙な感触を覚えた。

守りたい。それは、シャルロッタのことだけではない。小隊となるこの生徒たちを。この空間、仲間たちを。そして――他の女性たちを。

母は最後のあの日、銃を撃てなかった。その分を、自分で撃ちたい。

守ることの叶わなかった母。今度は、誰かの母を救いたい。陵辱され殺される娘たちが二度とないように、娘たちを守りたい。

敵を殺すこととは異なる欲求が自分の中に生じたとき、シャルロッタがセラフィマの唇にキスをした。女性同士のキスは、ロシア人にとって友人にする挨拶であり、特に珍しくもないが、親愛の証でもある。セラフィマは目を丸くした。

「フィーマ、私たち、全員で生きて帰ろうね」

久しぶりに呼ばれる愛称が、妙にくすぐったかった。セラフィマも挨拶にキスを返した。

その日は結局、一日を無為に過ごした。

思えばそういう日も入営して以来のことだった。


一一月一二日。

最後の訓練は、慣れ親しんだ分校ではなく、近場の山林で実施することとなった。

気温、マイナス二度。うっすらと雪のつもった名もない山。

本校のノーラ校長は、自らが連れ立ってきた六人の生徒たちに対してこう言った。

「本日の模擬演習は、分校の卒業生にとって最後の試験でもある。相手は自分たちよりも先に、そして私よりも優れたスコアを持つ教官に育てられた先輩たちだ。それ故に、二人分のハンデが与えられている。心してかかれ」

はい、と声を揃えて、分校の生徒たちの正面に居並ぶ本校生徒たちは答えた。

同時に視線が合った。まとう制服は自分らと同じ、雪中迷彩に白の防寒ポンチョ。しかしお世辞にも好意的とは言いがたい視線だった。

睨み合う生徒たちの様子に気付いていないはずもないが、ノーラ校長は気にするふうでもなく演習についての説明を始めた。

「一度しか言わないからよく聞け。諸君らは互いに一チームに一つの的が与えられる。指定された範囲内にそれを隠して立てろ。そして全員の背後に一人ずつ教官がつく。いまから一〇分以内に的を立て、それ以降の行動は自由だ。敵のチームを発見し、背後にいる教官に射撃方位を申告して『発射』と発声し、それが命中と認められた場合、背後の教官が、射撃相手に対して赤い旗を振る。命中せずと認めた場合は黒い旗を振る。いずれも発声を伴う。的に対してのみ実弾の使用を許可する。それ以外の場面では弾丸の装填は禁止。相手が全滅するか、敵の的を先に撃ち抜いたチームの勝ちだ」

はい、と本校、分校の生徒たち全員が返事した。

本校の生徒たちの顔貌《がんぼう》は、当然ながらバラバラで、おそらくはロシア人以外であろう子もいたが、彼女らから受ける印象は判で押したように同じだった。

おそらくはリーダー格らしい女子は、セラフィマと目を合わせて鼻で笑ってみせた。

自信に満ちた明るさなどとは無縁の、陰性の人物たち。それでいて負けん気の強さに同居する鼻持ちならない自負心が、どことなく自分たちを見下しているようにも思えた。

ノーラに、行け、と言われると、訓練された猟犬のごとき俊敏さで、彼女らは去って行った。

「ママ、あの子たちなに？　なんか嫌な感じ」

シャルロッタに言われて、ヤーナが困ったような顔で答えた。

「さっき話したけど、あの子たち、陸軍兵学校とか、ヴィストレルとかから選抜されたんですって。

私のことは教官と勘違いしてて、生徒だって言ったら年寄りだって笑われた」

既に兵士としての道を歩んでいた者たち。あの態度も、エリートのなせるわざか。

「ムカつくな」

アヤが珍しく自発的に発言した。

おそらくは、本日彼女が指揮を執るため、意図的にそうしたのだろう、とセラフィマは思う。そういえば自分たちは射撃ができる素人だった。かつて、二月まではそうだった。今は違う。周囲を見渡せば、風景に目盛りがついたように、木々や岩までの距離が分かる。アヤの広げた地図から標高差が分かり、どこに的を置くべきかが分かる。敵から容易には発見されず、誘引すれば防御地点とできて、攻守一体となるポイント。――そのベストポジションに攻めてきた敵を狙える位置。アヤは、セラフィマとヤーナに攻撃を命じ、自分とシャルロッタが防御に回ると決めた。

「問題は敵の的がどこにあるかだね」

セラフィマが言うと、アヤが頷いた。

「君はどこだと思う？」

地図を覗き込む。東に陣取る自分たちと、西の本校生徒。

当然、まっすぐ進めば最短距離だが、途中で木々のない地点があり、あまりにも目立つので論外。やや南へ迂回すると小高い丘があり、その向こう一キロが範囲の限界だ。

「ここかな」

地図上、敵の範囲内で最も奥まった部分にある、比較的小高い場所を指さす。

「ここなら、私たちが南ルートで進軍してきたとき、稜線を越えさせて側面から撃つか、谷間で撃つことになる。その場合、私たちが遠回りして北から回り込んでいけば、背後をつけるよ」

「そうだね。けれどイリーナ教官長の教え。『相手を侮るな、自分だけが賢いと思うな』」

そうか、とセラフィマは気付いた。自分がベストポジションから標的をずらすのと同じ先読みを、相手がしていると思わなければならない。

「それならさ」とシャルロッタが会話に加わった。「北から回り込んできても正面から撃てる、この窪地は？　稜線から行った場合も正面から撃てるし」

アヤが頷いた。

「ま、そんなとこだろうな。その場合は南伝いのルートで敵陣に迫ったら、稜線目前で中央まで北上する。稜線が自分たちを隠してくれるし、このルートは油断しているはずだ。読み通りなら敵の守備隊を側面から叩くことができる。……敵の攻撃隊と鉢合わせにはならないはずだ。全体に高低差があるから、敵からすれば、南のルートを選ぶとこっちの的になる。私らはたぶん、守備地点で迎え撃つ格好になるだろう。こっちは任せろ」

結論がほぼまとまった。もとより、既に自由行動時間は始まっている。これ以上を作戦に費やす時間は無い。

ママことヤーナとともに、セラフィマは木々のある南ルートへ向かった。

かすかに体が震えた。防寒ポンチョの上からも寒気は入り込む。

いや、自分を震わせているのは、寒さではない。

「そんなに緊張することないじゃない」

先行するママが、笑って振り向いた。

「失敗したって死ぬわけじゃないし、教官たちもついてるんだから」

振り向くと確かに、戦果判定の教官たちが三歩ほど遅れてついてきていた。本校と分校の女性教官。見事なもので、至近距離でも足音と気配を完全に消している。

ただ、ヤーナを見る目は冷たかった。

「ママ、もっと真剣にやらなきゃ。実戦とおなじくらいに行かなきゃダメだよ」

「どんなに真剣にやったって、これは実戦ではないのよ、セラフィマ」

ママは微笑みを崩さなかった。

「真剣にやって、でも訓練だと割り切った方がいい。実戦は嫌でも経験するんだから」

その口調に、不真面目さではなくある種の覚悟さえ感じられたため、セラフィマは黙った。確かに相手からは撃たれない。それなら訓練らしく振る舞うべきかもしれない。だが実戦にふさわしい振る舞いとはなんだろうか。

そうこうしているうちに南の森を抜けた。南北に走る丘の死角に入るように注意しつつ北上し、稜線を越えられそうなポイントを探す。雪を被った灌木の狭間。

じりじりと匍匐前進して行って、稜線から慎重に顔を出した。

やや遅れてそれについてきたママが後ろから尋ねた。

「どう？　いる？」

「……いた。こっちを見てる」

本校の生徒たちが、視線の先にいた。

「距離、推定五三〇メートル、誤差六メートル。一〇時の方向、木を陰にして二人。銃を構えて左右にスコープを動かしている。まだ、こっちには気付いていない」

隣にママがゆっくりと並んで、驚いた口調で尋ねた。

「信じられないわ。シャルロッタやアヤが言ったことをさらに読み取ったのかしら」

「いや……」

その可能性はほとんど無い、とセラフィマは思った。予期していたなら南の森を移動中に待ち伏せして狙い撃つ方が確実だし、なにより戦前の印象が決定的だった。

「あいつら、私たちがなにも考えずにまっすぐ突っ込んでくると思ってたんだよ」

あらあら、とママが呆れた。

セラフィマは唇をかんだ。馬鹿にしやがって。こちらをただの素人だと見くびっていたのか。だが、その浅すぎる読みに、結果的には裏を掻かれた。結局、自分たちは彼女らの想定したバカと似たような行動を取っている。

ただ、一点だけ違いがある。彼女らは、敵が死角を潜《くぐ》っていきなり稜線上に現れるとは思っていなかった。開けた視界の向こうからやってくると思っていたのだ。

そうだ、とセラフィマは気付く。だからこそ反応が鈍い。未だこちらに気付いていない。

「もう、構えて撃つ？」

「もう少し待って。肉眼で正確に測距しないと当たらないし、危ない」

こうした状況では、うかつに動けない。狙撃兵は、視界のうちで自分に殺意を向ける者、銃を構える者、スコープを向ける者を識別する。そのための訓練を散々受けた。

木々のざわめきや風に揺れる枝。様々な動きのなかで、人間の攻撃動作を瞬時に見抜く。

セラフィマは二人いる相手の構えを観察した。銃口がそれたときを狙う。

その瞬間、五〇〇メートル以上向こうの相手と目が合った。

本校の生徒はもう一人に声をかけ、二つの銃口がこちらを向く。

セラフィマとヤーナは素早く銃を構える。スコープを覗くと、T字ラインに相手の顔を捉えた。

しかし――正確な距離がつかめない。五三〇、誤差六メートル。五メートル誤れば命中は難しい。

相手はかがんでいるため、命中範囲は狭い。教官はその誤差を見極める。

目安となる明確な目標がない。雪中迷彩の防寒ポンチョが、輪郭をおぼろにしている。

それ故に、全く同条件、そして稜線に伏せている自分たち二人に対して、相手の狙撃兵二人も迷っていた。

発射宣告をしたくなる衝動を、セラフィマは懸命にこらえた。敵兵のそばにある木々も雪を被っていて、正確な大きさがつかめない。だが、身を隠している木の幹の太さなら分かる。樹齢二〇年の杉の木。胸高直径は一五センチ。人体の、胴の厚みと同程度だ。横を向いている人体。そこから距離を割り出す。

「距離……五三五メートル……誤差、一メートル弱、照準、上に五〇ミル修正」

ダイヤル調整を終えた照準を、再び相手の狙撃手に合わせた。相手も同じ動きでこちらに狙いを定めている。撃てば当たるかも知れない。けれどだめだ。

そう思ったとき、相手の口が動いた。相手が撃った。

「命中せず！」

彼女の背後にいた教官が、大声とともに黒旗を振った。

その瞬間、音声と明瞭な旗のシルエットが、彼女のいる位置を照らし出すように示した。発砲による露見。これはもちろん実戦で起きる現象であり、それを想定した訓練法だった。

「誤差修正、距離五三四メートル、誤差なし、ミル修正なし、敵正面」

慌てて次弾を発射しようとする敵の顔を照準に捉え、セラフィマは短く告げた。

「発射」

背後に控えていた教官が、叫んだ。

「命中！」

スコープの向こうにいる本校の生徒が、教官に肩を叩かれて悔しそうに地面を叩く。

よし、と思いながら、セラフィマは次の生徒に照準を合わせていた。

もう一人の生徒は、既にこちらへ照準調整を終えていた。セラフィマは焦った。そしてつい先ほど、自分の背後で赤い旗が振られた……。

そう思った瞬間、隣のヤーナが立ち上がり、発射宣告をした。

「ママ！」

セラフィマは思わず叫んだ。ヤーナの弾丸は当然のように外れと判定され、敵兵は彼女に狙いを変えた。

「命中！」

スコープの向こうで赤旗が振られた。

邪念を排せ。意識を集中させ、再び旗をもとに彼女の位置を探る。

「距離、五三六メートル、誤差なし。発射！」

「命中！」

教官が叫んで、赤旗を振った。

敵味方二人ずつついた生徒が、今や戦死判定を受けていないのはセラフィマ一人だけになった。思わずヤーナを仰ぎ見た。

「ママ、なんで今……」

「セラフィマ訓練生。ヤーナはもう死んだ。話しかけるな」

教官に冷たく制止され、セラフィマは口をつぐんだ。

本校の、名前を知らない教官が、ヤーナに吐き捨てるように言った。

「実戦で使えない手を、訓練で使うな」

教官の口調に隠しきれない怒気を感じて、セラフィマは思わずうつむいた。

今の手段が、自分を守り、敵の位置を暴露させるためのものだと分かった。

「そんな手段をとったつもりはありません」

ヤーナも短く答えて、教官とともに訓練敷地外へ去って行った。

訓練だ、と彼女は言った。なにも本当に死んだわけではない。

軽く息を整えると、後ろから声がかかった。

「よー、よくやってるな」

「えっ……」

思わず大声を出しそうになった。アヤと、シャルロッタがそこにいた。

「あなたたち、陣地の守りは？」

横に並んだアヤは、周辺に銃口を巡らせながら答えた。

「面白いようにこっちの思う通りに来て、私が二人倒したよ。敵は、残り二人だ」

アヤはかすかに笑っていた。シャルロッタが不平そうに尋ねた。

「フィーマったら、ママが死んじゃってるじゃないの」

「悪かったわね、こっちは相手の真正面に出ちゃったの」

「ふうん……ねえ、ところでアヤ、あいつらの二人目って私が撃ってなかった？」

「旗、どうだった？　教官どのに聞いてみなよ」

二人についてきていた教官たちは、当然無言のままだった。

「ここまで戦って、相手の程度が分かったよ」

アヤが空気を変えるように言った。

「それなりに訓練を受けていて、一応相手の予測を立て、その裏を掻く戦術ができる。なおかつこっちをバカだと思っている。つまりはどういうことか、自分は定石から一歩進んだところにいて、相手は定石通りに来ると考える。それが全てだ」

切り替えの早さに驚きながらも、セラフィマは答えた。

「つまり……私たちは、相手が『定石の先』にいると想定して、自分たちの行動としては、定石から一歩だけ先に行けばいいのね」

「そうだ。ごめんよセラフィマ、君の言う通り、北から回り込んで相手の背後を突けばよかったんだ。相手の裏の裏を掻こうとしたら表に出ちゃった」

意外と素直に謝るアヤに、セラフィマはやや面食らった。

「あ、でも多分、アヤの予測した通り、この先の窪地だよ。敵もそこを守っていたし」

「残るはその窪地にいる、あと二人だね。どう片付ける？」

シャルロッタの問いに、アヤは肩をすくめた。

「正直、もう普通に二手に分かれて攻めれば片付けられるけど、馬鹿にされすぎて腹が立ってきた……ここは一つ、完全勝利を目指したい」

作戦はその場で決まった。

セラフィマは敵のいない稜線を越えて、北側から窪地へ回り込む道を歩いた。

アヤとシャルロッタと分かれての単独行動。

胸が高鳴った。先ほどとは異質の緊張。獲物に迫る高揚が彼女を満たしていた。

左への曲がり道へとたどり着いた。眼前の景色と地図を照合させる。

ここを曲がると進行方向が一八〇度変わり、窪地が見える場所に着く。つまり、敵の視界へ入る。

セラフィマがそう思ったとき、南の稜線の方から声がした。

「発射！」

アヤの声に、教官の声が続く。

「命中せず！」

さらに続けてシャルロッタの声がした。

「発射！」

「命中せず！」

「発射！」

「命中せず！」

徐々に近づいてくるシャルロッタとアヤ、それに教官の声を聞きながら、セラフィマは木の幹を越えて、左へ曲がった。

スコープを覗くと、予想通りの光景があった。

六人のうち四人を失った、最後の敵二人は、視界外からの狙撃に動揺し、その方位と距離を確かめようとしていた。声の方位を聞き定め、窪地から稜線の方へ頭を出すか、出すまいかと決めかねていた。

その一部始終を、セラフィマは後ろから捉えていた。

「距離、三三六メートル、誤差なし。照準下へ二〇ミル修正、発射」

「命中！」

彼女についてきた教官が高らかに発声し、赤旗を振った。

敵兵二人が、愕然とした面持ちで振り返る。

戦死判定を受けなかった一人が、大慌てでこちらへ銃口を向けるが、ろくに狙いもつけずに発射したため命中判定は得られない。

セラフィマは彼女から照準を外して、SVT－40の装塡レバーを引いた。

窪地の奥まった場所。アヤの言った通りの場所に、的はあった。

距離は三〇〇メートルちょうど。無風。

金属の的に対して狙いを定める。測距を告げる必要も無い。実弾を使うのだ。

セラフィマは引き金を絞った。

甲高い音が響き、命中を雄弁に告げた。

ほぼ同時に、稜線の方から窪地へ飛び込んできたシャルロッタが、いまだセラフィマを狙っている敵兵の真後ろから飛び出して、決然と告げた。

「発射！」

「命中！」

ルール上の勝敗は既に決していたが、教官は赤旗を振った。最後の敵は、至近距離で射殺された。


本校の生徒は的を失って全員戦死。分校の生徒は四人中三人生還。

戦果、アヤが二名、セラフィマが三名、シャルロッタが一名。

「いやいや、完敗だねえ」

ノーラ校長は実に愉快そうだった。

「恐縮です」とイリーナが黙礼する。

「ありがとう、同志イリーナ。おかげでこの娘たちも未熟さを知っただろう」

六人のエリート狙撃兵候補たちは、全員が敗北に打ちひしがれていた。

稜線で撃ち合った最初の一人が、セラフィマをずっと睨みつけていた。その目に、屈辱から再起しようという決意を感じて、どこか彼女をうらやましく思った。

自分たちには、もう、次の訓練はない。

卒業試験は終わった。あとは、実戦が待っているのだ。

軍用馬車で分校へ戻ったあと、イリーナ教官は努めて事務的に全員集合を告げた。

校庭に、ＳＶＴ－40を担いだまま、四人の生徒が整列した。

本校から付いてきたカメラマンが記念撮影をすると言った。笑ってください、と言ったが、写真慣れしていない狙撃兵の卵と歴戦の元狙撃兵が笑うはずもなく、全員が真顔のままシャッターが切られた。手際の良さを見ながら、セラフィマは写真の撮影と狙撃の親和性について考えていた。

ふと、レンズが捉えた視界後方を振り返る。

オリガは、上官のハトゥナとともに、校舎内から陰険な視線を浴びせていた。

「最後の訓練をおこなう」

イリーナは、カメラもチェーカーらも気にするそぶりを見せず、生徒たちに告げた。

「この全面戦争のさなか、狙撃兵が有用と見なされる戦局はどこも地獄だ。そこへ行く覚悟のないものは、名乗り出ろ」

全員が沈黙をもって答えた。それが当然とも思っていた。

イリーナが、かすかに笑って彼女らに尋ねた。

「お前たちに対して、宿題があったな、四人とも、何のために戦うか、答えろ」

シャルロッタが最初に指名され、おずおずと答えた。

「女性は、戦争の犠牲者になる弱者ではない、自ら戦うことのできる者と証明します」

イリーナは軽く頷き、ヤーナに視線を移した。

「子供たちを犠牲にしないためです」

以前と、さして変化のない回答に思えた。しかし、イリーナは「分かった」と答えた。

セラフィマに、イリーナの視線がきた。

「私は、女性を守るために戦います」

それが、セラフィマの思う最も正確な答えだった。

イワノフスカヤの人々。殺されたエレーナとナターリヤ。

撃てなかった母。そして、戦えなかった自分。

それらが元に戻ることはないけれど、数ある女たちを守る。そのために自分は戦う。

「そうか」

イリーナは、少なくとも表面的にはまったく反応を見せずに答えた。

「お前はどうだ。アヤ・アンサーロヴナ・マカタエワ」

久しぶりにフルネームを呼ばれたアヤは、一度瞬きしてから答えた。

「自由を得るために」

以前の授業での答えと、何も変わってはいなかった。

しかしイリーナの反応は、あのときと違った。

「そうか」

イリーナは自分の足下に目をやった。

彼女の様子がいつもと違う、とセラフィマは思った。決して見せることのなかった感情の揺らぎと、
それを隠そうとするそぶり。なにか、微かに照れのようなものを感じる。

まさか、この冷血鬼が照れるなど。

自らの考えを打ち消そうとしたとき、イリーナは懐からスコープと、それからトランプを取り出し

た。

「三枚ずつ引け」

初日に体験した、あの訓練だった。あのときは、アヤ以外の全員が失敗した。

四人がカードを引くと、イリーナが間を置かずに叫ぶ。

「一枚目を一〇〇メートル単位、二枚目を一〇メートル単位、三枚目を一メートル単位に換算しろ。JからKまでは一桁目を採用。方位、校旗を正面に見て、シャルロッタ、左一二〇〇ミル、ヤーナ、一〇六〇ミル。セラフィマ、左へ八四〇ミル、アヤ、一三〇〇ミルだ。行け！」

全員がスコープ付きの銃を一斉に構えた。

以前はまるで意味の分からなかった命令の意味が、手に取るように分かった。

校旗までの距離は一キロ。スコープの視界の端は左右合計三〇ミル。スコープの端に校旗を捉え、二八回照準を切り替える。

顔をスコープから上げる。

距離については、「肉眼で見える一〇〇メートル」がどのように見えるかを徹底的にたたき込まれた。手元のトランプが示す距離は四三六メートル。一〇〇メートルの四倍。さらにスコープを覗き、距離四〇〇メートルと五〇〇メートルの間を観察する。

四五〇メートル地点に頭ほどの大きさの石があり、その手前一四メートルを、T字照準を元に計算する。四三六メートル地点に、雪の溶け残った、窪みがあった。

セラフィマはSVT‐40を背中に担いで走り出した。

時を全く同じくして、他の三人も走り出した。

全員がそれぞれの目標地点へ向けて、迷うこともなく、みじんのためらいも見せずに。

やがて息を切らせてその場へとたどり着いたとき、イリーナの声がした。

「アヤ、お前は今どこにいる？」

「角度一三〇〇ミル、距離五六三メートル地点です」

「正解だ！」

片目をスコープに当てて、イリーナは笑った。初めて見るような、優しい笑い方だった。

「次、シャルロッタ、お前は今、どこにいる？」

シャルロッタは、手を振りながら答えた。

「角度一二〇〇ミル、距離八九三メートルであります！」

「よし、正解だ！　ヤーナ、お前は今、どこにいる？」

「角度一〇六〇ミル、距離、九七五メートルです！」

「正解だ！」

セラフィマと、スコープ越しに目を合わせて、イリーナは叫んだ。

「セラフィマ、お前は今どこにいる？」

その声を聞いたとき、セラフィマは、胸に微かに感じる懐かしさを振り払って、叫んだ。

「私がいるのは、角度八四〇ミル、距離、四三六メートルです！」

イリーナは片目をスコープから離して、穏やかな声で答えた。

「正解だ」

余技として習得せよ、といわれた技術。全員が、確かにそれを手にしていた。

「四人とも、卒業おめでとう」

イリーナが答えると、四人がわっと沸き立って、やがて、誰からともなく中央に駆け寄り、抱き合った。

わずかに時間をあけて、イリーナは続けた。

「最高司令部予備軍《RVGK》所属、狙撃兵旅団、第三九独立小隊」

全員が彼女の方に注目する。

「我々はこれより、最高司令部《スタフカ》直属の狙撃専門小隊として遊撃する。どの歩兵師団にも属することなく、いずれの指揮下にも入らず、狙撃手専門の特殊部隊として、必要に応じて戦うのだ」

生徒たちの間に闘志がみなぎるのを感じた。自分たちは精鋭として扱われる。

「ま、もっとも小隊と言っても規模は分隊以下だし、スタフカにはどなたかが助言をくださるそうだがな」

イリーナに視線で促され、校舎を振り返る。

オリガとハトゥナ。NKVDの二人組が、陰険なまなざしでこちらを見ていた。

思わず感心するほどに、同質で陰湿な雰囲気をともなう視線だった。

「……その前に、一日の外出許可が出た。今日は好きに遊べ」

言うだけ言って、イリーナは去って行った。

残された四人は、一様にほころんだ顔を見合わせた。

「外出許可だって、すごい！」

シャルロッタがはしゃいで、セラフィマが彼女の手を取る。

「ねえねえ、どこへ行く？　喫茶店、それとも百貨店？　あ、ママはどこへ行きたい？」

ママことヤーナは、朗《ほが》らかに微笑んで答えた。

「私はどこでもいいわ。けれど、アヤはどう？」

ヤーナに問われたアヤは、突然真顔に戻った。

「え？　わ、私は……」

セラフィマは、彼女の様子に困惑した。怯えたような表情。記憶にある限り初めて見る。

アヤは制服を整えるような仕草を見せてから、急に表情を消して答えた。

「私はどこにも行かない。部屋に戻って寝るから、あんたらは好きにしろよ」

あまりの態度に全員があっけにとられていると、その間にアヤは踵《きびす》を返して校舎の方へと去って行った。

その背中が宿舎へと消えたとき、シャルロッタが毒づいた。

「なによあれ！　せっかくみんなで盛り上がってたのに！」

ヤーナが、まあまあ、と彼女をなだめた。

「アヤが人付き合いが苦手なのは、今に始まったことじゃないでしょう」

それは確かにそうなのだが、と思いながら、セラフィマは彼女の後を追っていた。

後ろからシャルロッタの声がする。

「フィーマ、あなたまで来ないの？」

「みんなで、先に百貨店へ行ってて！　私はアヤを連れて行くから！」

返事も待たずに、アヤの後を追った。

確かに彼女は一人でいることを好み、誰とも交わることのない孤高の存在だった。

だけれども今は、無理をしてそれを演じていた。

宿舎へ入り、初めてアヤの部屋を探した。元々少ない人数で持て余すように使っていた建物は、わずか四名となった生徒たちの卒業を控えた今、すでに廃屋となったようなもの寂しさが漂っていた。

二階へ上がると、廊下の最も奥の部屋に、アヤの背中が消えた。

「アヤ、ねえ待って」

部屋の前まで行って、戸を叩いた。

「なんだよ、行けよ」

アヤの声が室内から答えた。

「一緒に行こうよ、アヤ」

返事は無かった。ガサガサとものを掻き分けるような音がした。

「アヤ、あなたが一人でいるのが好きならそれでいいけど、無理してそうする必要はないと思う。ねえ、私たち、ずっと一緒にいられるわけじゃないんだよ」

返事は無かった。だがセラフィマは、アヤが自らの言葉を聞いている気配を感じた。

多分、自分が踏み込むのを待っているのだ、と解釈した。

「入るよ、アヤ」

「えっ、ちょ、待っ――」

変に慌てた声をあげるのにかまわず、セラフィマはドアを開けた。

その瞬間、おびただしい量の衣類と書類と、何ともつかないゴミが、部屋から湧き出るようにして彼女の足下に崩れ落ちた。

「うわあっ」

思わず悲鳴を上げる。

部屋の中はゴミで溢れかえっていた。完全に裂けた制服、カモフラージュ用の布や、葉のついた枝。使い古しのノートに文具、その他ありとあらゆるゴミが散乱していた。

「見るなっ！」

その向こうで、アヤがなぜか木製の模造銃をこちらに向けていた。

反射的に両手を挙げながら、セラフィマは尋ねる。

「アヤ、なにこれ？」

「なにもない。なんでもないんだ」

彼女は、ゴミの間にあるようなベッドの上にいて、部屋の中でほとんどそこだけがゴミから免れていた。

「アヤ、あなた、片付けが苦手なの？」

婉曲《えんきょく》な表現を用いたつもりだったが、アヤは見る間に顔を赤くした。

汗を流しながら、彼女は弁明のような口調で答えた。

「だ、だって故郷ではこんなにモノがなかったし、ここの教官たちは、部屋の中は見ないし……これ以外に、方法を知らないんだ」

カザフの天才。学校一の名手が見せる、初めての姿だった。

「なんだよセラフィマ、笑うな」

言われて驚いた。セラフィマは、知らぬ間に微笑んでいた。

「ちがうんだよ、アヤ。私、うれしくて」

ゴミを踏み避けてアヤの元まで行く。無意味に向けられていた模造銃の銃口を押し下げると、アヤは上目遣いにセラフィマの顔を覗き込んだ。

「アヤはなんでもできる天才だと思ってたから、私と同じ人間で安心しちゃった」

それを聞いたアヤは、一度瞬きしてから、露骨に視線を逸らした。

「うるさい。シャルロッタやママと飯でも食ってろ」

そして寝転んで顔を背けた。明らかに、微妙な感情の揺らぎがあった。

今なら聞けるのではないか、と、セラフィマは思った。

「イリーナに、何のために戦うのかって聞かれたとき、あなただけ、変わらなかったね。自由を得るためにって。あれ、どういう意味？」

アヤの頬がかすかに動いて、そのまま数分寝たふりをしてから、唐突に口を開いた。

「君は大学へ行くはずだったそうだが、ソヴィエト連邦の教育制度をどう思うか」

思わぬ反問だったが、はぐらかしてはいない。セラフィマは思うように答えた。

「色々あるけど、感謝してるよ。私は貧農の娘だから、きっと帝政ロシアのままだったら、一生文字も読めなかったし、世の中に何も思うことができなかったから。それに、こうして一緒に会話することもできなかったし」

「そうだな。ある意味で私は、そうでありたかった」

アヤは寝返りを打ち、天井を見つめて答えた。何か覚悟を決めたように見えた。

「カザフ人は、もともと広大な大地を遊牧し、大地とともに生きる、自由の民族だった。私の両親もそうやって生きてきた……そうだ。町などはなく、気候にあわせて居住を変え、平原の獣や、川の魚を捕って食料に変えた。友達に会いに行くには、星を頼りに馬を駆って、集落まで行くんだ」

抑制的な彼女の口調には、隠しきれない憧憬と哀切が含まれていた。

セラフィマと同世代で、共にソ連成立後に生まれたアヤは、独語のように続けた。

「ソ連にとってその生き方、あり方は無知蒙昧《もうまい》であり、故に啓蒙の対象となる。……ソ連に組み込まれてから、カザフ・ソヴィエト社会主義共和国は近代化され、教育されたよ。町ができて、工業化が推進され、遊牧で生きることはなく、コルホーズとソフホーズが生きる術《すべ》となった。そして私も学校へ通い、教育を受け、そうだ、近代的な人間として生きてきた。移住も進み……私の家族は去年スモレンスクへ越してきたばかりだった……私だけがモスクワへ逃れた」

故に、アヤの語るカザフは、彼女自身の記憶にはない。

「私はもう、国家だのの都合に振り回されるのはうんざりだ。自由になりたい。ソ連とか、近代化とか、社会主義とか、戦友愛だの軍隊だの、そういう観念からは、全て離れて」

「そのために赤軍に入ったの？　軍隊は、一番厳しいところなのに」

「そうじゃないよ、セラフィマ」

アヤがセラフィマと目を合わせた。漆黒の瞳に吸い込まれそうな気配がした。

「お前も猟師だったなら覚えがないか。射撃の瞬間の境地。自分の内面は限りなく無に近づき、果てしない真空の中に自分だけがいるような気持ち。そして獲物を仕留めた瞬間の気持ち。そこから、いつもの自分に帰ってくる感覚」

セラフィマは息をのんだ。自分だけが知るものと思っていた、言いようのない感覚を、他人に言語化されたことに衝撃を覚えた。

その様子だけで、アヤは答えを得たと理解したようだった。

「射撃の瞬間、自分は自由でいられる。軍隊だの、仲間だの。そういう観念は嫌なんだ。それは自分を、あの瞬間の純粋さから遠ざける。けれど一緒にいると、どうしてもそういう観念に染まってしまう。自分が変わってしまうのは、錆びるみたいで、とても嫌だ」

「仲間ができるのが錆びなら、錆びるのも悪くはないと思うけれど、どうして嫌なの」

「その答えは、先ほどお前自身が述べた」

どの言葉だろうか。思考をたどるが、それよりも早く、新たな声が答えた。

「それよりもアヤ、お片付けしましょう。私がやり方を教えてあげるわ」

振り返ると、ヤーナが穏やかな笑みを浮かべていた。傍らに、シャルロッタもいた。

隠し続けていた自分の部屋を見られて、アヤはベッドへうつ伏せになった。

みんなで麻袋にゴミを詰めて、アヤの部屋を片付けていくと、アヤも恐る恐るそれに続いた。

「破れた軍服は布を活かせるから、教官たちに提出しましょう。模造銃もね」

「教本はどうするの？」

「それも返却。前線に持って行けないよ」

みんなであれこれ語りながら部屋をきれいにしてゆくと、もうほとんど手元に残すべきものがないことに気付いた。急に、セラフィマは胸が苦しくなるのを感じた。

卒業。一年に満たない期間ではあったけれど、ここで自分たちの生き方は変わった。

ぽたん、と手元に水滴が落ちた。

思わず顔を上げると、シャルロッタが泣いていた。

目が合うと、彼女は涙を拭ってそれをなかったことにした。

彼女の様子を見ないようにして、手元のゴミをつかもうとすると、アヤと手が触れた。

顔を見合わせると、アヤは視線を背けて、呟いた。

「だから、錆びたくない」

アヤが恐れていることが、なんとなく理解できたように思った。

「ゴミ掃除は終わったかあ」

感傷的な空気を意図して台無しにするような、ぞんざいな口調が室外から投げかけられた。全員が顔を上げる。NKVDの手先、オリガがにやにやと笑っていた。

かつて彼女と語り合ったセラフィマは唖然《あぜん》とした。いかに正体を秘匿していたとはいえ顔かたちまで変化させていたわけでもあるまいに、ここまで人間の雰囲気は変わるものなのか。

「なによ、チェーカー！　関係ないでしょう、引っ込んでなさい！」

同じく彼女を信頼して自分の出自を明かしたシャルロッタの口調には、明確な憎悪が含まれていた。

「あいにくそうはいかないんだ。私はあんたらと帯同する以上、無関係ではない話なんだよ。あんたら小隊の、実戦投入先が決まったって話はね」

全員が、彼女に注目する。

しまった、とセラフィマは思った。

オリガの思う通りの反応を示してしまった。

我が意を得たり、というふうに口の片端を歪ませ、彼女は言葉を続けた。

「スターリングラード。あの都市を奪還するための攻防戦に、お前たちが参加する。光栄に思え、反逆者の小隊」

オリガはこちらの反応を待たず、去って行った。

全員がしばらく、ものも言えずに、その場に固まっていた。

第三章　ウラヌス作戦

愛するエリー
君からの五月五日付の手紙がたった今届いたので、急いで返事を書いている。（中略）チョコレート、ドロップ、サッカリンで甘みをつけた菓子などが入っていた。甘いものはこちらでは貴重なので、とてもありがたい。（中略）
聖霊降臨のお祝いもする予定だ。そのために数日前から、配給食糧をとりわけてきた（油、肉、アルコール、パン、チョコレートなど）。（中略）そんなわけで僕は今、準備に大わらわになっている。なんと、歌の指揮までやらなければならない。歌のことなどさっぱりわからないこの僕が！　稽古は毎日、午後五時に始まる。これはいつもなら兵舎で飯を食べたり何かを調達している時間なので（ちなみにその時間はいつも、僕は非番だ）、被害は甚大だった。（中略）仕方がない。祭りと友情にはいささかの犠牲が不可欠だ。（中略）
言うまでもなく、ドイツの人間は総統の背後で幸いにも一致団結している。それは、総統が国民に自由と、より美しくより良い生活を再び与えるためにやむなくこの戦争をしているからだ。（中略）国民はかならずこれに耐えるだろう。なぜなら、戦争の夏は今年で終わりになるはずだからだ。ロシアで僕らが戦争の冬を過ごすことも、今年はないと思う。われわれは勝利するだろう。勝利しなくてはならない。さもなければ、恐ろしいことが起きる。外国にいるユダヤの悪党は、ドイツ人にひどい報復をしてくるはずだ。なぜなら、世界の平和と安寧のため、ここロシアで数十万人のユダヤ人が殺されたからだ。この町の近くにも二つの巨大な壕があり、ひとつには二万人のユダヤ人の死体が、もうひとつには四万人のロシア人の死体が放り込まれている。衝撃的な光景だが、大義を思えば、これも必要なことだ。いずれにせよ、すべての仕事をするのはSSの隊員だ。彼らには感謝しなくてはならない。（中略）

さて、きりがないので、そろそろ筆をおくことにしよう。（中略）来週は、祭りのときのことを君に報告しよう。

それではまた。フレッドやほかのみんなにくれぐれもよろしく。

ハインツ・S　一九四二年五月二〇日（一九四四年春以降戦地行方不明）（引用者註）

（マリー・ムーティエ　森内薫訳『ドイツ国防軍兵士たちの１００通の手紙』より）

一九四二年一一月一九日午前七時二五分

用意された指揮官用の椅子に腰掛けた砲兵士官、ミハイル・ボリソヴィチ・ボルコフは、双眼鏡から見える光景に、思わずため息を漏らし、机にそれを置いた。彼が睨む方向にあるのは、ナチ・ドイツと連合を組んだルーマニア軍の陣地。しかし、その姿が見えない。

濃霧が、まるで牛乳を溶いた水のように空気を濁らせ、視界を塞いでいる。

周囲を見渡す。砲座を並べている配下の兵たちも、間近でないと顔が分からない。

無線機が据え付けられた机に座り命令を待ち続ける通信兵たちも、輪郭がぼやけて見える。

砲兵たる者にとってそれは、悪夢の光景と言えた。

「熱心だな、同志曹長」

泰然とした口調に呼び止められ、敬礼とともに振り返る。

上官のニコラーエフ少佐が一言だけ尋ねた。

「不安かね」

「はい」

ミハイルも端的に答えた。理由を説明するまでもなかった。

一五キロ先まで山なりに砲弾を飛ばす長距離砲撃は、銃を狙って撃つのとは訳が違う。砲撃と観測の反復が基礎の中の基礎だ。方位と距離を測定して砲撃したら、どの程度外れたかを観測し、照準を修正して再度砲撃する。また外れたら、さらに修正を加える。これを繰り返して、砲弾の散布界《さんぷかい》に敵を捉えて初めて、有効な砲撃が始まる。

濃霧により視界が遮《さえぎ》られての砲撃では、この基本的な手順を踏むことができない。

「延期はないのでしょうか」

「ない」ニコラーエフ少佐は即座に答えた。「既に準備不足解消のため延期を繰り返している。いかに欺瞞《ぎまん》工作をしようと、これだけの大攻勢をいつまでも秘匿できるはずもない。総兵力が拮抗している以上、奇襲は成功の絶対条件だ。分かるな」

むろん、理解はしていた。

カフカスの赤軍とパルチザンが、奥地まで突出したドイツ軍をどうにか食い止め、陥落寸前と思われたスターリングラードの守備隊もまた驚異的な粘りを見せて踏みとどまった結果、ドイツはそのスターリングラード市街に対して、一個軍六〇万人以上を投入する戦力集中を敢行した。ソ連守備隊の奮戦も限界に近づき、市街地の九割超を失った。膨大な兵力からなる赤軍の人的資源も、広大な戦線を前にして既に枯渇に近づいていた。投入可能な予備兵力を全て動員しても、他の枢軸国軍を含む敵の全てを圧倒することはできないのだ。この極めて不利な戦局において、スターリングラードを救うべしとの最高司令官の命令に対し、全赤軍の実質的トップであるジューコフと、その参謀長であるヴァシレフスキーの両上級大将は、少数精鋭の若手参謀たちを集めて作戦を練り上げ、当のスターリン自身を驚愕させる計画を立案した。

すなわち、ドイツ軍がスターリングラード市街に過剰集中した状況を利用し、その南北に布陣する、比較的脆弱《ぜいじゃく》なルーマニア軍を主軸とする枢軸部隊に対して、二手に分かれた自軍をぶつけてこれを南北同時に突破、スターリングラードを迂回して西進したのち、その背後、カラチにて南北から再度合流する。

天王星《ウラヌス》作戦。

それは、自国において敵に包囲された都市を、さらに敵もろとも「逆包囲」するという前代未聞の反攻作戦であった。

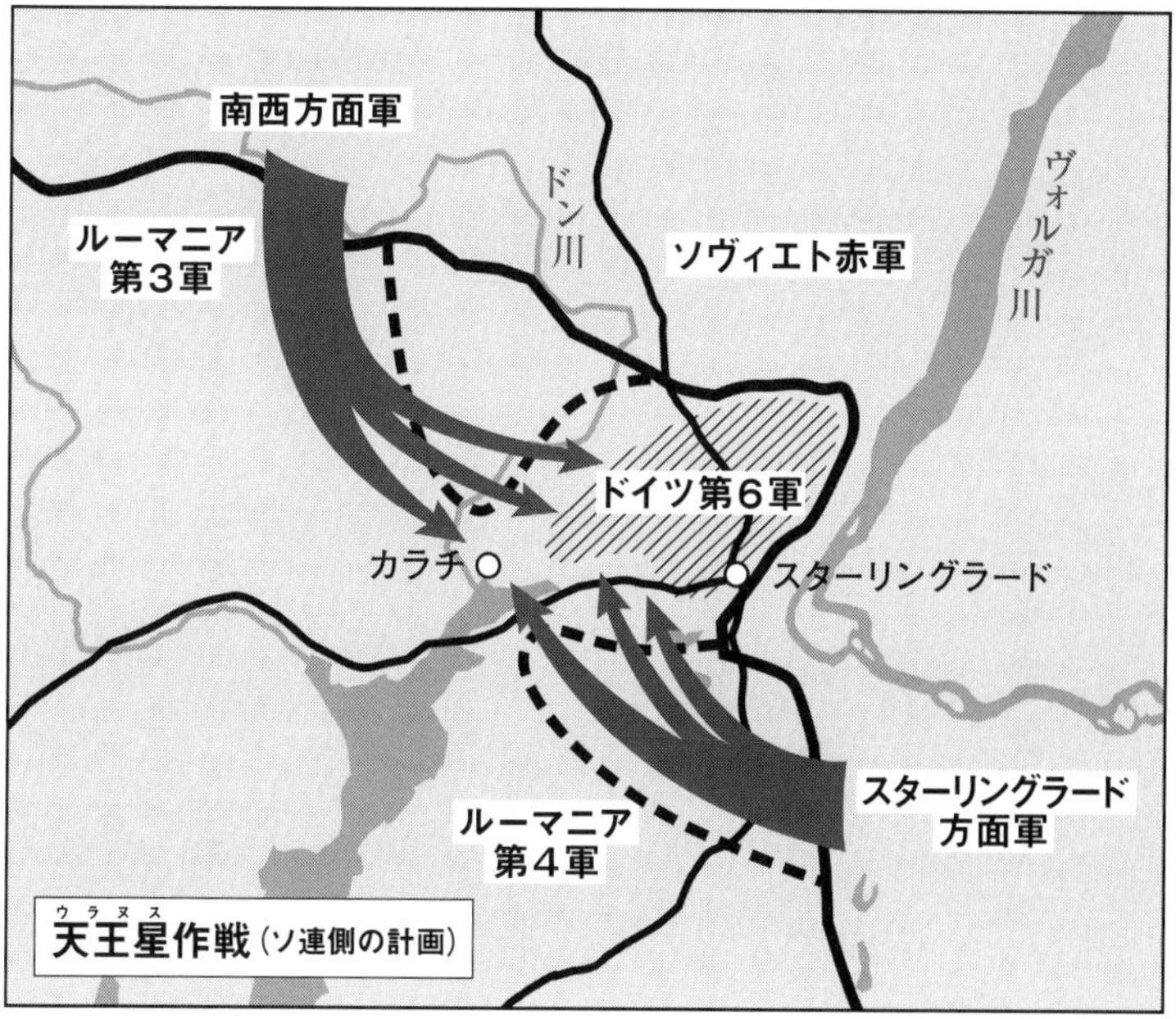

天王星《ウラヌス》作戦（ソ連側の計画）

もしこれに成功すれば、スターリングラード救出を決定的にするのみならず、そこに集中したドイツ第六軍六〇万人のうち残存する数十万の撤退を阻止し、袋のネズミとすることができる。もし失敗すれば、ソ連は予備兵力を失い、スターリングラードの奪還は絶望的となる。スターリングラードの、ひいては本戦争の趨勢を決する作戦であった。

総兵力一一〇万人。その主力を担うのは、一万三〇〇〇門の大砲である。

自らが率いるのはそのうちの一五門。戦争の一局面が、自らの手腕にかかっている。

重責に胃痛がするミハイルに対して、ニコラーエフは平静さを保って言葉を続けた。

「最高司令部《スタフカ》は迷っているが、これ以上は延期させん。砲撃は事前観測に従って実施する。今我々は、これだけの作戦を立案し兵力動員を実現させた、ジューコフ閣下の力量を信じるべきだ」

「はい、おっしゃる通りです」

ミハイルは事実、そう思っていた。しかし、口調に不安がにじんだ。

ニコラーエフは笑みを見せるでもなく、一言だけ付け加えた。

「そして練度の向上を信じろ」

はい、と答える声がこわばるのを、ミハイルは感じた。

練度の向上を信じる。一年半前の開戦当初には決してない発想だった。

一九四一年、赤軍はソ連が自ら作り出した混乱の極みであえいでいた。三〇年代後半の赤軍粛清は、赤軍近代化の立役者にして輝かしい戦功を持つ軍事的天才ミハイル・トゥハチェフスキー、卓越した戦術理論の研究者アレクサンドル・スヴェーチンをはじめとする珠玉のような上級将校を、まるで薪を火にくべるように消し去った。有能な上級指揮官が次から次へと処刑され、あるいは強制収容され、そうでなくても不可解な追放や左遷が相次いだ。

将校を失うことは、その頭脳が蓄積し展開した戦術理論と、装備運用のためのノウハウを失うことであり、軍隊にとっての組織的脳死をもたらす。

火を見るよりも明らかな論理であったが、猜疑《さいぎ》に駆られたスターリンは、それが義務であるかのように、ひたすら将校たちを抹殺し続けた。

ヒトラーがそれを狙っていたのかは定かではないが、ともかく粛清が招いたソ連赤軍の組織的弱体化がどん底まで進行してゆくその間、ドイツは、ソ連とは正反対に、強制された大軍縮の中で少数精鋭の上級将校が組織の命脈を保ち、理論とノウハウだけは維持していた。そしてナチス政権獲得後、ドイツ国防軍は、ヒトラーの軍国主義と比類なき科学力による再武装宣言を経て数的不利を補い、さらには大ドイツ主義によってズデーテン地方やオーストリアを併合して「ドイツ」に加えて人数を増やし、次にヒトラーの兄貴分ムッソリーニが率いるイタリアを仲間にして、さらにはファシスト化したハンガリーにルーマニアまで従えて、一九四一年六月、準備万端、「いざ」とばかりにソ連へ襲いかかった。

奇襲を受けた赤軍の戦いぶりは、まるで騎手不在の競馬だった。軍上層部は反撃によって敵を撃退するどころか、戦略的退却を指揮することもままならず、現場の兵士たちは、ただ祖国防衛の士気と正面装備だけを頼りにひたすら場当たり的な抵抗を繰り返し、機動力を駆使して侵攻するドイツに太刀打ちできず、各地で包囲され、壊滅していった。

自分も即席の教練の後、素人同然で前線に放り込まれた。だが――、とミハイルは思い直した。

それでも、壊滅的敗北の中から赤軍は戦訓を積んだ。生き残った兵士は戦闘の技法を更新し、粛清を生き延びた新世代の将校は、残された組織を編成した。ＮＫＶＤはスパイ活動により日本の対ソ参戦は当面ないと見切り、これらの情報を得たスタフカは、東部からシベリア旅団も動員してモスクワ防衛を成功させた。この勝利が、ロシアの厳しい冬によるものだと言う西側連合の連中は何も分かっていない。当たり前だが、ロシア人だって寒かったのだ。

赤軍は練度を向上させた。自分たちもそうだとミハイルは思う。スターリンはモスクワ防衛で今度は自信過剰になり、今年最初の冬季反攻は、「大砲はあるが照準器がそろっていない」という滅茶苦茶な状況下で強行され失敗したが、戦線が落ち着いた後は、ひたすらに訓練を繰り返し、素人同然の砲兵に弾道学を学ばせ、砲撃精度を向上させた。

ミハイルはこの過程で弾道学の習得の速さと人柄を買われ、士官候補となった。

彼の故郷、イワノフスカヤ村が敵の手に落ち全員が死亡した、という知らせに接したとき、彼は許可を得て自室に戻り、入営以来初めて涙を流した。

父も母も妹も、将来はプロポーズして結婚しようと決めていたあのセラフィマも、みんな死んでしまった。悲しみは怒りとなり、怒りは動機となり、翌日から彼は寸暇を惜しんで訓練と座学に打ち込んだ。もとよりの物理学の知識が彼を助け、部下に対する求心力が認められ、曹長にまで昇進した。

この大反攻作戦が決してからは、全ての兵科が訓練の成果を発揮すべく競うように働いた。陸空の偵察隊は執念深く敵の布陣をあぶり出し、占領地のパルチザンは、日々命がけで情報を提供しにソ連と占領地の間を往復した。夜間には、ある意味で歩兵よりも命知らずの地雷処理隊――その中には少女と言っていい若い女性たちもいた――が、懸命に地雷を除去して歩兵の進むべき道を開拓し、スタフカは欺瞞情報を流してこれらの準備を秘匿し続けた。

見えずとも、敵部隊はそこにいる。ミハイルは霧の向こうに敵を睨んだ。

「僕らなら成功しますよ」

沈黙を守っていた自分の直近の部下、ドミートリーが、唐突にそう言った。

「ミハイル曹長だけは僕らを殴らなかった。だから、曹長の言うことは絶対に聞きます」

思わず笑みがこぼれた。そうだ。成功させるさ。

兵士への鉄拳制裁はロシアにおける軍隊の悪習だ。自分はそれをしなかった。部下と寝食をともにし、友情をはぐくみ、喪った村人を思い出しながら、生きるも死ぬも同じだと語り、その友情を糧《かて》に猛練習を重ねた。

「スタフカより、各部隊へ入電！」

机に張り付いていた通信部隊大尉が、興奮もあらわに全体へ叫んだ。

「電文は一語のみ、『サイレン』！」

決行の合図に、全身に緊張が走る。思わず目を合わせると、ニコラーエフは軽く頷いた。彼は通信部隊に対して声を張り上げる。

「各部隊、射撃開始。二〇三ミリおよび一五二ミリ榴弾砲、発射はじめ！」

副官が即座に反応し、有線通信を通じて連隊に指令が伝わる。

ミハイルを含む全員が耳を塞ぎ、口を開いた。

砲火の瞬きとともに、幾千の雷を束にして落としたような凄まじい轟音が、濃霧の荒野に響き渡った。

砲撃に、大地が揺れる。音波は物理的衝撃と化して脳を揺さぶる。

やがて第一斉射が終わり、一転して静寂が訪れた。いかに訓練を積もうと、慣れようもない落差に耳鳴りがする。

長距離砲が命中するまでに三〇秒。あまりにも長く感じられる時間に、ミハイルは祈ることをこらえた。神に祈るな。軍人として、祈りを排して最善を尽くせ。

やがて閃光の瞬きにつづき、遠雷のごとき爆音が、幾重にも連なって前方から木霊《こだま》した。双眼鏡を覗くと、濃霧の向こうに、着弾の炎がおぼろに見えた。やはり、観測は不可能か。

そう思った瞬間、視線の先で、砲弾の破裂をさらに上回る爆発が生じ、紅蓮《ぐれん》の爆煙が濃霧を吹き飛ばして視界を照らし出した。

「あの方位の目標は」

視線を双眼鏡から外さずに問うと、部下が即座に答えた。

「ルーマニア第三軍の弾薬庫であります！」

ということは——。

ミハイルが双眼鏡を下ろすと、部下たちから動揺の声が上がった。

「まさか当たっているのか！」「そうだ、もう効力射になっているんだ！」

自らも体が軽くなるような高揚と不安を覚えながら、ミハイルは叫んだ。

「浮き足立つな！　照準そのまま、次弾装塡！」

ニコラーエフが続けて叫ぶ。

「効力射、長距離砲第二射開始。一〇七ミリカノン砲、およびカチューシャ、撃て！」

再び衝撃波と轟音が大地を揺さぶる。

そして陣地より数キロ前方から、カチューシャこと自走式多連装ロケットランチャーBM‐13が、列をなしてロケットを発射した。トラックの車体を用いた高速展開を利用して配備されていたカチューシャは三六両。一両一六発を斉射可能な車両が、一〇秒に満たない時間に全弾を発射した。四〇〇発を超えるロケットが、濃霧に光を曳いて飛び立ってゆく。

それはおよそ神話的といえる荘厳な光景だった。

一通りの指示を終えたミハイルは、周囲の部下たちに視線を巡らせた。長距離砲の運用人数は、一門につき一五人。それぞれに違う役割を担う砲兵たちが、駐退機《ちゆうたいき》に下がった砲身に対して一斉に動作する。ある者が薬莢を排出し、即座に別の者が砲弾を装塡する。それが終わると砲身が閉鎖され、その間に着弾地点を測定していた観測手が仰角と方位を指示し、二人の砲座手がレバーを回して巨砲を再度敵へ照準させる。砲撃の速度は、一分間に三発から四発。同じ時間に少しでも多くの砲弾を発射するため、砲手たちは精緻な時計のように正確に機能し、一瞬も休むことなく砲撃プロセスを繰り返す。

この光景が、一万三〇〇〇の砲と一一〇万の兵士によって為されるのだ。

ドミートリーと目が合った。勝てる。ミハイルは、無言のうちに確信の笑みを浮かべた。信じるべき練度の向上、そして仲間との絆がそこにあった。

ソ連が蓄積した怒りを放出し、地獄の業火を地上へ出現させたかのような砲撃が、八〇分続いた。地形を変える砲撃に対して、敵からの反撃はまったくなかった。

一一月二二日。軍用機関車を乗り継ぎ、延々と歩き、はるばる駆けつけた中央女性狙撃兵訓練学校分校、改め第三九独立小隊の兵士たちは、ソ連第四軍所属の一個歩兵大隊と合流した。ここで同じく第四軍の戦車中隊とともに前進、先行している斥候《せっこう》と合流して、包囲の一翼を担えというのが、彼女らに課せられた任務だった。

兵士たち以外には誰もおらず、何もない雪原に、歩兵大隊は待機していた。大隊長のイーゴリ少佐は、五人の小隊とNKVD二人からなる彼女らに会うと、ロシア軍人にしては珍しい陽気さでもって笑った。

「はっはっは！　まさか女の子たちがやって来ようとは！」

セラフィマは歩兵大隊の兵士たちの様子を観察した。

隠しようもない動揺が読み取れた。

驚愕が五割、憤慨が二割、落胆が二割、色めき立っているのが一割といったところ。

「女性の狙撃小隊がご不満ですか、少佐殿」

にこりともせず尋ねるイリーナに対して、イーゴリ隊長は首を横に振って答えた。

「いやいや、ただ普通の女性、特に美人の娘さんたちは狙撃をしないものだから」

「その通り、すなわち我らは異常者のブス小隊であります」イリーナは真顔で答えてから話題を変えた。「あとは戦車ですね」

「そうとも。我が戦車中隊はKV－1とT－34からなる精鋭なのだ」

ほう、とセラフィマは息を漏らした。兵士として座学で兵器について学んだ仲間たちも、概《おおむ》ね好意的な驚きでその戦車名を認識した。

ＫＶ－１は最大装甲七五ミリ、主砲口径七六ミリからなる重戦車であり、緒戦においてドイツ軍戦車や対戦車砲の砲弾をはじき返し、敵の心胆を寒からしめた。一方Ｔ－34は重戦車に匹敵する火力と軽快な運動能力と軽量な車体を併せ持ち、流線型の優れた避弾設計によって敵弾をはじく中戦車で、現時点では赤軍最強と呼べる性能を持つ。

しかし、と思ったとき、イリーナが尋ねた。

「で、その戦車はどこです」

「後で来る」

え？　女性兵士たちが問い返すと、歩兵大隊の兵士たちが妙に気まずそうな顔をした。

隊長は笑みを絶やさず答えた。

「戦車中隊の宿営地に雨が降ってぬかるみができたんだ。悪路を行くいつもの手段として、彼らは大地に枕木を並べ準備万端で備えていた。いざ進軍となれば、戦車兵としてはやはり、ＫＶ－１の装甲を楯にして、Ｔ－34を後に回したいのが人情というものだ。というわけで四五トンの重戦車を先頭にいざ進軍となったとき、何が起きたと思う」

「先頭の戦車が故障したんですね」

イリーナが簡単に答えると、イーゴリ隊長が頷いた。

「ご名答。よく分かったね」

「戦車というのは前大戦で発明されて以来、故障の合間に走るもんだと認識しています」

「ま、そういう訳で今は必死で修理しているのだ。合流地点は斥候部隊のいる、ここから二〇キロ先の地点へ変更。まあ彼らの方が足は速いから、じきに来るだろう」

それだけ言ってイーゴリ隊長は踵を返し、さっと右手をかざして合図を出した。

歩兵大隊の兵士たちは、隊伍を組むこともなく、そのままぞろぞろ歩き出した。

「えっ」と思わずセラフィマは声を漏らした。

イリーナが何も言わずに歩き出してからしばらく、小隊の兵士たちも彼女を追った。

「フィーマ、ねえ、これ、このまま行軍なの」

隣のシャルロッタに話しかけられ、セラフィマも当惑しつつ答えた。

「そうみたい」

牧歌的とさえ言える会話から、何の切れ目もなく実戦としての行軍が始まった。まるで実感の欠片《かけら》もなかった。

そのまま、浅い雪を踏みしめて、林の中を歩兵大隊と狙撃小隊は延々と歩いた。

パレードのように、隊列を組んで足を揃えることなどはしない。密集しているところに砲弾が飛んでくれば全滅してしまう。知識としては知っていたが、間隔をあけた兵士たちが、肩を落としてまばらに歩く姿は覇気に乏しく、ひどい言い方をすれば、自分を含めて、みすぼらしく思えた。

「不安かね、お嬢さん」

隣から声をかけられた。イーゴリ隊長がにこにこと微笑んでいた。階級差を気にかけるでもなく、丁寧な口調に好感を持ったが、自分は兵士扱いされていないのだとも思った。

「はい、戦況がよく分からなかったのです。私たちは、現地に着くまで自分たちが従事する作戦の内容を知らず、それどころかスターリングラードに対する逆包囲作戦が展開されることも知りませんでした」

ここに来るまでは、スターリングラードに直接投入されるのだと覚悟していた。

ソ連軍の徹底した情報秘匿は、実戦投入される兵士たちにも及んでいた。直前になって聞かされた作戦のスケールの大きさに、小隊の全員が驚いた。それでも自分たちはマシな方であるらしく、作戦一日目に突入した歩兵師団は「スターリングラードの南北を突破する」としか知らされておらず、包囲作戦であることを途中で知る始末だったという。

遠くから、雷鳴のような砲撃と爆発の音が、間断なく聞こえた。

イーゴリ隊長は頷いて答えた。

「戦況はねえ、この作戦に関して言えば、もはや勝ったも同然だよ。初日の作戦推移は、君たちも聞いただろう。ルーマニア軍は這々《ほうほう》の体《てい》で逃げ出して総崩れだ」

「あれほど押されていたのに、反攻がここまでうまくいくとは、驚きました」

「ジューコフ上級大将が天才なのはそこだよ。作戦というのはただ考えつけばいいというものではない。準備や動員が伴って初めて完成する。それができたということさ」

セラフィマは頷いた。まったくその通りだった。敵地における逆包囲とは大胆不敵ではあるが理にかなっている。ということはドイツ軍も少なくとも一部はこの策を予期したはずであり、それが完全な奇襲となって成功したということは、単なる火力のみならず、敵の布陣を始めとする情報の収集、自軍の作戦の隠匿、欺瞞といった、インテリジェンスの部分でもソ連がドイツを凌駕《りょうが》したことを意味する。

壊滅的と呼べる敗退を喫した開戦時より一年半。

ソ連という巨獣は目覚めつつあった。

「ジューコフ閣下のお名前はよく聞きますが、本当に素晴らしい方なのですね」

「もちろん。白軍ともドイツ軍とも戦い、中国大陸では日本を蹴散らした猛将だ。前線視察を欠かさぬ現場主義者でもある。この作戦が終わればついに元帥さ。でも、ものすごく恐ろしいお方でもある」笑みを絶やさず、隊長は続けた。「敵も味方も、邪魔になるならぶっ殺すってお方だ。ある意味で粛清より怖いぞ」

「味方も？」

「士気を失った将校や無断退却は即刻死刑だ。聞いただろ、国防人民委員令第二二七号」

「一歩も下がるな、ですね」

　スターリングラードおよびカフカス方面に対する大攻勢が開始された一カ月後、一九四二年七月二八日、端的にして明瞭な命令が国防人民委員部からソ連全軍に下された。

　一歩も下がるな《Ни шагу назад》！

　その名の通り無断退却と敵前逃亡を厳禁としたこの命令は、それ自体は軍隊にとって通常といえるが、ソ連の場合は実施の仕方が凄惨だった。敵前逃亡を試みた兵士、および自傷によって前線から離れようとした兵士は、銃殺か最前線の懲罰大隊送り。逃げたい奴を投獄するのは夢を叶えるようなものだ、ということらしい。主要な戦局には、退却阻止のためにＮＫＶＤからなる督戦隊が配置され、逃亡兵を射殺する権限が与えられた。

　ちらりと後ろを振り返る。

　オリガは陰険なまなざしで周囲を見渡していた。

　彼女の任務は独立小隊の監視であるが、この歩兵大隊には、政治将校はいても督戦隊はいないため、必要とあらば彼女がその役割を担うと考えられる。

「どんどん退却できるルーマニアは気楽ですね」

いつになく皮肉めいた言葉が口をついて出たが、イーゴリ隊長はかぶりを振った。

「彼らのは悲惨な潰走《かいそう》だ。敵の主力戦車LT‐38。こちらの戦車に比べればどうってことのない軽戦車だが、ほとんどが使えていない。こちらの砲撃を受けてさあ動かそうと乗り込んだら、ネズミが回線をかじってショートさせていたのさ」

「それは、冗談ですか」

「捕虜が言っていたそうだから、本当だよ。寒いから、部品を凍らせまいと中に藁をたくさん積んでいたらそこにネズミが住んでしまった。ネズミくんたちは赤軍の援軍だ」

知略を尽くした作戦の成果がネズミによって決まるとは。

イーゴリ隊長が、セラフィマの困惑を悟ったように笑った。

「ま、戦争の本質が達人同士のチェスのように進行するのはほんの一部でね。あとは概ね、ひどいミスをした方が、よりひどいミスをした方に勝つものなのさ」

そんなものか、とセラフィマは曖昧に頷いた。

ふと、今までよりも明瞭な砲声が、微かな振動を伴って轟いた。何かが空を切るような音が、続けて聞こえた。

「伏せろ！」

イーゴリ隊長の怒声とともに、一〇メートルほど先で地面が爆発した。

爆風に吹き飛ばされた体が杉の木に衝突して、視界が暗転した。

混濁した意識の向こう、どこか遠い世界で、砲声と銃声が間断なく響いている。セラフィマの曖昧な精神は、その意味を捉えることができない。

「……フィマ、セラフィマ」

アヤの声が、どこかから聞こえる。アヤ、彼女が焦った声を出すのは珍しい。

顔に、ぬれたような感触がして、そして獣の匂いがした。その匂いによって、セラフィマは目を覚ました。

見覚えのあるシェパードが、自分の顔を舐めていた。

「あ、バロン」

「セラフィマ！　怪我はないか、出血はあるか！」

アヤが血相を変えて叫んだ。

「どっちもない。けど、あれ？」

セラフィマは記憶をたどった。自分は、一体、なにをどうしたのだろう。

「おい何をモタモタしてるんだ、女ども！」

突如として、罵声が浴びせられた。

顔を上げると、一斉に全力疾走してゆく兵士たちの一人が、走りながら怒鳴っていた。

「生きてるならとっとと斥候の支援に行けよ、これだから女は！」

アヤが舌打ちしてから、セラフィマに告げた。

「先に行く、すぐに来いよ！」

どこへ、と思いながらもセラフィマは立ち上がった。ずき、と頭が痛んだ。後頭部にこぶができていた。ただ周囲の兵士たちに合わせて、同じ方向に走る。

林を抜け、雪原へ。

その瞬間、電動のこぎりのような音が聞こえて、先行して走っていた兵士たちがバタバタと倒れた。

そのうちの一人は、頭をスイカのように炸裂させた。

足が震えた。その瞬間、イリーナの聞き慣れた声がした。

「止まるな、身を低くして塹壕まで走ってこい！」

無我夢中で走った。ヒュン、という音が耳元で聞こえ、背後から叫び声がした。

さらに前方の兵士が倒れて、走ってゆく方向に、はじめて視界が開けた。

即席の塹壕に、それを掘った斥候部隊と歩兵大隊が、這いつくばるように身を隠している。そして
その数百メートル向こうから、銃火の瞬きが、間断なく見えた。

小隊の仲間は、どこに——。手を振って自分を招くイリーナの姿が見えて、そこまで全力で走った。

最後は、半ば転がり込むようにして塹壕に滑り込んだ。

「うわああー！」

獣の叫びのような声が、隣から聞こえた。

先ほど自分たちを罵倒した赤軍兵士が、のたうち回っていた。腰のあたりに大けがを負っていて、
白い骨が見えた。

周囲の仲間が傷口に布を押し当てて、彼に猿ぐつわをかませた。

これは、一体。自分はなにか、悪い夢を見ているのか。

「運が悪かったんだよ」イリーナが、平然と答えた。「ルーマニア軍の局所的反撃ってやつに出くわ

したんだ。敵は二個大隊規模。斥候は無線手が殺されて孤立無援だ。総数ほぼ互角だが地形が不利。下手したら全滅だな」

その言葉の半分も理解できないうちに、機関銃の一斉掃射が敵陣から浴びせられた。地面に覆い被さるようにして伏せながら、セラフィマは気付いた。

自分は、戦闘に直面しているのだ。

なんという醜態だ。なんという情けなさだ。入営からずっと訓練を重ね、選抜に耐えたことを誇りにも思った。しかし、どんなに厳しい訓練であろうと、実際に殺し合うことはできない。自分の精神と肉体は、戦争を理解していなかった。

「ほ、かの、小隊の仲間たちは、どこへ？」

「アヤに、シャルロッタとママをつけて、斥候隊の指揮官に合流して情報を聞きに行かせた。あいつはよくやってる……ま、砲撃で敵の機銃掃射を排除しないと、どのみち死ぬがな」

イリーナは泰然とした態度を崩さず、人差し指がない右手で双眼鏡を摑んだ。

彼女の言葉に、苦いものを感じた。この醜態を演じているのは、自分だけなのか。

「狙撃兵、狙撃兵小隊、助けてくれ！」

二〇メートルほど離れたところで、野戦砲にしがみついた斥候部隊の砲兵が、自分たちに向けて叫んでいた。彼は、七六ミリ砲の防楯《ぼうじゅん》に身を隠しつつ、必死に叫んだ。その防楯を、敵の機銃弾が絶え間なく叩き、声は何度か掻き消された。

「正……の、あの機関銃を、なんとかしてくれ！　……照準は……射できないんだ！」

声は途切れ途切れだったが、言わんとしていることは分かった。数に勝る敵の銃撃を凌駕しうる兵器は、あの野戦砲のみ。敵もそれを理解しているため、砲撃を封じる射撃を続けている。七人一組の砲兵は、全員が防楯に身を隠すのに必死で、身動きが取れない。周囲にいる迫撃砲兵たちも、塹壕の中で頭を抱えている。

急速に、セラフィマの集中力は研ぎ澄まされていった。

周囲の一般歩兵たちは、身を隠しながら敵の突撃を阻止するために応射するのが精一杯で、イリーナは銃を撃つことはできない。

「私がやります！」

本来ならば必要のない宣言だった。しかし己を奮起すべく、セラフィマは叫んだ。

兵士たちの間から顔を出す。SVT-40を構えて、スコープを覗く。

四倍に拡大された視界に、ルーマニア兵たちの顔が見えた。緩やかな上り勾配《こうばい》の向こうで、敵は稜線を利用した阻止線を張って撃ち下ろしている。敵愾心《てきがいしん》と恐怖にかられ、こちらを皆殺しにすべく射撃を続ける歩兵たち。その中に、軽機関銃ZB-26を連射している者を探す。派手な連射は目立ち、すぐにスコープの中央に、その射手を捉えた。

距離は、二五〇メートル、誤差一メートル。たいした距離ではない。調整された照準距離とほぼ変わらない。あとは引き金を絞るだけだ。T字照準に捉えた、あの敵を撃て。

瞬時、形容しがたい感情が彼女の動きを掣肘《せいちゅう》した。

一秒にも満たない間ではあったが、強烈な不快感が彼女の人差し指を止めた。

そして引き金を絞ったとき、弾は地面をえぐった。

まさか、この距離で。

再度距離を確認する。間違いはない。自分は敵を捉えている。

しかし二発目も外れた。

そして機関銃でひたすら敵の大砲を撃っていた射手が、自らを狙う存在に気付いた。

スコープの向こうで、機関銃手を補佐する兵士が、こちらを指さした。全身に悪寒が走る。三発目が、さらに外れた。

機関銃の銃口が、セラフィマの方を向いた。銃口が、黒い点となった。

「落ち着け、座学を思い出せ」

スコープを覗き続けるセラフィマに、イリーナが、諭すような口調で語りかけた。

「機関銃の連射熱で、空気が歪んでいる。その誤差だ。二〇メートル足して撃て」

ルーマニア兵が機関銃を発砲した瞬間、セラフィマは上方に狙いを修正した。

そして二〇メートルの誤差を補正された弾丸が、機関銃兵の胸元に当たった。

ばたりと敵が倒れた瞬間、機関銃はそれに押されて、前方に投げ出された。

「よし今だ、砲撃開始っ」

七六ミリ野戦砲に取り付いていた砲撃手が叫び、砲声が周囲に轟く。

既に照準を終えていた野戦砲は正確に発射され、榴弾が敵を木の葉のように吹き飛ばした。頭を抱えていた迫撃砲射手も、次々と砲弾を発射する。

曲射された砲弾がルーマニア軍の即席陣地に、雷雨のように飛び込んだ。

爆音とともに白煙があがり、ルーマニア兵たちの銃声が沈黙する。

「歩兵大隊、突入せよ！」

イーゴリ隊長の声が聞こえた。

赤軍兵士たちが、叫び声とともに突入してゆく。イリーナが念を押すように告げた。

「私たちはここで待つぞ。訓練通り、照準から完全には目を外すな。狙える奴は撃て」

スコープから目を離し、視界を広く取る。戦況がよく見えた。

PPSh－41短機関銃と、銃剣を装着したモシン・ナガン小銃を武器とする赤軍歩兵たちは、怒りを発散させるように、稜線を越えて切り込んでいった。地形を有利に取ったルーマニア軍の阻止線は、既に崩壊していた。

かすかに緊張に鈍りが生じたそのとき、セラフィマは熱波を伴う光線のような気配を側頭部に感じ、視界の端に、光るような敵影を見つけた。かつて自らが隠せなかったもの、そして今やその探知を会得《え》《とく》できたもの。殺気。

左に照準を向け再度スコープを覗くと、ルーマニアのカッコーが自分を狙っていた。

間髪容れずに引き金を引くと、敵のヘルメットが宙を舞い、彼は倒れ伏した。

勝てる――。自分も、赤軍も。

そう思った瞬間、敵陣の向こうで爆音が轟いた。

赤軍兵士たちが、一斉にこちらに逃げ戻ってくる。

一体何が。セラフィマは、わずかな間を置いてその理由を理解した。

LT－38。たいしたことのない軽戦車、多くがネズミにかじられた戦車。

鋼鉄の装甲をまとうその戦車が四両、太刀打ちする術のない赤軍歩兵を蹂躙《じゅうりん》しながらこちらへと向かってきた。

「つくづく運がないものだ」

イリーナが冷めた声で答えてから、先ほどの砲兵に尋ねた。

「あれ、倒せる？」

砲兵指揮官は、我に返ったように叫んだ。

「徹甲弾に切り替えて撃て！」

砲兵たちは機敏に動き、敵戦車に砲撃を見舞おうとした。

その瞬間、敵戦車の主砲が火を噴いた。榴弾の直撃が防楯を破壊して野戦砲を破砕し、砲弾に誘爆。

砲兵たちが四肢を切断させながら中空を舞った。

自分に助けを求めた砲兵指揮官は、胸から上を消し飛ばされてその場に倒れた。

強力な火力の喪失を前に、赤軍兵たちが明らかにたじろいだ。

「ひ、ひるむな、対戦車兵器、全て投入！」

歩兵大隊のイーゴリ隊長の声がした。砲兵とは反対の方向にいた彼が、何か周囲の兵士たちに指示していた。

まだ対戦車兵器があるのか。

祈るような思いで彼の方を見ると、思わぬものが顔を出した。

バロンだ。彼を始めとする犬たち四頭が、上にアンテナの突き出した犬用ベストのような何かを背負っていた。

「えっ？」

「対戦車犬だ」

イリーナが簡潔に答えた。

「辛いなら、見ないでいい」

彼女の言うことの意味が分からなかった。しかし、展開は明瞭だった。ベストを着込んだ犬たちは、命令一下、一斉に敵戦車に向けて走り出した。訓練の行き届いた犬たち。

敵戦車は急停車し、一斉に後退しはじめた。照準がでたらめな砲撃と射撃を繰り返すその様子は、明らかに狼狽《ろうばい》していた。

そして二頭の犬がそれぞれ敵戦車の下に飛び込んだ瞬間、犬たちの着込んでいたベストが爆発した。戦車の最も脆弱な底面を破壊され、敵戦車二両が同時に吹き飛んだ。

赤軍兵士たちが歓声を上げ、拳を突き上げる。

犬たちは爆弾を着せられ、敵戦車に飛び込む訓練を受けていたのだ。

燃えさかる戦車から這い出てきたルーマニア兵士は、火だるまになって雪原に転がる。その火が消えるよりも早く、赤軍兵士たちから銃弾が浴びせられた。

ここは、地獄なのか――。

呆然と、燃えさかる戦車と後退してゆく戦車を眺めていた彼女は、地獄はまだ終わっていないことに気付いた。

対戦車犬のうち二頭がこちらに走ってくる。爆発に怯え、炎に恐れをなした彼らは、安全な古巣へと逃げ戻ろうとしている。その先頭にバロンがいる。

「パニックを起こしたぞ、撃て撃て！」

赤軍兵士たちが叫び、犬たちに銃撃を加える。しかし赤軍の狙い通り俊敏さと被弾面積の少なさを備えたその兵器を撃つのは容易ではなかった。

「セラフィマ、やれ」

イリーナが迷うこともなく命令した。他の兵士たちも叫んだ。

「狙撃兵、頼む！　あれが飛び込んできたら全員おしまいなんだ！」

セラフィマはスコープを覗いた。Ｔ字照準の中央に見知ったバロンの顔があった。

バロンもまたセラフィマに気付いた。

自分に餌をくれ、なでてくれた者の元へと逃げ帰ろうとしている。

引き金が引けなかった。その間にも、爆弾と化したバロンはこちらへ向かってくる。

「狙撃兵ー！」

赤軍兵士が悲鳴をあげた瞬間、スコープの向こうのバロンは頭を射貫かれ、ギイン、と一声鳴いて倒れた。もう一頭の犬も、胴体を撃たれて爆死した。

「そうだよな、敵を撃つより犬を撃つ方が辛いよな、分かるよ。私も三人殺したけど今のがきつかった」

聞き慣れた声がして、アヤが塹壕に転がり込んできた。二頭の犬を葬った彼女に続いたシャルロッタがセラフィマと頭をぶつけ、声をうわずらせた。

「わ、私も一人倒した、倒した……」

さらにヤーナ、それにＮＫＶＤのオリガも塹壕へ飛び込んだ。

「アヤ、戦況はどうだ」

イリーナの問いに、敵三人と犬二匹を撃ち殺したアヤは、平然と答えた。

「斥候大隊は死に物狂いですが、だいぶ戦力を削られました。さっきの砲撃と突撃で敵の歩兵は戦力を半減させましたが、増援に来たあの戦車が怖いところです。迫撃砲は当たらないし、生き残った野戦砲も残弾なし、対戦車犬は見ての通りです。あとは斥候大隊の対戦車兵器があの小型陣地に」

アヤがそこまで言ったとき、対戦車犬の脅威から逃れた敵戦車が、砲撃を再開した。アヤの背後で爆煙が上がり、土嚢が吹き飛ぶ。彼女はそちらを見て答えを続けた。

「あそこにいました。今、射手がやられたみたいです」

呆然と周囲を見渡す。残る歩兵たちには、ライフルと手榴弾程度しか武器はない。戦車をどうにかできる装備ではない。

「隊長、あれ！」

シャルロッタが叫んだ。

イーゴリ隊長と彼に帯同していたNKVDが、手近な歩兵たちを連れて林へと退却してゆく。合図も命令も何もしないいまま。

「敗北主義者め」

オリガが彼の背に向けてSVT‐40を構えた。瞬間、セラフィマは彼女に飛びついて組み伏せた。

「何をするつもり！」

思わず叫ぶと、オリガは腰からトカレフ拳銃を抜いてセラフィマの頭に突きつけた。

「お前こそなんのつもりだ。私には逃亡兵と妨害者を射殺する権利がある」

口調と視線に、みじんの迷いもなかった。銃口がこめかみに押し当てられた。

「二人とも、武器を置いて離れろ！」

イリーナが鋭く命じる。しかしオリガは鼻で笑った。

「命令するな。私は同志ハトゥナの部下だ。貴様の指揮下には入っていない」

アヤが、オリガにSVT‐40の銃口を突きつける。

「チェーカー、お前のお仲間は他にいない。お前が奴らを撃てば歩兵大隊にお前は殺され、こっちも巻き添えで殺される。それなら、その前に私がお前を撃つ」

オリガが舌打ちしてアヤとセラフィマへ交互に視線をやる。どちらから先に撃つべきか迷っている。

シャルロッタが血相を変えて叫んだ。

「やめてよ、敵を前に仲間割れなんて！」

オリガは鼻白む様子で息をついた。もとより彼女は小隊を仲間とは思っていない。

イリーナが、冷徹に告げた。

「オリガ・ヤーコヴレヴナ・ドロシェンコ。お前は今、目的に向かっていると思うか」

突然、オリガが表情をこわばらせた。ややあって、彼女は拳銃をしまった。彼女の目的、それが何かは不明であるが、ここで死ぬことではなかった。指揮官の逃亡を見た歩兵大隊は、雪崩《なだれ》を打つようにして逃げてゆく。斥候大隊と自分たちだけが残されてゆく。

「だれか、誰かー！　おい、歩兵、逃げるな！　誰かこの銃を扱える奴は来てくれー！」

斥候大隊の兵士の、悲痛な叫び声が聞こえた。

先ほど榴弾が吹き飛ばした小型陣地。

そこに、二脚を備え全長二メートルを超える異形の大型銃があった。

「アヤ！」

イリーナが名前を呼ぶと、アヤは敵を恐れるそぶりすら見せず。小型陣地へとすっ飛んでいった。

アヤは敵弾の飛び交う中を走りきり、崩壊しかけた射撃陣地に滑り込んだ。

榴弾に破壊された土嚢と、上半身を失った斥候兵士の死体。

射撃位置につき、射手を失った対戦車兵器を検分する。単射式の大口径長銃身対戦車ライフル、デグチャレフPTRD1941。実包装填済み。見たところ故障はない。

照準を戦車に合わせると、装填を担当する兵士が震えた声で尋ねた。

「あ、あんたにこれが扱えるのか」

「昔、似たようなのを使ったことがあるからね。こいつの貫通能力はどの程度だ」

「正面装甲は難しいが、ペリスコープなら抜ける。だが、距離が一〇〇メートルもあるし的も小さいぞ」

聞きながら、照準を調整する。

視線の先では戦車が砲塔をめぐらせ、こちらに気付いたのか、砲口を向けようとしていた。戦車ののぞき窓ペリスコープは高さ一〇ミリ、左右一五センチ。そこが弱点であることは敵も承知で、庇式のバイザーがさらに的を小さくしている。ＰＴＲＤにスコープはない。照門と照星の単純な構造だ。

しかし問題はない。もとよりスコープは補助用具であり、それなしで戦えない狙撃手など必要ない。

それに、

「羆の目よりは大きいさ」

呟くと同時にアヤは引き金を引いた。

強烈な衝撃とともに銃声が鳴り響き、一四・五ミリの大型弾が発射された。

高初速をまとって放たれた銃弾はペリスコープの中央部を直撃した。戦車から火花が散り、履帯が止まる。そしてアヤは、確かに獲物を仕留めたときの実感を得た。大口径の徹甲弾は堅固な防弾ガラスを飴細工のようにもろくも打ち砕き、そこを覗いていた操縦手を破壊した。

「す、すごいな！　あんた何者だ！」

興奮もあらわに叫ぶ装填手に、アヤはボルトを引いて薬莢を排出し、一言だけ告げた。

「次弾装填」

操縦手が死んでも戦車は死んでいない。生き残った砲撃手が砲口をこちらへ指向する。

アヤの隣の装填手も、我に返って銃に巨弾を押し込む。

砲撃手が狙っているということは、次はその覘視孔《てんしこう》を狙えばいい。引き金を絞る。

再びの銃声と衝撃が響き、戦車から、赤い血狼煙《ちのろし》がかすかに上がった。対戦車ライフルは、人体が原形をとどめるような威力ではない。

ルーマニア兵がパニックを起こして戦車の側面ハッチから飛び出してきた。あの席にいる戦車兵は装填手。その全身が赤く染まっていた。

隣の装填手は何事か叫びながらさらに次弾を装填する。

遥かにたやすい標的。逃げてゆく背中に照準を合わせ、さらに引き金を引く。ルーマニア兵が真っ二つに切断され、死体からあふれる血が、雪原を赤々と染めていった。

アヤは口の片端を歪ませ、白い息を吐いた。

今や圧倒的な力が自分の掌中にあるのだという思いが彼女を満たしていた。

「アヤ、もういい、撃つのをやめろ！」

イリーナ隊長の声を、聞かなかったことにした。やめることなどできるか。

最後の獲物だ……。

「弾種変更。焼夷徹甲弾」

告げると、装甲貫通力と爆発力を兼ね備えた弾丸が、対戦車ライフルに押し込まれた。

仲間の戦車が次々と撃破されてゆくのを見た最後の戦車は、車載機銃を乱射しながら逃げ帰ってゆく。赤軍陣地の端に突っ込もうとしたことが災いして、側面をアヤに晒していた。狙える。座学を思い出す。燃料タンクは、後部の膨らみの部分だ。

銃声とともに放たれた焼夷徹甲弾が、最後の戦車の燃料タンクに命中し、誘爆させた。火だるまになったルーマニア兵たちが戦車から逃げ出し、アヤは彼らを撃った。

もはやイリーナの声も、装塡手の声も聞こえなかった。全ては雑音だ。便乗するように敵戦車兵を撃つ赤軍兵たちがむかついた。獲物を横取りしている。殺してやりたい。できるならばやかましく自分を称賛する装塡手も殺してやりたいが、一人では装塡できないので我慢した。

照準と発射を手早く終えて、四人中三人を射殺した。

これが自由だ。これが力だ。

アヤは笑いながら次々と残るルーマニア兵を撃った。

主義主張も観念も民族も自分には必要ない。必要なのは、この境地だけだ。

まだ獲物はいないのか。高揚した気分のまま銃口を左右に動かしたとき、最初に撃破した戦車が目に入った。今や骸《むくろ》と化したはずの砲塔が、完全にこちらを向いていた。ＬＴ‐38の乗員は四人。操縦手と砲手を倒し、逃げ出した装塡手を倒した。

まだ一人いた。一人だけ残された車長は、車内に残っていた。そして彼は味方の仇を討つため、味方の死体をどけて、執念深くこちらを狙っていた――。

事態が飲み込めた瞬間、銃声と砲声が重なった。

アヤの放った銃弾が、戦車の防楯にはじかれた。

そして戦車の放った砲弾が、アヤと隣にいた装塡手の二名を粉々に打ち砕いた。


「アヤー！」

シャルロッタとヤーナが叫び声を上げた。イリーナは瞑目し、オリガはいかなる感情も見せず、アヤの最期を見届けた。

セラフィマは呆然とその様子を見ていた。

最後の敵戦車は、まるで手負いの猛獣のように、ゆっくりと駆動し始めた。偶然か、女性狙撃兵に恨みを見いだしたのか、自分たちのいる陣地へとめがけて。

「あの銃以外には、もう対戦車兵器がないんだ」

オリガが呟くと同時に、赤軍兵士たちの射撃が戦車に浴びせられた。しかし小銃弾が装甲を貫くはずもなく、むなしく火花が上がるだけだった。

意識が遠くなる。逃げ場のない現実が、セラフィマの心を逃避へ導いた。

「セラフィマ」

イリーナが、特に気負うでもない口調で語りかけた。

「アヤの続きをやれるか」

セラフィマは、唇を震わせた。アヤの続き。対戦車ライフルを用いて敵戦車を葬り、敵兵をなぎ倒し、そして自らも倒れた、あの天才の続き。

足が、手が震えた。そして目に涙を浮かべて、彼女は叫んだ。

「やれます！」

返事も待たず、セラフィマはアヤのいた陣地へ走り出した。生き残りのルーマニア兵の射撃が耳元で空を切った。

彼女らを守るため、仲間を守るため、自分はそのためにここへ来た。

装塡は一人でやるしかない、と思ったとき、隣をイリーナが走っていた。

「最後まで聞け。私も行くんだ」

走り込む先は対戦車ライフルの射撃陣地。血の海と化したそこに、セラフィマは走り込んだ。

そして陣地の中でひっくり返っていた対戦車ライフルを二人で起こして射撃姿勢を取ろうとして、愕然とした。

銃身が折れている。さらに装塡口もめくれ上がったように歪んでいた。

思わずイリーナに視線を向けると、彼女は首を振って答えた。

「使用不可能だ」

この場の赤軍に残された最後の対戦車兵器は、完全に破壊されていた。

戦車に視線を移す。赤軍の射撃をはじき返しながら、鋼鉄の獣は狙撃小隊のいる陣地に向けて前進していた。ゆっくりと、しかし確実に。

セラフィマは陣地から身を乗り出して、SVT－40を構えた。

彼女の世界から音が消えた。

ほとんど自動的なまでの俊敏さで、照準線を砲塔に取り付けられた車長用キューポラのペリスコープに合わせる。

小銃弾でも貫通可能な、数少ない弱点を狙い、発射する。防弾ガラスが銃弾をはじいた。同じ箇所を狙って撃つ、もう一度。

防弾ガラスがはじけ、車内に銃弾が飛び込んだ。しかし戦車は止まらない。当然だ。彼は操縦手として行動している。だが、それでももう一度、外したので、さらにもう一度撃った。弾丸が戦車内に飛び込んだ。跳弾したのか、一瞬車体が止まる。

そして、砲口がゆっくりと動き始めた。小うるさい狙撃手を発見した敵車長は、それを排除すべしと判断したのだ。他の小銃弾をはじき返しながら、砲口をこちらへ向ける。

続けてキューポラを狙い、射撃を続けようとしたとき、セラフィマは歌っていた。

林檎の花ほころび　川面に霞立ち
君なき郷にも　春は忍び寄りぬ　君なき郷にも　春は忍び寄りぬ

歌のリズムに合わせて引き金を引く。動く砲塔を撃つのは難しい。続く射撃が外れ、装甲にはじかれる。そして砲塔の角度が変わったことにより、当たった弾も新たなペリスコープに命中し、健在な防弾ガラスに防御される。

岸辺に立ちて歌う　カチューシャの歌
春風優しく吹き　夢が湧くみ空よ　春風優しく吹き　夢が湧くみ空よ

さらに放った弾が、再び防弾ガラスを砕いた。しかし火花をあげた弾が車外へはじかれたのも見た。戦車砲がこちらを向く。砲身として見えていたものが、徐々に黒い砲口として見えてくる。その砲口を狙った銃弾は、惜しくも外れた。砲口が黒い点と化した。

死ぬのだ、という実感を、驚くほどの冷静さによってセラフィマは受け止めた。

それは兵士として求められる精神力でも、覚悟の成果でもなく、ただ現実から乖離《かいり》したところで他人事のように自分を見つめる変性化した意識が、彼女を守っていたからだった。

カチューシャの歌声　遥かに丘を越え
今なお君をたずねて　優しその歌声　今なお君をたずねて　優しその歌声

そしてカチューシャを歌い終え、現実離れした意識によって死を迎え入れようとした瞬間、敵戦車LT-38は、爆轟を上げて大爆発した。

「えっ？」

セラフィマが一声上げると、途端に彼女の意識は完全な明瞭さを取り戻した。

履帯が大地を踏みしめ、ディーゼルエンジンが駆動する獣の咆哮にも似た轟音が、幾重にも連なり、周囲一帯に鳴り響いた。

斥候兵たちが、驚喜の声を上げた。

「味方の戦車大隊だ！」

林を抜けて、赤軍の戦車が次々と姿を現した。故障により落伍していた味方部隊。重戦車ＫＶ－１、中戦車Ｔ－34。

ルーマニアのＬＴ－38に比して圧倒的な性能を誇る赤軍戦車は、最後の敵戦車を七六ミリ砲の一撃によって葬り去ると、榴弾と車載機銃の連射によって、残存するルーマニア兵に猛烈な火撃を加えた。そしてその戦車の上に乗っていた兵士たちが次々と飛び降りる。戦車跨乗《こじょう》の兵士たちは、着地するが早いかＰＰＳｈ－41を乱射する。

他の赤軍兵士たちも息を吹き返したように反撃に転じる。

既に数的有利を失い、戦車を失ったルーマニア兵たちはひとたまりもなかった。

指揮官が何か叫ぶと、次々と武器を捨てて両手を挙げ、稜線の向こうに残っていた兵士たちも、全員がぞろぞろと投降した。

その指揮官が、片言のロシア語で叫んだ。

「投降、投降。くたばれヒトラー、アントネスク！」

アントネスクとはルーマニアの独裁者、イオン・アントネスクを指す。

「けっ、なにがくたばれだ、散々手こずらせやがって」

自国の独裁者にいまさら悪態をつくわざとらしさに対して赤軍兵士たちは腹を立てていたが、撃つなかれの指示が下り、彼らを捕虜とすべく銃を構えて塹壕から出てゆく。

「戦闘終了だ」

イリーナが、セラフィマの肩を叩いた。

セラフィマは声がかかるまで、SVT－40を構え続けていた。

「隊長、フィーマ、無事なのね！」

シャルロッタとヤーナが駆け込んできて、抱擁を交わした。戦いは終わった。

ルーマニア兵を整列させている赤軍兵たちを呆然と眺めていた。

それは紛れもない、勝利の姿だった。

セラフィマは呟いた。

「アヤは……」

「彼女は死んだ」

イリーナが、血に濡れた塹壕から立ち上がり、答えた。

「戦場で誤れば死ぬ。座学で教えた通りだ」

シャルロッタは、あたりを見渡した。そして血の海と化した陣地から目を背けて、うめき声を上げた。彼女を支えたママが、呆然とした表情で言った。

「彼女は、紛れもない天才でした。我が校で最も優秀な狙撃兵でした」

そうだな、とイリーナは頷いた。

「確かにアヤは天才だった。今日彼女は一二人の敵を倒した。戦い続けることができたならば、おそらく一〇〇以上の敵を倒すこともできる一流だった。だが彼女は基本を忘れた。『一ヵ所に留まるな。自分の弾が最後だと思うな』。分かっていたはずの基本を忘れ、同じ陣地から目立つ狙撃を繰り返し、反撃を食らった。通常の技術者は失敗を繰り返して熟練に近づく。だが我々の世界に試行錯誤は許されない。お前たちもその目に焼き付けろ。これが狙撃兵の死だ」

セラフィマは陣地を見た。狭い陣地内で榴弾の直撃を食らい吹き飛んだ三人の兵士。爆発の威力が過剰であったためか、全ての遺体は肉塊と化して原形をとどめておらず、どこまでが誰の遺体なのかを判別することもできなかった。

その肉塊から湯気がもうもうと上がる。その姿は、昇りゆく彼らの魂と形容するにはあまりにも凄惨であり、人間が物質へと還元されてゆく過程そのものであった。

「アヤは死んだ。彼女のスコアが伸びることはない。故に優れた狙撃手として記憶されることもなければ、故郷へ帰ることもない。彼女が出会うはずだった人間と出会うことはなく、子を産み、育てることもなければ、孫が生まれることもない。無だ。それが死だ。お前たちは彼女を悼み、彼女の分も戦うのだ」

アヤ。

自由を望んだ、カザフの天才のことを、セラフィマは思った。

アヤは自由を得たのだろうか。最期の時、彼女は珍しく笑っていた。けれどもその笑顔に、邪念に取り付かれた悪鬼の如き妄執《もうしゅう》を感じた。

ふと、彼女は思い出した。

私が殺したルーマニア兵はどうなのだろう。彼らもまた、生きていた。

記憶の中の姿から、「ルーマニア兵」、「カッコー」といった記号が剝落《はくらく》し、人間の顔が現れる。

機関銃を撃ちながら、見たところ二〇代前半の彼はずっと怯えた目をしていた。

だが、彼らが誰かに出会うことはない。帰ることはなく、子を育てることもなく――。

「誇れ！」

セラフィマが知らないうちに震えだしたとき、その左肩を、イリーナの少ない指が、手袋越しに掴んだ。

もう片方の手で、彼女はシャルロッタの右肩を掴んでいた。

シャルロッタも同じように震えていた。彼女も敵兵を撃った。

「敵兵を殺したことを思い出したなら、今誇れ！　いずれ興奮は消え実感だけが残る。そのときには誇りだけを感じられるように、今誇るんだ！　お前たちが殺した敵兵は、もうどの味方も殺すことはない！　そうだ、お前たちは味方の命を救った。侵略兵を一人殺すことは、無数の味方を救うことだ。それを今誇れ。誇れ、誇れ、誇れ！」

セラフィマは体の震えを止めることができなかった。

半開きの口から、白い息が止めどなく流れた。

アヤの死を目に刻み、悼み、敵を殺したことを誇りに思え――

魂が蒸発するような恐怖に駆られたとき、ママがイリーナの両手を強引に振り払い、セラフィマとシャルロッタを同時に抱きしめた。

「今の二人には、あまりにも酷です」

優しく抱擁されたとき、セラフィマはそれを許されたかのように、声を上げて泣いた。シャルロッタも同じように、何も取り繕うことなく大声で泣いた。

アヤを思い、敵兵のことを思った。整理などつかないまま、ただ感情にまかせて泣いた。

「忘れるな。お前たちが泣くことができるのは、今日だけだ」

イリーナはそれだけ言って、三人の元を去って行った。

声がかれるほど泣いた後、周囲の赤軍兵士たちに口々に慰められ、はさみを手渡されて、遺体はこの場に埋葬するほかないから、戦友の遺髪を切って持ち帰るように勧められた。

セラフィマが三人分の肉片を掻き混ぜられた遺体からアヤの黒く美しい髪を探し、引っ張り上げたとき、頭皮の一部が持ち上がり、目を背けながら毛先だけをわずかに切った。

一一月二三日、夕刻。第三九独立小隊の初陣《ういじん》、そしてウラヌス作戦は終わった。

この作戦全体に関して、ソ連はほぼ完璧と言える成功を収めた。スターリングラード南北のルーマニア軍は、赤軍の圧倒的進行の前に瓦解に等しい退却と局所的反撃の失敗を演じ、八万人が死傷、六万人が捕虜となった。そして狙撃小隊が局地戦を演じたさらに西、カラチにて南北の赤軍が合流した。作戦開始よりわずかに四日という迅速さだった。不意を突かれたスターリングラード市内のドイツ第六軍はこの急展開に迅速な意思決定を下すことができず、二五万人の兵士たちは包囲の鉄環に封じ込められた。

赤軍の計上した死傷者は八万人前後であり、負傷者の多くは捕虜にならず後送できた。死者の正確な数は分からないが、総兵力一一〇万人に比べれば小さな損失といえた。アヤの死とその人生もまた、一一〇万人の中の数万という数値に紛れ込み、誤差のような数字の一部として、誰に認識されることもなく、その遺体とともにロシアの平原に葬られた。

包囲環を形成した赤軍は、その内外からの反撃に備えて各自宿営地を張って待機についた。攻勢の狭間の安息に、誰もが弛緩《しかん》した空気を堪能していたが、第三九独立小隊はそのままヴォルガ川東岸の前線基地に呼び戻された。

基地にいた二〇〇〇人は、ウラヌス作戦およびその後の攻勢の予備兵力として温存されていた兵士たちだった。

「諸君、彼女らが初陣で敵兵一六人を葬った女性狙撃小隊である！」

狙撃小隊を整列させた基地司令の大佐が大声で紹介すると、どよめきと拍手が起きた。

正面に居並んだ、兵士たち個々の顔を観察する。祝福と称賛を送っている者はわずか。どこか異形を見るような視線がある。他人事のようにセラフィマは見ていた。一六人中一二人はアヤが倒し、彼女は死んだ。称賛を受けて何が変わるというのか。

基地司令大佐は、一通りの拍手がやむのを待ってから、口調を変えた。

「このようにソ連の愛国的人民は、今や男女の区別なく兵士として戦地にはせ参じ、ファシストどもを粉砕するため己が命を顧みず戦っている。彼ら、彼女らは永遠に祖国の称賛を受けるであろう。しかるに、女性たちも命をかけて戦ったその戦場から、怯懦《きょうだ》にかられて自らの義務を忘れ、ただ眼前の死から逃避しようと試みた卑怯者がいる！」

セラフィマは、はっと顔を上げた。

兵士たちが一斉に振り返る。

歩兵大隊のイーゴリ隊長と彼に帯同していたＮＫＶＤの政治将校。銃と階級章を剝奪され両脇を兵士たちに固められた指揮官たちが、悄然と立ち尽くしていた。

「彼らは栄誉を失い、そして結局は命を失うのだ。彼らには銃殺刑が宣告された。それは直ちに執行される。これからスターリングラードへ行く者も、その西へ行く者も目に焼き付けろ、兵士としての栄光と死だ」

これが目的だ。自分たちは前座だった。

セラフィマは理解した。地位も階級もある将校とＮＫＶＤが裏切り者として処刑される。その直前に「女でありながら」戦った自分たちが称賛されることにより、兵士たちに逃亡兵がたどる恐怖と屈辱を味わわせる。戦わない男は、女未満と見なされる。

イーゴリ隊長はただ悲しそうにうつむいていた。戦闘の直前の彼を思い出した。自分を一人前の兵士とは見なさずに、それ故に励まし、伏せろと言ってくれた。

セラフィマは、基地司令の顔をまじまじと凝視した。

彼は特にためらうでも興奮するでもなく、演説を終えた満足そうな顔をしていた。

「狙撃兵小隊の同志」

名前も知らない基地司令は、セラフィマの様子に気付いたのか、視線を合わせて首をかしげた。

「裏切り者の彼らに対して、言いたいことはあるかね？」

「助命嘆願をいたします」

基地司令の表情がこわばった。ざわついていた全員がセラフィマに注目し、あたりが静寂に包まれた。

「聞かなかったことにしよう」

司令官はそれが哀れみ深い行為であるというかのように、ゆっくりと頷き、副官を連れて宿舎へ下がろうとした。

「待ってください！」

セラフィマは彼の方へ駆け出した。イリーナが、背後から飛びつくように制止する。

「落ち着け」

かまわずそのまま叫んだ。

「死刑は過酷です。私たちが英雄であるならば、その名により助命を嘆願します」

振り向いた基地司令はうんざりした表情を隠そうともしなかった。

「私が個人的に冷酷だから彼らを処刑するとでも思っているのか。赤軍の方針だよ。本作戦を立案されたジューコフ上級大将閣下もまたこの方針には賛同されているのだ」

「たとえ相手がジューコフ閣下であったとしても、私は助命を嘆願します！」

「なに！」

基地司令の顔が怒りに赤く染まった。

一介の上等兵が言及していい範疇《はんちゅう》を遥かに超えた発言だった。

剣呑《けんのん》な空気があたりに漂ったとき、宿舎から尉官の階級章をつけた兵士が現れた。

彼は基地司令に対して一言耳打ちして、そのまま屋内に戻っていった。

基地司令は唸るような調子でため息をついて、セラフィマに視線を合わせた。

「よかろう、ではやってもらおうか」

「え？」

「ジューコフ上級大将閣下がお呼びだ。本作戦視察のため、当基地にいらしている」

セラフィマは目を見開いた。

しかし声を震わせることもなく、了解、と一言答えた。

副官であったらしい尉官の取り次ぎを経て、セラフィマはジューコフ上級大将のいる応接室に入った。

イリーナが慌てた様子で付き添うと言ったが副官に断られ、話が終わったらベルが鳴るから、と言われていた。ドアが閉まると、言い合いの声も聞こえなくなった。

適温に調整された空気と、地味ながら洗練された調度品が、基地内の他の空間とこの室内とに一線を引いていた。

モスクワの空気。その空気をもたらす人は、机で黙々と書類仕事をしていた。

「最高司令部予備軍、狙撃兵旅団第三九独立小隊所属、セラフィマ・マルコヴナ・アルスカヤ上等兵であります」

官姓名を名乗り、正しく敬礼した。

ゲオルギー・コンスタンチーノヴィチ・ジューコフは、ご苦労、と一言返事をすると、視線を上げるでもなく事務仕事を続けた。

革命戦争以前からの名将。帝政ロシアの下ではドイツ軍と戦い、革命戦争では自ら騎馬にまたがり騎兵隊長として白軍と戦い抜き、大祖国戦争勃発の直前には、中国大陸における国境紛争の戦闘を指揮して、戦車の集中投入と徹底した欺瞞作戦によって、帝国日本とその傀儡《かいらい》軍を粉砕した猛将。

その人の姿は、何度か新聞で見た写真の中のそれとは、まるで印象が異なっていた。軍人の伝統に従い髪をそり上げ、いくつもの勲章を胸に下げて眼前に幾万の兵士を睥睨《へいげい》する新聞紙上の姿は、いかめしい上級将校そのものだった。しかし栗毛の髪の毛を短くなでつけ、簡素な略服に身を包んで書類仕事にいそしむその表情は知的で柔和であり、故郷で通っていた学校の先生を連想させた。

「わざわざ私の顔を拝みに来たのかね、同志」

ジューコフに問われ、我に返った。ただ対面しただけで相手に呑まれていた。

結論だけ述べろ。自らに念じて、セラフィマは答えた。

「歩兵大隊長および政治将校の助命を嘆願いたします」

「残念ながら彼らへの死刑は基地司令とNKVDの連名でなされた」

「閣下のお力をもちまして、何卒……」

「私も彼らは死ぬべきだと考えている。彼らが斥候大隊と君たち狙撃小隊を引き連れて戦車部隊まで退却し合流したのならなにも責めはしない。しかし彼らはただ逃亡を演じて君たちを窮地に追い込んだ。今度似たような行動をしても許されるという前例を作っては困るんだ。彼らには死んでもらう」

常に間を置かず返る言葉に、まるで迷いがなかった。温和な教師のような表情のまま、書類仕事を続けながら、ジューコフは処刑の必要性を説いた。

「し、しかし、味方に殺されるのはあまりにも残酷です。前方にいるナチと戦うために、背後にいる味方から脅され戦うというのは、人間として異常です。味方を大切にしてほしいのです」

「その通りだ。同志アルスカヤ」

ジューコフが顔を上げた。温和な目をしていた。

「君は故郷をファシストに破壊されて志願兵となり、今日が初陣で、敵ルーマニア兵二人を射殺したそうだね。立派だ」

「はっ……」

自らの戦績を既に耳に入れているジューコフに驚きながらも、恐縮です、と答えた。

「ところで君は、なぜルーマニア兵士を殺したのかね？」

耳を疑った。何か裏の意があるの問いなのか。それが摑めないまま、彼女は答えた。

「味方と自分自身を守るためです。ルーマニア兵を撃たなければ、味方が殺されました」

「その通りだ、それでいい」

ジューコフは満足そうに頷いた。会話に、奇妙な間が空いた。

「同志アルスカヤ上等兵。どうかな。自分だけは正常だと立証する試みは成功しているか？」

投げかけられた問いに、しばし理解が追いつかなかった。言葉を反芻《はんすう》する。自分だけは正常だと立証する試み？　自分はそんなことはしていない。

ルーマニア兵を射殺した。それは敵であり、味方を守るためだ。それは正しい。イーゴリ隊長が処刑される。それは異常だ。だから止めないといけない。

そのように行動することで、自分は今正常であることを確認しようとした――。

ジューコフの問いの正体に気付いたとき、突如としてセラフィマは現実に引き戻された。

ソ連軍人の最高位、まもなく元帥となる人、英雄たるジューコフを応接室で詰問した。

雲上人に助命嘆願し、味方の処刑は異常だと言った。

敗北主義者、逃亡兵を躊躇なく処刑する意志と力を持つその人の前で。

足が震えた。しかし止まることはできなかった。

「自分が異常であってもかまいません。イーゴリ隊長をお救いください」

「本戦争は、おそらく人類が今までに経験したことのない未曾有《みぞう》の戦いとなる」

ジューコフが初めて質問に正面から答えるのをやめた。

事務机の前から立ち上がり、窓の外を眺めて彼は独語のように語った。

「君の村がそうであったように、多くの村落が殲滅され、人民が虐殺され、あるいは労働力として連行された。奴らはユダヤ人を世界から抹殺することを国是として掲げ、またボリシェヴィキとユダヤ人を同列視している。故にソ連人民はおよそ奴らにとって抹殺すべき者であり、あるいは奴隷民族スラヴ人として服従させる存在であり……余剰となる人口は抹殺すべき対象だ。すなわちナチはソ連そのものの絶滅を企図している。この戦争に講和は成立しない。たとえソ連から奴らをたたき出しても、我らがベルリンを攻め落としてナチ体制の息の根を止めなければ、ヒトラー一人になっても戦いを続けるだろう」

セラフィマはジューコフの言葉に吸い込まれた。

初めて聞く次元の戦争に対する語りであり、聞く者を引き込む力のある言葉だった。

「本作戦の成果により、スターリングラード救出はほぼ確実となった。だが、私が救わなければならない都市がもう一つある。レニングラードだ。……他言無用に頼むが、既に一年以上の包囲にさらされたあの街は、寒さとナチによる砲撃に加えて、飢餓と戦っている。氷結したラドガ湖が唯一の補給源だが、絶対量が足りん。餓死と凍死が、街を覆っている。ある意味でスターリングラード以上の地獄だろう」

少なからず驚いた。レニングラードが包囲戦に耐えているのは周知の事実だが、人民は粘り強く戦っていると聞いていた。

市民が飢餓にあえいでいるという報道を見たことはない。

だが、間違いはあるまい。他ならぬジューコフこそが、レニングラードの防衛線を立て直したのだから。

セラフィマの反応を読んだかのように、ジューコフは言葉を続けた。

「レニングラードに転戦した時期、私は防御陣地を施し、素人仕事同然であったバリケードを敵の侵攻を防ぎうる強度のトーチカへ発展させ、火線が互いに援護できるように調整し、徹底抗戦のための武器弾薬を補充して、そして士気阻喪《そそう》に陥った将校どもを処刑した。勝手に逃亡を試みたり、あるいは投降しようとした奴らだ」

ジューコフは振り向いた。

温和な教師ではない。冷徹な高級将校の顔がそこにあった。

「それがレニングラードの人民を守るために必要だからだ。それは他の戦線でも変わりはしない。ナチに交渉は通じない。これは通常の戦争ではない。軍隊が瓦解すれば全ての人民は虐殺され、奴隷化される。故に、組織的焦土作戦を用いて撤退する局面を除いては、踏みとどまって防戦することが、唯一ソ連人民が生き残る術なのだ。逃亡する兵士は、もはや敵であり、ファシストの手先なのだ」

セラフィマは言葉を返すことができなかった。

今度こそ、完全に言うべきことを失った。

屋外から銃声が響いた。

自分の助命嘆願など待つまでもなく、二人の処刑が実行されていた。

ジューコフは助命嘆願を聞くつもりなどなかった。常に彼の質問に付随していたものは、好奇心だった。女性兵士、それも初陣で敵を殺し、処刑される将校について助命嘆願をする者。いかに現場主義者の上級大将といえど、そうそう出会う相手でもあるまい。

全てを目にすることを望む高級将校は、ただ未知の相手を見極めようとしていた。

そのジューコフの視線は、茫然自失となったセラフィマの様子を即座に見抜いた。また温和な表情に戻って、セラフィマに尋ねた。

「君は、何のために戦う？」

イェーガーなる狙撃兵への復讐。ナチ・ドイツへの復讐。イリーナへの復讐。

あふれ出る言葉を飲み込んで、彼女は答えた。

「味方を守り、女性たちを守るためであります」

「いい答えだ。この戦争で多くの女性が殺され、敵の辱《はずかし》めを受け、労働力として拉致された。ならば女性を守るために戦え、同志セラフィマ。迷いなく敵を殺すのだ。ソ連赤軍の一員として君が任務を果たし、多くの敵を撃つことを期待する！」

ジューコフが言い切り、ベルを鳴らした。

入室と同時に最敬礼したイリーナに首をつかまれ、セラフィマは室外へ連れ出された。

「いい加減にしろ。自分から死にに行くな」

一言だけ言い捨てて、イリーナは去ろうとした。その背後に言葉を浴びせた。

「あ、あんたが……」

声が震えた、内容がまとまるより早くただ感情をぶつけた。

「あんたが、私をここまで連れてきたんだ、兵士にして、人殺しにして……」

「そうとも、その通りだ」

イリーナは笑みを浮かべた。妖艶な美しさを伴う、粘性の笑み。

「私はお前が使えると判断した。だからお前を人殺しの狙撃兵にした。お前は私の指示に従ってただ敵を撃て。それがお前の生きる唯一の術だ」

返事など待たず、イリーナは去って行った。

副官も室内へ入り、呆然としたセラフィマだけが残された。

初めて実戦を経験した……。

初めて人を殺した……。

戦友を失った……。

ジューコフ閣下に直訴し、一蹴された……。

体が重くなった。一日に経験した事柄がそのまま我が身にのしかかったような感覚とともに、セラフィマは意識を失った。

がん、と自分の体が床を打つ音がはっきりと聞こえた。


紫煙の香りが鼻腔をくすぐった。

支給される安タバコの香り。狙撃手になるならやめておけ、とイリーナが言っていた……。思考がまとまらないうちに、ゆっくりと目を開いた。

周囲を見渡す。医務室らしき静かな一室。いくつか並んだベッドに自分だけが寝そべっている。

その傍らに、見覚えのない少女がいた。黒い髪の毛が自分よりもさらに短くて、どことなく少年めいた顔立ちをしている彼女は、丸椅子に腰掛け、新聞を読みながらタバコを吸っていた。そして赤軍看護兵の制服を着て赤十字標章をつけている。目が合って、彼女は微笑んだ。

「生理、ちゃんと来てるか」

「え?」出し抜けに問われて間の抜けた声を出すと、見知らぬ少女は紫煙を吐き出した。

「同志イリーナが、ずいぶんと心配してたからな。ま、あたしの見るところ貧血か緊張だとは思うけどさ、血の巡りが悪くて倒れる奴、たまにいるから」

毛布を摑む手が硬くなった。あの女が自分の心配などするわけがない。

銃の調子を確かめるように自分が機能しているか確認しただけだ。

思わず返事が荒くなった。

「生理なんてこなくていい。戦うのに邪魔だし、子供を産む予定もないから必要ない」

「バカ言ってんじゃねえ。あんたも死ぬまで狂戦士って訳じゃないだろ。それに人体ってのはただ目的にかなってればいいってもんじゃないんだよ。きちんと体が機能しなければ、精神も崩れてゆく。どうも兵隊ってのは健康を大切にしねえから困る」

言いながら彼女はタバコを吸った。変わった看護師がいたものだとセラフィマは思う。

タバコは健康に悪いものだったと思うが、他の疑問を口にした。

「あなた、誰?」

ああ、と思い出したように彼女は答えた。

「タチヤーナ・リヴォーヴナ・ナタレンコ。ターニャって呼んでくれ。あたしも同志イリーナに声をかけられた仲間であり、第三九独立小隊の一員だ」

「あなたが?」

「ああ。といっても狙撃兵じゃなくて看護師だけどな。今まで別のところで看護師専門の訓練してたんだ。次の戦場からは、あたしも同行する」

「次の戦場って？」

「なんだ聞いてないのか？　スターリングラードだよ。奪還作戦に行くんだ。ずいぶん重宝されてるんだな。激戦地続きなんて」

セラフィマは天井を仰いだ。ＮＫＶＤ。ハトゥナとオリガの差し金だ。

「ん……タバコ嫌いか？」

はたと顔を上げると、ターニャが少し困ったような顔をしていた。自分の反応を誤解したようだった。

「いいえ、煙が嫌なんじゃなくて。あ、でも嫌いは嫌い」

そっか、と答えると彼女は卓上に新聞を置いて、ドアに向かった。

「あたし行くな。休めるうちに休んでおきな、暇だったら新聞読んどくといいよ」

「ありがとう、ターニャ」

「あたしには何でも言ってくれ」

後ろ手でドアを閉めて出て行った。

変わった雰囲気の持ち主だったが、セラフィマは彼女の振る舞いに好感を抱いた。

生理の話をしたのも、多分女性同士だから安心して話してくれ、という意味だったのだろう。

新聞を手に取ると、重要な部分は秘匿されたスターリングラード周辺での反攻戦、すなわちウラヌス作戦の開始が報じられていた。

紙面はまるで、赤軍がまったくの無傷で勝ったような書きぶりだった。

そのなかに、詩人、イリヤ・エレンブルグの短い作品が載っていた。

キエフ生まれのユダヤ人。革命前からのボリシェヴィキで、フランスに滞在していたが、対独敗戦を前にソ連へ帰国していた彼は、ヨーロッパ滞在時はピカソやモディリアーニといった芸術家とも交流していた耽美主義の巨匠だ。その経歴もあって従軍作家として活躍している彼は、兵士向けにこんな記事を掲載していた。


ドイツ人は人間ではない。我々は話してはならない。殺すのだ。もしドイツ人を一人も殺さなければ一日を無駄にしたことになる。もしドイツ人を殺さなければ、彼に殺される。ドイツ人を殺せ。ドイツ人を生かしておけば、奴らはロシア人の男を殺し、ロシア人の女を犯すだろう。あなたがドイツ人を殺したなら、もう一人のドイツ人も殺せ。費やした日数を数えるな。歩いた距離を数えるな。殺したドイツ人を数えろ。ドイツ人を殺せ！　母なる祖国はそう叫んでいる。弾を外すな。見逃すな。殺せ！


なんだこれは。セラフィマは眉をひそめた。詩人が書いたとも思えない幼稚で露骨なプロパガンダであり、憎悪以外になにもない。男のエレンブルグが危機感を煽るのに敵が「ロシア人の女を犯す」と言うのも、女がロシアの所有物だと言われているようで腹が立つ。新聞をそっと閉じて腕で顔を覆った。

馬鹿馬鹿しい。そう思いながらも、記事が忘れられなかった。

日数を数えず、距離を数えず、殺したドイツ人を数える。

およそ狙撃兵としてこれ以上の在り方はあるまい。

再び今日の自分を思い返す。

自分はアヤを救えなかった。そしてイーゴリ隊長も救えなかった。それは結局、自分が弱かったからだ。もしもあのとき、自分がルーマニア兵を全滅させられていたら、誰も死ぬことはなかったのだ。イワノフスカヤ村の人々が殺されたあの日、母は確かに敵を捉えていた。けれど、撃つことはできなかった。できるはずもない。人を殺すことなど考えたこともない猟師だ。

兵士と猟師を分かつものは、敵を殺すという明確な意志を持つか否かにある。

「殺せ……」

口にした途端、その言葉は内面化されていった。

ジューコフ閣下も、イリーナも、同じことを言った。その点に異論などない。

今の私は兵士だ。猟師ではない。そうだ。仲間を守り、女性を守り、復讐を果たすために、自分はフリッツを殺すのだ。

戦友を失った怒りが、瞬く間にドイツ兵への憎悪となって己のうちに渦巻くのを感じた。

スターリングラードで、一人でも多くの敵兵を殺そう。

ふと、幼い日に見た演劇を思い出した。自分の感動した理念が、彼女を押しとどめようとした。

セラフィマは眠った。

戦う相手は「フリッツ」だ。

塹壕から顔を出して手を取り合い、戦いをやめるドイツ兵はもういない。

第四章　ヴォルガの向こうに我らの土地なし

一二月一〇日。昨日から何も食べておらず、コーヒーしか口にしていない。まったく絶望的だ。ああ、この状態がいつまで続くのだろう。ここには負傷兵もいる。彼らを移送することもできない。私たちは包囲されている。スターリングラードは地獄だ。私たちは死んだ馬の肉を煮て食べている。塩もない。多くの者が赤痢にかかっている。なんてひどい日々だ。いったい私がこれまでしてきた行いのなにがそんなに悪くて、このような罰を与えられなければならないんだ。この地下には三〇人もの人間が押し込められている。昼の二時には暗くなる。この長い夜が明けて、昼が訪れるのだろうか。

ドイツ兵の日記　記述者不明　死亡したと推定される（引用者註）
（Сталинградская битва: свидетельства участников и очевидцев / Ред. Й. Хелльбек. М. //　奈倉有里訳より）

ヴォルガ川西岸に位置し、人口六〇万人を誇る一大工業都市。かつてはタタール語に由来する「ツァリーツィン」という名で呼ばれたスターリングラードが独ソ戦において最大の激戦地となったのは、何も二人の独裁者がその名に拘泥《こうでい》したためではない。

一九四二年春。ティモシェンコ率いる赤軍の対ハリコフ攻勢を完全に退けたドイツ軍は、夏季攻勢により再びモスクワを目指すとのスターリンの予想を覆《くつがえ》し、六月、「青号《ブラウ》」作戦の名の下に、一路ソ連南端のカフカス山脈へ攻め込んだ。守備に成功したハリコフ南部より目指すは遥かに一五〇〇キロ彼方のバクー油田。作戦目標は、一九四二年中の同地確保である。

引き続きモスクワ攻略を最優先とすべしとの陸軍参謀本部の主張に対して、ヒトラーおよび彼の率いる国防軍最高司令部はこう反論した。もはやドイツ国防軍は物資の不足にあえいでおり、広範なロシア戦線で全面攻勢をおこなう余力はなく、この戦況でモスクワのみを陥落させても政治的・象徴的意味合いしか持たない。対してバクー油田はソ連が消費する石油の大半を生産しており、ここを掌中に収めればソ連の経済に致命的痛撃を与え、同時にイランを経由して流れ込む対ソ連援助物資をせき止めることも可能となる。さすればドイツの戦争経済は、一気に好転するのだ。

——そこだけ抜き出せば一応筋が通った論理ではあるが、突き詰めて考えれば「燃料の量で負けているので、一五〇〇キロ向こうまで行って敵の石油を止めてやる」という順序が逆転した戦略であり、ドイツがこのような論理を採用したのは、とりもなおさず「電撃的勝利によって半年でソ連を崩壊させて降伏に追い込む」という開戦当初の楽観的シナリオが破綻したからに他ならなかった。

ともあれ、ロシア南部からカフカスへ向けて突出すれば、伸びきった補給路に側面攻撃の危機が生じるのは自明であるから、それを防ぐために、侵攻路とソ連北部および東部の結節点たるスターリングラード周辺は制圧下に置く必要があった。

つまりスターリングラード攻略は、バクー油田制圧を主目的とする青号作戦のなかでは副次目標であり、同市街についても、当初は陥落までさせずとも砲撃の射程内に置いて、軍事的に無力化すればよいはずだった。

開始された青号作戦は、不意を突かれたソ連軍を圧倒し順調に進行した。国防軍はバクーを目指すA軍集団とスターリングラード周辺を制圧するB軍集団に分離、このうちA軍集団は、激しい抵抗が予想されたドン川の要衝、ロストフ・ナ・ドヌをわずか一週間で陥落させた。

一見華々しい戦果の陰に、ドイツが見落としている要素が二つあった。

一つは、標高四〇〇〇メートル級のカフカス山脈の急峻さと、バクーに至る難路に対する補給が、ドイツの覚悟を超えて困難であったこと。

今一つは、不意を突かれたソ連軍がもはやかつての場当たり的抵抗をすることなく、組織的退却によってこの侵攻に対処しようとしたことであった。

ドイツの奇襲を正面から食い止めることは不可能とスタフカが判断するや、カフカス方面の全面撤退作戦は飛ぶが如くに進行した。その効果は、ドイツ国防軍が得る捕虜と鹵獲《ろかく》兵器の少なさに如実に反映されていた。「一歩も下がるな」の命令が下されたのはまさにこの時期であり、作戦指揮による撤退であれば、むしろかつてない迅速さでおこなわれていた。

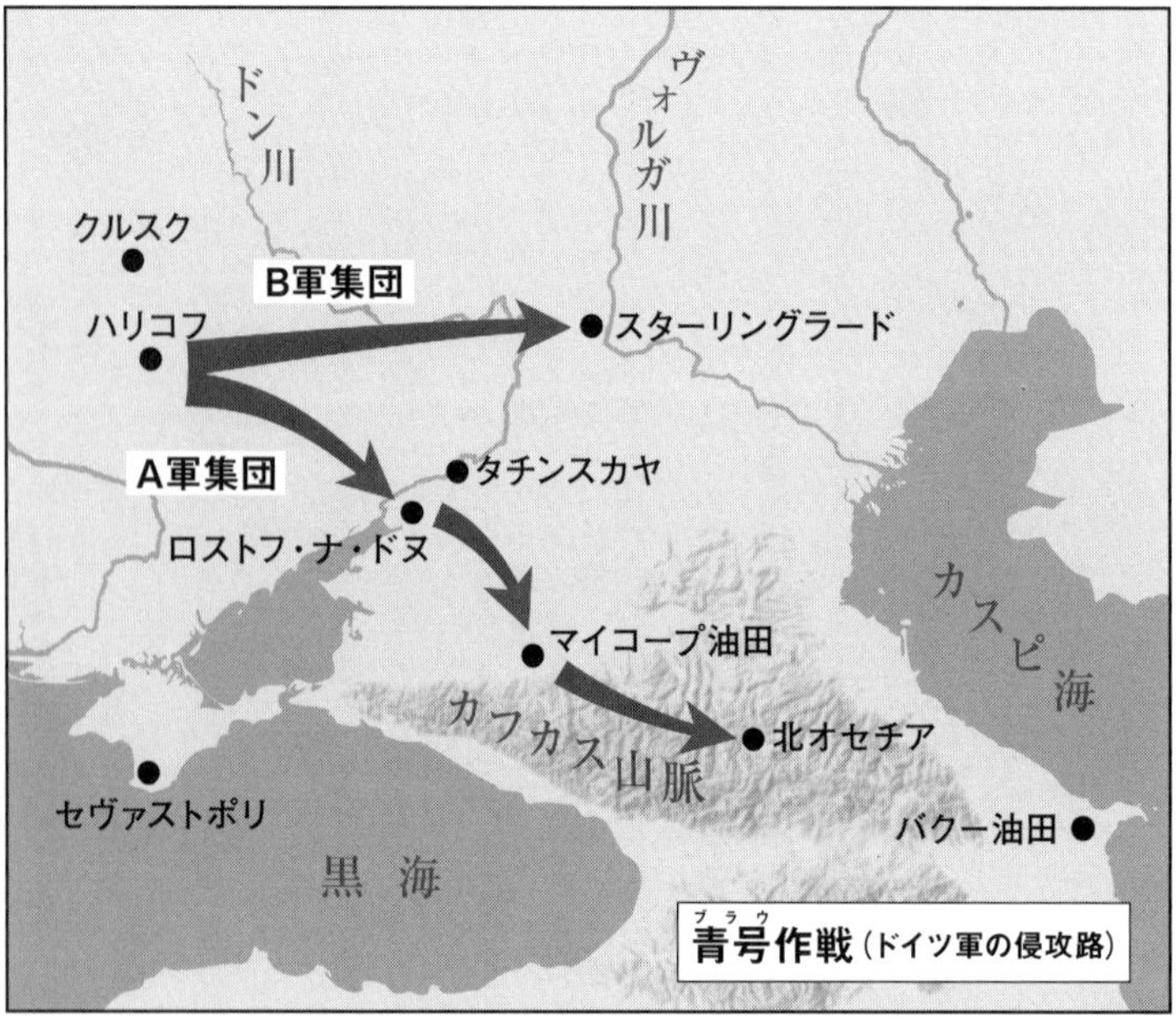
ドン川
ヴォルガ川
クルスク
B軍集団
ハリコフ
スターリングラード
A軍集団
タチンスカヤ
ロストフ・ナ・ドヌ
マイコープ油田
カスピ海
カフカス山脈
北オセチア
セヴァストポリ
バクー油田
黒海
青号《ブラウ》作戦（ドイツ軍の侵攻路）

しかし表層的な戦果に幻惑されたドイツ国防軍は、スターリングラード周辺およびカフカス山脈へと至る赤軍は既に壊滅し、作戦は成功も同然と錯誤した。A軍集団は占拠後のバクー油田からドイツへの石油輸送を検討し、B軍集団はスターリングラードを占領すべし、との判断が下り、九月一三日、市街地攻略は始まった。

しかしそこには、ドン川周辺で撃滅したはずのソ連軍が合流し、スターリングラードの守備軍を補強していた。

一九四二年一〇月に入ると、徐々に青号作戦全体にほころびが出始める。A軍集団の侵攻速度は急峻な山岳地帯を前に一気に鈍化し、赤軍は撤退しながら攻撃をしかけてくるため、進めども進めども戦略目標へたどり着かない。なんとかマイコープ油田を占領したが、赤軍は当然のごとく撤退前にここを破壊しており、燃料補給は不可能であった。

同月二五日、A軍集団はある意味で予想通りの燃料不足に陥り、北オセチアで進撃を停止。そこからバクー油田までの距離は五〇〇キロ以上。まもなく冬を迎えるこの天険の山脈に、山岳慣れした現地パルチザンと、戦力を温存し撤退作戦を終えた赤軍が、東部からの充分な補給を得て、盤石《ばんじゃく》の構えで立ち塞がっていた。もはや年内のバクー油田占拠など夢のまた夢である。

カフカス方面におけるドイツ軍の行き詰まりにより、スターリングラードは焦点と化した。ドイツからすればスターリングラード陥落という戦果を挙げなければ、青号作戦そのものになんらの成果を挙げることもできなくなる。そればかりか、この戦況でスターリングラードとその周辺のドイツ軍が敗れれば、最悪の場合、カフカス方面で立ち往生しているA軍集団は西部への退路をも閉ざされ、一〇〇万を超す参加兵力の全てが壊滅する恐れさえあった。

対してソ連からすれば、スターリングラードを陥落させることは、カフカスで食い止めたA軍集団に補給路を提供するも同然となる。

さらにスターリングラードの失陥とは、ソ連南北の運河輸送の要《かなめ》であり、そしてロシア国民が愛してやまない、あの母なるヴォルガ川が敵の手に落ちることを意味する。

スターリングラードは、ソ連という巨人に突きつけられた長剣の、その柄《つか》であった。

カフカス方面と違い、絶対に譲ることのできない戦いだった。

ヴォルガ川こそは最終防衛線。

スターリングラードを守る第六二軍総司令官ワシーリー・チュイコフ中将は、自らも危険な前線に留まり、日々更新される戦訓から接近戦のドクトリンを開発し、そして、ヴォルガ川西岸を後背に、文字通り背水の陣を敷いて戦うスターリングラードの兵士たちに対して、「一歩も下がるな」よりも遥かに象徴的な言葉によって鼓舞した。

ヴォルガの向こうに、我らの土地なし！

そしてウラヌス作戦の成功により、ドイツが握る長剣の柄を、ソ連が両手で包み込んだ。ドイツは必死でこの柄を奪い返そうとする。スターリングラードという柄を奪ったものがこの戦争を制する。

かくしてスターリングラードは決戦都市と化した。

そして、その決戦都市に、新たなる増援が向かおうとしていた——

一九四二年一二月一日　午後一一時

高速小型の輸送艇が、自らの動力に、激しく船体を揺さぶられる。

セラフィマはわずかに視線をあげた。

先導する同型艇が、ヴォルガ川を浮かび流れゆく大小の氷を掻い潜り、凍結していない水面を航路として指し示してゆく。

第三九独立小隊は、他の歩兵部隊と相乗りで凍てついたヴォルガ川を渡河していた。

自分たちが向かう西岸に見えるのは、川岸に面した廃墟と、絶えず立ち上る噴煙。その向こうから迫撃砲を発射する音が響き、時折川面にしぶきを上げ、水柱を立ち上げた。

接近してくるモーター音が聞こえ、セラフィマは両手で抱えていた頭を上げた。

対岸からは、後送される負傷兵を乗せたボートがやってきて、すれ違う。

中にいる兵士たちは皆血まみれで、包帯も満足に巻かれていない者が多かった。

暗然とした兵士たちの様子を察したのか、NKVDの制服を纏《まと》い、教育将校の腕章をつけた男が、やおら立ち上がった。

「スターリングラードは我が軍に逆包囲されているが、その中で未だドイツ第六軍は抵抗を続けており、市街地の大半は敵に占領されたままだ。我々こそが、半年以上の長きにわたり苦しめられてきた我が第六二軍の戦友たちを救い、そしてスターリングラードの市民を、ナチ・ファシストどもの魔手から救い出すのだ！　敵は今や檻に閉じ込められた手負いの獣である。その檻にいる仲間たちを、我らがこの手で助け出す！」

彼が言い切った瞬間、迫撃砲弾のまぐれ当たりが一〇メートルほど先を航行していた同型艇を破壊し、艇内の兵士たちは火球に呑み込まれ、次々とヴォルガ川へ飛び込んだ。

セラフィマたちの乗る高速艇は、その同型艇を数秒で追い抜いた。艇内の他の兵士たちと同様、水面に落ちた兵たちを救わねば、と身を乗り出した彼女は、凍てついたヴォルガ川に飛び込んだ彼らの全てが既に息絶え、その頬に霜が降りていることに気付いて目を見開いた。火だるまとなり極寒のヴォルガ川に飛び込んだ彼らは、温度差の衝撃に体が耐えられず、死亡していた。

艇内に充満した不安は、激励で克服できる範囲を超えていた。その空気を察した教育将校は、部下に小さなバッグを手渡し、怖《お》じ気《け》づきそうな彼らに向けて叫んだ。

「諸君らに配布するのは、特殊インクで作製された発煙剤である」彼の副官が、ペンサイズの水筒のようなものを兵士らに配布し、狙撃小隊もそれを受領した。「これを薪に塗り込む、あるいは紙に塗布して燃やせば赤い煙が上がる。これを戦術的に駆使して、市街戦を有利に戦え」

あまりにも小さな武器。しかしそれを手にしたとき、幾分心が軽くなった。

「ヴォルガの向こうに、我らの土地なし！」

教育将校が叫び、狙撃小隊を含む兵士たち全員がそれを唱和する。

「ヴォルガの向こうに、我らの土地なし！」

「突撃ー！」

号令とともに船艇が接岸し、歩兵たちは走り出す。各隊ごとに割り振られた家屋、工場、拠点へと向けて分散してゆく。

激しい砲撃が地面をえぐり、兵士たちの足をふらつかせた。

「みんな来い、こっちだ！」

イリーナが先行して狙撃小隊を導く。

彼女らが向かうのは、激戦地となった工場「赤い十月」の西側。川岸に面したアパートの一室である。同アパートには、スターリングラード防衛隊の中核を担う第六二軍第一三師団のうち、戦前から生え抜きのスターリングラード市民で構成された、第一二歩兵大隊が居を構えている。

当たるが幸いに撃ちまくられる迫撃砲弾を掻い潜り、背を壁につけて移動し、どうにかそのアパートの階段へとたどり着いた。全員で互いの無事を確認する。最後に目が合ったオリガは無視して、セラフィマは知り合って間もない少女に声をかけた。

「ターニャ、大丈夫?」

戦闘員ではない看護師、ターニャは、大きく膨らんだ背嚢《はいのう》を抱え直し、軽く笑った。

「耳がいてえけど平気だよ。あたしだって撃つ以外の訓練は受けてるんだ」

立派な気丈さだった。イリーナがシッと声を潜めさせる。

「第一二歩兵大隊と接触するまで警戒を解くな。万が一接敵する可能性もある」

頷き、各自、SVT‐40狙撃銃を背に回してトカレフ拳銃を腰から抜き出す。

銃口を巡らせ互いの死角を補いながら階段を八階まで上り、指定された一室へたどり着いた。

先行していたママがドアを開けようとすると、イリーナがそれを制してノックした。

返事なし。しかし警戒の気配をドア越しに感じる。

わずかに間を置いてから銃口を天井に向け、狙撃小隊は入室する。

ソ連の工業都市のアパートとしては平凡な一室が彼女らを迎えた。セラフィマは瞬時に室内から戦闘に必要とされる情報を読み取った。簡素なソファに装飾が控えめな調度品、浴室と寝室へ通じるドア。合理的で均質なアパートのおよそ至るところに弾痕が穿《うが》たれている。床にはドラム缶と木材の簡易ストーブが置かれ、その隣に無線設備が無造作に置いてある。上下に装甲車の部品らしき鋼板を貼り付けた窓には、一二・七ミリ機銃が据え付けられ、外に睨みをきかせている。——即席の野戦基地。

「何者だ！」「所属を言え！」

室内の遮蔽に用心深く身を隠した兵士たちが、口々に誰何《すいか》した。

無理もない。延々と市街戦を続けた彼らだ。イリーナが落ち着いた声で答える。

「最高司令部予備軍、狙撃兵旅団第三九独立小隊、イリーナ・エメリヤノヴナ・ストローガヤ少尉だ。この守備隊の責任者に会いたい」

「なんだって？」

ソファの陰から、ＰＰＳｈ-41を構えた男が起き上がった。年齢は三〇代半ば。制服の上から都市型迷彩コートをまとい、精悍な顔立ちと理知的な瞳が印象的なその男は、提示された所属と階級に戸惑っていた。

「失礼。私がここの隊長、マクシム・リヴォーヴィチ・マルコフ上級曹長です。当面の間は狙撃兵の特殊部隊が来ると聞いていたのですが」

シャルロッタがあからさまに不機嫌な口調で答えた。

「ええそうですとも。次回の大規模増援は一二日後の一三日。それまでは私たちが狙撃兵特殊部隊として支援します。何か問題でも？」

マクシム隊長は、いや、と口ごもったが、別の声が答えた。

「女かよ、クソが！」

妙に痩せた小柄な男が隣の部屋から顔を出した。血走った目が獣のように見えた。

「問題も何も女なんぞいたところで救援にならねえだろうが！」

「よさんかボグダン！」

マクシム隊長が制止した。

あからさまな侮蔑にセラフィマも眉をひそめた。

オリガが彼の様子を見て、一言尋ねた。

「お前、督戦隊だな」

督戦隊。退却阻止を実力でおこなう者の名にセラフィマとママとシャルロッタがたじろいだ。男はその様子を露骨に面白がって笑った。

「ああそうだよ督戦隊だよ、チェーカー殿。広くいえば同業者さ」

迷彩コートのため制服には差異もないが、なぜか彼らは互いの素性を見破っていた。シャルロッタが恐る恐る尋ねる。

「なぜ最前線にいるの？」

「なんだ、お前らもナチのプロパガンダみてえに、俺らは安全な背後にいて、退却する味方をバンバン機関銃で撃ってねえと納得しねえのか。ボケが。このスターリングラードには最前線以外ねえんだよ。俺もマクシム隊長の部下として戦ってんだ。分かったか」

異常に口が悪いことを除けば理解できた。増援が女性だったことによほど腹が立つのか、彼は人差し指を突きつけて怒鳴り散らした。

「いいか、とはいえ督戦隊が敗北主義者を排除することに変わりはない。お前ら日和《ひよ》ってフリッツに投降でもしてみやがれ、この俺が処刑する」

ふ、とイリーナが笑った。

「何がおかしい！」

食ってかかるボグダンに、イリーナは一言答えた。

「我々がフリッツに投降できると思っているお前がだ、督戦隊」

ボグダンがぐっと言葉に詰まった。彼にも意味は理解できたはずだ。

敵味方を問わず、捕虜となった狙撃兵の処遇は残忍を極める。まして女性となれば、どのような扱いを受けるのか。

トカレフ拳銃と手榴弾二発を受領したとき、これを何のために使うか、とイリーナに問われたセラフィマは、狙撃銃の故障時の予備、および接近戦、と教科書通りに答えた。

そうではあるが、目の前にフリッツが迫り虜囚となる可能性が生じた場合、それを何のために使うかはあらかじめ決めておき、そのために迷わず使え、とイリーナは答えた。

「すみません、ボグダンは口は悪いけど根は良い奴なんです」

新たな声とともに、隣室から身長二メートル近い大男が現れた。長身のみならず胸板は厚く腕も太く、見るからに屈強。しかし表情は柔和で馬のような優しい目をしている。

胸元に近世の竜騎兵が身につけた胸甲のようなものを装着していた。

「お名前は？」イリーナの声に、敬礼して答えた。

「フョードル・アンドレーヴィチ・カラエフであります、少尉殿」

シャルロッタが彼の身につけた装備を指さして尋ねた。

「フョードルさん。この鎧のようなものは、なんですか？」

「SN42型防弾装備です。拳銃弾程度ならはじき返すことが可能です」

丁寧な口調にシャルロッタは首をかしげる。

「私は一介の上等兵ですよ」

「私もそうです。あの、すみません。私は既婚者ですし、若い女性とむやみに話すのは、あまりよくないといいますか、苦手なのです」

フョードル上等兵はシャルロッタから視線をそらした。

ずいぶん純朴な兵士もいたものだな、とセラフィマは驚いた。

「おもしろいかね？」

イリーナが唐突に尋ねたので、小隊の面々は一様に彼女を見た。

隊長は誰とも視線を合わせていなかった。

室内の一番奥、壁際に寝転んでいる人影があった。上からはカモフラージュ用の布を被り、壁に向かってうつ伏せになった者の、その両足だけが覗いている。

セラフィマは息を呑んだ。おそらくイリーナを除いて、誰一人気付いてはいなかった。

カモフラージュの布越しに笑うような声がしてから、その者は覆いを取った。

「慧眼ですね、隊長殿」

寝そべったまま振り向いた顔を見て、セラフィマは驚いた。

年の頃は一〇代の後半、幼さの残る整った顔立ちに緑の瞳を持つ、美しい少年だった。まるで宗教画の幼子のような可愛らしい顔立ちには、しかしその年頃の少年たちが持つ愛嬌が一切無かった。隙やあどけなさを剝落させたような美少年は、銃剣の無いモシン・ナガンを構え、外壁に穿たれた銃眼から外に向かって構えていた。

　セラフィマはその構えを見て確信した。

「狙撃兵ですね」

「そうさ。ユリアン・アルセーニエヴィチ・アストロフ上等兵だ。よろしく頼む、同志狙撃兵諸君」

　ユリアンはシャルロッタを見ると、薄く笑った。

　幼く美しい少年がこうも腹立たしい顔をするのか、と思うほどに皮肉に満ちた笑いだった。

　シャルロッタも笑みの中の皮肉を悟ったらしく、一切の遠慮無く尋ねた。

「なによ、何がおかしいの」

「いやあ、僕は愛妻家のフョードルとちがって女と狙撃が大好きなんだ。その二つがくっついたとなったらさ、さぞ俺の大好物かと思ったんだけど、まるでサーカスだな」

「なんですって、どうせあんたピオネール（共産党少年団）上がりでしょ！」

「コムソモール（共産党青年団。ピオネールの指導者的立場）だ。僕はこれでもスターリングラードの射撃大会優勝者だ」

「あーら私はモスクワの」

「静かにしろ」シャルロッタの張り合う声をイリーナが遮った。「大声を出す狙撃兵は死ぬ」

「おっしゃる通りですね」ユリアンが頷いた。

　ん？　とセラフィマは一同を見渡して思った。

　優男のマクシム隊長、督戦隊ボグダン、妻帯者フョードル、狙撃兵ユリアン。

「第一二大隊ってこの四人だけなんですか」

思わず疑問が口をついて出ると、歩兵大隊の四人組全員が嘆息した。

「悪かったな！」最も口の悪いボグダンが答えた「見ての通り俺らは敗残兵だ。てめえら外の連中は知らねえだろうが、大隊だの連隊だの師団だの、そんなのはスターリングラードでは全部名ばかりなんだよ！　市街地九割を失って四散した第一二大隊の残滓《ざんし》、そこにスタフカの大間抜けが救援としてよこしたのがお前ら女五人と衛生兵ってわけだ！」

狙撃小隊の面々が怒りに顔をこわばらせている。

これはまずい、と思ったセラフィマは、思わずマクシム隊長と目を合わせて、「あの」と声を出した。

「なにか？」

「皆さんを見て気付いたのですが、全員が髭を剃っていて、偽装の下の制服はきちんと規定通りに着ており、また全員が階級に対して敬意を払っています」

「だからなんだ！」

ボグダンに反問され、セラフィマは彼に視線を移して答える。

「つまり皆さんは規律ある軍隊であり、敗残兵などではありません。そして我々もまた小規模ですが狙撃兵の小隊です。何も問題はありません。ここから協力しましょう」

言い切ると、ぐっとボグダンが言葉に詰まった。

フョードルは深く頷き、ユリアンは何ら感情に揺らぎが無いのか、あるいはそれを隠そうとしたのか、再び壁際の銃に向き直った。

「ありがとう、同志少女、あー……」

マクシム隊長に、慌てて敬礼とともに名乗る。

「セラフィマ・マルコヴナ・アルスカヤ上等兵であります」

「同志セラフィマ。その通りだ。協力してこの戦場を勝利まで戦い抜こう」

わずかながら空気が弛緩した。間髪容れずイリーナがマクシムに他の四人を紹介し、続けて問う。

「マクシム隊長。この大隊と我々が置かれた戦況の説明をお願いします」

「はい」

両者の間に微妙な緊張感があった。イリーナ少尉率いる狙撃小隊がマクシム上級曹長の大隊の指揮下に入る関係上、階級と役割にずれがあった。

マクシムは、逡巡《しゅんじゅん》したように視線を落としてから口を開いた。

「戦況報告としては異例ですが、私情を交えてもよろしいでしょうか。どうしても、そのようにしか戦いを振り返ることができません」

「お願いします」

イリーナは祈るように、ゆっくりと目を閉じながら頷いた。

「重工業とヴォルガ川を誇るこの街は、市民にとってもまた誇るべき郷土でした。教育も医療もソ連で最先端のものが手に入り、労働者は皆、自動車や造船の工場で働いていた……私は兵士でした。都市防衛のために地元の兵士となった。そして一九四二年八月、空襲によって全てが変わった。フリッツどもは空から爆弾の雨を降らせた。それも第六二軍の司令部に襲いかかっただけではなく、工場地帯には貫通力の高い爆弾を、住宅地には焼夷弾を使い分け、市を火の海に変えてしまった。赤色空軍のI-16はメッサーシュミットに対して非力にも打ち払われ、好き放題に落とされる爆弾は工場を徹底的に破壊し、そこから流れ出た重油はヴォルガ川を覆い、着火した炎が、母なるヴォルガ川を赤々と燃やした。……市民を避難させようとはしたが、ウクライナ方面からの避難民を大勢抱え、援軍が来ては負傷兵を後送する情勢下では、止まっては再開しを繰り返すばかりでまったく追いつかない。そのうちに奴らは地上から来た。皆必死で戦ったが、西で占拠された飛行場から絶え間なく襲来する攻撃機に押されて次々と街区を奪われ、南北の両端で敵はヴォルガ川西岸にまで達した。中央駅は一〇回以上も占拠と奪還を繰り返して敵の手に落ち、拠点としていた工場も次々と陥落し、その間に十数万の味方兵士が死にました。我々の大隊長も戦死し、部隊は四散し、私は次々と戦死してゆく上官たちから隊長職を引き継ぎ、かろうじてこの四人が残った。そして、兵士たちだけでなく大勢の市民が死んだ……。私の妻と、二人の娘も死にました」

痛苦をこらえる口調に、イリーナが静かに頷いた。

小隊の全員が同じ気持ちを共有し、そしてマクシム隊長も何かを悟った顔をした。

ユリアンはただ無言でスコープを睨んでいた。

フョードルはいたたまれない様子で頭《こうべ》を垂れた。

ボグダンだけが、なにかばつの悪そうな顔をしていた。

「それでも絶え間ない戦闘の中から、チュイコフ中将は近接戦闘という新たな戦法を生み出し、接近戦によって空襲を封じ込め、PPSh-41と手榴弾を武器に我々は戦い抜いた。ほぼ全滅の憂き目にあった我が大隊は、このアパートの一室を最後の拠点と腹を決め、押し寄せるフリッツどもを撃退し、守りに守り抜きました。それもせいぜい持って一カ月と思っていた。ウラヌス作戦は我々にも秘匿されていたので、一体何が起きたのかと思いましたが、赤軍が市街を包囲したと聞いたときは快哉《かいさい》を叫びました。援軍として狙撃部隊が来ると聞き、これで助かる、と思い……」

マクシム隊長は言葉を選んで続けた。

「若干意外な部隊がお見えですが、とにかく助かりました。ありがとうございます」

「増援に狙撃兵を指定したのはあなたですか？」とイリーナが問う。

「はい」

「それはなぜ？」

「この戦いは交戦距離が極めて極端であり、室内では近いときで一〇メートル以内。市街では五〇〇メートルから八〇〇メートルに及びます。照準器の無い小銃で撃ち合う中間距離がほとんど存在しません。敵が屋内まで踏み込んだ場合、前者たる至近戦で我々四人で撃退できる敵の数は限られています。狙撃によって敵を遠ざける必要があります。我々にはユリアンがいますが、長距離で交戦できるのが彼一人では不足です」

「僕は足りてると思うけどね」

ユリアンの軽口を無視して、イリーナは問いを重ねる。

「我々が今対峙している敵勢力は？」

「その辺は、フョードルがよく分かっています」

熊のような大男のフョードルは、やや緊張した面持ちで答えた。

「二〇〇〇メートル向こうの集合住宅地に居を構える敵部隊であり、中隊規模。正面から衝突すれば勝ち目は無い状態でした。幸か不幸か、敵から見た場合、船着き場に近いだけのこの場所は『占拠』という目的からすると戦略的価値が低いと見なされたらしく、我々が必死に銃撃で撃退すると、無理に攻めてこようとはしませんでした。それが、今ここが無事である理由です。しかし、市街地の外で赤軍が合流しその主力が西に現れるという敵味方双方にとって予想外の戦況に陥ったため、敵軍にとっての退却路と見なされる可能性がある、というのが小官の見立てです」

「ヴォルガ川東岸を赤軍が固めているのに？」

イリーナが問うとフョードルは頷いた。

「無論自殺的攻撃となりますが、包囲されてみすみす死ぬよりはここを突破し、闇に紛れてヴォルガ川を下り、少数でも脱出を試みる可能性がある、ということです。実際包囲環の完成後、ちらほらと威力偵察が来ました。幸いユリアンが撃退してくれましたが」

この少年が既に戦果を持っているのか。やや驚きを感じながらユリアンを見ると、背中を向けたまま彼は答えた。

「これまでの確認戦果は二三人だ」

「うそお。あと二人で剛毅《ごうき》勲章じゃない。水増ししてるでしょ」

シャルロッタが身も蓋もないことを言ったが、フョードルが慌てた様子で答えた。

「あ、本当ですよ。どれも最低限味方の一人が確認したスコアです」

「なるほど、君たちのよき先輩だな、諸君。今度詳細を教わるといい」

イリーナがユリアンを持ち上げ、脱線した話題をさりげなく終わらせた。

「隊長。では立場を明確にさせましょう。私は狙撃小隊の長としてあなたが決めた合同部隊の方針に従う。ただし、その方針の内部で、狙撃兵小隊は私の指揮の下、自由に行動する。想定外の事態については赤軍らしく会議を設けて方針を決める。よろしいですか？」

「異論ありません。配慮に感謝します、少尉殿」

「こちらこそ」

義理のような口調で答えると、イリーナは瞬時視線を鋭くした。

唐突に生まれた緊張に全員が怪訝な顔をする。何か言いそうになったマクシムを、彼女が手のひらを向けて制止する。視線で合図すると、ママがそろりと玄関の方へ向かって、一瞬の間を置いてから、ドアを開いた。

見知らぬ女性がそこにいた。平凡な服装をした、二〇代半ばの女。

オリガが、目にもとまらぬ俊敏さで彼女の腕を摑み、部屋に引き入れて怒鳴った。

「誰だ！」

「わ、私はスターリングラード市民です！　ヴォルガ川の水を汲んで帰るだけです」

「なんだ、サンドラじゃないか」マクシム隊長が気の抜けた声を出した。「その人は怪しい人じゃありませんよ、水を汲んで、被占領地まで帰っていくだけです」

セラフィマは啞然とした。ママが同様の口調で問い返す。

「被占領地って、ドイツの制圧下とここを行き来しているのですか」

「意外に思われるでしょうが地獄にも地獄の日常というものがあります。生き残った数十万の市民も食事をしなければなりませんし、フリッツの奴らも制圧下の市民を皆殺しにする訳ではありません」

ユリアンが苛立ったように頭を搔いた。

「制圧後は皆殺しにする予定だって捕虜が言ってましたよ。もう何十万人も殺されたし」

彼の言葉を聞き流して、マクシム隊長は続ける。

「彼女は夫を殺されて今は独り身。生活に必要な水を汲みに敵味方の間を行き来してるんです」

サンドラという彼女は震えながら頷いた。

整った顔立ちをしていたが、疲労が表情を硬くしていた。

セラフィマはその様子をどう受け止めるべきかと迷った。ナチ・ドイツ軍の占領下に生きて抵抗するでもなく赤軍の陣地で水を汲む。

マクシム隊長はそれを当然と受け止めているが、それは彼女が女だからだろう。

同じ女として、かすかな苛立ちを覚えていることに、遅れて気付いた。

自分は銃を持って戦っているのに、彼女はどうなのか。サンドラは言葉少なに挨拶をして、一階へ去ろうとした。その背後に、オリガが声をかけた。

「Ich liebe dich」

愛してる。オリガがドイツ語でそう言ったとき、サンドラは目をむいて振り向いた。

単なる驚きではない。そう確信した次の瞬間、オリガはサンドラの胸ぐらを摑んだ。

「お、おい何をするんだ！」

「こいつをくれた男にもそう言われたのさ、こいつは！」

オリガはサンドラの左手首を摑んで壁にたたきつけた。開かれたその手に指をかけると、サンドラは死に物狂いで抵抗したが、オリガに関節を極《き》められ易々と組み伏せられた。

脇固めの体勢から無理矢理手を開かせ、オリガはサンドラから指輪を奪い、投げた。

「セラフィマ！　書いてあるロゴを読め！」

「ヒューゴ・ボス」

ドイツの指輪メーカーの名を口にすると、大隊の兵士たちが気色《けしき》ばんだ。

「フリッツども国防軍に下賜《かし》される指輪だ！」

「貴様、この雌豚め！　フリッツの愛人か。我々にスパイ活動をしていたのか！」

ボグダンが罵声を浴びせて詰め寄ると、オリガに立たされたサンドラが必死に抗弁した。

「ちがう！　私は逆らえなかったの！　どうしようもなかったのよ！」

マクシム隊長がその様子に何かを確信したのか、怒りに顔を染めて怒鳴った。

「何がどうしようもないだ、貴様は裏切り者だ！　お前の夫、セリョーシャに恥ずかしいと思わないのか！」

「卑怯なヒーヴィめ」

ユリアンが言い捨てた。

ヒーヴィ。聞き慣れない単語だが明らかに侮蔑であり、裏切り者、というニュアンスがあった。

「そんな、私は……」

サンドラが涙に震えながら弁明しようとすると、ママが両者の間に立ち塞がった。

「彼女を責めるのはあまりにも酷です！　皆さんもご存じでしょう。占領地では、女性は真っ先に犠牲になるんです。敵に屈辱の目に遭わされ、たとえ心に傷を負ってでも、生きるためにそうしなければならない人がいるんですよ！」

ママの言葉にマクシム隊長以下兵士たちがたじろぎ、彼らと無意識に怒りを共有していたセラフィマも、ふと我に返った。

確かにそうだ。占領地で女性がどんな目に遭うか、自分は身をもって知っている。自分自身が彼女と同じく辱めを受けそうになった。それを責めるのは酷だ。

「ち、ちがう！」

サンドラが、自分をかばうママの言葉をなぜか否定した。

「私はドイツ兵に犯されてなんかいない！　私と彼は愛し合っているの！」

兵士たちは、責める言葉も失って唖然とした。何を言ってるんだ、こいつは？

ママを含む狙撃小隊の兵士たちも同じく困惑するなか、オリガだけが笑みを浮かべて彼女の頰をなでた。

「ほう、フリッツと愛し合っているのか、ならば話は早い。お前はヒーヴィであり、裏切り者だ。祖国ソ連を裏切ってフリッツを愛する売国奴だ。処刑に異存はないな」

再びサンドラが血相を変えた。

「ちがう、私は裏切ってなんかいない。祖国も夫も裏切っていない！」

「はっきりしろサンドラ、お前はソ連を裏切り、売国奴になってフリッツに身を売ったのさ。そうでなければお前はフリッツに犯されている。そんな惨めな自分を認められずにな」

「ちがう……ちがう！」

サンドラの言葉は支離滅裂だった。しかし、セラフィマはそれ以上にオリガの嗜虐的な物言いに反発を覚えた。このNKVDは意図的に人間の尊厳を玩弄《がんろう》している。

「やめなさいオリガ。人間をいたぶるな」

サンドラを掴むオリガの腕を制止した。しかし一切かまわずオリガはサンドラに叫んだ。

「自分を見失うな！　お前はソ連人民としてフリッツに犯された被害者か？　それともソ連を裏切

ってフリッツを愛する裏切り者か？　二つの立場に身を置くことはできないんだよサンドラ。それをしようとする者はコウモリになる。獣でも鳥でもない異形は、この殲滅戦争の末どうなるか、お前自身が一番知っているはずだ！　お前自身の言葉で答えろサンドラ、お前は今、どちらの味方だ！」

オリガの言葉に圧倒された。その剣幕に押されただけではない。彼女はサンドラを救おうとしているように思えた。

サンドラは何も言えずただ泣いていた。

彼女を腹立たしくも思い、同時に同情も覚えた。

矛盾する心情に置かれたとき、セラフィマはふと思った。

なぜ彼女は泣いていて、一方自分はここにいて銃を手に戦っているのだろう。サンドラと私を隔つものは何だろう。

沈黙を守っていたイリーナが、一同の注目を集めるように挙手した。

「彼女の自意識がどうあれ、明確にせねばならないことがある。彼女を行かせて街へ帰すのか、それともヴォルガ川を渡して事態を説明しNKVDに引き渡すか。会議だ」

サンドラが震えた。この状況で引き渡せば処刑か収容所送りは免れ得ない。

「多数決を取る。議長として私は投票しない。NKVDに引き渡すべきと考える者」

ボグダンとユリアンが挙手し、小隊ではシャルロッタと、それからオリガが手を上げた。

「ではこのまま行かせるべきと考える者」

ママ、マクシム、フョードルが挙手し、セラフィマがそれに続いて手を上げた。

シャルロッタが驚いたようにセラフィマを見た。

「フィーマ、ママも。だめよ。彼女はフリッツの愛人なのよ！　このまま行かせたら私たちの情報を流すかも知れない！」

迷いながらもセラフィマは答えた。

「彼女はどう考えてもスパイができるような人物じゃないし、引き渡しは行き過ぎよ」

「同感だ」マクシム隊長が苦々しい口調で答えた。「腹立たしい事態ではあるが、占領下にそういった情実が生じることをすべて罪科《ざいか》として断じるわけにはいかん……が、四対四だと決まらんな」

「引き渡し反対に一票」

黙っていたターニャが挙手した。

「お前は兵隊じゃねえだろ！」

ボグダンに怒鳴られ、看護師のターニャは間を置かずに答えた。

「そうだけど、この混成部隊の一員だ。彼女が市民であれナチの情婦であれ助ける。一員であることも否定されるんなら、あたしは薬を抱えて対岸まで帰るしかない」

全員が黙った。

「決議はとれたな」

イリーナは初めてサンドラと目を合わせて、指輪を返し、簡潔に告げた。

「行け、サンドラ。ただし私たちのことについてフリッツに何か話したら殺す」

特に凄むでもなく事実だけを告げた。

サンドラは曖昧な表情で頷き、おぼつかない足取りでアパートの内階段へ向かった。

「おい」

ターニャがサンドラに何かを放って渡した。

落としそうになりながらも受け取ったものを見て、サンドラは驚愕の顔をした。

「体に気をつけろ。栄養足りてねぇならそれ食っとけよ」

「あ、ありがとう」

サンドラは比較的明確にお礼を述べ、足早に去って行った。

「何を渡したんだ？」マクシム隊長の問いにターニャは答える。

「魚の缶詰」

「クソッ貴重品をあんな奴にか。これだから女どもは！」

ボグダンが悪態をつくと、オリガが鼻で笑った。

「よく言うよ。三流督戦隊。指輪にも気付かなかった節穴のくせに」

「なんだと！」

「あーはいはいはいはい！」

ターニャが大声を出して手を叩き、背嚢を床に置いた。

「ご飯の時間だよ兵隊ども！　それとも喧嘩して仲良く飯抜きにした方がいいか！」

大隊の兵士たちがつばを飲み込んだ。全員、食欲がそれ以外の感情を凌駕していた。

兵士たちは全員で協力して缶状の野戦用コンロに石炭を詰めて火をつけ、アパートの床を焦がしつつ、フライパンで料理を作った。

乾燥肉とニシン、それに豆とジャガイモを油で炒める。

果たしてなんと呼ぶべき料理かも分からなかったが、兵士たち全員が無我夢中でそれを皿からかき込み、黒パンを食べ、腹を下す心配の無い蒸留水で流し込んだ。

　フョードル、ユリアン、ボグダンは瞬く間に皿を空にしては次の皿を盛り、背嚢の食料を手当たり次第にフライパンに投入していた。

「お、おい落ち着けよ。窒息するぞ」

　さすがというべきかマクシム隊長は落ち着いた態度で言ったが、三人とも野生動物のような勢いで食べ続けた。フョードルが水を飲んでから答える。

「熱くてまともな飯を食べたのは一カ月ぶりですよ、隊長」

　ユリアンも頷いた。

「この缶詰は旨いんだか不味いんだかよく分からないけど、味が濃いのが助かるね」

　スパム、と書かれた缶詰を見てセラフィマは答えた。

「アメリカの缶詰だよ。レンドリース（アメリカから連合国へおこなわれた物資貸与政策）で輸入されてるんだ」

「外国の缶詰が食えるとは。ああ、ここにいる皆さんは神のお使いに違いない」

　フョードルの物言いに狙撃小隊の面々が顔を見合わせる。開戦以来赤軍内でロシア正教の布教が解禁されているとはいえ、信心深い赤軍兵は珍しい。殊《こと》に狙撃兵は唯物的だ。

「大げさですねえ」

　あまり食が進まない様子のシャルロッタが答えると、いや、とマクシム隊長は答えた。

「昨日までは凍った野菜のクズを拾えたらお宝、敵の死体から奪った携帯チョコを分け合って喜んでたんだ。大げさではないさ」

「うん。それどころかフリッツの死体はドラム缶で焼いたら食えるかって議論してたもんね」

ユリアンが述べた言葉にママはヒッと小さく悲鳴を上げた。

マクシム隊長がともかく、と話題を変えた。

「包囲環形成により、今度は敵が飢える番だ。だが早期に済ませなければ市民も飢える」

「スターリングラードの戦局と、あなた方にとって当面の課題は分かった。要は正面の中隊がこちらを突破口と見なすことを避け、本格的な援軍の到着する一三日まで、交戦距離を延ばすことだ。そこで作戦を決めたい」唐突にイリーナが口を挟み、会話をサンドラが現れる前の地点まで戻した。「敵を遠ざけるためこちらの戦力を過大評価させる。そのために、皆さんはここに籠城《ろうじょう》、我が狙撃小隊は出かけて、撃って撃って撃ちまくる」

「その通りです」マクシムが恐縮した。「あなた方に負担をおかけして申し訳ない」

よりリスクの高い行動を取る狙撃兵に対する遠慮。それとは異質の感情をセラフィマが読み取ったとき、イリーナが尋ねた。

「自らが下がって我々のような女を前線に出させるのは恥かね？　上級曹長」

はじめてイリーナが階級差を意識した物言いをすると、マクシムの表情が硬くなった。

「そういう訳では……ただ、私が守ろうとした家庭とは異なっていますから」

「あなたが守ろうとした家庭」

イリーナの反問にマクシムが言葉を詰まらせ、そのままニシンを食べ始めた。思わずといったふうにフョードルが言葉を継いだ。

「この部屋は、もともと隊長の自宅だったんです」

セラフィマは驚いて周囲を見渡した。

弾痕だらけ。塗装は剝げ落ち、家具が破壊された廃墟同然の一室。

防寒のためドラム缶に廃材を突っ込んで燃やす即席ストーブが、床を黒々と焦がしている。

だが、マクシムはここに暮らしていた。この部屋で妻子の笑い声を聞き、ともに食事を取り、それを励みに働いていた。

その部屋で彼が守ろうとした家庭とはまさに女性と子供であり、その場で女性が出陣するのを見送るのには、確かに複雑な思いもあるだろう。

「私情でここを選んだわけではありません」マクシム隊長はやや弁解めいた口調で答えた。「ここは窓からの見通しも良いですし、撃ち下ろせます。それに土地勘があるということは市街戦で極めて有利となるためです。実際、敵がどう攻めてきてもどの路地からどう進んでくるのか、手に取るように分かりますからね」

「なるほど、合理的ですね。愛郷心は糧になりますし」

演技ではあろうが感心した様子をみせて、イリーナは頷いた。

「そうです。みんなこの街が大好きだったんです。我々は生え抜きの防衛隊ですから。フョードルは自動車工場の労働者、ユリアンは工科大生でした」

シャルロッタが目を瞬かせた。

「え、あんた偉そうなこと言っといて大学生だったの」

「そうだよ。戦場になるまでは一年生で、両親と妹と暮らしてた。お父さんとマクシム隊長はむかし同級生だったから、家族みんなでよく遊んだんだ。コムソモールでも、隊長はコーチとして色々教えてくれたし」

ユリアンは微かに笑みを浮かべて、スープを一口すすった。

「家族はみんな死んだ」

室内に充満する疑問を読んだように、彼は答えた。

「ヴォルガ川まで行って、船着き場から避難する寸前だった。妹が、とても大切にしていた人形を忘れたって言うから、皆に一便見送ろうって言って、僕が人形を取りに帰った。そしたらメッサーシュミットが飛んできて、避難民に機銃掃射した。人形を持って手を振る僕の目の前で、皆死んだ。……この隊はみんなそうだよ。ボグダンも奥さんが死んだ。家族が東岸に避難できたのはフョードルだけ」

ユリアンはカップを床に置いた。ことん、という音が明瞭に聞こえた。

いつの間にか彼の顔から異様な気配が消え失せ、優しげな美少年の童顔を、軍隊飯を炊く炎がゆらゆらと照らしていた。

「僕が、余計なことを言わなければな」

ユリアンがそう言うと、ボグダンが表情を硬くして口を挟んだ。

「おい、家族が死んじまったのはお前のせいじゃねえだろ。フリッツどもが……」

「そうだけど。でも僕が余計なことを言わなければ、皆で逃げられたって思ったんだ。そのときは」

饗宴を繰り広げていた一室に、沈黙が訪れた。ユリアンが軽く微笑んだ。

傍らのモシン・ナガンをたぐり寄せたとき、再び彼の表情に異様な輝きが戻った。

「マクシム隊長を頼って軍隊に入って復讐すると決めたとき、生きる活力が戻ってきたんだ。スターリングラードを解放し、一人でも多くのフリッツを射殺する。……マクシム隊長と出会って初めてそう思えた。凄いよね、復讐の力って。生きる希望を与えてくれる」

「そうね」

セラフィマは頷いた。境遇も心境も全く同じだった。

復讐を遂げるという目標によって生きる理由が生じる。そして過酷な戦闘を戦う意義が生まれる。思えば無数のソ連人民の動機もまた、復讐にある。それが国家に基づくものであれ、家族に基づくものであれ、復讐を果たすという動機が、戦争という、莫大なエネルギーを必要とする事業を成し遂げ、それを遂行する巨大国家を支えているのだ。

「間違えるなユリアン。お前はスターリングラードが解放されてからも生きるんだ」

唐突にマクシム隊長がそう言った。

イリーナが視界の端で頷いたことに、セラフィマは狼狽した。演技ではなく、明らかに自発的な動きだった。

「分かってますよ、戦争終わったら、また女抱いて寝てえ」

ユリアンはふてくされたように答えて銃眼へ向かった。

「かわろっか」

シャルロッタが彼の背に声をかけた。

「なんで？」

「あなたは疲れていて、複数の狙撃手がいればローテーションが組める。教養通りよ」

「シャルロッタ、だっけ。君にできんの？」

「私のベストスコアは三点姿勢で一〇〇〇点超えてるのよ、コムソモールくん」

「え、ほんと？」

「そして先ほどは言えなかったけどモスクワ射撃大会優勝者なの」

「僕はスターリングラードの……いや、実戦でもう二三人倒してるんだからな！」

ユリアンが苛立った様子で戻ってきて、腰を下ろした。

セラフィマは思わず笑みを浮かべた。

「なにがおかしいんだよ」

ユリアンに問われて、慌てて首を振った。

「おかしくて笑ったんじゃないよ。同年の戦友ができてうれしいの。頑張ろうね、同志戦友、ユリアン」

ユリアンの大きな目が少し泳いだ。

「よ、よろしく、同志セラフィマ」

寝袋を頭まで被ってユリアンは寝た。狙撃小隊は順番に見張りについた。

明朝六時。セラフィマは目を覚ました。日の差し方からおそらくまだ自分の就寝時間は続いているであろうと思ったとき、小さな靴が、二人分目に入った。

「なっ！」

驚いて跳ね起きると、狙撃小隊の面々もそれに続いた。

ぶかぶかの防寒着を着込んだ、見たところ六歳ほどの男の子と女の子は、けたけたと笑って自己紹介した。

「ニコライです」

「マーシャです」

大隊の男たちは、さして驚く様子もみせなかった。

フョードルがにこにこと笑みを浮かべて子どもたちを紹介した。

「よくここへ遊びに来る子たちです。いい匂いがしたんで寄ってきたんでしょう」

野良犬の話でもするような口調だったが、フョードルはマクシム隊長に確認してから、スパムと缶切り、それに清潔な水を与えてやった。隊長が説明を継いだ。

「二人は別々の家庭、他の階の住人です。生前は親も含めて皆顔見知りでしたよ」

「では、この子たちの両親は……」

セラフィマが声を潜めて尋ねると、マクシムは悲しそうにうつむいた。

「おかしな戦場でしょう。ここではこういう光景が無数にあるんです。彼らは廃墟で遊んで、兵士にメシをもらい、砲弾の欠片を拾って友達と数を自慢しています。どういうわけか、どんな日常にあっても子どもってのは遊ぶことをやめないんですな」

「子どもが遊ばなくなったら、きっとそれは子どもとして生きることを諦めたときでしょうね」

イリーナがむくりと立ち上がって呟いた。

不思議なことに、その動作だけで小隊の全員は自らの作戦が始まったことを悟った。

「星屑作戦を開始する」

星屑作戦とは、イリーナが立案した狙撃小隊の攪乱《かくらん》、狙撃作戦を指す。基本的には遊撃と狙撃を反復する消耗作戦であり、アパート攻略を放棄させる心理戦でもある。

この時期赤軍は天王星《ウラヌス》作戦に代表されるように、大規模作戦に惑星名を付けて兵士たちにその壮大さを印象づけ、連続性を意識させることを志向していた。事実、ウラヌス作戦と同時にモスクワ前面のルジェフでは火星《マルス》作戦が実行され、あえなく撃退されていた。

ともかく惑星名を与えられる大作戦とは比較にならない小規模作戦であるという諧謔《かいぎゃく》を含んで、星屑作戦は開始された。

市販ながら詳細な地図と大隊の兵士たちが書き込んだ情報を元に、イリーナが行動と時間を指示し、狙撃兵たちはそれを頭にたたき込んだ。

攻撃はイリーナとセラフィマ、シャルロッタとママがそれぞれ組になって実施する。看護師のターニャはこの一室で待機。NKVDの回し者オリガは最初から指揮下に入っていないため何も指示は与えられないが、勝手に出て行った。

出撃の前に四人はそろって互いに抱き合い、無事を誓った。

抱擁したシャルロッタと間近で目が合い、挨拶のキスをされた。

「一日一殺」とシャルロッタは言った。セラフィマもキスと同時に返事する。

「できれば二殺！」

視線を感じて振り返ると、部屋にいた大隊兵士たちが気まずそうに視線をそらした。ロシア娘が挨拶にキスする姿など珍しくもないのだが、戦場ではそうでもない。とりあえず明日からは見えないところでやろうと決めた。

セラフィマにとって、星屑作戦における最初の獲物はフリッツの通信兵だった。

敵の制圧範囲から四〇〇メートルの地点にある廃工場に入り三階から見下ろすと、遮蔽の取れる場所から撃ち下ろすことのできる、理想的な射撃地点があった。

フョードルに教えられた敵の大まかな配置から探していると、イリーナが驚くべき手際の良さで四五〇メートル向こうに敵の一団を発見した。

誤差修正を数秒でおこない、目標を照準線の中央に捉えて、引き金を絞る。

乾いた銃声とともに血しぶきを上げて通信兵が倒れ、反撃の機銃掃射がなされる前に二人は廃工場の奥まで撤退した。

その日はフリッツたちに警戒令が敷かれたのか、狙撃ポイントと見なした他の地点から敵兵を見つけることはできなかったが、シャルロッタも一人の工兵を仕留めていた。

星屑作戦の概略は一日目で摑み、あとは情報と狙撃スコアを更新し続けた。

闇夜や朝霧に紛れて移動し淡々と敵を撃ち、マクシム家に帰っては軍隊飯をかき食らい、一部をニコライとマーシャに分けてやって、ともにダンスを踊って遊んだ。

夜間は、上陸の日と同じく敵がでたらめに迫撃砲を撃ってくることがあり、砲弾が空を切る音を聞いてセラフィマ、シャルロッタ、ママは慌てふためいたが、歩兵大隊の面々は平然と寝ていた。マクシム隊長が、聞き慣れると「外れる音」と「当たる音」が分かるようになるよ、と答え、歴戦のイリーナも、そうそう、と言って眠った。

オリガは食事以外の時間を勝手に過ごしていたが、マクシム隊長によると昼間は一人で出かけて行って、何も言わずに戻ってくるようだった。敵軍占領下と行き来しているサンドラのことは全員が意図して無視していたが、ターニャは窓口となり余った食品をあげていた。

ウラヌス作戦の際にセラフィマが感じた動揺は、この戦局の日々ではみじんも生じることはなかった。ユリアンの仇。マクシム隊長の仇。無数のスターリングラード市民の仇。

目に入るフリッツは全てがまごう方なき侵略者であり、人民の仇なのだ。

目標の優先順位は、将校、工兵、砲兵、通信兵、機関銃手、一般兵士。基本的に代替の難しい兵士を狙うのが鉄則であり、小隊長以上の将校を除いては階級でなく兵科で決める。工兵の優先度が高いのは、本市街戦で敵が戦局打開に期待を寄せているのが拠点の爆破や火炎放射による掃討を担当するこの兵科であり、これを排除することが味方を利することはもちろん、敵に対しては最も重要な兵科に強いプレッシャーを与えることでその行動に制約をかけることが期待できるからだ。作戦開始四日後、セラフィマは火炎放射器を背負って地下水道に入ろうとするフリッツの胸を狙撃したが、貫通した弾丸は燃料タンクを誘爆させた。死に際に周囲に爆炎をまき散らす姿はなかなか壮観であり、自分が敵であっても火炎放射兵の投入を容易にはできまいと確信した。帰り道につい得意げにそう話すと、イリーナに釘を刺された。

「フリッツを殺すのだけに専念するな、目にした戦況の全てを頭にたたき込め」

「分かってますよ」

口調は反抗的になったがその通りに行動した。日々更新される敵の布陣を大隊に持ち寄って地図上に展開する。狙撃が不発に終わった日でも、何らか情報を得て持ち帰ることができればそれは戦果と言えた。狙撃兵とは単なる射撃の名手ではなく、斥候も兼ねた戦術的兵士でなければならない。

ある日、狙撃地点からは奇妙な光景が見えた。地図上の布陣からすると奇妙に突出した地点に、工兵が撃ってくださいと言わんばかりに固まっていたのだ。

イリーナに視線をやると、無言で頷かれた。

それで本来の敵陣地に目をこらすと、窓の隅から銃を覗かせ、敵の発砲煙を確認しようと待ちかまえているドイツ狙撃兵、すなわち「カッコー」がいた。

そいつを撃ち殺してから工兵も二人片付けた。一日に三人のスコアは初めてだった。

星屑作戦は順調に推移した。シャルロッタも一〇日で一二人を仕留めた。これほど有利に進んだのは、とりもなおさず赤軍の包囲環が完成しており、フリッツたちが周囲から孤立しているためだった。充分な武器弾薬も医療品もなく、空輸による細々とした補給に頼る彼らは反撃に出るどころか、寒さに凍え当座の脅威を取り除くのに精一杯であり、移動できず常に受け身に回っている兵隊というものは、狙撃手からすると獲物の群れだった。

むろん、それは手負いの猛獣に違いはなかった。欺瞞、攪乱、偽の標的によって狙撃兵を炙《あぶ》り出し排除しようとする砲兵やカッコーが幾度となく彼女らの命を狙った。

そして、作戦最終日である一二月一二日を迎えた。

破壊された穀物サイロから五〇〇メートルほど向こうのフリッツたちを観測すると、大型の迫撃砲が設置されていた。夜間に工兵たちが設置したものに違いなかった。

狙っている方位についてはおおよその推定しかできないが、自分たちの拠点、マクシム隊長のアパートとみて間違いない。

「敵も我々の動きを収集していたんですね」

「ま、もとよりマクシム家には威力偵察が出ていたわけだから、狙撃兵の拠点がマクシム家だと断定されるのも、時間の問題かつ自明の理ともいえる」

「困りました。誰を片付ければ……」

迫撃砲の周囲では観測手が地図と方位磁石を頼りに照準を調整していた。その隣に重機関銃が配置されていて、あたりに睨みをきかせている。やっかいな敵だ。どちらを先に片付けてもまずいことになる。

「まあ落ち着け。狙撃兵は戦術的だ。マクシム家には無線機があるだろ。……もし砲弾が装塡されそうになったら、砲手だけ片付けてさっさと逃げろ」

イリーナはそう言って、セラフィマの肩を叩いて去って行った。

あ、とセラフィマは納得した。

数分後、ひゅるるる、という音に続いて大型榴弾が敵の迫撃砲陣地に命中し、跡形もなく消し飛ばした。イリーナが無線でヴォルガ川東岸の砲兵に敵の詳細な位置を教えたのだ。

セラフィマは焼け野原となった敵陣地をスコープで覗いた。気が抜けた瞬間を狙っている誰かがいるように思ったのだ。迫撃砲陣地の向こう五〇メートルほどの廃屋で、カッコーがこちらを探っていた。左右に振れる彼のスコープが止まるよりも、セラフィマのそれが早かった。

引き金を絞ったその刹那、彼は屋内に飛び退いた。コンマ数秒の間を置いて彼がいた場所をラシアン弾が貫いた。

仕留め損なったか。敵ながら、見事な判断と身のこなしだった。

強敵と相まみえたという感覚は、不思議と後味が悪くなかった。

「よし来い、セラフィマ！」

イリーナが、マンホールが外された場所から顔だけ出して手招きした。

二人で地下水道に入り込むと、ずっと遅れて敵の機銃掃射が始まった。

ばしゃばしゃと水が跳ねる音に、笑い声が重なった。

「戦場で笑うやつがあるか！」

そう注意したイリーナも笑っていた。本気で音を気にする局面ならこんなことはしない。楽しかった。二人の力でフリッツをなぎ倒し、マクシム家を救えたのだ。

地下水道はソ連兵にとって知り尽くされた通路であり、フリッツにとっては怪物の巣くう魔窟に等しい。この存在が現在ソ連が戦闘を有利に進められる要因の一つとなっていた。

「シッ」

イリーナが急に顔を引き締めて歩を止めた。

仕草で促され、セラフィマはSVT‐40を背に回してトカレフに持ち換える。

同時に、曲がり角の向こうに人の気配を感じた。油断しすぎたか……。

壁に背をつけてじりじりと角に接近し、その向こうへ銃口とともに半身を覗かせた。

セラフィマがスライドを引くと同時に、ロシア語で返事が来た。

「う、撃たないでください！　私たち姉妹はパルチザンです！」

「パルチザン？」

暗がりの向こうから二人組の若い女性が姿を現した。

「ああ、赤軍の皆さんですね。やっと合流できた。ずっとお会いしたかったんです……」

「市街地にパルチザンだって？　まさかヒーヴィじゃないでしょうね」

聞きかじりの単語を口にした。ユリアンも口にしていた「ヒーヴィ」とは、後日尋ねたところ、実際にフリッツが使っているドイツ語に由来する「協力者」を指す言葉であり、要するにドイツ軍のスパイのことだった。その単語の効果はてきめんだった。

姉らしい方が、血相を変えて叫んだ。

「とんでもない！　私たちは工科大の学生であり、ドイツ制圧下でパルチザンになったんです！　見てください、これが学生証と私たちの集めた資料です」

二人は、珍しく写真入りの学生証を指し示した。

ヴェーラ・アンドレーヴナ・ザハロワ。

妹がアンナ・アンドレーヴナ・ザハロワ。

幾分やつれてはいるが、確かに本人の顔写真だった。セラフィマは二人がヒーヴィではないことを確信した。学生証によってではなく、これが証明になるという素人同然の発想によって。

そして彼女らの差し出した「資料」に驚いた。

見聞きした将校の氏名、階級、特徴に人相、さらには敵の配置と日々の動きが詳細な日記形式で書き綴られていた。こんなものをフリッツに発見されれば、間違いなく処刑される。パルチザンだ。セラフィマは彼らを疑ったことを恥じた。イリーナが頷いて答えた。

「ありがとう。これは貴重な資料として活用させていただくよ」

セラフィマも同志パルチザンへ慇懃《いんぎん》に礼を述べた。

若き学生パルチザンの顔が安堵でほころんだ。そのうちの妹、アンナがおずおずと口を開いた。

「あ、あの……皆さんは増援の方々ですよね。ユリアン・アルセーニエヴィチ・アストロフを見かけたことはありませんか？」

セラフィマは驚きを表情に表さないことに注意した。イリーナは苦もなく無表情を通した。――そして女学生はその反応を読み取れるベテラン兵士ではなかった。

「分かるわけありませんよね。私、あの子と同級生だったんです。あの子、すごく優しくて、気弱でシャイで、とても兵隊になんてなれないと思ったんですけど……でも、私も気持ちが分かるというか、また二人で会えたらなって思って……」

彼女の語るユリアンの人物像に、セラフィマは多少の違和感を覚えた。彼はそんな少年だっただろうか。

「よしなさいアーニャ、二人ともお困りよ」

「あっはい、すみません、その……」

セラフィマはアンナを言葉の途中で抱きしめた。彼女の言葉から何かが伝わった。ユリアンの現在を言うことはできない。たとえパルチザンとして活動していても、万が一敵に拷問された場合、それに耐える訓練を受けていない。

「きっと生きてるよ、大丈夫」

間近で視線を合わせてそう告げると、当惑しつつもアンナは、笑顔で頷いた。

「戻るぞ」

イリーナに言われて、セラフィマはもう一度姉妹にお礼を言い、地下水道を走った。

戦後に彼女がユリアンと再会できることを祈り、ふと思った。

防衛戦争であるということが、これほどまでのポテンシャルを発揮するとは……。

パルチザンは、陸海空に次ぐ第四の赤軍とでも呼ぶべき戦いぶりを続けている。占領下では市民生活に溶け込み、あるいはゲリラ兵として遊撃し、また大規模なものではパルチザンの秘密拠点としての集落を建設して市民がまるごと抵抗に従事する者もいる。

それらに対してフリッツたちは疑わしき村落の殲滅やパルチザンが発生した周辺の住民の虐殺、時には犯人を特定できないためユダヤ人のせいにしてユダヤ人を虐殺するといった支離滅裂な報復に走ったが、それらはパルチザンを抑制するどころかさらなる抵抗組織の形成を促した。

おそらく、ソ連がドイツに攻め込んで反撃を食らって今の戦況があった場合、こうはならなかったのだろうとセラフィマは思う。防衛戦争として侵入者を撃破するという大義名分を胸に抱いているからこそ、膨大な抵抗は可能となった。


マクシム家へ戻ると、大隊と、一足早く帰ったシャルロッタ・ママ組が夕食を取っていた。今日の砲撃がイリーナとセラフィマによるものであることは既に知られていたので、二人は質問攻めにあい、一連の様子を伝えた。ユリアンを見てセラフィマは何か言いかけたが、イリーナに視線で制止された。セラフィマも頷いた。今、彼に同級生が決死のパルチザンと化していると伝えても、動揺させるだけで事態を好転させることはない。

その日は補給日でもあったため、夕飯の量は再び増加し、迫撃砲の破壊、および星屑作戦成功を祝して宴が催された。マクシム隊長が蒸留水で音頭を取った。

「乾杯！　これで明日、予定された増援を迎え入れれば、もうなにも怖いものはない！」

ヴォルガ川東岸の守備陣地が強化されて頼もしき炊事部隊も駆けつけたため、珍しく焼き上がったばかりのパンとレピョーシカを口にすることができたし、当初は食べ方に困っていたスパムも、焼いてから乾燥野菜と一緒に食べるとなかなか旨いことが分かった。

ニコライとマーシャも匂いに釣られてやってきた。彼らの分の食料は補給に含まれていないため分けられる量に限りはあるが、放っておくとママが自分の食事まであげてしまうので、全員が少しずつ兄妹に食料を渡した。クッキーとチョコレートは軍隊飯のなかでもとびきりの珍味だったが、兵士たち以上に幼い子たちを喜ばせた。

ニコライはお礼を言って、ママに尋ねた。

「僕が大きくなったら、銃の撃ち方を教えて。それでフリッツを撃って、恩返ししたい」

「ダメよ」とママは笑みをこわばらせてから答えた。

「どうして？」

「あなたが大きくなったら、もう戦争は終わっている。あなたは平和な時代を生きるの」

セラフィマはその言葉に危うくスプーンを落としそうになった。

何に驚いたのかは分からなかったが、兵士として己の中で維持されてきたなにかが、弦楽器を掻き鳴らすように動揺した。

ニコライたちが納得していたかは、その表情から読み取ることはできなかったが、二人では食べきれないほどの夕飯をもらって彼らは去って行った。それでいくつかの砲弾の欠片をもらい、次にクレヨンと交換するのだそうだ。彼らには彼らの社会性が存在していた。

宴が終わると、ターニャから各員へタバコが支給された。

男の兵隊たちは全員がありがたく受領していたが、狙撃小隊の女性たちは断った。

マクシム隊長が、首をかしげるフョードルに声をかけた。

「やはり兵士といえど女性はタバコを吸わんのだろう」

いいえ、とイリーナが答えた。

「狙撃兵が吸わないのです。集中力が鈍りますからね」

視線で促すと、看護師ターニャがくわえタバコのまま部屋を出て行った。

「あ、そうなんですか？　でもうちのユリアンはさっき……」

大隊の狙撃兵ユリアンは他の男たちと同じくタバコをふかしていたが、マクシム隊長の視線を追って彼を見ると、そのタバコが消えていた。

「あれ？」

シャルロッタが声を上げると、ユリアンは手をひらひら口元でかざして、次の瞬間指先に火のついたタバコが彼の口元に出現した。

「すごーい！」

シャルロッタは素直に驚き、彼の元へ駆け寄った。

「ねえあなた、今のどうやったの？　手品？」

「というより特技だね、これは。僕もイリーナ少尉に同感だ。タバコは吸えない」

ユリアンは少し照れたふうに笑って、火のついたタバコを口の中に隠す方法を見せびらかしていた。

「本当に種も仕掛けもないんだよ。舌の上にタバコを乗せるんだ。火がついた部分が舌先よりも前に来るようにして、それで舌を引っ込めると、火のついた部分は口の中でどこにもつかないんだ。出すときは、口を開いて舌を突き出すだけ。慣れればくわえ直せるよ」

マネするな、と釘を刺していたがその必要がないことも分かっているようだった。妙に毒気を吐いていたユリアンからその露悪的な面影は消え、元がお人形のようなシャルロッタと並んで笑っていると、まるで戦地の兵士には見えなかった。

だが彼は狙撃兵で、今までに二三人を射殺している。そんな彼は、数カ月前まで一介の大学生で、今もその友達がいて――彼女はパルチザンとして戦っている。

「同志少女セラフィマ。どうかしたのか」

マクシム隊長に問われて、言葉に詰まった。

「あの……ユリアンて不思議ですね。銃を手に取っているときは歴戦の兵士に見えるのに、ああしているとまるで普通の、可愛い少年だから」

そう答えたとき、なぜかマクシム隊長が目を見開いた。

なにかショックを受けたような表情を見せてから、速やかにそれを打ち消そうとした。

セラフィマには意味が分からなかった。今、マクシム隊長は何を感じたのだろうか。

そのとき、無線機が着信のベルを鳴らした。

「はい我が家マクシム邸」

マクシム隊長は珍しく冗談を言った。

しかし、その表情が一変した。

「それは……しかし、はい。持ちこたえますが、では次は……あ、ああ……はい、了解」

「どうしたのですか、隊長」

実直な部下のフョードルが、深刻な表情で尋ねた。マクシムは一瞬躊躇してから答えた。

「残念ながら、増援は延期となった」

全員が無言となった。

「フリッツどもが包囲環の外縁部から突破を試みている。……味方の予備兵力はこの作戦阻止を務める。増援は延期だ」

「そんなあ」

フョードルは直截に落胆を口にした。

一九四二年一二月一二日、ドイツ最高の智将、マンシュタイン元帥の指揮するドイツ軍は、第五七装甲軍を率いて、スターリングラードを逆包囲するソ連軍に攻撃を開始した。

後に冬の嵐《ヴィンターゲヴィッター》という仰々しい名称が冠されていたことが判明するこの作戦は、ドイツ得意の装甲兵器による機動戦を用いて南西より包囲環を打破し、もはや自力での勝利が絶望的な第六軍に対して、外部からの突破口打開を企図したものであった。詳細を知らないマクシム家の彼らにも、その意図は概ねつかめる。マクシム隊長がうめくように言った。

「問題は目の前の第六軍がこれにどう対応するかだ。これは第六軍への増援なのか、それとも脱出作戦なのか」

すなわち、赤軍と対峙し生存を脅かすあの第六軍が、外部からの作戦に呼応してスターリングラードから撤退する可能性があるということだ。ママが、遠慮がちにマクシム隊長に尋ねた。

「あの、敵第六軍の司令官とはどのような人ですか？」

「フリードリヒ・パウルス将軍。参謀型の将校でナチとは距離を置くタイプだが、まあ命令を遵守する良き軍人というところだ、と聞いている」

マクシム隊長が答えると、ユリアンが言葉をつなげた。

「ヒトラーがこの決戦都市に第六軍へ組織的撤退を命じているか、パウルスが独断で撤退を決断するか？　まあどちらもなさそうな話ですね。命令に服従するパウルスは軍人として正気でしょうが、トップが狂っていれば狂った軍人として行動せざるを得ません」

「おっと、それは体制批判か？」

督戦隊のボグダンが茶化すと、なんとも形容しがたい笑いが発生した。

「なぜ、今のが体制批判たり得るのか？」

NKVDのオリガが突然口を開いたとき、室内の空気が凍り付いた。ボグダンがなにか言い返そうとするのを聞こうともせず、彼女はライフルを抱えた。

「お前たちはまるで第六軍の脱出成功を祈っているようだな」

オリガは足音を立てずにマクシム家から去って行った。部屋の主が咳払いした。

「今後の行動だが、問題は敵の攻勢云々よりも、増援が来ないということだ。敵の中隊は減衰したにせよ、同志セラフィマが遭遇した、相手の狙撃兵が気になる。敵が対抗狙撃を試みているのであれば、作戦の延長として狙撃兵の排除に努めてもらいたい」

もちろん、とセラフィマは答えようとしたが、イリーナがそれを遮った。

「私は反対だ」

一同が意外そうな顔でイリーナを見る。視線を集めながら、彼女は続ける。

「こちらの戦力を過大評価させる星屑作戦は既にその目標を達成した。これ以上無為に消耗戦を続けるよりも、今は東岸からの赤軍の脅威がむしろ低減したと思わせて、奴らに西への逃避を逡巡させたほうがいい。包囲環が崩れなければ、奴らはどうせ壊滅する」

マクシム隊長は、一度、床に視線を落としてから反論した。

「ですが少尉、少しでも敵の戦力、特に狙撃兵を削がなければ友軍の脅威ともなります」

「この局面で、こちらの戦力をこれ以上過大に見積もらせれば、むしろフリッツは西への逃避に駆られる。オリガの言い分ではないが、包囲環を破らせるわけにはいかない」

「なにも奴らを西へ逃がすために圧力をかけろと言ってるんじゃない。今後の包囲殲滅作戦のために敵の戦力を削る必要があるんだ。これは合同部隊の方針として言いたい」

合同部隊の方針はマクシムが決め、イリーナが従う。

最初に自らが提示したルールを示され、イリーナは頷いた。

「了解だ」


翌日早朝、集合住宅を拠点とする敵中隊の狙撃兵を排除するための戦闘が始まった。

その戦闘の要として夜間のうちに仕掛けたのは、隣室より壊れたドアを失敬し、そのノブにヘルメットをくくりつけた装置で、これを紐で引っ張ると枠からせり上がったドアがヘルメットを持ち上げてくれるという、おとりであった。

「本当にこんなもんで引っかかるのかよ」

督戦隊のボグダンが舌打ちした。

スコープなしのモシン・ナガンを抱えた彼とセラフィマ、イリーナは、アパートの内階段を下り、地面と同じ高さに窓がある半地下のボイラー室にこもった。ドラム缶と木材の即席ストーブでかろうじて暖を取り、窓には破壊された装甲車からいただいた鋼板を貼りつけて、数センチの幅から敵を睨む、簡易的な防御陣地を造った。

シャルロッタとママは隣の建物に銃眼を開けてそこから狙っている。

マクシム家ではユリアンが、銃眼から睨みをきかせている。

イリーナが紐を引っ張って答えた。

「まあ互いに屋内ともなると、狙撃兵同士の戦いは根比べだからな」

自分たちがそうしているのと同様、敵の狙撃兵もまた窓に遮蔽物を貼るか、建物に開けた銃眼からこちらを狙っている。

その「狭間」から半歩も下がってしまえば、外部からこれを見破ることはほぼ不可能であり、発見できるとすれば、その秘匿性が破られる瞬間、すなわち発砲の瞬間に他ならない。故に、狙撃兵同士の戦いでは、第一次世界大戦以来の偽の標的が有効となる。

ヘルメットが置かれているのは、住宅から通りを挟んで数十メートル向こう。イリーナは巧みに紐を動かして、さも生きた兵士のようにヘルメットを瓦礫から時折覗かせた。

そのまま四時間が経った。交代で食事をとり、さらに索敵は続いた。

ボグダンは銃を抱えたまま壁に背を預けていたが、突然、ガタンと音を立てた。

驚いて振り返ると、うたた寝していたらしい彼が慌てて首を振った。

イリーナがため息をついた。

「もうかれこれ八時間だからな」

ボグダンは明らかに集中力を切らしていた。

セラフィマもさすがに疲れを感じ始めていた。相手が罠に反応する気配はない。

と、そのとき、ケタケタと笑い声がして、それに聞き慣れた声が重なった。

「ねえ待って、どうしてチョコを薬莢なんかにしたの！」

「薬莢は砲弾の破片より高いんだよ！　あとで他の隊にキャンデーもらってあげる！」

ボイラー室とヘルメットの間の通り。窓の向こうを、ニコライとマーシャが、笑い声をあげて走っていた。

今日は晴天、氷点下二〇度を下回る。そんな寒さのなかでも、イリーナの言った通り、子どもは遊ぶことをやめない。

あの二人は戦場にいながら、殺し合いとは別の日常を生きている。

小さな靴が目の前を通り過ぎるのを見て、イリーナが告げた。

「撤収だな」

ボグダンが、しかし、と言ったが、歴戦の狙撃兵の答えは簡潔だった。

「今ので決定的になった。カッコーは、作戦中の赤軍狙撃兵が、自分の背後に子どもを走って通過させるとは思わない。見破られた。狩りは中断。また明日だ」

「はい」

答えた瞬間、セラフィマも緊張が一気に鈍麻するのを感じた。

空腹、寒さ、眠気。雑念として遮断していた苦痛を、自らの肉体が自覚し始める。

隣の家へ行ってシャルロッタとママも帰らせなければ、と思ったとき、銃声が響いた。

「なに！」

ボグダンが叫んだ。

誰が何を撃ったのか、理解が追いつくよりも早く、その答えが聞こえた。

「コーリャ！　コーリャ起きて！　ねえ、起きてったら！」

半地下の窓から周囲を覗く。西へと通じる大通りに面した交差点に、ニコライが倒れ伏し、苦痛にのたうち回っている。その傍らでマーシャが泣いていた。ボグダンが叫ぶ。

「フリッツの野郎！　ガキを撃ちやがった！」

「助けに行きます！」

セラフィマが叫ぶと、イリーナが襟首を摑んだ。

「敵を探せ！　銃声は撃ち下ろす角度から聞こえた。白煙と狙撃兵を探すんだ！」

「で、ですが子どもたちを救わなければ！」

「それが敵の狙いなんだ！　二人を助けるためにカッコーを落とせ！」

イリーナは答えながら、遮蔽の向こうに銃を構えている。

セラフィマもそれに続いた。判断に迷いが生じる。狙撃兵としての思考が鈍る。

敵の回答はセラフィマの理解よりも早く示された。第二射が撃たれ、マーシャが悲鳴を上げる。弾丸がアパートの壁に当たる音がした。子どもたちに当たってはいない。

そしてセラフィマは白煙を見た。

敵の拠点、集合住宅よりも手前。別の建物の屋上の、さらに上。

「敵は給水塔にいる！　距離六〇〇……仰角がありすぎてここからじゃ狙えない！」

装甲板に守られた拠点は大幅に射角を制限する。敵は、応射不可能な場所にいた。むろん敵からこちらを撃つこともできまいが、給水塔のカッコーはさらに弾を放つ。泣き叫んでいるマーシャの周囲に、次々と弾が当たる。

「もう反撃はダメです！　救助に行きます！」

セラフィマが叫んでボイラー室出口に向かおうとしたところ、ボグダンに腕をつかまれ、そのまま引き倒すようにして床に放り投げられた。

「バカ、そこにいろ！　女に行かせて後ろに下がってたらな、死んだ女房に合わせる顔がねえんだよ！」

ボグダンは自らを鼓舞するように叫び声を上げて表へ飛び出し、そして子どもたちのいる方へ向かった。窓の向こうで声がする。

「起きろガキども！　とっとと逃げるぞ！」

負傷したニコライを抱え、マーシャの腕を引っ張ってボグダンが走り出そうとしたとき、彼の頭が血を噴き、一瞬遅れて銃声が響いた。

ボグダンは崩れ落ちた。

偽装コートが風に舞い、その下の督戦隊の制服をあらわにした。

イリーナが、ほぼ同時に叫んだ。

「八階のマクシム家まで上がる。給水塔のカッコーを撃つぞ！」

屋内階段を駆け上り、マクシム家を目指した。途中で機関銃の発射音が聞こえ、モシン・ナガンの断続的な発砲音がそれに連なった。ユリアンたちが敵を発見したのだ。

頭が痛んだ。敵は、明らかな非戦闘員、それも子どもを撃った。自分はそれを助けに行こうとした。

――しかし、それが狙いだった。敵は自分たち狙撃兵が現れることを期待して彼らを撃ったのだ。

二発目以降を外して撃っていたのもそのためだ。

「ぶち殺してやる……」

殺意が彼女の身のうちに渦巻いた。敵は鬼畜にも劣る存在だ。

マクシム家へなだれ込むと、マクシム隊長が機関銃を乱射し、その弾幕に援護されつつユリアンが銃眼から狙撃を加えていたが、セラフィマが窓際へ行って敵を狙おうとした瞬間、それが途絶えた。

「逃げられた」

ユリアンが一言で答えた。

「給水塔から屋上へ飛び降りるのが見えた。野郎、退路もきっちり考えてやがったんだ」

マクシム隊長がクソッと叫んでから彼に命令した。

「ユリアン、ボグダンと子どもたちを連れてこい！　ここから援護する！」

了解の答えとともにユリアンが階下へ向かう。

マクシム隊長は相手から狙われないように窓の下に身を隠し、牽制のための機銃掃射を続けた。セラフィマは、いくつかの銃眼から手近のものを選び、外を覗く。

何も見えなかった。給水塔はもとより、二〇〇〇メートル向こうの敵陣地にも気配がない。敵の狩りが終わった。言いようのない敗北感がセラフィマを襲った。

ボグダンとニコライ、それにマーシャの回収は、ユリアンと、隣家を飛び出して彼に合流したシャルロッタ、それにママの三人が迅速に終わらせた。

マーシャは無傷。ニコライは足に重傷を負って気絶していたが、息はあった。

ボグダンは即死していた。初日に自分たちを脅し、罵倒した督戦隊は、セラフィマの代わりに飛び出し、子どもたちを救うために死んだ。

フョードルは涙を浮かべ、ユリアンとマクシムも沈痛な面持ちでその死を悼んだ。

看護師ターニャはニコライに痛み止めを打つと、その細い足に食い込んでいた銃弾を素早く摘出し、止血と応急処置を済ませた。

処置が終わるとニコライは意識を取り戻した。

本人に聞こえないように、彼女は声を潜めてマクシム隊長に言った。

「可能な限りすぐに後送してください。神経と静脈が引き裂かれているから、手術を受けて片足を切断しないと、壊死してから敗血症を起こして死ぬ」

マクシム隊長は拳を固めてうめき声を漏らした。

セラフィマも唇をかみしめた。遊びたい盛りの少年にとって、片足を失う苦痛はどれほどだろうか。

その日の夜、合同部隊の兵士たちは、ボグダンの遺体と意識を取り戻したニコライを、それぞれ担架に乗せて船着き場へ運んだ。

負傷者と死者を搬送するための動力艇は、毎夜ヴォルガ川を往復している。マーシャもこの際一緒に乗せて、彼らはスターリングラードを去ることになった。

「ニコライ、偉いね。よく頑張ったね」

セラフィマは彼を励まして、マクシム家の床に散乱していた重機関銃の薬莢を袋に入れて渡した。彼がほしがっていたもの。

それを手に取ったニコライは、ちらりと袋の中を一瞥すると、そのままヴォルガ川に投げ捨てた。

意識の明瞭さを取り戻したニコライの顔に、遊ぶ子どもの面影はなかった。

闇夜の黒い川に、金色の薬莢は音もなく沈んでいった。それを見つめるマーシャも同じように、表情から笑みを消していた。彼らは、遊ぶことをやめていた。

負傷者と死者の両方を乗せて、動力艇はヴォルガ川東岸へ去って行った。


その夜も明けぬうちに、カッコー討伐の作戦会議は始まった。

セラフィマと同様、シャルロッタも必死で壁際の地図を見つめた。

同じ狙撃兵であるユリアンもそれに加わりたいと言ったが、拠点死守が任務であるためマクシム隊長に却下された。

敵の拠点は給水塔で、距離は六〇〇メートル。仰角が大きすぎれば狙えず、反対に撃ち下ろす側は有利だ。SVT－40はKar98kに対して射撃精度で劣る。従ってより接近し、俯角を取って撃てる位置に二カ所つきたい。

「私はここに行く」

「それなら、私はここへ」

二人で地図上に指を置くと、背後から声がした。

「サイロ塔の上と、赤い十月工場の屋上か？」

イリーナの声だった。

窓の外をスコープで眺めていた彼女は、銃を下ろし、振り向いてそれが図星であると知った。

「怒りがお前たちの読みを鈍化させている。相手は一流だ。死ぬぞ」

イリーナの言葉に、ユリアンが頷いた。

「給水塔がバレたことはカッコーも理解しているんだ。おそらく次は別の場所から来る。二人が選んだ、給水塔を撃てるそれぞれの場所の正面にも高さのある建物があるから、そっちで待ち伏せされたら、出て行った瞬間に撃たれるよ」

それならば、その予測地点を狙える位置に、と言い返しかけてセラフィマはやめた。

演習でも体験したが、この種の読み合いには終わりがない。浅い読みによって敗れることもあれば、深読みのしすぎが浅い読みに裏を掻かれ敗れることもある。

「狙撃兵は自分の物語を持つ。誰もが……そして相手の物語を理解した者が勝つ」

ユリアンが自分に言い聞かせるように言った。彼自身、血気を抑えるのに必死なのだ。

シャルロッタも同様に黙り込むと、イリーナが、こういうときは、と切り出した。

「敵の出現位置を給水塔一カ所に固定し、そこに現れることをひたすらに待つことだ……前提条件として我々が待つ場所は敵に露見しておらず、長期間の潜伏に耐えうる安全性が必要となる」

「そんな場所があるんですか」

ユリアンの問いに、イリーナはゆっくりと地図に近づいた。

「都市パルチザンから入手した情報に、彼らの活動範囲としている地下水道の経路と安全に出入りできるマンホールの位置があった。……そこに、いい場所を見つけた」

ザハロワ姉妹の言っていた資料か。

声に出さずそう思ったセラフィマは、イリーナのマークした場所を見て目をむいた。

「目標から、八六〇メートルの距離です」

「不服か？」

「そうではありませんが、ＳＶＴ‐40の有効射程距離としてはぎりぎりの限界……いや、限界をわずかに超えているのでは」

「彼我の有利、不利を今一度整理して考えてみろ、セラフィマ」いつの間にか、イリーナの口調は狙撃兵訓練学校の頃のものと同じになっていた。「Ｋａｒ98ｋは、射程内における個々の射撃精度が高い。あのカッコーは、俯角によって撃ち下ろすことでＫａｒ98ｋの有効射程を延伸させ、同時に、こちらにきつい仰角を強いることで反撃を不利にした。これにどう対抗するか」

シャルロッタが何かに気付いた顔をした。セラフィマにもイリーナの意図が理解できた。

「つまり射撃距離を長く取ることによって仰角を抑え、同時に、先制攻撃が可能にする絶対的な長距離狙撃によって敵の優位性を相殺するわけですね」

「その通りだ」イリーナは、答えに続けて作戦の詳細に移った。「セラフィマは私とともにこの地点へ行って機会をうかがう。シャルロッタは近辺で陽動としての狙撃を続行。ただし敵が給水塔に出たら戦うな。ママは、ユリアンと交代で銃眼からの監視を頼む」

シャルロッタとユリアンは共になにか言いかけたが、言葉を呑み込んだ。

イリーナとセラフィマは一組であるし、セラフィマは、実戦に入って以来スコアでもシャルロッタに優《まさ》っている。ユリアンはあくまでも拠点を守る狙撃兵だ。

――今もアヤがいてくれれば。唐突に思い浮かんだ願いに、切れ目もなく悲しみが交じり込んだとき、セラフィマは少し口早に切り出した。

「心配しないで、シャルロッタ、ユリアン。ボグダンさんの仇は私が討つ」

セラフィマが言い切ると、二人は頷いた。

「頼む、同志セラフィマ」

ユリアンはセラフィマと握手を交わした。

「ボグダンは口が悪かったけど、一緒に戦った仲間だった」

「そうと決まったら、もう寝な」

イリーナはあっさりと言って寝袋に入った。

「作戦が始まったらぶっ通しだ。移動開始は明日の夜。今日から明日まで、フョードルさんたちに下準備をしてもらう。その間お前はとにかく寝まくれ。任務の第一段階だ」

こんな日に眠れるものだろうか。

セラフィマは疑問に思ったが、自らも寝袋に入ると数分で深い眠りについた。無意識のうちに蓄積させた肉体的消耗は、興奮と感傷を凌駕していた。

丸一日寝てからイリーナに優しく起こされたとき、自分がなんだかとても薄情に思えた。


ランタンの光と地図を頼りに、闇の地下水道を歩いた。狙撃位置はマンホールであり、そこから半身を乗り出して狙撃する。フョードル上等兵に下準備として作ってもらったのは吊り下げ式のイスで、肘掛けの左右から伸びた紐を地面に固定すると、マンホールの入り口から下半身が入ったあたりで宙吊りとなる優れものだった。ロープ留め金具は軍隊の必需品であるから、できてしまえば設置は容易だった。

地下水道内部にフリッツが出没することはほとんどないが、周囲には余ったロープとスパムの空き缶を利用した鳴子《なるこ》を設置した。単純だが暗がりで回避はほぼ不可能だ。

マンホール外側の背後は突き当たりの壁であり、左右は廃墟と化した住宅と建築会社のビル。

周辺は赤軍とドイツ軍の支配が確定しておらず、もし地上にフリッツの気配がすれば直ちにマンホールの内側へ隠れる。

長期戦に備え、耳当て帽《ウシャンカ》もマフラーも複数用意し、防寒対策に万全を期した。

準備を整え、目標を仰ぎ見る。距離八六〇メートル、高さ、四五メートル。

「仰角五三ミル……照準を上に修正します」

「狙えるか」

「充分に」

ややや悔しい感じもしたが、距離を取る戦法は有効だった。仰角は八八ミルから五三ミルにまで抑えられた。残る問題は距離だ。SVT－40の最大射程について、赤軍は強気に「一五〇〇メートル！」と公称し、スコープもその距離まで狙えるように設計されていたが、さすがにこの長大な数値を額面通り受け取る狙撃兵は存在しない。

では実際の数値はどうかといえば、一概には言いにくい。

一般的に述べて銃の有効射程とは、銃の種類ごとにスペックで決まるというようなものではなく、それぞれの銃の、「個体差」とでも呼ぶべき性質に大きく左右される。型番が同一の銃であっても、ライフリングや銃身の歪みの有無により工作精度には差が生じるため、命中性能が同一ということはあり得ない。そしてその銃を取り扱うものが適切にメンテナンスをおこなっているか否かによって、銃にはさらなる個体差が生じる。

平均的な銃を一般的な歩兵が取り扱った場合、SVT－40の有効射程は五〇〇メートル程度が限度であり、実際の交戦距離は三〇〇メートル以内に留まることが多い。

一方、狙撃兵に与えられるＳＶＴ－40は、試射において特に精度の優れたものを選別されたものであり、狙撃兵はあらゆる兵科の中で最も銃の整備に心血を注ぐ。そしてその選ばれた「個体」を手に、長距離射撃に特化した訓練を受けた者を狙撃兵と呼ぶ。

それでも実戦で想定する射程は八五〇メートルが限界で、しかもそれは高度差がない場合の限界だった。弾丸は長く飛ぶほどブレ幅が大きくなるわけであるから、有効射程を超えて狙いをつければどうなるかといえば、弾道学に基づき正確に目標を捉えたところで当たりはしない。極端な話、銃をベンチレストで完全に固定して撃っても同一の場所に弾丸が全部当たるわけではないのだ。弾丸そのものにも炸薬量などの差が生じるため、命中の期待できる範囲は円状に拡がり、正確な射撃は物理的に不可能と言っていい。

水平距離八六〇メートル、高さ四五メートルに対して仰角を取る標的とは、物理を奉じる優秀な狙撃兵がその物理的限界に挑む条件と言えた。

対してカッコーの用いるＫａｒ98ｋは堅牢なボルトアクション式ライフルであり、有効射程が特段長い訳ではないが、設計が堅実であり、それなりに高精度であった。当初狙撃兵の育成に出遅れていたドイツ軍は、この銃に倍率わずか一・五倍でさほど性能も高くないＺＦスコープを標準搭載しており、この条件では、精度に劣るはずのセミオートマチックＳＶＴ－40を下回る能力しか発揮できなかった。これを嫌ったカッコーたちが民間狩猟用のスコープを実家から取り寄せて搭載するというお粗末さではあったが、そのようにして特別の「個体」を仕上げ、技術を習得した熟練兵の操る同ライフルの性能は驚異的であり、確かに狙撃兵の名に値する長射程を実現した。敵は俯角を利したとはいえ距離六〇〇メートルで子どもの足を撃ったのであるから、おそらくは特製スコープを用いた凄腕だ。

セラフィマは、気付けば肩で大きく息をしていた。与えられた条件は、敵が上とみて間違いない。それを覆す。訓練と実戦の成果を今こそ発揮するときだ。

　ふと、隣の気配に気付いて右を向く。

　自分と同様にマンホール内部で宙吊りになったイリーナが、同じ姿勢で給水塔を狙っていた。

「敵の射撃精度は高い。我々の銃はセミオートで二人いる。とるべき戦法は分かるな」

「はい」

　イリーナの、人差し指のない右手が銃把を掴んだ。

　欠けた中指に引き金を引っかけて、彼女は独語する。

「これで撃って当たるかは分からないがな」

「あのときは当ててみせたのにですか」

　給水塔を睨んでいたイリーナが、目玉だけでこちらを向いた。

　さして動じるでもなく視線を戻した彼女が、一瞬笑った。

「お前も、技を使うようになったな」

　それが、狙撃前最後の会話となった。

　徐々に朝日に照らされてゆく給水塔を観察する。屋上から二メートル程度はしごで登ったところにわずかな足場があるつくりのそこには、即席の陣地構築がなされていた。はしごの周囲四方を鋼板で覆い、登った先の足場を板で拡張している。

　赤軍がいる東側面は、足場の上も鋼板で覆われていて、目の高さにわずかな隙間が空いている。

　よく考えられた陣地だった。一般的に言えば、樹上等からの狙撃は退路を確保することが難しいため忌避されるが、あそこなら撃つだけ撃って屋内へ退避可能なのだ。

丸一日、射撃姿勢を維持して二人は待った。

食事は携帯食を交代で食べて、排泄は下がっていって地下水道で素早く済ませた。

同一の姿勢を連続で維持する限界を感じると再びマンホール内部で数分間体をほぐし、また二人で目標を睨んだ。イリーナの読み通り、カッコーは現れなかった。

二日目、やはり目標地点にカッコーは現れなかった。セラフィマとイリーナは丸一日二人で過ごしながら、一言も会話を交わすことはなかった。

ストレッチの回数も食事の回数も便意を催すことも減った。

狙撃姿勢をとっていたとき、目の下に羽虫が止まったが、飛んでいくまで放っておいた。

セラフィマの思考は明瞭を保っていたが、意識は無心に近づきつつあった。

三日目、昼に至っても敵は現れなかった。

だが、セラフィマは理解していた。自分たちが敵を狙っているように、敵も自分たちを狙っている。焦っている。憎むべき敵を捉えられずにいる。

SVT－40の銃声が聞こえた。シャルロッタの陽動だ。三日間、彼女は単独での狙撃を繰り返している。陽動とはいえ、当然ながらフリッツを撃っている。

そして敵には、自分たちにはなく、彼にはある優位性、縋《すが》るべきものがある。おそらくは安全を確保したと確信している有利な射撃位置。たとえ姿が露見したと分かっていても、彼には、その場所を、狙撃可能な場所を敵が発見していることは分からない。

過信への危険性を認識してなお、誘惑に駆られる。敵の狙撃兵を黙らせろと味方にせき立てられる。

多分大丈夫だろう、大丈夫なはずだという思惑が、狙撃兵をその場所へ誘う。

午後四時、そのときが来た。鋼板に覆われたはしごの内部に人影が動くのがかすかに垣間見える。

「セラフィマ」

「はい」

会話はそれだけだった。

安全装置解除。カッコーが足場へ現れる瞬間を待つ。頭を出した瞬間に撃つ。

そう決めていたセラフィマは面食らった。

最初に頭を出したのはカッコーではなく、小型迫撃砲を抱えたフリッツだった。

彼はこちらへ——南方向へその砲口を向けた。

「くそっ……」

思わず小声で悪態をつく。

撃ってこない様子と、スコープで確認できるその緩慢な動作を見ると、こちらの存在には気付いていない。八六〇メートル離れたマンホールが地下水道とつながっているなどと分かっていればもっと違う攻め方がある。だが、おそらくは地図上と戦況から直感的に南からの攻撃を予想し、狙撃兵の天敵たり得る迫撃砲を設置したのだ。

今回は砲撃要請もできず、できたところで遠距離から給水塔をピンポイントで狙うことはできず、列車砲でもなければ建物を一撃で破壊することもまた不可能だ。

迫撃砲手を先に片付ける。最もあり得る選択肢が頭をよぎったが、迫撃砲兵が周辺警戒を終えて肝心のカッコーが姿を現したとき、それも無理だと悟った。射撃位置的には不利なのだ。奇襲が絶対条件の作戦で先に他の兵科を撃てば、カッコーが逃げる。

そのとき、セラフィマはふと気付いた。

シャルロッタだ。給水塔の敵を察知した彼女は、必ず私の置かれた状況に気付く。

「シャルロッタが陽動を仕掛けて、迫撃砲の向きを変えてくれれば勝てます」

セラフィマが思わず言うと、イリーナがため息交じりに答えた。

「彼女がそう理解していてくれればいいのだが」

「いえ、理解しています。今それを感じます」

「ほう」

イリーナの答えに、奇妙な同調の感覚がした。

あのリュドミラ・パヴリチェンコのことを思い出した。彼女とイリーナも、こういった境地を経験したのだろうか。

そう思ったとき、迫撃砲兵二人が慌ただしく動いた。

銃の構えはそのままに、目玉だけで東を見る。

赤い発煙が上がっている。揚陸時に手渡されたあの煙に反応して、敵が迫撃砲の狙いを大慌てで東へ向けている。迫撃砲の向きを変えるのにはそれなりの時間がかかる。カッコーがなにか叫んでいた。制止しているのかも知れなかった。だが、遅い。

超長距離の標的。八六〇メートル向こうの敵は、T字照準線を合わせると、その影にすっぽりと隠れた。

ボグダンの無念、足を失ったニコライの無念。子どもでいられなくなった子どもたちの無念、市民の無念を思い知れ。

セラフィマの内心を瞬時怒りが吹き荒れ、それら思念が肌に触れた雪のように消え失せた。

無念無想の境地に至ったとき、イリーナがささやいた。

「撃て」

セラフィマは引き金を絞った。イリーナも同時に。

連なる銃声とともに二発の銃弾が給水塔へ飛んでいき、そして狙撃手の頭上を飛び越えた。セラフィマは少しも動揺しない。銃の中で銃弾が自動装填される。

わずかに一・五秒。スコープ中央に再びカッコーの頭を捉え、再度引き金を絞る。その間際、動揺もあらわに射撃地点を特定しようとする敵兵士たちの様子が見えた。市街に反響する銃声に幻惑されている。

二度、三度、続けて引き金を絞り、その都度、銃声の二倍の弾丸が飛んでゆく。

これが八六〇メートルに対する二丁の半自動狙撃銃を活かした狙撃方法だった。八六〇メートルに至ると円状に広がる命中範囲。その範囲に敵を捉えて可能性を頼りに連射する。狙撃兵の理想とする一撃必殺にはほど遠い。しかしセミオート狙撃銃の速射性は確かに発揮された。

狙撃兵は反響音の中から銃声の方向を聞き分ける訓練を受ける。その訓練を活かしてカッコーはこちらに狙いを定めた。

セラフィマとイリーナの放つ銃弾、その散布界は徐々に敵に近づいてゆく。

中空を舞う風、銃身がもたらすブレ幅。それがもたらす照準と着弾のずれが、撃つたびに可視化され、修正されてゆく。

給水塔の上、カッコーの持つライフルの、左右に泳いでいた動きがぴたりと止まった。セラフィマを発見したのだ。

狙いが不十分な状態で、彼は一発を撃った。こちらと同じく長距離故に一射での命中は叶わなかった。その一発を頼りに、彼は照準を調整するはずだ。

しかし、即座に次弾を放つことはできない。一度構えを解き、弾丸をレバーで再装填する姿が見えた。ボルトアクション式の欠点があらわになった。

SVT - 40の弾倉に残る弾は、あと一発。

給水塔のカッコーが、ライフルに生じていたブレを抑えた。

その瞬間、電撃に打たれたような感覚がセラフィマの全身を貫いた。

当たる。次に撃つ彼の弾は、私に当たる。

そして次に私が放つ弾丸は確実に当たる。

「来い《ダヴァイ》」

セラフィマは呟くと同時に引き金を絞った。

一・五秒の間を置いて、次弾を放つのを瞬時止める。

スコープの向こうで、致命的な発射をしようとしたカッコーのヘルメットが飛んだ。人形のように、彼は倒れた。

やった――。

強烈な実感が胸を満たすのを感じながらも弾倉を換える。

そして再び狙いをつけようとしたとき、迫撃砲兵のうちひとりが腹を撃たれて倒れた。

イリーナの放った弾だ。欠損した中指による狙撃。焼き付くような嫉妬を感じた。

しかし、思わぬ光景が見えた。

追撃砲兵の残る一人が、給水塔の上で倒れた仲間に声をかけ、右往左往し始めたのだ。カッコーの即死を確認した彼は、次に仲間の迫撃砲兵の脇に手を入れて上半身を起こし、はしごに悪戦苦闘しながら、なんとか一緒に降りようとしていた。

当然、セラフィマは同じ時間に彼に狙いをつけている。照準調整を終えた彼女は、反撃のない理想的な時間に敵を捉えた。

ククク……

自然と喉が鳴り、セラフィマは笑っている自分に気付いた。

引き金を絞ると、二人目の迫撃砲兵は倒れた。腹に当たった。

セラフィマは、視界に倒れた虫の息のフリッツ二人のうち、次にどちらを撃つべきか迷った。むしろ撃たずにいれば、新たなフリッツが現れてそれを的にできるのでは、とも思った。フリッツの腹を撃つ、それを助けにくるフリッツを撃つ、それを助けに……

スコアを伸ばす面白い方法を見つけたな、と思ったとき、イリーナが怒鳴った。

「撤退だ、いつまでやっている!」

既にマンホール内部に下がっている彼女に服を摑まれて強引に引き込まれた。

同時に機関銃の掃射音がした。給水塔のある建物屋上に機銃兵が現れ、こちらにでたらめな射撃を開始した。数発が偶然セラフィマたちのいる通路に飛び込んで、頭上ではじけた。

先行するイリーナが怒鳴った。

「バカかお前は！　一ヵ所に留まるな！」

セラフィマは舌打ちした。三日がかりの作戦に成果を挙げたのにバカ呼ばわりか。

「私の狙撃スコアは二、それもカッコーと迫撃砲兵を倒したんですよ」

「一だ。迫撃砲兵は死亡を確認していない。そう記録する」

「あれで生きてるわけない、二ですよ」

「セラフィマ！」

イリーナが振り返った。両肩を摑んで、彼女は言った。

「楽しむな」

暗がりでその表情はよく分からなかった。

それにも増して意味の分からない言葉だった。

セラフィマの脳裏は興奮で満たされていた。高揚した気分が、イリーナの言葉をどう受け取るべきかの判断を鈍らせた。

浮ついた気分のままマクシム家へ戻ると、入室するが早いか、カッコーを倒したと叫んだ。マクシム、フョードル、ユリアンが顔をほころばせた。

シャルロッタとママが駆け寄ってきて、セラフィマと抱擁を交わした。

「フィーマ、どうしたの、その顔の傷」

「え？」

言われて頰を触ると指に血がついた。ああ、と彼女は納得した。

「フリッツがデタラメに機関銃撃ってきたから。大丈夫、ちょっと切れてるだけ。それより発煙筒ありがとう！」

答えた瞬間、シャルロッタの表情がこわばった。

そう、と彼女は答えて、半歩下がった。

どうしたんだろう、とセラフィマは思った。

「座れよ。すぐ手当する」

ターニャがそう言って救急箱を持ってきた。

「たいしたことないのに。かすっただけだよ」

ソファに腰を落として言った瞬間、全身を悪寒が走った。

銃弾が頬を掠《かす》めた。一センチ横を死が通過した。自分が今生きているのは、単に偶然。

高揚に何かが差し込むのを阻止しようと、彼女は心を許した看護師に話しかけた。

「ターニャ、私は敵を二人も倒したんだ」

セラフィマの頬を消毒したターニャは、ひどく迷惑そうな顔をした。

「知らねえよ。今手当してやるから、じっとしてろ」

「落ち着け、セラフィマ」

イリーナが言った。きっとスコアの数のことを言っている。

ふとターニャに尋ねた。

「医学の心得のある人間から見てどう思う？　ラシアン弾で腹を撃たれたフリッツが、どのくらいの時間生きていられる？」

ターニャの目がセラフィマを見下ろした。

ガーゼを貼ってテープで固定した彼女は、次の瞬間セラフィマの顎を拳で殴った。

意識が遠のくほどに強烈なパンチだった。

「あたしの前で『スコア』の話をするな」

ターニャは吐き捨てるように言って、隣の部屋に去って行った。

セラフィマはソファから跳ね上がり、彼女に言葉を浴びせた。

「どうして褒めてくれないの！　私は……」

自分の言葉に驚いた。ターニャは目もくれずにドアを後ろ手に閉めた。

周りを見渡す。

大隊の男たちも、シャルロッタもママも、異様なものを見るように自分を見ていた。

冷や水をかけられたように冷静さを取り戻したセラフィマは、自分の振る舞いを整理した。笑いながら敵兵を撃った。殺した数を自慢した。

楽しむな、とイリーナは言った。自分は人殺しを楽しんでいた。

「うっ……」

自己嫌悪によって倒れそうになったとき、イリーナがセラフィマを抱きしめた。

「大丈夫だ、お前は何も間違っていない」

誰よりも嫌っていた相手が、そう言って自分を抱きしめている。自分にとっての仇が、自分を唯一認めている。抱きしめられた腕の中で、徐々に身を固くする力が抜けてゆく。

「大丈夫だ、お前はよくやっている。お前はそれでいいんだ」

「いいもんか、あんたが、あんたが私を変えたんだ……」

「そうだ。私がお前を変えた。狙撃兵に育てた。お前は敵を撃て。迷うな。一カ所に留まらず、自分だけが賢いと思わず、狙撃兵として敵を撃て、セラフィマ！」

セラフィマはうめいた。

自分でも理解不可能な感情が胸の内に渦巻いた。

イワノフスカヤ村にいたとき、自分は人を殺せないと、疑いもなく思っていた。それが今や殺した数を誇っている。そうであれとイリーナが、軍が、国が言う。けれどもそのように行動すればするほど、自分はかつての自分から遠ざかる。

自分を支えていた原理は今どこにあるのか。

それは、そっくりそのままソ連赤軍のものと入れ替わったのか。

自分が怪物に近づいてゆくという実感が確かにあった。

しかし、怪物でなければこの戦いを生き延びることはできないのだ。

興奮が去った後、セラフィマはひたすらに惰眠を貪《むさぼ》った。仮眠のみで三日を過ごした分を穴埋めするように眠る間、一度も悪夢を見なかった。

悪夢にうなされる自分でありたかった。

「星屑作戦」の延長戦がマクシム家合同部隊の勝利で終わった頃、ドイツ軍を逆包囲するソ連軍は、それと比較にならないドイツ軍の大規模反攻、「冬の嵐作戦」をしのいでいた。

当初機動力に押され突破の危機を迎えたソ連軍は、予備兵力を投入してこれに立ち塞がるとともに、本来A軍集団の後背を絶つものとして企図されていた「土星《サターン》作戦」の大幅縮小版、「小土星作戦」を発動。ドン川周辺のドイツ・ルーマニア枢軸軍を強襲し後方へのプレッシャーをかけた。ドイツ軍第五七装甲軍はスターリングラード市街の五〇キロ手前まで接近したが、これら赤軍の反応によって自力での包囲環突破は困難となった。

一二月一六日、作戦を指揮するマンシュタイン元帥は、ヒトラーに対して、スターリングラードで逆包囲された第六軍に、内部から呼応しての脱出作戦「雷鳴《ドンネル・シュラーク》」を実施させ、包囲環を内外から挟撃するように命じることを求めた。しかし冬の嵐作戦の目標をスターリングラードへの補給路打開と見なしていたヒトラーは、第六軍に撤退すべからずの厳命を下した。パウルス大将は命令を重んじる厳格な軍人であった。そして、それ以前に第六軍が包囲環突破を目指すにはあまりにも損耗しているのもまた事実であった。簡単に脱出といっても市街戦用に持ち込まれた重砲の類いは放棄せざるを得ず、燃料不足と故障により、もはやまともに稼働できる戦車も少ない。兵士は空腹と寒さで衰弱している。火力の絶対量が望めない状況下で第五七装甲軍との連携にも失敗した場合、単独で飛び出した第六軍の軽装な兵士たちが包囲環に直面して撃滅されてしまう。

一二月二三日、マンシュタインはパウルスに対して、「即時、『雷鳴作戦』を実施することは可能か」と問い、独断による脱出を暗に求めた。

苦悩の末にパウルスは答えた。

「現在の燃料備蓄量では、第五七装甲軍まで到達することは不可能です」

第六軍は動かず、救出作戦は阻止された。

包囲環内外のドイツ軍が立ち往生し救出作戦が絶望的となった一二月二四日、ソ連軍は、精鋭の第二親衛軍を第五七装甲軍に差し向けてこれを押し戻し、さらにドイツ第六軍にとって命綱である空輸の源、タチンスカヤ飛行場を強襲。多くの犠牲を払いつつも七〇を超える航空機と大量の戦車を破壊し、散々に荒らし回ってから去った。

反攻を目指していたドイツ軍は全てこれら赤軍の逆襲への対応に転用されることとなり、冬の嵐作戦は失敗により終焉した。かくして、ドイツ第六軍の兵士たちが死地よりの生還を祝そうと願っていたクリスマスの夜。彼らの命運は、完全に潰《つい》えた。


占領地域における人間の視線は嫌いだ。

ドイツ国防軍人ハンス・イェーガーはそう思う。狙撃兵は己に向けられた害意とそれ以外を峻別する。戦場では苦もないその行為が、制圧下のスターリングラードでは難しい。

サンドラのいるアパートへ向かうたび、住人たちと出くわす。ロシア人たちの表情に浮かぶ嫌悪と怒り。一方で媚《こ》び、へつらいの笑み。

一〇歳くらいの男児はふざけてハイル・ヒトラーと敬礼してみせる。

顔をしかめた主婦が、その腕を引っ張って自室へ引き込む。

だがそんな彼らも一部では即席パルチザンと化して赤軍に情報を流している。今この瞬間にも、主婦が背後から包丁で刺しかかってくるかも知れないのだ。

どこで間違えたんだろうな、と不意に思った。そんな中で、自分はこのアパートに住むサンドラを愛している。

彼女の部屋に近づくと、ドアに大量の落書きがなされていた。ロシア語は読めないがおよそ何を書かれているかは想像がつく。

「こんにちは《ズドラーストヴィチエ》」

下手くそなロシア語で挨拶すると、彼女はドアの向こうから顔を覗かせて微笑み、イェーガーを自室へ招き入れた。

イェーガーとサンドラは、市街地中心部をドイツ軍が占領した初期に出会った。兵隊どもが乱脈な女漁りにあけくれているところをイェーガーが助け出したのだ。

そして部屋まで送ると、そのまま男女の仲になった。

おかしな話だとは思いつつ、イェーガーは彼女の元へ通うようになった。数日に一度、自由な時間が取れるたびに彼女の元へ行っては、貴重な食料や日用品、それに軍票を分けてやった。

敵とも味方とも、合意とも強制とも、恋愛とも売春ともつかない胡乱《うろん》な関係。戦地でこの種の話は枚挙にいとまがない。イェーガーはつたないロシア語で話しかける。

「また、来る……来られた。今日は……うれしい」

サンドラは微笑んでイェーガーの頬にキスをすると、紙袋を受け取った。通訳兵に教わった滅茶苦茶なロシア語と与える物品、それと性交渉がコミュニケーションの全てだ。

状況はどうあれ自分はサンドラを愛している。それは気持ちの問題だ。

イェーガーはそう信じていた。婚約指輪をやったときは故郷の婚約者を思い描いて多少心も痛んだが、その女は前大戦の孤児だから、同じ町の独身者の自分が引き受けることになっただけで、べつに愛情を持ってもいなかった。

自分はサンドラを愛しているのだが、サンドラは自分を愛しているのだろうか。

彼女は今日も自分にキスをして、微笑み、物品を受け取る。徐々にその笑顔はくすんでゆく。逆包囲下にあって渡すことのできる食料は目減りしてゆく。

ゲーリング国家元帥はありがたくも空中輸送によって我らを養うと豪語したが、実際は惨憺《さんたん》たるものだった。鈍重な輸送機を守るという枷《かせ》を背負ったＢｆ１０９を、徐々に戦闘力を向上させた赤色空軍の軽快な戦闘機Ｙａｋ－１が攻撃し、戦闘機が追い散らされれば、輸送機は獣に追われる草食獣のように撃ち落とされた。

自分たちのいる大隊は、初期に赤軍と住民の食料庫を接収したのでまだましであったが、他部隊、特に周囲を敵軍に囲まれ孤立した友軍は、寒さと飢餓で死んでゆく。

飢餓と凍死。

ロシア人に与えるはずのものであったそれが、栄えあるドイツ国防軍を蝕《むしば》んでいる。

今日彼女に手渡したのは、市民食料庫から徴発した小麦粉だった。

歪んだ状況と限られたコミュニケーションで愛を得るのは容易ではない。

「イェーガー！　ハンス・イェーガー少尉、いるのか！」

荒々しいドイツ語とともに部屋のドアが叩かれた。

サンドラの顔が恐怖に引きつる。イェーガー以外の発するドイツ語は恐怖だ。

「大丈夫。上官。またね」

できるだけ声色を和《やわ》らげてロシア語で言ってやる。

すると、彼女がイェーガーに何かを手渡した。ちらりとそれに視線を落としてから、イェーガーは持ってきた紙袋にそれを押し込んだ。

ドアをくぐると、少佐の階級章をつけた見知らぬ男が、露骨に眉間にしわを寄せた。

「スラヴ女と情交とはいいご身分だな、狙撃兵」

「すると本日は軍法会議でありますか、少佐殿」

隣の若い副官が怒りに顔を歪ませたが、何も言えなかった。この種の憎まれ口はバロメーターとなることをイェーガーは知っていた。恐怖と制裁によって成り立つ軍隊の秩序は、敗色濃厚となるとその根源を失って脆弱化する。現在がその過程にあった。

「貴様に、第八中隊を脅かしている敵の狙撃兵の排除を命令する」

すかさず態度を切り替えて慇懃に応答する。

「少佐殿、恐れ入りますが自分は第七中隊所属であります」

「それ以前に同じ大隊である。また、我が中隊の被害については聞いているのだろう」

「噂程度に聞いております」

口調に皮肉が交じらないように注意したが、最も西岸に近い第八中隊が敵の狙撃兵に翻弄され数十人が死亡した、という事実を指すとなれば自然と皮肉になる。

「……ですが小官は敵戦力についての情報を持っておりません」

「それについては、自分が分析を終えました」

若い副官が報告書を手渡した。階級章は少尉だが、イェーガーに気後れしている。過度に体裁の整った内容から分析の概略を読み取った。

特殊訓練を受けた狙撃兵を中心とする二五名〜三〇名程度の精鋭部隊。

「士官候補の優等生かい」

「既に養成課程は終えております」

憤然たる表情に経験の浅さを読み取った。

「人数に比して兵科にここまでの偏《かたよ》りを持たせる意味がない。せいぜいが四、五人だ」

「何を根拠にそうおっしゃるのですか」

「複数箇所に現れこちらを攪乱しようとしている敵が、同時に現れる最大の人数が、二人二組と一人の合計五人だからだ。単独行動をする一人が、敵の戦力を過大に見せる役割を果たしている」

中隊副官が慌てて戦闘報告を読み返し、その指摘の正しさを確認する。

「しかし、それでは……我々はわずか二〇日で、五〇人が殺害されていますが……」

「お前の分析も部分的に当たっている。敵は特殊訓練を受けた狙撃兵で、精鋭だ。そして狙撃兵はそのようなスコアが可能だ」

少佐が鼻で笑うようにして尋ねた。

「貴様の戦果はフランスで四五人、ロシアで六〇人だったか？」

「誤差はありますがね」

「一〇〇人以上を殺した。凄腕の殺し屋だな」

中隊長の言に苛立ちはしたが、ここで戦果を誇ると面倒だ。話を切り上げにかかった。

「ともかく敵の狙いは自らの戦力を過大視させることです。拠点までつかめているなら迫撃砲でもぶち込めばいい」

二人の将校が顔を見合わせてから、若い副官が答えた。

「それは七回挑戦して、対岸からの砲撃で一三人死にました。砲撃可能な拠点がすべて対岸に識別されているのです。もう誰も引き受けません」

「なら対抗狙撃なさい。的を立てておびき出せばいい。敵の狙撃位置は割り出せます」

中隊長が首をかしげた。

「的とはなんだね」

「佐官クラスの指揮官は狙撃兵の的ですよ。隊長殿」

唖然とする二人に二の句を継がせず、イェーガーは話題を切り替えた。

「もう少しまともな作戦が必要でしたら、そっちの狙撃兵に頼むことです。クルト・ベルクマンがいるでしょう。あれは俺の教え子ですよ。あいつも戦果五〇人以上だった」

「ベルクマン少尉は死んだ」

イェーガーは思わず目を見開いた。

少佐が軽くうつむく。笑いをこらえたのが見て取れた。

「ある意味で君の言う作戦だったのだろうが、給水塔によじ登って狙撃兵と数時間睨み合ったあげく、拠点のあたりを通った子どもの足を撃って、敵をおびき出そうとした。しかし撃てたのは督戦隊だった……。後日、奴は散々渋ったあとこっちの言うことをやっと聞いて、給水塔に迫撃砲兵を二人も引き上げて敵を狙ったが、長距離から敵の狙撃兵に倒された。向こうの方が一枚上手だったわけだ」

安い挑発だ。イェーガーはそう思った。だが少佐の意思など、この際問題ではない。

ベルクマンは自分よりもよほど善き人間だった。故郷に妻を置いて戦場に来た、本業は見習いの料理人。ＮＫＶＤの捕虜を撃てと言われ、ひたすら外していた。その気の弱さと優しさ故に周りの兵士にいじめられていたのが分かった。だが器用に外すその様を見込んで話しかけると、自分はこんな残虐なことはできないので、脱走するつもりだと告白された。

今大戦におけるドイツ国防軍の場合、脱走は即死刑である。

イェーガーはベルクマンの心を治療した。いかにして敵を殺し心を守るかを教え、自分たちが銃における引き金であって射手ではないことを教え、彼が敵兵はもちろん、NKVDやパルチザンの捕虜を迷いなく撃てるように指南してやった。

自分の技術的、心理的手ほどきを受けて、選抜射手から狙撃兵にまで成り上がると、ひとかどの人物と見なされ、いじめから救われて、そして多くの狙撃兵がそうであるように畏敬と嫌悪をその身に背負った。イェーガーにいつも感謝していた。けれど本当の夢は軍人年金をもらって、ハンブルクの故郷に小さなレストランを開くことだと言っていた。

「なお、その際、敵の狙撃兵は迫撃砲兵の腹を撃って苦しめさせ、救助に来たもう一人を撃って、結局三人とも死んだ。まったく、狙撃兵というのは薄気味悪い手を使う」

「イワン（ロシア兵を意味するドイツ側俗語）どもは人間ではないのです」

狙撃兵を貶《おとし》めようとした少佐の嫌みを読み違え、副官が微妙な注釈を入れた。

そうかも知れない、とイェーガーは思う。

一九四一年六月。圧倒的な勝利を収めヒトラーが早々と勝利宣言のような演説をした開戦当初、既に前線のドイツ軍人たちは、安全な場所から彼らを操るベルリンの最高司令官たちが感じることのない恐怖を味わっていた。

ドイツが読み取った通り、ソ連軍は確かに弱体化し、特に作戦指揮の面で未熟だった。異なる兵科や師団の連携は壊滅的であり、各部隊のソ連軍兵士たちは、自滅といっていいほどの無様な突撃と無意味な死守を繰り返し、ドイツ軍は各拠点を迂回しつつ個別に撃破し、進撃して行った。

しかしその敗退の中にあっても、個々の赤軍兵士たちの戦意は旺盛だった。開戦当初に直面したブレスト要塞、クリミア半島のセヴァストポリ要塞をはじめ、彼らは絶望的な戦局でも徹底的な抗戦を続け、文字通り最後の一兵に至るまでこちらを道連れにしようとした。

そのため圧倒的勝利の続いた一九四一年、対ソ戦で一八万人のドイツ兵が死んだ。

これはポーランド侵攻から、ノルウェー、デンマーク、オランダ、ベルギー、そして大国フランスに対する電撃的な勝利と、イギリスとの空中戦に至るまでに計上した全てのドイツ軍の損耗の合計を遥かに上回るものであった。

ロシアはフランスにあらず。およそ全てのドイツ兵が、そう感じた。

イェーガーもそのような場面を目撃した。制圧した要塞や拠点に足を踏み入れると、よく、壁に赤いキリル文字を目にした。彼らは死に際に自らの名をその血で書き記していた。

最初の隊で仲の良かった同僚たちが、負傷して救助を求める敵兵士に接近したところ、手榴弾が二つ爆発した。最初の爆発は敵兵自身を粉々に打ち砕き、その間際に上方へ投擲《とうてき》された二つ目の手榴弾は敵兵を助けに行ったドイツ兵の頭上で爆発して、同僚たち三人を葬った。

イェーガーが女性狙撃兵に出くわしたのもこの頃で、討ち取った相手は身動きが取れない状態で息があったため、銃口を向けて慎重に接近した。すると、彼女はいきなり上半身を起き上がらせ、ドイツ語で「ファシストに死を！」と叫んで拳銃を向けた。

イェーガーは彼女を撃ち殺した。

相手が野蛮にすぎるため、負傷した敵兵士は投降する前に撃つことになった。

そのうえロシア人どもは奪った捕虜に対しても残忍だった。少なくとも一九四一年夏の場合、勝利のさなかに捕獲されたドイツ兵は九割が殺害された。刺突銃剣で滅多刺しにされたドイツ兵たちが、焦土作戦で無人となった村に吊されている光景を見た。

村落を制圧すれば今度は住民がパルチザンとなって寝首を掻きに来る。そうなれば、敵の基地を焼くのと同様、正当な戦闘として当然村落を焼かねばならない。

このような場面を見ればロシア人捕虜への扱いが乱暴になるのも無理からぬことであったし、その中にはコミッサール（政治委員）やユダヤ人が紛れ込んでいるかも知れない。なので捕虜たちは、国防軍人が見下す親衛隊傘下のアインザッツグルッペン（パルチザン、共産主義者、ユダヤ人等に対する虐殺部隊）に引き渡された。そこで捕虜たちのほとんど全てが殺害されているという噂も聞いたが、いずれにせよ職業軍人たる自分の任務とは無関係だ、とイェーガーは思っている。

誰も彼も正当化の術を身につけた。

モスクワ攻防戦の時期に最後に配属されていた部隊はイワノフスカヤとかいう村に迷い込んだが、そこで女を襲い食料を奪うために、村人はパルチザンであるということになった。猟師が指揮官を狙っていたが、どう見てもあれは素人の女だった。

いや、と思いなおす。自分の場合は正当だ。あの女は味方を狙っていたのだから。

そうだ、現にいるパルチザン、卑怯な非合法戦闘員を抹殺することは義務ではないか。

ベルクマンを思い出す。あの優しい瞳。故郷に残した妻子。

未来ある若者の命を、またしてもロシア兵は奪った。

「イワンという怪物と戦うには、自らも怪物にならねばならない」

開戦後数ヵ月で身につけた原則が、突然イェーガーの口をついて出た。

第八中隊長とその副官が怪訝そうに彼を見る。

「少佐殿、真にその覚悟がおありなら、的はあなたでなくともかまいません」

そうとも、共産主義者のロシア人は怪物だ。それを倒すのに手段を選ぶな。

「……ところで、その袋はロシア女へのプレゼントかね」

はぐらかした少佐に言葉を向けられ、持っていた袋の中を見る。

スパム缶を見て、イェーガーは袋を固くしめた。

「ええ、まあ。あめ玉やなんかを」

「食糧も足りないのに、怪物女へのプレゼントか。男女の仲はままならないな」

そうさ、クソ野郎が。イェーガーは思う。レンドリース品のスパム缶。ソ連軍の品だ。それをサンドラは受け取っている。ソ連軍と接触している。それを示す品を自分に渡してしまうのだからパルチザンなどであるはずはない。

ふと、サンドラも自分を愛しているのだと実感してしまった。情を交わして物をやる、それが原則の自分に、貴重な缶詰をくれた。——彼女に不利な証拠を隠さなければ。

原隊へ戻る道すがら、人のいない適当な場所で、ナイフ付きの缶切りで開けたスパム缶を腹につめ込み、空き缶は燃えくすぶる戦車の中に放り込んだ。

いっそロシア人が皆怪物であったなら、どんなに楽だろうかとイェーガーは思った。

マクシム家のアパートでは、兵士たちがどことなく弛緩した空気の日常を送っていた。給水塔のカッコーの排除と同時に、眼前の敵部隊の活動は沈静化したため、赤軍兵士たちの関心は食料とスターリングラード全体の戦況にあった。補給される飯を食らい、それに混じって配布されるようになった新聞を読み、雑談し、ときにダンスを踊って、戦果は減ったが日々出かけてフリッツを狙撃した。

リュドミラ・パヴリチェンコの記事も読んだ。なんと彼女はアメリカにいた。第二戦線構築の外交的使命を帯びて、ホワイトハウスに登壇していた。

二五歳の私は、三〇九人のファシスト侵略者を前線で撃破しました。紳士諸君《ジェントルメン》、あなたたちはいつまで私の背後に隠れているつもりですか？

政治的文脈を帯びて放たれた彼女の挨拶は、アメリカ人を喝采させ、セラフィマの脳裏に焼き付いた。

年が明けて一九四三年一月七日、敬虔《けいけん》な正教徒のフョードルは、ユリウス暦に基づくクリスマスに粛然と祈りを捧げていたが、他の兵士たちは作法を知らないため黙って飯を食らっていた。

翌日、一月八日。

赤軍の戦闘機が上空からビラを投下し、地上の拡声器が何かをレコード放送していた。

マクシム隊長が窓外の様子を見やってからセラフィマに尋ねた。

「同志セラフィマ、あれはなんと言っているんだ」

ドイツ語を理解するセラフィマが、雑音だらけの放送に耳をそばだてた。文法としては正しいが異様に格式張っていて、なまりがきつい奇妙なドイツ語だった。

「降伏勧告です」

セラフィマが言うと、ユリアンがつまらなそうに応じた。

「なんだ、じゃあ今までと同じだね」

どうだろうか。セラフィマは注意深く放送に聞き入った。

冬の嵐作戦をしのいだソ連軍は、思いつく限りの手段でドイツに降伏勧告をおこなっていた。拡声器を夜間に設置してドイツ語で投降せよと呼びかけるオーソドックスな手段に加え、一足早く捕虜となったドイツ人に、仲間へこっちへ来いと呼びかけさせ、懐かしきドイツの民謡をレコードで聴かせた。故郷ドイツでは家族がお前たちの帰りを待っている、戦争が終わったら帰国しようといった切実なビラを作成して上空からばらまき、ソ連へ亡命したドイツ人の名高き詩人、エーリヒ・ヴァイネルトの感傷的な詩をそこへ忍ばせた。

そうかと思えば不意を突いてカチューシャロケットを雨のように降らせ、とにかく不気味さを伝えようとタンゴの音楽を大音量で流した。

これら硬軟使い分けの手段に交えてソ連軍はドイツ軍に対して「最高司令部により、もはやソ連軍は投降した敵国兵士を殺してはならないと厳命されている」と明言した。それ自体は事実であったので、孤立した敵部隊の部分的な降伏を一部では誘引した。ほとんど「手を替え品を替え」という具合で心理戦を展開し続けたわけだが、やはりナチ当局者による「恐ろしい共産主義者の魔手に落ちれば皆殺し」というプロパガンダは今もってドイツ兵の間で有効であり、開戦当初の捕虜の扱いが実際に凄惨であったことと併せて、第六軍が瓦解するような大規模な投降には至っていない。第一、彼らの軍隊もまた死守命令を出しているし、督戦隊はいないにせよ無断降伏は即死刑であるから、背後から撃たれかねない事情は変わらない。

しかし、セラフィマが聞き取った放送の内容は、これまでとは異質の気配があった。

「今回の降伏勧告は、今までのものと様子が違います」

「どのように？」とマクシム隊長が問い返す。

「一般的に敵へ広く呼びかけるのでなく、第六軍司令官パウルスに対して、名指しで、降伏を勧告しています。ソ連赤軍は第六軍に対して名誉ある降伏を認める、との内容です」

「なるほど。つまり正式かつ組織的な降伏勧告、スターリングラードでの終戦を勧めているということだな」

「はい。……なお、拒絶された場合は徹底的な撃滅あるのみ、とのことです」

「包囲殲滅戦の最終段階が近いと暗に示しているわけか」

全面的降伏が受け入れられれば、ソ連にとってもありがたい話であった。第六軍を撃滅するために無益に死傷者を出すことが避けられるのはもちろん、スターリングラード市街地の戦闘が終結すれば、同地周辺の包囲及び予備兵力を投入していよいよ「土星作戦」を発動し、カフカス方面へ突出したドイツA軍集団の後背を絶つことが狙えるのだ。

しかし、とセラフィマは肩を落とす。それは第六軍も充分に分かっているので、そうそう簡単にいかないであろうことも予想がつく。

マクシム隊長が、セラフィマ同様浮かない狙撃小隊の様子を見て笑った。

「まあ、遅いか早いかの問題だ。空からの補給も絶たれた以上、奴らに残された選択肢は降伏か凍死の二択だ」

「僕は、まだ狙撃を極めます。あと一人撃たないと、二五人に届かない」

「ユリアン！」

小隊到着以来、確認戦果を一人だけ伸ばした若き狙撃兵を隊長がたしなめた。

「お前のご両親が望んでいたのは、お前が生きることだ、それを忘れるな！」

「でも俺は」

ユリアンは何か答えようとしたが、その前に体を硬くした。狙撃手が何かを見たときの動きだ。

「いま、正面道路の突き当たりで何か動きました」

さっとスコープから顔を離す。小さな銃眼からは広い視界は取れない。

「何かを設営しようとしているように見えます……下がって様子を見てきます」

ユリアンは返事も待たずにさっさと出て行った。

マクシム隊長の表情に苦衷《くちゆう》が浮かんだ。しばらくして、セラフィマは手を挙げた。

「あの、私も同行してよろしいでしょうか」

マクシム隊長がイリーナに視線を移す。イリーナは頷いた。

「どうぞ」とマクシムが答える。

一礼し退出すると、シャルロッタが流れでついてきた。

なんとなく、ユリアンを放っておけない気持ちなのは同じだろうと察した。

ドアを開けて面食らった。目の前に、あのドイツ兵の情婦、サンドラがいた。

部屋までは来ないという暗黙の了解を破られ、シャルロッタが顔をしかめた。

「ちょ、ちょっとあなた、何の用事……」

「よーお、どうしたサンドラ、元気かい」

彼女との窓口のような役割を担っていた、看護師のターニャが明るく声をかけた。

任せて、と視線で言われた。

彼女はサンドラに、チョコを渡してやっていた。

「体冷えてないか？　寒くても酒は飲んじゃダメだぞ」

生理のこと聞かないんだな、と意外に思った。

サンドラは憔悴《しょうすい》した表情でしばらくうつむいていたが、やがて意を決したように言った。

「正面にいるドイツ軍は、あなたたちが大勢なのか少数なのかを見極めようとしている」

「は？」

「か、彼がそう言ったの！　あなたたちが大勢なら攻撃できないって、私はそれを……」

イリーナが中から声をかけた。

「戻れターニャ！　奥の部屋まで行け！」

ターニャは驚いた顔をしつつも即座に従った。イリーナの意図がセラフィマには分かった。みじんも信用ならないサンドラが何を言ってこようが、それを活用する材料にはできない。彼女は敵の手駒として動いていると見なさなければならない。あらゆる反応を遮断することが唯一の正解だ。訓練を受けた兵士ならば誰もができるが、兵士ではないターニャにはそれができない。

代わって玄関へ出てきたのは、ＮＫＶＤのオリガだった。

「敵と見なしたらその時点で殺す。警告したはずだが」

事実、リスクをゼロにしようと思えばそうするしかない。

オリガはトカレフの銃把に右手をやった。撃つと決めればみじんも躊躇しないだろう。

「ちがう！　どうして分かってくれないの？　私は、彼にもあなたたちにも死んで欲しくないの。それなら降伏するか、撤退して……」

「お前が自覚のないままフリッツどものイヌにされている可能性を排除できない」

「あなたたちの正面にいるフリッツの第八中隊で、味方の狙撃兵と迫撃砲兵を殺された……彼らは焦っていて、第七中隊の狙撃兵にあなたたちの殺害を依頼した」

セラフィマは動揺を悟られぬよう、慎重にサンドラの顔をうかがった。彼女の表情に恐怖はない。真正の情報だ。意図的に欺瞞として漏洩させるような内容でもない。

「その狙撃兵がお前の情夫だな」

サンドラの顔がこわばった。手に取るように動揺が伝わる。素人の反応。

「そいつの名前は？」

「知らない」

オリガが拳銃を抜いてサンドラの額に突きつけた。

「死にたいと聞こえた」

「ちがう、本当に知らないの。こうなったときのために教えられないからって。目のきれいなドイツ人よ。背が高くて、痩せている……私は、彼にあなたたちを撃って欲しくない……あの、あなたたちしばらく別の場所へ行けないかしら？」

イリーナが新たに玄関先に来て、サンドラに尋ねた。

「君は親切にもその情報を伝えに来たのかね。それだけではあるまい」

「助けてほしい」サンドラは逡巡しながらも答えた。「スターリングラードが解放されれば、私はみんなに殺される」

「当然だな」とオリガが笑った。

「私は死んでもいいけど……！」

サンドラは急に語気を弱めた。

「いいえ、死ぬのが怖い。だから、助けてほしい」

相変わらず腹の立つ女だ、とセラフィマは思った。芯がない。話の根本に覚悟がない。

いったん全員室内に入って、声を潜めて会話した。

「いくらなんでも身勝手よ」シャルロッタが憤ると、全員が同調した。

「あの、でも皆さん」とママが遠慮がちに尋ねる。「彼女は黙っていようと思えばいられた訳です。彼女なりに私たちを気遣ったから、ここへ来たのでは」

フョードルが言葉を選びつつ賛意を示した。

「少なくとも情報は正確ですし、ヒーヴィに特有の後ろめたさがありません」

イリーナは、おそらくマクシム隊長の体面を考えてであろう、意図的に沈黙していた。

セラフィマはその様子を見て、あえて積極的に意見を言うまいと思った。自分の中に迷いがある。

マクシム隊長は迷ったあげく、無線で対岸に連絡を出した。

いつも合同部隊が使用している船着き場から一つ無動力艇が出て行ったら、それは脱出する市民だから撃たないでほしい。その者は部隊に情報をくれたが、ドイツ兵と個人的に仲良くしていたため市民からの保護が期待できない、という内容だった。

返事は短く、今の話は聞こえていない、というものだった。黙認の合図だった。

「流れて行って、川下で外部の赤軍と合流しろ。西部からの避難民だとでも言え」

「もう一つお願いが」

「なんだっ」

マクシム隊長が珍しく苛立ちを隠せない口調で問い直した。

「お別れの手紙を書かせてください」

しばらく間があいてから、マクシム隊長はセラフィマに視線をやった。

セラフィマは思わずため息をついた。

ドイツ語を読み書きできるのはセラフィマだけだったので、彼女はフリッツの愛人に頼まれドイツ語の手紙を紙切れに翻訳して書くという心底不快な思いをした。

一人でしかいけないだの、違う場面で会いたかっただのの言い訳まみれの手紙。

一瞬、この手紙に「くたばれヒトラーとナチ・ファシスト」とでも書こうかと思ったが、サンドラが撃たれても寝覚めが悪いのでやめておいた。

サンドラはぞんざいに礼を述べて去ろうとした。

その背中を見送ろうとすると、オリガが彼女を呼び止め、その肩に手を回した。

彼女にだけ聞こえるように何かささやきながら、コートに手持ちの缶詰と、それから何かを押し込んでいる。みじんも信用できないと知っている相手であってもNKVDの回し者はチェーカーらしく何か情報を得ようとするのか、それとも毒でも仕込んだのか。

シャルロッタがセラフィマの袖を引いて、耳元でささやいた。

「ねえ、もういいから行こう。対抗狙撃が近いってこと、ユリアンにも知らせなきゃ」

「そうね」

慌てて二人で出口へ向かうと、イリーナが呼び止めた。

「持って行け」

最近川を渡った支給品。潜望鏡式の双眼鏡を受け取り、二人は屋外へ向かう。

廊下か階段でサンドラとすれ違ったはずのユリアンは、マクシム家の正面通り手前、崩落した建物の陰に身を潜め、伏せ撃ちの姿勢で通りの向こうを睨んでいた。

忍び寄ったセラフィマが言葉に迷っていると、シャルロッタが声をかけた。

「二五人の勲章がそんなに重要？」

当然気配に気付いていたユリアンが、目だけでこちらを見た。

セラフィマは、シャルロッタがわざと露骨な言葉をかけたのだと気付いた。確認戦果が二五人に達した狙撃兵には剛毅勲章が授けられる。その先にあるのは優秀射撃勲章を授けられる狙撃数四〇人。すなわちソ連狙撃兵にとって優秀な狙撃兵として認識される第一歩が二五人であり、ユリアンはその一つ手前にいた。

既にその第一歩を追い抜いたシャルロッタは彼をなだめるように話す。

「私に張り合うよりも、持ち場に戻りなよ、スターリングラードの優勝者さん。それに敵のカッコーがこっちを狙ってるんだって」

「君たちや剛毅勲章のことなんて気にするもんか。僕はザイチョーノクだ」

子兎《ザイチヨーノク》。妙にかわいい自称にセラフィマは面食らったが、シャルロッタの反応は違った。

「じゃあ、ひょっとしてあなたに狙撃を教えたのって」

ユリアンはその名を呼ぶことをためらうように、一度すっと息を吸ってから答えた。

「ヴァシーリイ・グリゴーリエヴィチ・ザイツェフ」

ザイツェフ。兎に由来する名字だ。その教え子故に子兎《ザイチヨーノク》か、とセラフィマは得心した。

シャルロッタは声をはずませた。

「私、聞いたことがある！　凄腕の狙撃兵で、元はウラル山脈の狩人よね！」

「そうだ……最初の一〇日で四〇人のフリッツを仕留め、俺が会ったときには一〇〇人を超えていた。俺は君たちが来るよりも前、スターリングラードが本物の地獄だった頃、廃工場であの方の教えを受けた。あの方はおそらく、既に二〇〇人以上を倒している」

本物なのだな、とセラフィマは確信した。日々上積みされた歴戦の狙撃兵の戦果は、驚異的と形容するほかない数値となる。リュドミラ・パヴリチェンコの三〇九人はあまりにも偉大ではあるが、一〇〇人、一五〇人を撃った狙撃兵は他にも大勢いる。セラフィマたちが教えを請うイリーナもまた九〇人を超える敵を撃った。

この種の数値に直面すると、大抵の一般市民は言外に同じ反応を示す。

それ、本当の数値？　戦闘の最中に倒した敵の数なんて、ちゃんと数えてるの？

むろん味方の戦果判定がいい加減では困るのだから、狙撃兵の戦果は手順を踏んで確認している。他の兵士が死亡を判定するか、相手の得物を持ち帰るかしなければ、自分がいくら主張しようと戦果には数えられない。今日一〇〇人倒しました、とはいかないのだ。

一方で、確かに、兵科や国を問わず、意図的なプロパガンダによって疑わしいスコアが発表されることもある。赤軍狙撃兵も同様で、スコア一位あたりとなると、誰とは言わないがいきなり五〇〇人だの七〇〇人だの数値をひっさげて出てくる「誰だよこれは」と言いたくなる連中がいて、同業者たちの物笑いの種になる。

いかに内外にプロパガンダを喧伝《けんでん》し、メディアの中で赫々《かっかく》たる戦果を誇示しようと、無からは作ることのできないものがある。戦友たちの信頼と評価だ。

今や英雄となったリュドミラ・パヴリチェンコが、民族的にロシア人とはいえウクライナで生まれた一介の大学生であり、あるいは同じく傑物として名高いフョードル・オフロプコフ――彼は既に四〇〇人を倒したと伝え聞く――が少数民族ヤクートであったことが示すように、「本物」の伝説は機関紙のプロパガンダ班ではなく、兵士たちの間から、ソ連当局が好ましくないと判断するほどになんの脈絡もなく生じる。そして無数の真贋の判定を経て同業者たちの間に膾炙《かいしゃ》した伝説には、自《おの》ずと本物が残る。

プロパガンダの種となった兵士たちはその評価という裏付けを欠くが故に、いかに膨大な数値を誇ろうと、誰かが彼らの勇姿を語るはずもなく、自然と淘汰されてゆく。

リュドミラ・パヴリチェンコが本物であり、フョードル・オフロプコフが本物であるのと同様、ヴァシーリイ・ザイツェフもまた本物なのだろう。

気位の高いユリアンが褒めることで、それを確信した。

だが、と、既に三〇人を倒し、凄腕のカッコーをも倒したセラフィマは思った。

「あなたは、ヴァシーリイ・ザイツェフのようになって、どうするつもりなの？」

シャルロッタが意外そうにセラフィマを見た。

セラフィマも、自分で意外に思った。ただひたすらに生き残り、その果てに復讐を果たすことだけを考えて戦ってきた。しかし、あの給水塔のカッコーを倒してマクシム家に帰ったとき、何か違和感が生じた。果てなき戦果に終わりはあるのだろうか。

「スポーツと違って、私たちの戦いは切りよく終わりはしないし、戦果判定も上限はない。けれどユリアン、不安にならない？　私たちって、そうやって、どこへ向かってるのか、あなたには分かる？」

「分からないよ」ユリアンはあっさりと答えた。「不安にもなる。けれど、だからもっと敵を倒したい。きっと高みに達すれば、そこで分かるものがあるのではないのかな。丘を越えると地平が見えるように、狙撃兵の高みには、きっと何かの境地がある。旅の終わりまで行って旅の正体が分かるように、そこまでいけば分かるはずだよ。そうでなければ、僕らはただ遠くのロウソクを吹き消す技術を学んで、それを競ってるようなものだ」

「ロウソクを？」

つまり、と答えかけた彼が、瞬時に視線を鋭くした。

「やはり間違いない。フリッツが演台を造ってる」

「演台？」

「ああ、なにかこう……見せようとしてるみたいだ。あの位置じゃ上からは狙えないな」

セラフィマは潜望鏡の先を慎重に瓦礫から出して、通りの向こうを覗く。

確かに、タイヤで移動する即興の演台のようなものが現れた。

フリッツたちは周辺を警戒しているが、こちらに気付いている様子はない。

代わってその様子を確認したシャルロッタも首をかしげた。

「ナチの即興演劇か、お偉いさんの演説大会でもやるのかしら」

「いいね。ヒトラーが出てくれれば戦争を終わらせられる」

ユリアンは軽口をたたいたが、セラフィマは拭いがたい違和感を覚えた。

何をするにしても、どうもおかしい。なぜここに、わざわざ最前線に出てくるのか。

その疑問が、ある瞬間に氷解した。演台の下からいくつかのロープが投げられて、梁《はり》にぶら下がった。梁に下がったロープは、先端に、丸い輪があった。

そして敵兵士たちに腕を引かれて、やつれた表情の市民たちがその演台に乗せられる。

「う、嘘でしょう……」

セラフィマは無意識に呟いていた。それに答えるように、フリッツの下士官が怒鳴る。

「この者たちは、非戦闘員の立場にあり我が軍の保護下にありながら、軍服の着用もないまま不当にも我がドイツ国防軍を襲撃した犯罪者どもである！　国際法に明確に違反し、卑劣なゲリラ攻撃をおこなった者どもには、我が国より正式な裁きが下される」

セラフィマ以外にも、彼がドイツ語で叫ぶおおよその内容は予測できた。

「やりそうなことだよ……誰狙えばいいいんだ、これ」

ユリアンがため息とともに答えた。

「全員戻ってこい！」

振り向くと、イリーナが、マクシム家のアパートの地下階から顔を出していた。

「罠だ！　お前たちは誘引されているんだ。敵の仕掛けた罠にのるな！」

シャルロッタがイリーナの言葉に硬直した。セラフィマは声を震わせて答えた。

「し、しかし、このままでは市民が虐殺されます」

「お前も、私も神ではない。この虐殺戦争で殺される市民全員を救うことはできない。しかし我々は生き延びて多くのフリッツを殺し、それによって多くの命を救う義務がある。お前たちが今撃てば殺される。命令だ、戻れ！」

イリーナの言葉に迷いはなかった。だが若き狙撃兵三名は動けなかった。

そのとき、ユリアンが、うっと唸り声を上げた。

双眼鏡を覗く。絞首刑を待つ市民たち。その姿に驚愕した。

アンナ・ザハロワと、ヴェーラ・ザハロワ。

かつて地下水道で自分たちに情報をくれた都市パルチザン。

そしてユリアンを知る学友。妹のアンナは、ユリアンを探していた。その姉妹が、他の市民とともに首にロープをかけられていた。

フリッツの下士官は絶叫口調で告げた。

「これより絞首刑を執行する！」

「させるか！」

ユリアンが叫んで瓦礫から身を乗り出した。それが限界の合図だった。

立て続けに三発、銃声が響いた。

一発目はユリアンが放ち、フリッツの下士官を絶命させた。

三発目はセラフィマが放った。アンナの頭上に垂れ下がっていたロープを撃ち抜いた。

次の瞬間に踏み板が外され、四人の市民が絞首台にぶら下がった。アンナは地面に落ちて辺りを見渡し、絞首された姉を仰ぎ見る。

その光景から逃れるように伏せて、セラフィマは思う。

二発目は……？

「ユリアン！」

シャルロッタの悲鳴が辺りに響いた。

ユリアンが、胸に穴を開けていた。

「くそっ……あいつら……」

「しゃべるな、全員で戻るよ！」

セラフィマとシャルロッタは二人でユリアンを引きずってアパートへ戻った。

下士官を撃たれたフリッツが機銃掃射を開始し、アパートの外壁を銃弾が穿った。

カッコーは姿も見せず、ユリアンが撃った瞬間に反撃を放った。

アパートへ入り、イリーナと三人でユリアンを抱えて階段を駆け上る。

三階の踊り場、鋼板が貼られた窓の隙間から通りの向こうを見た。フリッツたちは撤収してゆく。

一人残されたアンナは、姉ヴェーラの足下にすがりついて泣いていたが、やがて頭から血しぶきを噴いて倒れた。間を置いて遠くから銃声が響いた。

自分は誰一人救えなかった。ただアンナの苦痛を長引かせた。

自分たちは神ではない。では神は何をしているのか。神がいるというのなら、彼は安寧の世界から地上に地獄を造り、その様子を俯瞰しているというのか。

階段をかけ上がり、マクシム家のドアをイリーナが蹴破るように開けて、シャルロッタが叫んだ。

「ターニャ！　手当！」

床にユリアンを横たえると、マクシムとフョードルが血相を変えて飛んできた。

救急箱を抱えたターニャは二人を押しのけて、ユリアンのシャツを引き裂いた。

彼の銃創を見たとき、全員が絶句した。

傷口は二つ。肩口から入った弾丸が、脇腹から抜けている。

セラフィマは思わずターニャの顔をうかがった。彼女は、何かを悟った表情のまま、救急箱から痛み止めと止血材を取り出した。

「いいよ、もういいよ」

ユリアンが笑った。直後に口から血を吐いた。

「助からないことは分かってる」

「大丈夫だよ、このくらいじゃ死なねーよ」

ターニャは笑みを浮かべて痛み止めを静脈注射した。

イリーナに何か耳打ちされたマクシムが、彼を励ました。

「そうだ。二五人目を倒したなら勲章だぞ、気をしっかり持て！」

針が刺さったとき、反応がなかった。ユリアンは既に痛みを感じていない。

「隊長……。みんな、ごめん。シャルロッタ」

ユリアンがライバル視していた彼女の名を、弱々しい声で呼んだ。

「最初に来たとき悪口言ったけど、嘘ついたんだ。僕は女の子と付き合ったことないし、君がきれいだったから驚いて」

シャルロッタが彼の元にひざまずき、額をなでた。

「なに情けないこと言ってんの、あんたらしくもない。スターリングラード優勝者でしょ。ね、戦いが終わったら街を案内してよ。キスでもしてあげるから」

ユリアンが笑みを浮かべて首を振った。明らかに意識が朦朧《もうろう》としている。

「誰も守れなかった」

セラフィマは彼の元へ行って、膝をついた。手を握ってから、はっきりした口調で告げた。

「ユリアン。あなたはアンナさんを守れたんだよ。彼女、同じ大学の子だったんでしょう。私がロープを撃った。今、階下にいる」

ユリアンが目を見開いた。その目に希望が宿っていた。彼にとってはアンナの名がセラフィマの口から出たなら、生還を示すことだと思うはずだ。

残酷な詐術にかける意味。罪悪感にさいなまれながら、セラフィマは言葉を続けた。

「だからよくなって、ユリアン」

「ありがとう、同志少女、セラフィマ……」

ユリアンは目を閉じた。

「丘の上に立ったら、その向こうを見てくれ」

その言葉が最後だった。ユリアンはふーっと息を長く吐き、二度と吸うことはなかった。

「ユリアン！」

床に座っていたマクシム隊長が、彼の腕を引いて抱きかかえた。

親子のように過ごした二人。マクシム隊長は涙を流していた。

セラフィマが顔を上げると、イリーナと目が合った。彼女は無表情のまま、セラフィマを責めることも褒めることもなく、ただその目を見つめていた。セラフィマは、自分のしたことの意味を考えた。

ユリアンを楽にしてやりたかった。死に際に、彼の知る誰かは助かったのだという幻想を与えたかった。それは、彼が死ぬのだと確信したからだった。

だが、もの言わぬ屍となったユリアンを前に、そのむなしさを知った。

死に際に安らぎを与えて救われるのは、生きている自分であって彼ではなかった。

丘の上に立とう。

そう心に刻んだ。ユリアンが行けなかった場所、立てなかったところへ。


その日の夜。ハンス・イェーガーは、サンドラのベッドに寝そべって考えていた。

とりあえず敵の狙撃手の一人は撃ったが、噂通り並の相手、並の部隊ではなかった。あの短時間に兵士だけでなくロープを撃つとは。死刑執行人が撃たれる可能性は自分も伝えたので、あの嫌みな中隊長は適当な二等兵に下士官の服を着せ、成功したら階級を合わせてやると言ったが、あいにく死んだ。

二等兵一人と引き換えに相手の狙撃手を一人倒したのだから、感謝こそされても恨まれる筋合いもあるまいに、なぜか奴らは仲間が死に、自分が狙撃手一人しか撃てなかったことと、もう一人がロープを撃って死刑囚を助けたことに憤慨し、作戦が終わったにもかかわらずその死刑囚を撃てと命令した。まあ死刑囚のパルチザンに違いはないので問題ない。命令通り撃った。

敵は精鋭だが、戦力はやはり少ないと思う。

第八中隊にそう報告したが、彼らは相手が即座に撃ち返してきたことに躊躇していた。

タバコがもらえた。吸わないのでサンドラに渡したが、突き返された。

「故郷に君を連れて帰って、結婚したいよ。僕の両親は人種的偏見とも無縁なんだ」

言葉はどこまで通じているのか、サンドラは、うとうとまどろんでいる。

彼女との関係もいよいよ分からなくなった。

いつのまにか自分が与える物資よりも、施しを得る方が多くなった。

自分はサンドラを手駒に使った。でも、気持ちだけは本物だ。きっとそうに違いない。

自分はサンドラを愛しているし、サンドラも自分を愛している。それだけが真実だ。

だから自分がどうなっても、彼女は助けなければならない。

そう決意したとき、サンドラ宅のドアが跳ね開いた。

野戦憲兵と、それを引き連れてきた中隊副官が無遠慮にベッドに近づいて来た。

サンドラは悲鳴も上げずに布団を胸元にたぐり寄せる。

「ハンス・イェーガー！　劣等人種との性交容疑で、貴様を逮捕する！」

「八つ当たりか」

「黙れ無能が。お前の作戦のおかげでこっちの兵士が死んだんだぞ」

危険があるとは言わずに、あの中隊長を立たせておけばよかったか。

サンドラに視線を移すと、野戦憲兵が連れてきたヒーヴィが、ロシア語で彼女になにか言っていた。

サンドラの反応を見れば、彼女自身の逮捕を告げたことは明らかだった。

「おい、彼女を逮捕するのは筋違いだろ」

「貴様とは別件だ。お前と接触してから尾行したが、こいつは赤軍の勢力下まで行って水汲みをしている。スパイの疑いがある」

「そんなことは……」

とっくに知っているとは言えなかった。言えば自分の嫌疑が増えるだけだ。

だが、サンドラを逮捕させる訳にはいかない。弁明を懸命に考えた。

言葉がまとまる前に、サンドラが口を開いた。

ロシア語をヒーヴィが通訳した。

「正面にいる敵は大部隊で、明日にでもこっちに突入してくる可能性がある。私たちにかまわず、すぐに撤退した方がいい、と言っています」

その言葉を聞いた瞬間、中隊副官の顔色が変わった。

イェーガーは、彼が確信したであろうことを叫んだ。

「敵は寡兵だ！」

副官も思わずといったように頷いた。赤軍とつながっている彼女が、明らかに、衝突を避けるため咄嗟《とっさ》についた嘘だ。素人丸出しの表情がなくとも、真意がつかめる明確な欺瞞だった。

この反応を得るためにこそ、イェーガーは彼女に、情夫である自分と赤軍が対立しているという情報を仕込んだ。

「行け！　今すぐ行ってヴォルガ川から逃げろ！　お前の中隊が助かるとすれば今しかない！」

副官は無言で野戦憲兵たちを引き連れ、サンドラの部屋から去った。

サンドラは無言でいたが、呆然とその様子を見つめていた。相手が自分の意に反して行動したことは分かった様子だった。やがて彼女はさめざめと泣き始めた。

「サンドラ……」

何か声をかけようとすると、サンドラは下着と服を大急ぎで身につけて、鞄を片手に部屋を飛び出した。


マクシム家の兵士たちは、床に横たえたユリアンの遺体に毛布を掛け、交代のスパンが短くなったのを感じながら警戒を続けていた。

セラフィマが監視を終えようとしたとき、月光に照らされたスターリングラードに、硝煙に混ざる異物が見えた。その正体に気付いて、彼女は叫び声を上げた。

「赤い発煙だ！」

自分たちが突入時に配布され活用してきた発煙が、なぜか敵陣深くから上がっている。

「あー、じゃあ敵の攻撃が来るぞ」

NKVDのオリガが、眠たそうに目をこすりながら、隣室から現れた。

「あいつは制御できそうもないが、意図してこっちを裏切ることのできる人間でもない。敵が攻撃を仕掛けてきたら発煙しろと言い含めておいた。逆用できる情報でもないしな」

これがNKVDの情報戦か。セラフィマは背筋が凍るのを感じた。

サンドラは信用できず、スパイにもできない。それでもオリガは手駒として動かした。

フョードルが機関銃に取り付き、狙いを定める。

しばらくして確かに通りの向こうから歩兵たちが突撃してきた。機関銃が火を噴いて、ユリアンのいなくなった射撃位置からセラフィマが敵を次々と射殺した。

しかし、援護もないまま、ひるまずに突撃を仕掛けてくる。もはや包囲殲滅を待つばかりの彼らは、完全にいちかばちかの突破を仕掛けている。

他の銃眼に取り付いたシャルロッタが、撃ちながら悲鳴のように声をあげた。

「どうしよう、相手は中隊だよ。こんなの防ぎきれない！」

マクシム隊長が無線機に飛びつき、必死の形相で叫んだ。

「こちら第一二歩兵大隊、敵が通りを進行中。至急砲撃と増援を要請します！」

ヴォルガ川東岸から、榴弾砲が発射された。あらかじめマクシム家が射程として捉えていた範囲との境界付近に照準が合わせられていた砲撃が、敵の前衛を吹き飛ばした。

視界の向こうは砲煙に遮られ、その向こうからやってきた数名の敵をセラフィマとシャルロッタ、それにママが撃ち抜いた。

だが敵は味方の屍を踏み越えて、続々とやってくる。徐々に、敵の前衛は接近し、全員を撃ちきれないという確信が無意識下に共有される。

オリガがやってきて、他の銃眼からの狙撃に加わった。投擲《とうてき》の姿勢に入った敵兵一人を撃つと、倒れた彼が所持していた手榴弾を続けて撃つ。爆発とともに周辺のフリッツが倒れる。二発の射撃で五人が倒れた。

やはり、実力を隠していたのか。学校では努めて平凡な成績を示していたオリガは、恐るべき技量を示した。横目でその表情をうかがったが、彼女はまったく意に介さず、通りの向こうへ退却しようとする小隊指揮官らしき敵の頭を撃ち抜いた。

砲撃と狙撃を前に敵も尻込みしていた。しかし、いずれこれを突破してヴォルガ川に逃げるしかないと彼らは考える。マクシム隊長が無線に吠えた。

「至急増援をよこしてください！　砲撃があっても歩兵なしでは……え？」

突然その声が途絶えた。

射撃の合間にママが振り返り、尋ねた。

「どうしたのですか？」

マクシム隊長は、気が抜けたような表情をして答えた。

「皆、ここを放棄していい」

全員の視線を集めて、彼は言葉を続けた。

「東岸への撤退命令だ。包囲殲滅作戦のため、明日、俺たちと入れ替わりに、東岸の味方が来る。……だから、攻勢に出るのでもうこの建物に拘《こだわ》る必要がなくなった。ここへ、このアパートへ重砲の狙いを合わせたそうだ。五分後に砲撃が始まるから、逃げろと」

「それは助かる！　皆、すぐに出ましょう！」

フョードルが全員に声をかけ、撤収の準備にかかる。

セラフィマも、ママとシャルロッタに視線を合わせて、こわばった顔をほころばせた。

スターリングラードにおける自分たちの戦いは、唐突に終わった。

弛緩した空気を引き締めるように、イリーナが叫んだ。

「武器弾薬備品を可能な限り回収しろ！　時間がないぞ！」

その言葉に我に返って、セラフィマが尋ねる。

「ユリアンは」

シャルロッタが目を見開いて、敬愛するイリーナに視線をやった。戦友の遺体を置き去りになどしたくない。

イリーナはただ静かに首を横に振った。それだけでマクシム家にいる全員は、ユリアンを放置せざるを得ないのだと理解した。持ち時間、残り四分という短さ。そして遺体を運ぶという重労働にかかる時間がそれを上回ると、既に誰もが理解している兵士たちだった。

皆で出口へ向かってから、フョードルが振り返り、彼の隊長に声をかけた。

「隊長も早く！」

「行ってくれ」

マクシム隊長は静かに答えた。

全員が言葉の意味を測りかねていると、彼は答えた。

「俺は……ここでユリアンと一緒に、最後までこの家と運命を共にする」

ママが、悲痛な声で叫んだ。

「いけません！　マクシムさん。ユリアンさんが、そんなことを望むはずがありません。ここを守る任務は終わったんです。私たちと一緒に、早く逃げましょう！」

「いいんだ。ずっと、ここにいるのは戦略拠点だからだと言っていた。だが、心の底ではこの家を守るために戦っていたんだ。ここがなくなるのなら、もう生きている必要はない。ユリアンと一緒に、家族の元へ行く」

フョードルが一歩進み出た。

「そ、それなら私も……」

「バカを言うな！　お前には、避難した家族がいるだろうが！」

空気が張り詰めた。

マクシムは拳銃を抜いて、こちらへ向けた。

「味方の砲撃は待ってくれないんだ」

「その通りだ。みんな行くぞ」イリーナが一語で答えた。

「ありがとう同志。あなたたちは確かに戦友だった」

マクシムの言葉にイリーナは何も答えずに階段へ歩を進めた。狙撃小隊は隊長に従い、アパートを去った。フョードルも遅れてそれに続いた。


マクシム・リヴォーヴィチ・マルコフは、ただ一人残った部屋で床に座し、静かに目を閉じた。

ここは俺の家だ。軍隊で働き、給金で家族を養った。

廃墟と化した我が家に、今は亡き家族の姿が、鮮やかに浮かび上がった。

妻のたしなめるような笑みが、娘の自分に甘える声が、確かにそこにあった。

息子のように接したユリアンの冷たい手を握った。大学で知り合った女の子とどうすれば仲良くなれるだろう、と恥ずかしそうに聞いた、彼のあどけない表情を思い浮かべた。

〝ユリアンて不思議ですね。銃を手に取っているときは歴戦の兵士に見えるのに、ああしているときまるで普通の、可愛い少年だから……〟

セラフィマにそう言われたとき、胸を抉《えぐ》られるような衝撃を受けた。

その言葉が、彼女らを見て感じた印象とまったく同じだったからだ。

純朴な少女のような彼女たちが、銃を手にした瞬間、異様な目の輝きを見せ、そして敵兵を狩る喜びを語り合う。

あまりにも落差のある姿に動揺し、悲しみを覚えながら、同じ変化がもっとも身近な少年に起きていたことには気付いていなかった。

普通の少年や少女たちを、まるで別人の戦士のように仕上げる何か。

それが、狙撃兵という兵科であるのか、あるいは何か別のものであるのかは、結局分からなかった。

敵兵が進軍し、階下へ足を踏み入れたのが聞こえた。女性狙撃兵たちとフョードルを逃がすことができたこと、ユリアンの亡骸を、ただ一人にしないで済んだことが、せめてもの幸いだった。

家族に死なれ、ユリアンに死なれ、ここをフリッツの手に落として、その上で生きていく。どんな人生がそこにあるというのか。

対岸から、重砲が大地を揺るがす音がした。自分の家を、正確に狙った砲撃。

ふと、ひたすらに自分を支えたスローガンが思い浮かんだ。

抗戦し踏みとどまる自分を支えたその言葉は、異なる意味合いを伴って、初めて自分の内面に入り込み、血肉と化したのを感じた。

「ヴォルガの向こうに、我らの土地なし」

呟いた瞬間、ひゅるるる、と、砲弾が空気を裂く音が聞こえた。

ああ、「当たる音」だ——。

瞑目したマクシムを、壁を貫いた砲弾が直撃した。

彼と彼の守ろうとした家は、重砲の炸裂により、瞬時に吹き飛んで粉々となった。


船着き場まで到達した狙撃小隊とフョードルは、轟音に振り向いた。

マクシム家が、そこにあったアパートが、一五二ミリ榴弾砲の五発同時着弾によって一瞬で崩壊し、残った残骸も自重に耐えられず崩落した。

「隊長ー！」

フョードルが、慟哭《どうこく》した。

増援部隊の動力艇が到着し、そこに乗っていた兵士が人数を見てから尋ねた。

「マクシム隊長は」

イリーナが、一瞬家の方を見てから答えた。

「戦死されました」

そうですか、と驚く様子もなく兵士は答え、船に乗るように促した。

「みんなで、生きて帰るために戦ったのに……」

フョードルは泣いていた。

その姿を見ながら、セラフィマは思った。なぜ、自分は泣いていないのだろう。

マクシム隊長も、ユリアンも、ボグダンも、ともに濃密な時を過ごした。戦友として戦った。けれどフョードルさんのように涙は出ない。

狙撃小隊の面々の中で、ママだけは涙を流していた。

ふと、思い出した。

忘れるな。お前たちが泣くことができるのは、今日だけだ。

ウラヌス作戦が終わったとき、アヤの死を前に涙にくれる自分とシャルロッタを見て、イリーナはそう言った。初めての戦闘だったから。次からは泣くような甘えを許さない。

概ねそういう意味であろうと、疑いもなく考えていた。

しかし実際は違った。今日を最後に、泣けないようになる。

狙撃手と一般兵科は異なる。あまりにも多くの死を見過ぎた。

味方の死も、敵の死も文字通りその目で見てきた。

一瞬のためらいもなく敵を撃ち、味方の死に取り乱すことのない優秀な戦士。

自らが狙撃兵となったことを実感したとき、ふと隣にいるシャルロッタを見た。

同じタイミングで彼女もこちらを見た。

おそらくは同じ思いでいることを理解して、初めて悲しみに似た感情がこみ上げてきた。

「見ろよ」

もとより動じることもないオリガが、指をさした。

無動力艇が一つ、力なくヴォルガ川を下ってゆく。

サンドラの乗る船だ。

申し合わせの通り、彼女が撃たれることはない。

ほんの一瞬、その船を沈めてやりたくなった。安全な場所で小市民的感性を維持しフリッツの愛人になって逃げてゆく立場に腹が立った。

けれどマクシム隊長の遺志を無駄にすることはできなかった。


借り物の平服を着たイェーガーは、サンドラに手を引かれて、戦火を潜るように敵のアパートへ接近した。元々水汲みに使っていた道順は第八中隊が使うものよりも目立たず、こう言っては何だが彼らが撃たれて囮《おとり》となることで、二人は砲撃の合間に船着き場近くへたどり着いた。

先行して去って行く狙撃兵たちが女性であったのが見えた。

彼女らが去って行った船着き場を見ると、無動力艇が一つ残されていた。

あれが、彼女が交渉で得たものなのか。感嘆していると、彼女にメモを手渡された。

月光の中に読み取れた手紙は、おそらくロシア人が書いたドイツ語だった。


一人だけ脱出艇をもらった。この船に乗っていけば、見逃してもらえる。だから二人ではいけない。私はあなたに生きていてほしい。


自分を逃がすためのものにしては、何かニュアンスがおかしいようにも思った。しかし、仕草で彼女は、行ってくれ、と自分に伝えた。

「ハンス・イェーガー」

サンドラが初めて彼の名を呼んだ。先ほどの捕り物で覚えたのだろう。

そして、目を合わせて彼女は言った。自分のお腹を指さした。

「セルゲイ」

と彼女は言った。意味が分からなかった。確か、セルゲイは前の夫の名だ。

「へいわな世界であいたかった」

つたないドイツ語。誰かに習った、幼児のような言葉だった。

彼女はそれだけ言い残して、砲火のくすぶる市街へと去って行った。

イェーガーはしばらく考えてから、身をかがめて素早く無動力艇に飛び込み、舫《もや》いを外して流れに任せた。

サンドラの意志を無駄にしてはいけない。彼女は決して船に乗らないだろうし、二人乗ることができないのも事実だ。自分には、生きる義務がある。

イェーガーは、懸命に自分に言い聞かせた。

そして、このまま川を下って完全凍結した地点に漂着し、ボートが座礁したあと、また西岸に揚がり、赤軍の包囲環をやりすごして味方部隊まで合流するための方策を考え始めた。


一九四三年一月一〇日、ソ連赤軍は、スターリングラード市街における最終作戦、鉄環《コリツォー》作戦を開始する。時を同じくして、同地外縁からドイツ軍に対する補給を担っていた最後の空港、ピトムニク飛行場も占拠。圧倒的兵力による二〇日間の撃滅戦により、第六軍は壊滅的打撃を被《こうむ》った。

一月三〇日、第六軍が、もはや勝利も生還も絶望的となったこの局面において、ヒトラーはその司令官パウルス上級大将を元帥に昇格させた。ドイツ軍事史上、敵に投降した元帥はいない。それを示すことによる、第六軍に対するヒトラー最後の悲願、総員玉砕へのプレッシャーだった。しかしこの行為こそが、パウルスを最後に動かした。

一月三一日、パウルス元帥は司令部単独による降伏を発表。第六軍全体の降伏ではなかったことは最後の意地であったが、その意味するところは市街における終戦であった。

数日の時間差をおいて、最後まで抵抗していた各部隊も全てが投降。

天文学的と呼ぶべき数の人命を費やして、スターリングラード攻防戦はここに終結した。


二月五日。第三九独立小隊の面々は、フョードル上等兵の案内で、奪還された市街を歩いていた。

敵がいないスターリングラードを歩く。戦闘中はおよそ考えたことのない行為だったが、そこから見えた光景は、さらに想像を絶するものだった。

市街そのものに、巨大な死が横たわっているようだった。

人口六〇万を擁した大都市。林立する建物という建物に、一つとして無傷のものはない。あらゆる建築物は破壊され、あるいは無数の弾痕が穿たれ、いくつかの家屋は、今も中で炎がくすぶっていた。

漆黒の死と灰色の未来に覆われた街。

およそ勝利の光景とは思えない廃墟の街を、セラフィマは、シャルロッタやママとともに歩いた。

イリーナはヴォルガ川の中州で待機。ターニャは他の部隊の衛生兵と合流して生存者の救助に向かい、オリガは相変わらず別行動でどこへともなく消えた。

口元までマフラーをあげる。凄まじい悪臭と硝煙は、それでも鼻を刺激した。

「異臭がひどいですね」

セラフィマが言うと、フョードルが気まずそうに答えた。

「遺体を焼くとこういう臭いがするんです。敵も味方も、埋葬する暇がなくて」

「味方の遺体も焼くんですか」ママが意外そうに尋ねた。

「仕方がないのです。あまりにも数が多すぎて時間も人手も足りません。放っておくと腐敗してもっと陰惨なことになります。それに病気を招きかねませんから。こういう事態に直面したとき、唯一取れる処置が素早い焼却なんです」

セラフィマは何かを思い出しそうになった。

「フィーマ、あれ……」

シャルロッタが指さした方を見ると、公共広場の一角に、周辺を円形の区切りで囲まれた彫像があった。

見た目からして、おそらくコンクリート製。手を取り合って踊る子どもたちの姿。

堅牢な設計故《ゆえ》にか崩壊を免れたその彫像は、ひどく焼けただれていた。

「バルマレイの噴水、と呼ばれていました」フョードルはそう解説した。「あの周りに水が張ってあったんです。特に有名というものでもないのでしょうけど、みんなが好きな作品でしたよ」

公園で無邪気に遊ぶ子どもたち。何の衒《てら》いもなく優しい笑みを浮かべる少年少女たち。戦前、市民たちにとって、その姿はきっと愛らしく、素朴な生活の中に溶け込んでいたのだろう。

しかし、街全体が焼け落ち、周囲を廃墟に囲まれ、像も焼けただれた姿となりながら、それでもなお笑みを浮かべて踊り続けるその姿は、まるで戦火を経たスターリングラードそのものを表象しているかのように見えた。

あの子どもたちは、この街で死んだ子どもたちだ。

それぞれに、夢も希望もあった子どもたち。

セラフィマはそう思った。手を取り合い、輪になって遊ぶ無邪気さのまま死に、決して大人になることのできない子どもたちに、セラフィマは祈りを捧げた。

「この街は、本当に良い街だったんです」

フョードルが悲しそうな声でそう言った。

「戦争が終わったら、どうか皆さん、ここへ遊びに来てください。そのときまでには、私は家族とともに、この街を復興させています」

「ええ、フョードルさんがご家族に早く会えますように」

ママが答えたとき、遠くからドイツ語の叫び声がした。

「ロシア兵、撃たないでくれ！　我々はナチの親衛隊ではない、我らはともに軍人だ！」

全員で声の方を見ると、フリッツたちが三〇名ほど整列していた。二倍ほどの赤軍兵を前に全員が武装解除された彼らは、ぼろぼろの軍装に身を包み両手を挙げていた。

ママが首をかしげた。

「セラフィマ、あれは、なんて言ってるの？」

命乞いなのだろうが、なんと答えたものか。

セラフィマが迷っていると、上等なコートを着込んだ赤軍将校が拳銃を抜いてフリッツの額に突きつけた。セラフィマは思わず叫んだ。

「待ってください！」

声を上げながら駆け寄ると、将校は視線を合わせた。

間近に来て、一瞬セラフィマはたじろいだ。奥手の路地には、黒焦げになったフリッツの死体が数十人分も積み重なっていた。

官姓名を名乗り敬礼する。相手が返礼しないのを確かめてから、続けて叫んだ。

「スターリン指令第五五号により、捕虜の処刑は禁止されたはずです！」

他ならぬ投降勧告によって知った事実を口にする。将校は眉一つ動かさず答えた。

「同志少女よ、こいつらは捕虜ではない。戦争犯罪人だ」

「しかし、投降していますか……また先ほど彼らはナチではなく軍人だと言いました」

「ドイツ語ができるのか。それならば彼らに聞くがいい。この市街戦で市民数十万人が死んだわけだが、貴様ら国防軍はそれについて無実なのかと」

フリッツたちの方を見る。

訳すべきか迷っていると、先頭の男が隣の同僚に向かって口を開いた。

「なんなんだこの女。俺たちを撃ち殺したいって言ってるのか？」

「まさか。看護師かなんかだろ」

鬼畜どもと言葉が通じるという事実にむかついた。

セラフィマはドイツ語に切り替えて答えた。

「私はお前たちの処刑をやめろと言ったんだ。そして私は狙撃兵だ」

「女狙撃兵、お前か！」

フリッツが突然セラフィマの頬を殴った。

赤軍兵たちが銃剣を装着したライフルを突きつけ、男の動きを封じる。

セラフィマは尻餅をついたまま、呆然と自分が命を救おうとした相手を見上げた。

「お前たちのおかげで俺たちの戦友は何十人と殺されたんだ！　お前はわざと急所を外して撃ったあと、助けに来た仲間を撃った！　忘れたとは言わせんぞ！」

なんという身勝手さだ。セラフィマがそう思うと同時に、赤軍将校が答えた。

「これが君の助けたいフリッツの性根だよ、同志少女」

ちょうどいい、と彼は自らの拳銃を手渡した。

「撃ちたまえ。それで君も、甘さを捨てた一人前の兵士になれる」

思いもよらなかった展開に困惑していると、撃て、と周囲の兵士たちがはやし立てた。

シャルロッタとママは困惑している。フョードルはただ沈黙していた。

撃て、撃て、大丈夫。お前にはできる！　兵士たちが口々にセラフィマを励ました。

殴られた痛み、無数の市民の怒り、死んだ子どもたち。噴水の彫像。

ここで撃てば一人前になれる。

無数の感情に突き動かされ、漫然と拳銃を持ち上げそうになった、そのときだった。

「何をやってる、セラフィマ！」

突然名を呼ばれた。ＮＫＶＤのオリガが向こうから走ってきて、拳銃をもぎ取った。

「お前は犯罪者になる気か！」

何も言い返せなかった。自分は止める気だった。撃つつもりなどなかった。

言い訳もできないうちにオリガは赤軍将校へ目をやった。

「チェーカーか」

将校の口調に嘲りがあった。

「赤軍の戦争犯罪を止めるのも本職の責務であり……」

オリガは言いかけて口を閉ざした。自分の来た方を見た彼女は、そこから歩み来る男の姿を見ると、突如直立不動の姿勢を取り、最敬礼した。初めて見る反応だった。

オリガと同業者の気配を伴う小柄の男。最高位たる将官相当の階級章をつけた男は、彼女に対して黙礼を返すと、赤軍将校に向き合って名乗った。

「エリョーメンコ大将付き政治委員、ニキータ・セルゲーヴィチ・フルシチョフです」

絶大な権限を持つ政治委員に対して、将校は気後れするふうでもなく答えた。

「第四機械化軍司令、ワシーリー・チモフェーヴィチ・ヴォリスキー少将であります」

「この者たちをどうするつもりですか」

「むろん、捕虜といたします」

平然と答えた彼は、無表情の奥で笑っているように思えた。

フルシチョフ政治委員は山積みになっている黒い死体を指さして問いを重ねた。

「ではあの者たちは。彼らは処刑されたのではありませんか？」

「いいえ同志政治委員。彼らは戦闘の末に死にました。戦死者です。遺体は焼きました」

フルシチョフは呆然としていたが、その言葉を信じた様子はなかった。

「行け」オリガがセラフィマに行った。「バカが。自分を見失うな」

彼女はフルシチョフに同行して、捕虜を中州の方へ連行して行った。

ＮＫＶＤの回し者。自分たちを試した女。監視役。

そのオリガに救われたということが、セラフィマを混乱させた。

サンドラに対するオリガの振る舞いを思い出した。彼女は今も、あのときも、自分を見失うな、と言っていた。

オリガにとって自分とはなんなのだろう。学校では全てを偽っていた。

だが、コサックの名誉と誇りを取り戻したいと語ったあの言葉はどうなのだろう。それもまた嘘だったのだろうか。

一行はしばらく無言で歩いた。

そこここで投降したフリッツたちが整列させられ、集合させられていた。

憎むべき強大な敵であった彼らは、今や敗残兵と化していた。

もう二度とあんな真似はしない。セラフィマは一人誓った。

「おーい、そこの君、ドイツ語ができるんだろう！」

後ろから声がかかった。

見知らぬ赤軍兵が、ついてきてくれ、とセラフィマに言った。

「どうしたんですか？」

「それがさっぱり分からんから来てほしいのだ」

兵士は路地を抜け、住宅街の一角へ先行していった。セラフィマらがついていくと、甲高い女の声がした。ドイツ語だった。

半壊した住宅が軒を連ねる一角で、一人の女がドイツ語で泣きわめいていた。

「いや、離して！　私を離して！　お願いよ、家へ帰して！」

周辺の兵士たちは彼女の腕を摑み、落ち着け、と繰り返していたが意図が伝わっていなかった。ドイツに女兵士はいないはずだが。

セラフィマは疑問に思いつつも、彼女に尋ねた。

「あなた、ドイツ軍の一員なの？」

「ちがう、私はドイツの女給よ！」

なんでまた、女給がこんなところに。問うまでもなく答えがあった。

「私は家族がいなくて、働かなくてはいけなくて……広告を見たの。ドイツ兵士を慰問してその相手をすれば、良い給料がもらえるって。他の女の人と一緒に働いていた」

「どういうこと？　戦地の酒保で働いてたとか？」

ドイツ人女は一瞬目を合わせてから答えた。

「そう思ってた。だから来たの。でも、軍隊はそう考えていなかった。アーリア人の兵士がスラヴ人と性交し人種的に汚れることを止めるのが私たちの役目だった。ベルギー人やデンマーク人もいた。みんな同じように言われて……そして売春宿に連れて行かれた。私は将校に気に入られてここまで……こんなことだと知っていたら来なかったのに」

セラフィマは驚愕した。

そして通訳を頼む赤軍の士官に、彼らの怒りを買いそうな語句を省いて説明した。

赤軍兵士は動揺をあらわにした。

「つ、つまり奴らは敵地で売春宿を経営して、騙した女を連れ歩いているのか？」

「そんな馬鹿な、十字軍の時代じゃないんだぞ。恥ずかしくないのか」

男たちにとっては異様なおぞましさと出会ったという思いがあるようだった。おそらくはモラルの類いだ。だが、セラフィマはそれとは別種のおぞましさに震えた。

人間の尊厳、女性の尊厳を一体なんだと思っているのだ。

「あ、あの、彼女をどうするのですか」

ママが尋ねると、その場を仕切っていた下士官は困惑した表情で答えた。

「どうすると言っても、こんな事態は初めてだし……東部へ後送して拘置する他あるまい。こっちの女たちでも、敵と内通した奴らを何人か捕まえてるから、そいつらと同時に」

「しかし、事情や背景が、だいぶ違うかと思いますが」

セラフィマが問うと下士官は眉をひそめた。

「個別に調査票を出すから、聞いた話はそれに書いておく。俺にどうしろと言うんだ」

彼女をそのまま護送するというので、セラフィマはそれについていった。

なるべく不安を与えないように、彼女に、これから東部へ送られるとだけ伝えた。

アデレという彼女は泣きながら黙って聞いていた。

区画を抜けてしばらく歩くと、ロシア人女性たちが並んでいた。フリッツたちと情交し、あるいは愛人となっていた彼女らは、これから裏切り者としての処遇を受ける。

同じロシア人女性としてただ軽蔑の対象としていた彼女らに、なにか違う感情を覚えた。

アデレと通じる何かを感じた。

そしてその中にいた一人を見て唖然とした。自分たちが逃がしたはずのサンドラがいた。

「あんた、何やってんのよ。川で逃げたんじゃないの」

シャルロッタが呆れた口調で尋ねると、彼女はきまり悪そうに笑った。

「貰った手紙を渡して、彼に逃げてもらったわ」

狙撃小隊の面々が言葉を失った。するとあのとき目の前を逃げていったのは敵の狙撃手ではないか。

「あなた、これから殺されるかも知れないのよ」

セラフィマが言うと、彼女は頷いた。

「ええ、それでもいいの。やっと分かった。私は彼を愛していた。それが罪だと言うのなら、確かに私は有罪でしょうね。けれど私はそれぞれの場面で自分なりに正しく行動したつもりよ。私は自分の身を守りたかったし、今は亡き夫を愛している。あなたたちを助けたかったし、彼にも生きていてほしかった。そのことと向き合わないといけない……それとお腹にいる子を産まないといけない。行くあてもなく逃げるわけにはいかないの」

お腹にいる子。その語句に驚くと、サンドラは意外そうな顔をした。

「知らなかった？　ターニャは気付いていたから、食べ物とか色々くれたのに」

「それ、つまりフリッツの子？」

「いいえ、その前から。前の夫の子よ。この子を産むために、私は生きてきた」

めまいがする感覚だった。

前の夫の子を身ごもり、その子を産むために生きる。そのために敵兵の愛人となり、その相手を心底から愛する。

異様としか言いようのない生き方だが、サンドラの様子はこれまでと違っていた。

迷いがなかった。自らの歪んだ生き方をそのままに受け止めている。

「指輪をよこしなさい」セラフィマは諸々の感情を抑えつつ言った。「言いたいことは分かったけれど、ヒューゴ・ボスの指輪なんて持っていたら、問答無用で処刑されてしまう」

少し迷いながら、彼女は婚約指輪を外してセラフィマに手渡した。

「前に会った、オリガさんだったかしら。私はコウモリだけれども、コウモリの生き方があるの。部隊名は教えてもらったから、もし出せるようだったら、手紙を出すわね」

「出発だ！」

兵士が声をかけ、トラックの荷台に向けて彼女らが整列させられた。

セラフィマはサンドラの生き方に哀切を覚えた。それとともに、混乱するのを感じた。

女性を助ける。そのためにフリッツを殺す。自分の中で確定した原理が、どことなく胡乱に感じられた。今までは迷うこともなかったのだ。憎むべきフリッツは侵略者であり、女性を殺し、傷つけるのだから、それを殺して女性を救うということは。

だがサンドラは、少なくとも主観ではフリッツを愛していた。

他方で、アデレはドイツ人女性でありながらフリッツに虐げられていた。

被害者と加害者。味方と敵。自分とフリッツ。ソ連とドイツ。

それらは全て同じだと、セラフィマは疑うこともなく信じていた。

だが、もしもこれらが揺らぎうるならば。

もしもソ連兵士として戦うことと、女性を救うことが一致しないときが来たのなら。

ソ連軍兵士として戦い、女性を救うことを目標としている自分は、そのときどう行動すればよいのだろう。

「思い出した。彼の名は、ハンス・イェーガー」

サンドラがそう言った。

その名を聞いたとき、セラフィマの困惑は直ちに静まり、心は真空に陥った。

その反応を理解できないのか、彼女は連れられていく間際、無邪気な笑みで続けた。

「私も最後の日に知ったんだけど、そう言ってた。頬に傷があるけれど、いい男だった」

目の前の光景が、まるで映写機を通して観る作り物のように思えた。

あらゆる感覚が遠のき、名前を通じて、脳裏に陰惨な記憶が蘇った。

無抵抗のまま撃たれ死んだ村の人たち。

イワノフスカヤ村に遺棄された遺体。焼けるその臭い。

猟銃を抱え、撃てないまま死んだ母。

家に入ったとき、その男は名を呼ばれた。

イェーガー。

意識が遠のくなか、人間にとって最も鮮烈な感情がセラフィマの体を支えた。

怒り。自分が誰よりも憎み、必ず殺すと胸に決めた相手。

かつてシャルロッタの言った通り、狙撃の末に自分たちは邂逅《かいこう》していた。そしてそれに気付くこともなく戦いに敗れ、あげく目の前をボートで逃げるのを見過ごした。

シャルロッタが何かセラフィマに声をかけたが、もう聞こえてもいなかった。

殺さなければ。

ただそれだけを思った。意識する機会のなかった復讐心は、いざそれと直面して、全く鈍ってはいないことに気付いた。必ず、いま一度相まみえる。そして今度こそ殺す。

そのときにこそ、自分の戦争は終わる。

セラフィマはそう思った。


「セラフィマ、ねえあなた、聞いてるの？」

ママが、心配そうに声をかけた。

気付いたとき、自分と小隊の面々は、既にヴォルガ川の広大な中州にいた。

「やあ、久しぶりだなあ」

軍服に汚れもない女が、向こうから歩いてきた。

オリガが駆けていって、彼女に甘えるように体を寄せた。

NKVDのハトゥナ。狙撃小隊をスターリングラードへ投入した張本人は、オリガを撫でた。

部下たちを待っていたイリーナが、彼女を見て笑った。

「全員生還は計算違いかい、チェーカー」

「いやいや、全員見事にみすぼらしいぞ。それに、次の任地を紹介したくてな」

「地獄にでも行けってか」

ハトゥナは悪魔だ。自分たちを使い潰すことだけを考えている。

セラフィマがそう思っていると、彼女は指さした。向こうに木造の小屋があった。

「天国だよ」

煙突が蒸気を吐き出しているその様子を見て、セラフィマは理解した。

「バーニャだ」

思わず呟いた。蒸気風呂。夢に見ることも叶わなかったロシア伝統のサウナが、目の前で湯気を立てている。

「あんまり汚いと病気になりそうなんでな。お前ら専用に空けといてやった」

「隊長！」

シャルロッタに腕を掴まれ、イリーナは真顔で答えた。

「突入！」

全員が制服姿のままバーニャに突入し、中で着衣を脱ぎ捨てた。

イリーナが、質実剛健のフョードル上等兵に東岸での周辺警戒と人払いを命じ、中州に接近して覗きを試みる不届き者が出たら射殺してよしと告げてから、小隊の全員が風呂を堪能した。

蒸気を浴び、枝葉で互いの体を叩いて血流をほぐし、ドイツに次ぐ敵と呼ばれるシラミを懸命に落とした。

一通りバーニャを堪能した彼女らは、伝統にしたがい、凍てつくヴォルガ川に体を慣らしてから飛び込んだ。

セラフィマとシャルロッタは、互いの体を洗いながら、笑い合った。

生還の喜びが、やっと実感を伴い笑みとなってこぼれた。

一九四三年初め。スターリングラード市街の戦いが決したことにより、独ソ全面戦争の趨勢は一挙に変化した。降伏したドイツ第六軍は一〇万人。それらの多くは赤軍が宣伝した通り捕虜として扱われ、また赤軍は食糧供給に尽力しようともしたが、貧弱な補給の中で寒さと飢餓に耐えていた多くのドイツ兵は体力の限界を迎えていた。捕虜収容所への行進中に脱落者が次々と凍死。連行されてまもなく、彼らの間で腸チフスが蔓延し、過半数が死んだ。生き残った者の多くも過酷な労働に直面し、戦後にドイツの土を踏むことができた者は一万人に満たなかった。

そして戦力という意味で言えば、彼らが生きているにせよ死んでいるにせよ、ドイツ第六軍は消滅したも同然であった。

しかしスターリングラード奪還がもたらした変化は、これにとどまらなかった。カフカスを越えて突出していたA軍集団は、ドイツからすれば当初の懸念の通りに後背を絶たれる事態に直面し、前年一二月末より、重火器や機材を文字通り投げ捨て、死に物狂いの撤退を開始した。スターリングラード市街で勝利した赤軍は、そうはさせじとロストフ・ナ・ドヌに迫り、ロシアの南部から黒海の北端に至るまでの退路全てを遮断しようと試みたが、ドイツ第六軍の降伏が遅れたことにより、タッチの差で撤退を許した。

マンシュタインは、「第六軍の降伏がもっと早ければ、A軍集団は退路を閉ざされていたであろう」と敗れた友軍を評価した。

しかし捕虜となった一〇万人がそれで救われる訳ではなかったし、スターリングラード第六軍の壊滅とA軍集団の全面撤退により、ドイツがソ連国内における優位性のすべてを失ったことも明らかであった。

元帥へ昇格していたジューコフはここでも八面六臂《はちめんろっぴ》の活躍を見せ、一九四三年一月、包囲されたレニングラードに対する突破口打開、「火花《イスクラ》」作戦に成功。

劣等スラヴ民族の人口削減を奉じ、降伏を許さない枢軸軍に包囲され、計画的な飢餓により一〇〇万の市民が餓死、凍死し、親兄弟がその死肉を食らう極限の都市に対して補給路を開拓した。未だ過酷な条件ではあったが、飢餓と寒さに苦しむ同都市へ、鉄道による物資輸送が可能となった。

同時期、戦局は世界的規模で転換した。

北アフリカ戦線ではロンメルの指揮下で戦っていたドイツ軍が連合軍に敗れ、スターリングラードを上回る数の捕虜を出す。

さらにイギリスとの空中戦が空襲戦に発展すると、イギリスによる都市空襲はドイツの軍需産業に損害を与え、徐々に独ソ戦の戦局に影響を与えだした。

地球の裏側の太平洋戦争では、帝国日本がアメリカにガダルカナル諸島を攻め落とされ、完全に守勢に回る。

一九四三年当初に、ソ連のみならず連合軍全体が戦局の優位を占めた。

スターリングラードにおけるソ連軍の勝利。

この一語を得るために失った人命は、ソ連軍が一一〇万人、市民二〇万人。しかし市民の中にはこのほかに、疎開中に命を落とした者や、ドイツへ拉致された者たちもいた。

戦火を免れ生き延びた人も多くは避難しており、戦前六〇万人を数えたこの都市で、生きて戦闘終結を迎えた市民は、わずかに九〇〇〇人であった。

枢軸軍は七二万人を失った。

総勢二〇〇万人超の死。これは第一次世界大戦で最大の要塞攻防戦、ヴェルダンの戦いを遥かにしのぐものだった。

スターリングラードでは数々の英雄が誕生した。

ヴァシーリイ・ザイツェフは戦闘終結までに総計二五七名を射殺。目を負傷しつつも治療を終えて前線に復帰した。

第一二大隊と同じく第一三歩兵師団に属するヤーコフ・パヴロフ軍曹は、ヴォルガ川堤防脇のアパートにわずか四名の部下とともに踏みとどまり、ドイツ軍の猛攻をしのいだ。

パヴロフの家、と銘打たれたこのアパートは要塞としてその名を歴史に残した。

第一三歩兵師団は、実に兵員の九割を失い、新たに親衛師団の称号を得た。

そして、マクシム隊長やユリアンがそうであったように、一一〇万人の兵士たちのほとんどはそれら栄光に浴することもなく、無名の死者として膨大な数値の中に埋没した。

大勝利に勢いづいたソ連はハリコフ奪回を目指して進軍するが、既に補給の限界に達した赤軍が戦闘能力を失いかけたそのとき、全軍退却の様相を呈していたドイツ軍はマンシュタインの指揮下、撤退兵力を結集して反撃を開始。第三次ハリコフ会戦においてソ連は敗れ、再び戦線は膠着《こうちゃく》した。

一九四三年。未だ戦争の終わりは見えなかった。

第三九独立小隊もまた、次なる戦いへと駆り立てられていった。

第五章　決戦に向かう日々

静かに！（中略）みなさんに言いたいことがある。（中略）おれの話なんぞ聞きたくもないだろうが、泣き言だけはやめてくれ。この戦争に勝たねばならん。勇気をなくしてはならんのだ。もし相手が勝ったなら、そしておれたちが占領地でやったことのほんの一部でも敵がここでやったら、ドイツ人なんか数週間で一人も残らなくなるんだぞ。

一九四五年四月一五日ベルリン、

アンハルター駅発地下鉄車内。鉄十字章二個とドイツ金十字章をつけた兵士（引用者註）

（アントニー・ビーヴァー　川上洸訳『ベルリン陥落１９４５』より）

一九四五年四月

ポーランド東部で新たにソ連軍の制圧下に入った街、ビャウィストクでインタビューを受けるセラフィマは、今日の記者は優秀だけど外れかな、と思った。

「同志セラフィマ・マルコヴナ・アルスカヤ。最初に銃に触ったのは何歳の時ですか？」

「一〇歳です。的を撃ちました。その年は食害がひどくて、母が教える気になったんです」

「素晴らしい。小さい頃から銃に夢中だったんですね」

「最初は怖かったです。けれどなぜか当たりました、夢中になったのはその後です。的に当たることがたまらなくて。家や学校で銃の話ばかりするので、周りが笑いました」

「なるほど。早くも狙撃手の才能がおありになった」

会話をしながら、細面《ほそおもて》で眼鏡をかけた記者はさらさらとメモを取った。

新聞に載る言葉は自分のものではなく、常に、自分の言葉を聞いた新聞記者のものだ。

記者たちは常に新聞の性質のもとに、意識的、または無意識的に言葉を翻訳してしまう。本日掲載されるのはピオネール向けの機関紙だから、求められるのは少年少女たちが胸を躍らせる英雄譚だ。

記者は流れるようにメモにペンを走らせる。

彼の綴る記事。その世界の自分は、きっと目の前で戦友が肉塊となったこともなければ、浮き足だって看護師に殴られたこともない、無敵の戦士なのだろう。変性的な意識のもと、現実から逃れようと歌いながら狙撃をしたことも、記事は愛国者の美談へと昇華させる。

「スターリングラードでの勝利以降、どのように戦いましたか？」

「どうもこうも、最高司令部予備軍《RVGK》の言うがままに動いただけですよ」

忠誠心《ヴェールノスチ》。口にしていない語句がメモの中で踊った。

「それ以降で一番記憶に残っている戦いは？」

「やはりクルスクですね」

記者の目が爛々《らんらん》と輝いた。赤軍大勝利の象徴。それ以上に、おそらく彼にとっては読者の関心を引く絶好の話題だ。

「そうでした。第三九独立親衛小隊は、クルスクの戦いに参戦したのでしたね！」

南部ウクライナにおける第三次ハリコフ会戦に敗れた赤軍が、同時期に、その真北二〇〇キロに位置するロシア南西部の要衝、クルスクを制圧した結果、戦線には、ドイツ軍にとっていかにも攻撃したくなるような突出部が生まれ、そうはできないほどドイツは消耗していた。しかしながら、一九四三年の戦況は、ドイツをクルスクへと駆り立てた。

北アフリカで壊滅的敗退を喫したイタリアを率いるムッソリーニは既に足下が危うく、ルーマニア、ハンガリー等の枢軸各国も、既にドイツの勝利を信じられずにいる。国内でさえ、女子大学生とその仲間たちが戦争の早期終結をビラで訴えてギロチン送りになる始末だ。華々しい戦果を挙げなければ、というヒトラーの焦燥に対して、スターリングラードで傷ついた権威をハリコフで一部取り返したマンシュタインに、参謀総長クルーゲ、それにツァイツラーといった国防軍の将帥たちは、クルスクにおけるさらなる戦果によって総統の期待に応え、もって自らの成果を挙げようと、先制攻撃の作戦を率先して立案した。

すなわち「城塞《ツイタデレ》」作戦。ロシアの大地に突出したソ連軍に対し、ティーガーやパンターといった新型戦車を投入して南北から挟撃を仕掛け突出部を切除、包囲した敵を殲滅し、戦果によって戦争におけるドイツの勝利を確信させる。そして戦線の縮小により予備兵力を湧出させ、来るべきソ連の攻勢への備えとする。さらには捕虜の強制労働と略奪物資によって戦局を好転させるのだ、と妙に厚かましい狙いを作戦要項に記した。

野心的なプランではあったが、それが実現可能であるかは話が別であった。三月のはずであった作戦開始日は、補給態勢の構築の遅滞や新型戦車の調整不足によって遅れに遅れた。その間に、世界屈指の諜報能力を備え、さらには西側連合国からの情報提供も得られるソ連は、スパイ活動によって本作戦の全貌を、ほぼ完全に把握していた。

現地の赤軍は何重にもわたる堅牢な防御陣地を構築してそこに大量の対戦車地雷を敷設。さらにはSU-152対戦車自走砲等の新型戦闘車両を配備。かくして一九四三年七月五日、クルスクを中心とする突出部で、両軍は正面からの大衝突を演じた。

記者は勢いづいて尋ねた。

「クルスクの戦いはいかがでしたか？　プロホロフカでは、大戦車戦が展開され、激闘の末に我が軍が大勝利を収めたわけですが！」

「よく知りませんね。当時は、プロホロフカは局地戦で負け戦と聞きましたけど」

記者のメモを取る手が止まった。新聞に載らない言葉だった。

実際のところ、大戦車戦による赤軍の勝利、という言葉を記者の口から聞くことはあっても、当時の現地で聞いたことはなかった。新型戦車ティーガーの前にT-34は一方的に食い破られ、南部からの攻勢は赤軍に絶望的な破滅をもたらすとの不吉な噂もあった。

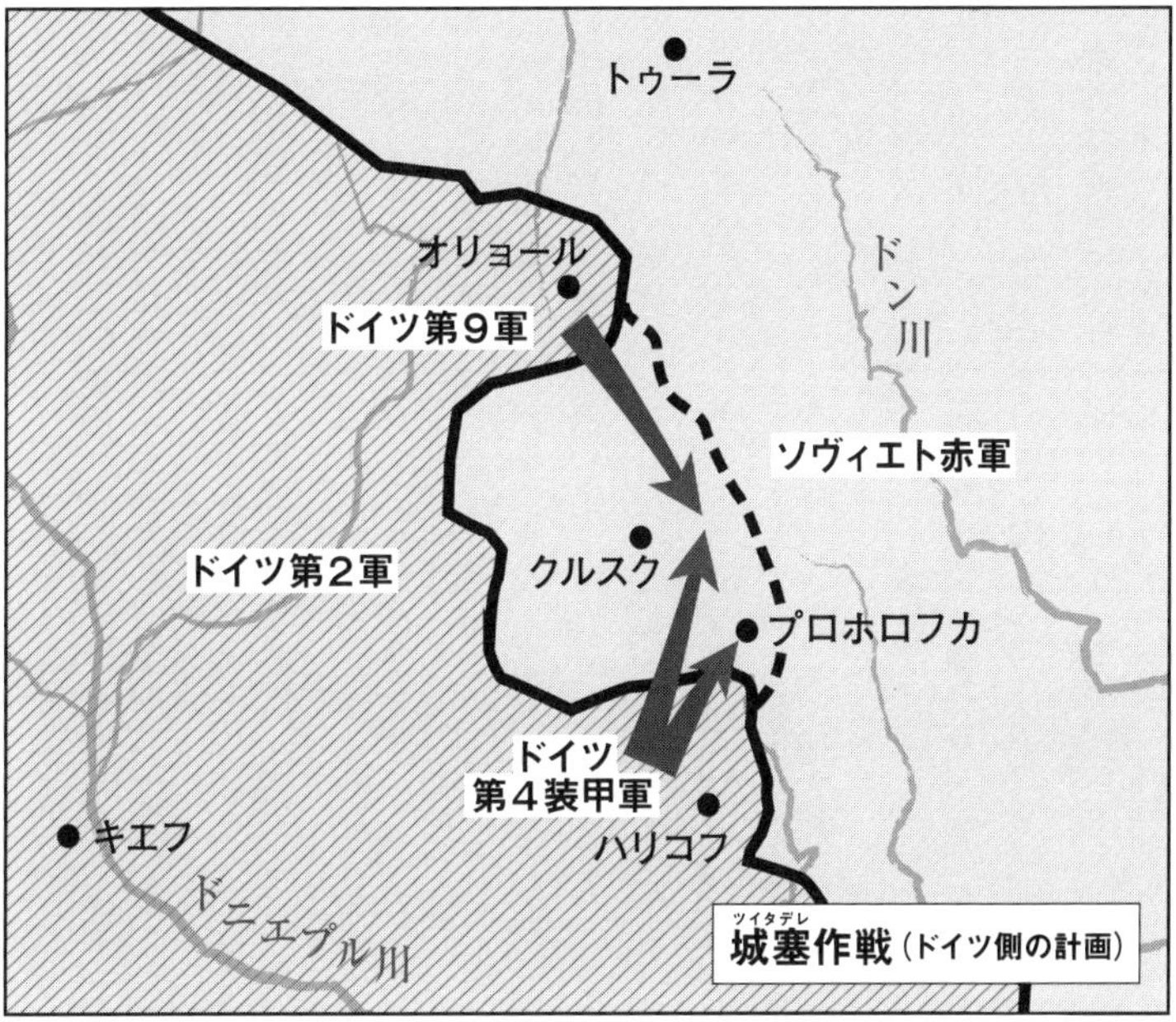
トゥーラ
オリョール
ドイツ第9軍
ドン川
ソヴィエト赤軍
クルスク
ドイツ第2軍
プロホロフカ
ドイツ
第4装甲軍
キエフ
ハリコフ
ドニエプル川
城塞作戦《ツイタデレ》（ドイツ側の計画）

勝つには勝ったが大惨事。

それが、当時の赤軍兵たちの率直な感想であったが、その記憶は即座に書き換えられてゆく。書き換えるのは記者だけではない。それを読んだ読者も、現地で実際に戦った兵士たちでさえも、徐々に自分の記憶を書き換えて話すようになった。

今や新聞で「ソ連の大勝利」をもっとも声高に話すのは、実際のプロホロフカで負け戦の指揮を執った将軍たちだ。

手が止まった記者を助けるように、セラフィマは言葉を続ける。

「プロホロフカは南部の戦車戦。私たちが配属されたのは北側の塹壕でしたから」

「ああ、なるほど。その戦いはどうでしたか」

二年近く前の戦いに思いをはせる。北部の備えは万全であり、クルスクはまるで平原の要塞だった。十重《とえ》二十重《はたえ》に掘られた塹壕は、射界がお互いを援護し、各塹壕に形成された先端は、正面に現れた敵には集中砲火を浴びせ、それを迂回して中央を目指す敵には複数の先端から十字砲火を浴びせることができた。塹壕の各所には人がすっぽりと収まり、肩から下を全て隠して射撃に専念できる地点が設けられた。

これは狙撃兵にとって絶好の狩り場であり、狙撃小隊が演じたのは、リュドミラ・パヴリチェンコがかつてセヴァストポリで経験したのと同じフリッツ撃ちの大会だった。

目の前をやってくる敵の戦車軍団。その脇を固める随伴歩兵を撃ちまくった。

「フリッツを撃って戦車を迷走させ地雷原へ誘導して爆破させる。その繰り返しですね」

敵が接近すれば地下トンネルを使ってもう一つ奥の塹壕へ移動する。そこでは一列前の塹壕に照準が合わせられるように設けられた射撃地点があり、ここを飛び越えようとするフリッツを次から次へと撃ち落とした。

むろん楽な戦いではない。頭上からは敵の支援砲撃が降り注ぎ、戦車は榴弾を発射して味方を吹き飛ばす。聞き分けられるようになった「当たる音」を聞けば塹壕内の横穴に飛び込む。タイミングを誤れば死ぬ。さらに南部では堅固な防御線も破られ、ドイツは狙い通りクルスクに達するかも知れないとささやかれた。

耐えに耐えながら小隊の狙撃人数が一〇〇を超えたころ、敵は撤退を開始した。

七月一二日、赤軍は、狙われているクルスク突出部のさらに北部から、予備兵力を投入して反攻をかけた。北部を攻めあぐねていたドイツ軍は連日の戦闘で消耗したうえに既に予備兵力が存在せず、もはや突出部切除どころか、後背を絶たれ包囲される危機に直面する。故に多くの敵を葬りながら何らの作戦目標を達することなく、彼らの攻勢は失敗した。戦力を低減させた退却は敗走と化し、攻勢開始前の戦局を維持することも叶わなかった。

この攻勢より遡ること二日前、イタリアはシチリア島への連合軍上陸作戦が開始されたこともあり、マンシュタインはセコンドにタオルを投げられたボクサーのごとく、ヒトラーにより、東プロイセンへ召喚される。一連の情勢を読み切ったソ連軍は守備戦闘を追撃に転換し、突出部北方のオリョールへ進撃。そして南部からも攻勢を開始し、三度にわたって苦杯をなめさせられたハリコフを連続して奪還した。

諜報、防衛、反撃から攻勢に至る連続的作戦の実施に、赤軍は成功した。

膨大な戦死者を出しながらもクルスクの戦いは赤軍の勝利に終わり、第三九独立小隊もまた親衛の名を得た。スターリングラード以降階級を駆け上っていた彼女らは、この戦いで無事生還したことによりそろって少尉へと昇進。兵員が同じであるため実態にも変化はないが、ともかくイリーナは大尉となった。

ただ一人、後方の陣地に残っていたハトゥナが砲弾の直撃を受けて死んだ。

NKVDの監視役。イリーナを恨み、自分たちを続けざまに激戦地へ放り込んで、スターリングラードの戦いの後バーニャを与えたあの女は、一五〇ミリ砲弾の爆発により跡形なく消し飛んだ。

彼女の部下であったオリガは、表面的には何ら動揺を見せることなく、弔意を示すこともなく、元のように陰気なチェーカーとして、黙々と誰の指揮下にも入らない狙撃を続けた。ただ戦役が終わっても彼女が甘える相手がいないのだ、ということは、セラフィマにとってもある種の悲しみを感じさせた。

けれども、誰一人として泣きはしなかった。

クルスクの戦いが終わったとき、セラフィマの確認戦果は七五名に達していた。

シャルロッタは六〇名。ママは五〇名。オリガは不明だが、相当数とみて間違いない。

第三九独立親衛小隊は、これを「魔女小隊」と名付けた陸軍機関紙の記事により、兵士たちの間でそう知られるようになった。

半ば畏敬を込めて、半ば嫌悪とともに、小隊の兵士たちは魔女と呼ばれるようになった。

ピオネールの新聞記者は、どちらともつかないまなざしで尋ねる。

「バグラチオン作戦ではいかがでしたか？」

「圧倒的勝利ですが、どうというほど戦ってはいません」

翌年、一九四四年六月二二日。全くの偶然ではあったが、ドイツによるソ連侵攻のちょうど三年後の日に、ソ連軍最大の攻勢は開始された。

わずか一六日前、米英仏などの連合軍がノルマンディー地方に上陸作戦を開始し、待ちに待った第二戦線が構築された直後、満を持しての反撃であった。

突出したウクライナ南部からの攻勢というドイツの予測を覆し、ジューコフ、ヴァシレフスキー、そしてロコソフスキーらソ連の将帥たちは、ヨーロッパ東部の一三〇〇キロメートルを超える戦線を全面同時攻撃するという野心的な作戦を実施。予備兵力の集中展開を許さない連続的打撃は、ドイツの機動的戦闘を不可能にした。同時に占領地のパルチザンも活動を激化させ、ドイツ軍の後方で補給や通信に対する攻撃を熾烈化させた。

豊富な兵力に加え、蓄積された戦訓、ティーガーを凌駕しうるIS-2等の新型戦車、そしてレンドリースによって得られた補給や兵力輸送のための設備の拡充は、この時期のソ連軍を世界最強と呼称しても誇張ではないほどに強大化させていた。対して損耗著しいドイツ軍にヒトラーが下した命令は狂信的な死守命令であり、彼らは開戦時とは反対に、撤退も叶わず陸空からの攻撃によって撃滅されていった。

ソ連はベラルーシを解放、ポーランドで反ドイツ勢力が活動を激化させると、攻勢の限界に達したとしていったん進軍停止。ワルシャワ蜂起が失敗した後ポーランドを解放した。進撃の速度は五週間で七〇〇キロ。まことに見事な勝利ではあるが、ここまでの速度で味方が進撃する局面では、狙撃兵はあまり重要ではない。狙撃小隊はアメリカ製のトラックに乗ってあちこちへ移動して、その都度移動先が陥落しているという場面に直面した。

この時期、狙撃小隊の印象に残ったものは、スチュードベーカー社製のトラックとハーモニカだった。前者はドイツもソ連も苦戦した泥濘《でいねい》をついに克服し、後者はその上で吹けるということで、赤軍に一大ブームを巻き起こした。隊内では看護師のターニャがこれの名手だった。

良い変化。赤軍がついに女性用下着の導入を実施したので、女物のパンツとブラジャーが手に入るようになった。

悪い変化。狙撃スコアが伸びなくなった。

そのように簡単に付け加えると、記者はなんとも言いがたい笑い方をした。

「それで、ついにフリッツの狙撃兵を仕留めようというのですね」

「そう。私はそのために戦っています」

瞬時に気持ちを切り替えた。セラフィマにとっての本日の作戦目標が目の前に現れた。

「頬に傷のある髭面の狙撃兵。彼は私と故郷の仇であり、またスターリングラードでは狙撃兵仲間のユリアンを殺しました。ソ連人民の仇でもあります。私は彼を倒すために赤軍へ入ったのです。スターリングラードでは取り逃がしましたが、終戦までに、必ず仕留めてみせます」

あえて通俗的で刺激のある語彙《ごい》を駆使すると、記者は顔を紅潮させてメモを走らせた。

そのまま いけ。いや、お前の文筆でもって、もっと力強い言葉に書き換えてくれ。

あのスターリングラードでの邂逅以来、セラフィマは折りにつけては視察に来る将校に自分の身の上話を語り、記者を嫌う仲間からインタビューの役目を担っては、できるだけ感傷的に自分の思いを語った。故郷を焼かれた復讐のため戦う女狙撃兵。その姿ができるだけセンチメンタルに読者を刺激し、プロパガンダの的となるように周囲を誘引した。

スターリングラードの戦いの後、上層部が自分に、「女兵士」に求めるものはなにか、とセラフィマは考えた。

それは通俗的で愛国的なヒロインであり、復讐を果たす愛国者だ。

激戦地から帰った自分たちに第一三師団付きの広報官が取材に現れたとき、不文律第一条に「目立つな」とたたき込まれた狙撃兵たる彼女らは全員こそこそ逃げようとしたが、取材をするのもそれに答えるのも共に職務であるから答えなければならない、と彼の上司に言われ、セラフィマは自分の戦い方を思いついた。ひたすらに自分を目立たせる。複合的な動機など必要ない。純粋な愛国者を演じればよい。記者たちはこぞって「家族を殺された村娘」「武器を手に取り多くのフリッツを倒した狙撃兵」「彼女が願う復讐劇」を書き立てる。

自らの安全のため「ゾーヤ」という符丁を与えられ、受難の詳細を伏せられた彼女は、記事の中でリュドミラ・パヴリチェンコの再来を思わせる活躍ぶりを見せた。

そして彼女には、パヴリチェンコやヴァシーリィ・ザイツェフと同じく、戦友と本物の戦績という、頼もしい友がいた。小隊の仲間はもとより、スターリングラードのフョードル上等兵しかり。さらに彼女の師イリーナはパヴリチェンコの戦友であり彼女自身も凄腕である。これらを報じる軍機関紙はすべて軍組織に直結している。それを目にした軍上層部が望むことは何か。セラフィマは言外にメッセージを発した。

私はソ連のヒロインになることができる。

私が仇を討てば、絶好の偶像をつくることができる。

だから私に、ハンス・イェーガーを討たせるのだ。

その思惑は成功した。第六軍捕虜への尋問に始まり、各前線での情報を集めるべき対象のリストにハンス・イェーガーの名前が載った。凄腕の狙撃兵が出現したとの報に接すれば必ずその目撃証言が集められ、仕留められれば面通しがおこなわれた。むろんイェーガー自身が超一流の狙撃兵であり、これを排除することにそれなりの戦術的価値があることは確かであるが、一介の兵士に対するものとしては異例の密度で情報収集がおこなわれた。

イリーナはセラフィマがインタビューを受けることを明らかに嫌っていたが、それが教え子の作戦であることも理解していたためか、妨げようとはしなかった。

撤退戦を演じるドイツ軍数百万の中から一人を探すのは至難の業ではあったが、それでも捕虜への尋問により、彼らしき人物が合流した部隊と、その行き先が明らかになった。

「フィーマ、ご飯の時間だよ！」

顔を上げる。

シャルロッタが、数年前と何も変わらない笑顔でそこにいた。

記者に目配せすると、彼は慌てた様子で立ち上がり、敬礼した。

「では失礼いたします。ご無事で、同志セラフィマ・マルコヴナ」

「ええ、あなたもご無事で」

セラフィマも敬礼する。言葉に偽りはない。彼らもまた武器を持たず戦う兵士であり、戦場の仲間だ。

「もう行こう行こう。フィーマってばインタビュー受けすぎ。隊長が怒ってるよ」

シャルロッタはセラフィマの腕を引いていこうとしたが、記者が慌てて尋ねた。

「ああ、最後に一つだけ聞かせてください」

振り向いて首を傾ける。

「撃った敵の顔を、夢に見ることがありますか？」

それは、国内の記者の問いとしては異質なものだった。

職責から離れた問い、個人に属する質問のようでもあった。

英雄にまとわりついた虚構のヴェールをめくり、皮膚に触れようとするような問い。

「一度もありませんね」

セラフィマが直截に答えると、記者は挨拶とともに落胆の色を浮かべた。

真の姿に迫ることはできなかった、と考えたようだった。

違うんだよ、とセラフィマは思う。

私は本当に一度も、そんなことで苦しんではいないんだ。


「ソ連により解放された」ポーランド東部。北へ向かえば東プロイセン、西へ向かえばドイツ本国への近道であるビャウィストクには、その両方面に派遣される赤軍の総勢二〇個師団が、決戦を前に、短期間の合同宿営をしていた。

元は大学として使われていた建物も、今は兵舎として活用されている。数百人の兵隊が同時に飯を食らう食堂は、赤軍兵猛者どもの放つ熱気で息苦しく感じられた。

メニューは黒パンにそばのカーシャ。牛肉がわずかに入ったキャベツのスープが少々。バターがついているので、悪くはない。

ほうっと息をついて、狙撃小隊の仲間たちを見渡す。

スターリングラード以来、変化が生まれた。誰も笑わなくなった。イリーナはもとからだが、オリガは皮肉を言うこともしなくなり、いつも優しく微笑んでくれたママも、めっきり口数が少なくなった。それが不思議と、狙撃兵としての練度の向上をあらわしているように思えた。看護師のターニャは治療の手が足りず、今日は別の隊に派遣されていた。

「ねえフィーマ、私、黒パン好きじゃないの。スープと交換してくれない？」

「いいの？　私このスープ苦手だけどな」

「だからいいんじゃない」

シャルロッタだけは例外だ。練度を上げ、狙撃数を増やしながら笑顔を失わない。口ぶりはむしろ、どこか幼くなったようにさえ感じられる。

その姿が愛おしく、セラフィマのすさんだ心を癒やしてくれた。

「おい見ろよ、親衛アバズレ小隊がいるぜ」

あまりに明確な悪意を孕んだ言葉が、食卓の会話の合間をついて投げ込まれた。

振り向いて見れば、一般歩兵の一団が悪意的な笑みを浮かべてこちらを見ていた。

「アバズレなんて呼ぶな。狙撃兵様だよ。最前線で泥まみれ、命がけの俺たちとは大違い。安全な巣穴から狙い撃つエリートだ」

「放っておけ」

何か言い返そうとしたシャルロッタを、イリーナが小声で制した。

「大方、自分の隊の狙撃兵と揉めたのさ」

そうだろうな、とセラフィマも思う。

狙撃兵に好意的な歩兵は少ない。スターリングラードのマクシム隊長は例外だった。多分、家族のような身内に狙撃兵ユリアンがいたことも大きいのだろう。

イリーナが食事を再開すると、周囲も即座に食卓へ視線を落とした。

国を問わず、歩兵と狙撃兵は相性が悪い。

それは職能の差によるものでもある。歩兵は前線で敵弾を掻い潜って敵に迫り、市街戦ともなれば数メートルの距離で敵を殺すのが仕事だ。そのために必要な精神性は、死の恐怖を忘れて高揚の中で自らを鼓舞し、熱狂的祝祭に命を捧げる剣闘士のものだ。

一方で、潜伏と偽装を徹底し、忍耐と集中によって己を研鑽し、物理の下に一撃必殺を信奉する狙撃兵は、冷静さを重んじる職人であり、目立つことを嫌う狩人である。

個々の兵士にはその兵科に特化した精神性の持ち主が必要とされるし、望むと望まざるとにかかわらず、戦火の選別を経て生き残った兵士たちの精神は、兵科に最適化されてゆく。もし歩兵に求められる精神性で狙撃兵になれば一日であの世行きであるし、狙撃兵の精神性で歩兵になれば戦いに行くこと自体がままならない。

故に、生き残った歩兵は大胆で粗野に、狙撃兵は冷静で陰気になってゆく。

以上の、職能によって求められる精神性自体が水と油の如く相性の悪いものであり、実際にはこれに兵科同士の派閥争い、自らの兵科以外を見下す普遍的な傾向が加わる。

最も仲が悪い場合、歩兵から見た狙撃兵とは自分たちを前面に出して距離を置いて敵を撃つ陰気な殺し屋集団であり、狙撃兵から見た歩兵とは、狙撃兵の損耗率が歩兵より高いという事実を無視して自分たちを蔑視し乱雑な戦闘技術で粗暴に振る舞う未開の野蛮人だ。

ソ連の狙撃兵は、一般の歩兵師団の中に置かれる狙撃兵部隊と、第三九独立小隊のように、最高司令部予備軍に所属し遊撃する狙撃兵集団に大別されるが、いずれの場合も歩兵と仲が良い事例は少ない。

狙撃兵自身、歩兵が求めるような戦友同士の同志的結合、固い絆といったものを好む精神性をあまり重視せず、狙撃兵同士で集まり寡黙に過ごすものが多い。

独立小隊も転戦先でそのように過ごした。

狙撃兵でしかも女となると、もはや異物というよりは異星人のように奇妙なものとして扱われた。

洗濯部隊や炊事部隊の女性たちが男どもに粉をかけられることはよくあり、色恋の果てにその女が妊娠した結果、女性は故郷に帰され男の兵士が営倉送りになることもあったが、狙撃小隊に色気を出す男はいなかった。

彼女らはただ黙々と敵を撃ち、小隊でひっそりと固まって過ごした。

話題もないので口を開くと銃の話と狙撃技術の話しか出てこないし、それも徐々に面倒になって、ただ猫の集まりのように無言で過ごし、ひたすらに戦技の向上を目指して共に訓練に明け暮れ、そんな関係に安寧を覚えた。

だがときおり女故に絡んでくる連中がいるのが目障りだった。

狙撃小隊の面々の切り替えは早かったが、見知らぬ歩兵たちはそうでもなかった。

「あんなのが自分の女だったらどうするよ。殺しまくりの女房だぞ」

「女？　あれが女に見えるのか？　目の錯覚だろう」

「おい」オリガが突然彼らに声をかけた。「こっちを馬鹿にしてもお前の隊がオーデル川で敗走したことがなくなる訳じゃないんだぞ」

歩兵たちの顔が怒りに染まった。

彼らの記章からか、直感か。彼女は所属と戦歴を見抜いていた。

一九四五年一月、ポーランド西部からドイツ国境付近にかけてのソ連軍攻勢は全体として圧倒的勝利に終わったが、死守命令に固執するドイツ軍の抵抗は凄まじく、赤軍も四万人以上を失い、いくつかの部隊は敗走して他の部隊と合流した。

オリガの制服を見た歩兵は表情を硬くした。

「女チェーカーまでいやがんのか」

オリガは何も言わずに食事を再開し、他の小隊の狙撃兵も同様に振る舞ったが、隣の歩兵たちの放つ剣呑な怒気は収まる気配もなかった。

沈黙が続いてしばらくして、歩兵の一人がわざとらしく声を張り上げた。

「なあ、ドイツ女は最高だったよな！　女はああだろ、化粧っ気もあってよ」

歩兵たちが一瞬遅れて、どっと笑った。

セラフィマは全身を悪寒が走るのを感じた。

彼女の手を、イリーナが掴んだ。自分が震えていたことに気付いた。

「ああ、あれは女だった。最初に会った娘はいい声で泣いたよな」

「お前は何人とやった？」

「五人」

「おれは七人だ！」

暴行を示す語句をさも武勇伝のように語る男たち。

セラフィマの嫌悪感が、徐々に殺意へ変わっていった。

こいつらは自分たちを貶めるために、多分作り話をしているんだ。そう自分を納得させようともしたが、自分で思いついたその発想にまた怒りを覚えた。

男たちはその様子に気付いて面白がっていた。

自分は何人を犯した。お前と一緒に何人を捕まえた。そんな話を延々と繰り広げ、周囲の兵士たちもそれを咎《とが》めるでもない。

男たちは陵辱の話をすることで狙撃小隊の女性たちに屈辱を味わわせようとしていた。そしてそのもくろみは成功しているとセラフィマは思う。

周囲を煽っていた男の一人が立ち上がってトレイを返しに行く。

自分の背後を通り過ぎるとき、聞こえよがしに彼は言い放った。

「安心しろよ。俺だって相手を選ぶんだ。お前は犯さねえ」

セラフィマの脳内で何かが切れた。イリーナの暖かい手を振り切った。

立ち上がり、手の塞がった男の襟首を掴む。反応するよりも早く全力で後ろへ引き、膝から下を足払いで刈る。近接格闘の訓練通り、相手は食器をまきちらして簡単に倒れた。

「てめえ！」

男は腰の拳銃を抜いた。そしてそれをセラフィマが踏みつけて笑った。

「たかが肩が当たったくらいで拳銃を抜くとは軍規違反も甚だしいな」

「て、てめえこんなことして、タダで済むと……」

セラフィマは、自らも所持しているトカレフ拳銃のホルスターに手をやる。

するとイリーナがやってきて、その手を押さえた。

彼女は仰向けになっている兵士に向かって言い放った。

「なんだ？　なにをした？　お前はＮＫＶＤに駆け込んでこう言うのか？　女性兵士を挑発したら床に投げられて、銃を抜こうとして踏まれましたって？　銃殺の前には罪状を読んで処刑人が笑うだろうな。チェーカーはそこにもいるぞ、ほら。言ってみろ」

兵士が言葉に詰まった。

オリガは面白くもなさそうな表情でキャベツのスープを口に運んでいる。

視線を向けると、彼と同じ隊の男たちも食卓で中腰のまま固まっていた。

自らの周りでは、百戦錬磨の女狙撃兵たちが背後に回していた狙撃銃を素早く両手に取っている。

銃口を向けはしない。だが撃つ場面となれば全員殺せると理解できた。

セラフィマは足を離して言い放った。

「安心しろ。お前らなんて殺しても経歴に傷がつくだけだ。私の敵は雑魚《ざこ》じゃない。私の女らしさが知りたいならな、今夜私の部屋に来い。不安なら銃を持ってでも来るがいいさ」

銃を腰のホルスターに収めた男は面食らっていた。

セラフィマは最後に笑って瞬きした。

「私なりの女らしさを知ったお前の死体が、明日その辺に転がってるよ」

きゃあ、と遠くから悲鳴のような歓声が上がった。

見ると遠くから洗濯部隊の女性兵士たちが手を振っていた。

周囲の兵士たちも歩兵たちから視線をそらしていた。誰も負け犬に寛容ではない。

勝負あった場面ではあるが、歩兵たちは屈辱に震えている。

この場面から離脱するにはどうしたものか……。

思案していると、新たな声がした。

「そこまでだ。なにも見ていない。だから全員解散しろ！」

よく通る澄んだ声。

上背のある優男が、狙撃小隊と歩兵たちに決然と告げた。

「なんだ貴様は。狙撃兵どもの仲間か」歩兵が言った。

違うように思えたが、歩兵とも雰囲気の異なる男は答えた。

「私はミハイル・ボリソヴィチ・ボルコフ。砲兵少尉だ」

砲兵か、とセラフィマは納得した。

彼らは歩兵とも狙撃兵とも異質の精神性を持つ兵科だ。物理学を奉じて技術を磨くという点で狙撃兵に似てはいるが、チームプレーを重んじ、大砲を戦場の神と呼称して陸戦の主役を気取る、戦車兵と同じく誇り高い連中。仲裁には向いているかもな。

――え？

ミハイル少尉は歩兵たちに黙って散れ、と言っていた。

その顔、その声。豊かな金髪、アイスブルーの瞳、柔和な顔立ち。

「ミーシカ。あなた、ミーシカなの？」

優男の少尉が驚いた表情で振り向いた。

当惑と動揺をあらわにしていたその顔に、徐々に驚きが現れた。

それを確信へ誘うように、セラフィマは言った。

「セラフィマだよ、私！　イワノフスカヤのセラフィマ！」

「そんな、フィーマ、生きてたのか！」

幼なじみのミハイルはセラフィマと手を取り合った。

歩兵たちがなにか鼻白んだ様子で退散してゆく。

傍らのイリーナに向き直ったセラフィマは敬礼して尋ねた。

「一〇分、いえ、一五分ほどお時間を頂きたいと思います」

イリーナは事の次第のおおよそを理解したらしく、軽く頷いた。

「まあよかろう、そろそろ講義だ。本題を忘れるなよ」

はい、と答えた。

シャルロッタが、「よかったね」と手を振ってくれた。


食堂を出て歩きながら、なかなか会話が始まらなかった。まさかミハイルと再会するとは思っていなかったし、ミハイルに至ってはセラフィマの死を疑ってもいなかった。

自分の方がまだ話しやすかろうと思ったセラフィマは、笑顔とともに尋ねた。

「砲兵少尉ってすごいね、カチューシャロケットとか、一五二ミリ榴弾砲を指揮してるの？」

ミハイルは驚いたような顔をしてから、答えた。

「いや、今は砲兵でも自走砲隊の指揮官なんだ。僕自身も乗っている」

「自走砲隊なの？　すごい！　クルスクで私も何両か見たな。ＳＵ‐１５２はティーガー戦車を吹き飛ばしてたし……噂では新型のＳＵ‐１００やＳＵ‐85も凄いんだってね」

「ティーガーは多分Ⅳ号の誤認だな。そもそもあれはそんなに見かけないし」ミハイルは苦く笑った。「それに華々しいのは一面で、自走砲なんて悲惨なものだよ。戦車もそうだけど、装甲を盾にして一番に突っ込まされて、中は暗いし、狭いし、暑いし。ぎゅうぎゅう詰めの仲間は敵の砲弾を食らったら全員あの世行きだし、燃料にまみれて燃えると地獄なんだ。何日も苦しんでから死ぬはめになる」

「そうか……でも私、ミーシカが自走砲指揮官になるなんて予想もしなかったな」

「君が狙撃兵になることの方がよほど意外だよ。まさかフィーマがリュドミラ・パヴリチェンコになってるなんて」

その名を引き合いに出されたことに、喜びよりも抵抗を覚えた。

「同志パヴリチェンコとは次元が違うよ。あの人は三〇〇人以上を倒した。私はまだ、たったの八〇人だもの」

セラフィマがそう言うと、ミハイルが呆然とした表情で絶句した。

そうか、と彼女は納得した。

先ほどから会話の合間に生じていたズレの正体も分かった。

かつて自分たちを脅したバーバヤガー的「人食いキーラ」。彼女が殺したのは一〇人だったり二〇人だったりした。だが八〇人も殺したなどと言えば誰も信じなかっただろう。

彼女は実在しない訳だが、自分はここにいる。人食いキーラがいたとして、それを恐れる理由もない。銃を構えて引き金を絞るだけだ。

今の自分の顔に、イワノフスカヤ村にいた頃の幼なじみの面影はないのだろう。

なんとなく気まずい無言が続いたあと、セラフィマは尋ねた。

「ねえ、あの歩兵たちが言っていたこと、嘘だよね」

「え？　何が？」

妙な聞き返し方をしたミハイルに、セラフィマは重ねて尋ねた。

「だから、赤軍の兵士がドイツの女性に乱暴してるとかいうの。明らかに軍規違反だし、ナチと戦うソ連兵士がドイツ人民の女性を傷つけるなんて、嘘でしょう？」

きっとミハイルが嘘だと言ってくれるだろう、という期待があった。

ミハイルの視線が泳いだ。明らかな逡巡の後に彼は答えた。

「残念ながら本当なんだ」

セラフィマは衝撃を受けた。その様子に気付いたのか、ミハイルは視線をそらした。

「僕らもポーランド国境で戦ったとき、ドイツ人入植地に突入した兵士たちから似たような話を聞いた。金目当ての略奪と、特に女性への乱暴がひどかったそうだ。NKVDも敵前逃亡と違って、それほど熱心に取り締まるわけじゃあない。どこでも占領の初日はひどいもんだよ」

「で、でも……軍規では市民への暴力は犯罪だし、ドイツにもそう訴えているじゃない」

「君もエレンブルグの言っていることは知っているはずだ。ソ連がドイツへ使う言葉は、常に二種類あるんだよ」

セラフィマは言葉に詰まった。

一九四五年。東プロイセンへ迫った赤軍は、そこに住まうドイツ人へドイツ語のラジオ放送をおこなった。

ソ連邦赤軍はドイツ人民をナチスから解放し、自由へと救い出すために戦っているのです。文明的な赤軍兵士は皆さんに自由を取り戻し、安全を保障することを約束します。赤軍がやってきたら、市民の皆さんは安心して兵士を迎え入れてください。

まことに立派な内容であり、通訳したセラフィマも、それを聞いたシャルロッタやママも安心した様子を見せたが、オリガは表情を変えなかった。

イリーナにプラウダを渡された。ソ連赤軍兵士に対する鼓舞をし続ける、かの詩人イリヤ・エレンブルグが新聞に掲載した記事はこれであった。

いま、ドイツの街を攻撃している兵士たちは、レニングラードの母親たちが死んだ自分の子供たちをソリに載せて運んだことを決して忘れないだろう。レニングラードの勇姿はすでに報われた。けれどもレニングラードの被った苦難に、ベルリンはまだ報いていない。

ベルリンはじきにすべてに報いることになるだろう。ブジョーノフカで妊婦に暴行したドイツ人のぶんも、ベルリンは報いを受けることになる。放り投げた子供を標的にして撃ち、ふんと鼻をならして『新しいスポーツだな……』と言っていたドイツ人のぶんも、レニングラード州でロシア人女性に火をつけて、『このロシア人は、まるで肉じゃなく藁でできてるみたいに

よく燃えるぜ』と自慢していたドイツ人のぶんも、年老いたユダヤ人を顔だけ地面から出して生き埋めにし、そこに『これはとても美しい花壇だ』と書いたドイツ人のぶんも、ベルリンはすべての報いを受けることになる。そのベルリンが、いまではすぐそこに迫っているのだ。

誰が私たちを止められるだろう？　モーデル将軍か？　オーデル川か？　国民突撃隊か？

否、もう止められない。せいぜい逃げ惑い、身を焦がし、死の叫びをあげるがいい――天罰が下る時がきたのだ。

どこをどう考えても両立する内容ではない。

ソ連は言葉を使い分けている、とセラフィマは思った。

外部に向けてはナチとドイツ市民を区分して後者を保護すると言いつつ、内部向けの文章では「ナチと一体となったドイツ」への復讐心を煽っていた。

無論、その論理が生じた理由は分かっている。彼女自身が復讐心を糧に戦争を生き抜き、虚脱状態から脱して戦地へ向かった。強大な敵と戦う唯一の拠り所が復讐心だった。ソ連赤軍を巨大な蒸気機関車の如く戦場へ駆り立てた燃えさかる燃料のような復讐心は、一朝一夕に消え去るはずもなく、またうかつに消し去れば戦意の喪失を招く恐れがあった。

問題は、兵士たちがどちらを守るべき言葉と捉えているかだった。

「エレンブルグは批判されて失脚したんじゃないの？」とセラフィマは尋ねた。

内外プロパガンダのズレにソ連当局がまったくの無関心だったわけではない。

とにかくドイツ人をぶっ殺せというエレンブルグの論法は、ソ連が国内で防衛戦争を戦っている間は重宝された。しかし「ドイツ人」と「敵兵士」を同列視して成り立つこの論法は、勝利を前に危険なものとなった。彼の言葉をそのままに赤軍がドイツへと突き進めば、戦争終結後の将来に禍根を残す。

一方で、依然として、というより新たに彼の言葉を欲する者たちが現れた。

他ならぬナチ・ドイツであった。

兵力枯渇を穴埋めすべく、素人に銃を握らせて「国民突撃隊」と命名し、赤軍はドイツ人を皆殺しにやってくるから、全国民が武器を取って戦うしかないのだ！　と叫び続けるゲッベルスやヒトラーにとって、エレンブルグの攻撃的アジテーションは、自らの主張に大変説得力を与えてくれたので、ドイツはその作品を引用するのみならず、彼の作品として「ドイツ人の血を飲み干せ」だの、「ブロンドの女は戦利品だ」だのの架空のプロパガンダ作品を偽造し、ドイツへ迫る赤軍の恐ろしさをせっせと伝えた。エレンブルグの憎悪キャンペーンは、ナチ・ドイツの戦意を支えるものとして流用されていた。

この四月、プラウダの紙上に「同志エレンブルグは単純化しすぎ」という端的な表題の批判論文が掲載された。この中でプラウダの理論的指導者たちは「ナチスは滅びるがドイツは残る。たとえドイツ軍がロシア市民を虐殺し女性を暴行したのであっても我々は同じ行為をしてはならない」とエレンブルグを批判し、これにより彼は失脚した。

だが、ミハイルは首を横に振った。

「エレンブルグが重宝されたのは、結局兵士の戦意を煽るのに有効な言葉を使ったからだよ。彼が去ってもその言葉は生きている。兵士たちは得るものもなく、皆愛国心と復讐を武器に命をかけて戦ったんだ。戦友を失い、自分も死にかけ、その末に勝利者として振る舞おうとしたとき、敵国民の女がいる。それで、ああいうことが起きる」

嘔吐しそうな嫌悪をこらえつつ、セラフィマはミハイルを睨んだ。

「男にとっての性欲って、本当にろくでもないのね」

「いや、性欲はたいした問題じゃない」

耳を疑った。女性を暴行するのに、性欲がたいした問題ではない？

ミハイルは目をそらしたまま、沈痛な面持ちで答えた。

「兵士たちは恐怖も喜びも、同じ経験を共有することで仲間となるんだ。……部隊で女を犯そうとなったときに、それは戦争犯罪だと言う奴がいれば間違いなくつまはじきにされる。上官には疎《うと》まれ、部下には相手にされなくなる。裏を返して言えば、集団で女を犯すことは部隊の仲間意識を高めて、その体験を共有した連中の同志的結束を強めるんだよ。さっきの歩兵たちもそうだ。間違いなくそういう意味合いで話していた」

女を犯すことが同志的結束を強める。比喩ではなく、明確に吐き気がした。

およそ見たことも聞いたこともないおぞましい論理だ、と思ったとき、その論理に覚えがあることに気付いた。――イワノフスカヤの村人を殺し、女を犯したフリッツどもだ。

「それに、ドイツ人にとってもこの現象にはある種の需要がある」

「需要？　女が犯されることにどんな需要があるというの」

「被害者意識を持つことができる。自分たちもひどい目に遭ったんだという物語の中で女性への乱暴はとても分かりやすい。ある意味で事情が整っている」

セラフィマは言い返した。

「たとえどんな事情があっても、女性への暴行は許されることではない」

「悲しいけれど、どれほど普遍的と見える倫理も、結局は絶対者から与えられたものではなく、そのときにある種の『社会』を形成する人間が合意により作り上げたものだよ。だから絶対的にしてはならないことがあるわけじゃない。戦争はその現れだ」

「どんな理由があろうと暴行魔は悪魔よ。絶対にしてはならないことは確かにある。戦争という特殊な環境を利用し、少数の『社会』がそれをねじ曲げるだけでしょう」

「八〇人殺したことを自慢する君みたいにか」

全身の血が凍った。言い返そうとも思えず、セラフィマは彼に背を向けた。

「さようなら、ミハイル。もう二度と会うこともないでしょうね」

「待ってくれ、フィーマ！」

腕を摑んだ。その腕に鳥肌が立つ。これまで、彼に感じたことのない嫌悪を覚えた。

ミハイルは慌てた様子で口を開いた。

「君の言う通りなんだ。女性を乱暴することが許されるはずがないとも。ただ、僕は敵地に突撃する自走砲兵で、あまりにも近くでそんな話を聞いてきた。……尊敬していた指揮官が、部下を後ろに並ばせて十何人で女を分けたとか、そんなふうに笑う、そういう様子を見てきたんだ。ショックを受けたけれど、それって、指揮官が悪魔だったからじゃない……この戦争には、人間を悪魔にしてしまうような性質があるんだ。僕はそれを言いたかった」

人間を悪魔にする性質。

ソ連兵士たちはそれらを目《ま》の当たりにしてきた。赤軍兵士たちの中には、セラフィマのように故郷を焼かれた者も、赤子が壁に叩きつけられて死ぬ様子を見た者も大勢いた。

そしてポーランドを解放して以降、予想もしない形でその「悪魔」の形を彼らは見た。

アウシュヴィッツ。マイダネク。クラクフ・プワシュフ。強制収容所では言語に絶する大量虐殺の痕跡と生き証人たる生還者たちが現れた。ポーランドに攻め込んだ赤軍兵士たちは、ドイツがユダヤ人を虐殺していることは百も承知であったが、虐殺収容所を用いて何百万人を殺害し、摘発、輸送、収容から抹殺に至るまで社会機構とでも呼ぶべきシステムを構築して、ユダヤ人をヨーロッパから消滅させようとしているとは知らなかった。

ナチス一党や軍人のみならず、広くドイツ国民の加担なくして成立し得ない大虐殺。

多くの赤軍兵たちの脳裏を、同じ疑問がよぎった。

ドイツ人とは、比喩の類いではなく、文字通りの悪魔ではないのか。

——それならば、何をしても許されるのではないか。

セラフィマはそのように考えながら、言葉を返した。

「そうかも知れない。けれど私たちはそれを言い訳にして悪魔になってはいけない」

「その通りだ」

ミハイルは視線をそらさなかった。子どもの頃と同じ、よく澄んだアイスブルーの瞳。

その瞳を見据えて尋ねた。

「ミーシカ。あなたは他の兵士と同じ場面になったら、例えば上官に言われたり仲間にはやし立てられたら、それでも女性を暴行しない？」

「もちろんだとも」ミハイルは即座に答えた。「そんなことをするぐらいなら死んだ方がマシさ」

安堵のため息がもれた。そうだ、ミハイルも私も、悪魔になどならない。

思えばミハイルは同年代の男の子たちの誰よりも優しかった。

「フィーマ、時間よ！」シャルロッタが食堂から現れて、セラフィマの腕に抱きついた。「行こう、急いで行かなきゃ！」

「うん」

「フィーマ、待ってくれ」

ミハイルが彼女を呼び止めた。

「ごめん。君と再会できるなんて思っていなかったから――なのに、会ったら余計な話ばかりして、一つだけ言いたかったんだ。共に、生きて帰ったら……」

そこまで言って、彼は言いよどんだ。共に生きて帰ったら。

セラフィマは、かつて村人がミハイルと自分が結婚するのだと思っていた時代を、懐かしく思った。

ミハイルと自分はともに生存していて、再会することができた。

だが、奇跡には上限があることを知っている。

戦場へ行った二人が焼かれた故郷に帰りそこで結婚する。そんなおとぎ話が実現するほど、この戦争は生やさしくはない。おそらくはどちらかが死ぬ。

セラフィマはミハイルへ答えた。

「生きて帰ったら、村の再建をよろしく」

彼ならば、きっとうまくできるだろう。

ミハイルは視線を下げて、ああ、と答えた。

「君もな、フィーマ」

頷いて、シャルロッタと一緒に歩いた。

「格好いいね。婚約しちゃえばよかったのに」

「実は私は、生きて帰る予定だからね。結婚前に未亡人になるのもごめんだし」

あえて冗談めかして言うと、シャルロッタは笑った。

「それより、今日の特別講義、先生は誰だと思う？」

「誰って、狙撃学校の教官でしょう？」

「ふふ、違うの。選《え》りすぐりの私たちを激励すべく、凄い人がくるのよ」

「誰？　ヴァシーリイ・ザイツェフ？」

「リュドミラ・パヴリチェンコ」

思わずシャルロッタの顔を見た。彼女は満面の笑みを浮かべていた。

女性狙撃兵の象徴にして頂点。そして隊長、イリーナ・エメリヤノヴナの戦友であるリュドミラの名を、彼女が冗談で口にしようはずがない。


元は高等教育学校の講堂であったホールには、異様な空気が漂っていた。

総勢一〇〇名を超える兵士たちは、集団でいながら、その誰もが孤高のまなざしをしていた。

一切の私語を交わさぬ彼らの間に、戦友的結合も浮かれ気分も存在しない。

講堂に集められたのは、戦果四〇人を超え優秀射撃勲章を得た狙撃兵たちばかり。

その一群の中に、第三九独立親衛小隊の面々もいた。

目立つな、と己にたたき込み、それでいながら鼻持ちならない自尊心に満ちた、一流の狙撃兵たちは、女王を待つ中世騎士の如く、粛然と彼女を待っていた。

やがて演台に、一人の女性が音もなく登った。

身長一六〇センチにも満たない小柄。細身。

ソ連邦英雄。確認戦果三〇九人。第二戦線構築の外交的使命を帯びてアメリカにも渡航した天才的狙撃兵。

リュドミラ・ミハイロヴナ・パヴリチェンコは、前置きもなく尋ねた。

「歴戦の諸君に問いたい。前線に出たとき、敵の砲撃のさなかフリッツを撃つ際に、ヘルメットを被っていたとして、その顎紐をしっかりと締めるか、それとも緩めておくか」

ほとんど反射的と表していい俊敏さで何人かが挙手した。

その者の一人をリュドミラが指さす。地味な風体の男が起立して答えた。

「イワン・レオニードヴィチ・スミルノフ曹長であります。私は紐を緩めます」

「なぜか」

「砲撃が至近で爆発した際に、爆風を受けたヘルメットが飛ぶようにです。しばしば、締めた顎紐によって頸椎《けいつい》を骨折し、あるいは首を切断して死んだ兵士を見ました」

「なるほど。座ってよし」

いまのも正確な答えではあるが、と前置きしてリュドミラは全体を見た。

「紐を緩めた状態で狙撃を試みると、多くの場合、銃が跳ね上がった際にヘルメットの動きが頭と同期しないため、しばしばヘルメットのへりにぶつかったスコープが損傷し、次弾の照準が不可能となる。戦況にもよるが私であればまずもって爆風が直撃しない塹壕、あるいはトーチカへ移動し、紐を締めて狙撃に入る。だがそうも言っていられない場合もあるし、移動が不可能で砲撃が間近で炸裂するならば、やはり顎紐は緩めるべきだろう」

スミルノフ曹長は無言のまま頷いた。

顎紐ひとつとっても複合的視座を忘れて考えるな、という意図を全員が理解した。

「私は多くの軍隊内機関紙、一般向け新聞、果ては海外の新聞に至るまでインタビューを受けた。狙撃についても色々と語った。当然ながらそれらは全て、一語一句残さずフリッツが目にしているという前提で話さなければならないから、そこで本当の技術を話したことはない。だが、東プロイセン、あるいはベルリンで最後の戦いに挑む同志戦友諸君。ここにいるのは選りすぐりの狙撃手のみだ。君たちにしか話せないことを話そう」

歴戦の狙撃兵たちの間に緊張が走った。

「今から話すことについて、一切のメモを禁止する。全てをその頭にたたき込め」

誰一人として驚きを見せず、全員が食い入るようにリュドミラを見つめた。

全てを記憶し、そして実行に移すことができると信じる一流の者たちだった。

その後、圧巻の一時間が過ぎた。

リュドミラはまったく休憩を挟むことなく、自らが得た教訓と狙撃兵の技術を語った。擬態の工夫、市街戦と野外戦の違い、他兵科との連携攻撃、痕跡の消去と追跡戦。

いずれも歴戦の者のみが語りうる詳細さに富んだ戦訓であり、およそ狙撃兵にとって望みうる最高の講義といえた。

だがセラフィマは、講義が終盤にさしかかる頃、違和感を覚えた。

リュドミラの語りは優れている。優れたマニュアルがそうであるように、解釈の余地、曖昧さを欠片も残さず、明瞭で具体的だ。

しかし、一時間話し続けても延々と技術論だけが続き、少しも精神に関わる事柄が登場しないことに、多少の驚きを感じた。

彼女が精神に関わる事柄を話したのは、ただ一度、狙撃兵は動機を階層化しろ、と言ったときだった。愛国心、ソ連人民に対する思い、ファシストを粉砕しろという怒り。それは根底に抱えて己を突き動かすものとして維持しつつ、戦場にいるときは雑念として捨てろ、というものだった。

セラフィマが驚いたのは、そのことを、彼女が狙撃兵訓練学校でイリーナに聞いていたからだった。一流の狙撃手に共通する精神性なのか、それとも戦友が培《つちか》った境地なのか。

最後に形式的な激励を述べて、質疑応答の時間に入った。

質問は絶え間なく続いた。敵の戦闘機が頭上にいる局面で狙撃兵はどう振る舞うべきか。同志が体験した防衛戦と攻勢局面での狙撃の共通点と相違点は何か。フリッツの狙撃兵の経験則的な弱点は何か。

質問は狙撃についての技術論に集中した。素人が尋ねるような質問、例えば一番強かった敵は誰かとか、アメリカに行った感想はどうかなどということは尋ねなかった。いずれも一流、腕に覚えのある歴戦の狙撃手ばかりとあって、そうした質問をしにくいという事情もあったであろうが、狙撃兵たちの気質と関心の所在は、やはりパヴリチェンコと同じく技術論に集中していた。

偶像としてのパヴリチェンコに関心はない。生き残るための技術論を学ぶ術がほしい。少なくともそう振る舞うべきと信じる精神性の持ち主たちの群れが、ひたすらに狙撃と技術に対する質問を投げかけていた。

パヴリチェンコもまた全ての質問に対して的確に回答した。

話し終えるとほとんど同時に、他に何か、と付け加え、それに次の質問が重なる。

「……他に何か」

一瞬、間が開いた。隣にいたシャルロッタがすっと挙手した。

「お嬢さん、どうぞ」

やや不満そうな口ぶりでシャルロッタは名乗る。

「シャルロッタ・アレクサンドロヴナ・ポポワ少尉であります」

パヴリチェンコは、よろしい、の顔で頷く。

シャルロッタは一呼吸置いてから、矢を放つような口調で尋ねた。

「戦後、狙撃手はどのように生きるべき存在でしょうか」

講堂に緊張が走った。

異質な質問。そして、狙撃兵たちが抱える共通の何かを刺激する質問だった。

一瞬床を見たパヴリチェンコは、ほとんど間を置かずに答えた。

「第一に、戦後のことを考えるのは早い。ドイツ降伏の日まで気を抜くな」

一度瞬きをして、第二に、と彼女は答えた。

「私からアドバイスがあるとすれば、二つのものだ。誰か愛する人でも見つけろ。それか趣味を持て。

生きがいだ。私としては、それを勧める」

セラフィマは初めて、脳内に綴るメモに乱れが生じるのを感じた。

愛する人か、生きがいを持て。

なぜその二つが狙撃兵の生き方として適切であるのか、理解できなかった。

その後、二、三の質問を挟んで講義は終わった。

イリーナは、講堂の外で隊を整列させると、何も言わずに解散帰営を命じた。

かつての親友を前に彼女が何を思っているのか、推し量ることはできなかった。

シャルロッタに、あの質問の意図を尋ねてみると、気になったから、とだけ言われた。


訓練を受けたセラフィマにとって、同じ兵科、同じ女性たるリュドミラ・パヴリチェンコがその夜大学のどこに泊まっているのかを探ることはさほど困難ではなかった。

同じ女性兵士用宿舎にいるので、身分証を示してその部屋の前まで行くのもたやすかった。

問題は、同じ事情を抱えた女性兵士が何十人もいたということだった。

「同志少佐は誰にもお会いになりません！」

宿舎内だというのに弾倉のついたSVT－40ライフルを抱えたままの小柄な女性兵士が、金切り声を張り上げた。

部屋の前には、数多くの女性兵士、見るからに他の兵科の者たちが押し寄せていたが、そのおもちゃの兵隊のような女性護衛兵に行く手を阻まれていた。

「なんだ、この強情な小娘は」

女性兵士に紛れ、わざわざ副官を連れ立って英雄に会いに来たらしい見知らぬ将校が、胸を張り、威厳を振りまいて彼女を見下ろした。

「私は大佐階級であるぞ、伍長」

「たとえジューコフ元帥であったとしてもここをお通しいたしません」

「スターリン第一同志であってもかね」

「お断りいたします。そのあとで銃殺されるなら本望です」

「ふむ……」

ここまで言われては形無しである。大佐はとぼとぼと副官を伴って去って行き、目減りした権威を取り戻そうとするように、その辺にたむろしていた女性兵士を追い返した。

セラフィマは角に隠れてその様子を見守っていた。

周辺が無人となって護衛兵士が一息ついた瞬間、セラフィマは彼女に声をかけた。

「こんばんは」

女性の護衛兵士は即座に体を硬くした。瞬時に警戒が戻ったのが判った。

「お帰りください。同志リュドミラ・ミハイロヴナは誰にもお会いになりません！」

「せめてお取り次ぎ願えませんか。私は同志リュドミラの戦友に教えを……」

「たとえジューコフ元帥であってもお通しできません！　それが私の任務です！」

「そうなんでしょうけどね」

しつけられたオウムと会話している気分だった。

女性護衛兵の顔立ちは整っていて、微かに高揚が見られ、そして――陰りがなかった。銃の持ち方は様になっているが、凄味を感じない。かつての自分たちがこんなだったな、と不意に思ったとき、背後から声がかかった。

「たとえ、イリーナ・エメリヤノヴナ・ストローガヤであってもか」

振り向いて驚いた。イリーナはずっとそこにいたような顔をしていた。

五感の鋭敏さを既に熟練の域にまで研ぎ澄ませたセラフィマが、一切の気配を感じることがなかった。

視界に入っていたはずの女性護衛兵士でさえ暫時あっけにとられていたが、すぐにオウムに戻った。

「たとえ誰であっても……」

答えかけた彼女は、途中でそれを唐突にやめた。

主人の匂いを嗅いだ犬のように、すっと背筋を伸ばして、護衛兵士は背にしたドアを開き、音もなく入室した。

「たいしたもんだ」とイリーナが笑った。「私にはなぜああいう部下がいないのか」

「人徳の違いじゃないですか」

投げやりに答えると同時にドアが開いて、再び護衛兵士が現れた。

「どうぞお入りください」

慇懃な言葉とは裏腹に、顔は不平で露骨に歪んでいた。

黙礼して二人が入室しようとすると、彼女は小声で付け加えた。

「お気遣いください。同志リュドミラ・ミハイロヴナはおつかれなのです」

「大丈夫」イリーナが優しい口調で答えた。「知ってるよ」

護衛兵士は目を伏せて礼をした。どことなく、イリーナに負けたと感じているようだった。

入室した瞬間、空気が変化したように感じた。

簡素なベッドが一つに机と椅子。窓にはカーテンが閉まっている。なんの変哲もない個室だ。冷然とした緊張、息を呑むような硬質な気配のなかに、言いようもない心地良さが同居している。逃げ出したいような、そこにいたいような気配に覚えがある。イリーナの個室に何度か行ったとき、その都度感じた空気だった。

「悪く思わないでくれ」その人に気付く前に声が聞こえた。ベッドに腰掛け、窓の方を見ている彼女は、目に入る場所にいたにもかかわらず、言葉を発する瞬間まで、一切の気配を発してはいなかった。

「あの子、エリザヴェータは私を過大評価しすぎていてね。有望だからそばに置いているんだけど、自分が守護天使になったつもりになってしまうんだ」

ガッと踵を合わせる音が、すぐ隣で響いた。音につられて思い出し、セラフィマも姿勢を正した。

イリーナが凜然《りんぜん》とした声色で挨拶を発した。

「お久しぶりです。同志少佐、リュドミラ・ミハイロヴナ！」

「よそよそしいよ」リュドミラ・ミハイロヴナ・パヴリチェンコは微かに笑った。「久しぶりに会ったのに。昔みたいに私を呼んでくれ」

イリーナがふっと息を漏らして笑った。

頬を緩めた表情が少しはにかんだように見えて、セラフィマは衝撃を受けた。

敬礼を解いて口調を変え、イリーナは答えた。

「差が開きすぎたよ、リューダ」

はにかむ彼女を見るのも、親しみを込めた口調で話す彼女を見るのも初めてだった。なぜかは知らないが驚きと同時に胸を焼かれるような思いがした。

英雄、リュドミラ・パヴリチェンコも同じように親しい口調で答えた。

「何も変わってはいないよ、イーラ。君の活躍は聞いたよ、教官から隊長だって？」

「ああ……君も今は本職は教官だったな」

「正確には教官を育てている。……が、指導者としては君に劣る」

リュドミラがセラフィマと目を合わせた。

感情をうかがわせない、落ち着いたまなざし。そのなかに目をそらすことのできない力を感じた。

リュドミラは、瞬きとともに軽く微笑んだ。

「見れば分かるが、一流だ。良い狙撃手を育てた」

ふわりと体が軽くなるのを感じた。英雄に認められた。

待て、と自分を押しとどめた。褒められたくてここに来たわけではない。

「同志リュドミラ・ミハイロヴナ。私は質問があって参りました」

イリーナが苦笑した。

「見ての通り、気になることがあると前後を忘れて突っ込むクセがある。以前にジューコフ閣下の部屋まで押しかけたことがあったんだ」

「それは剣呑だな」

リュドミラは笑ったが、イリーナの表情を見て何かを察したように笑みを消した。

「冗談じゃないのか」

そうだ、と視線で答えた。

英雄に会うのは二度目。あのときは、ただ気持ちだけで切り込んで惨敗した。今は違う。狙撃兵として冷徹に獲物を狙い、仕留め、帰還する。そのために自分はここにいる。

リュドミラが呆れたような顔をして油断が見えた瞬間、セラフィマは本題に切り込んだ。

「戦後の狙撃兵が、愛する人を持つか生きがいを持てとは、いかなる意味でしょうか」

構えを与える暇を与えないつもりだった。

リュドミラは視線を床に落とした。

そして顔を上げたとき、彼女はイリーナを見ていた。

「イーラ、君の右手はどうなった？」

無視するのか。一瞬真意を疑ったが、語調は変化なく、話を続けている気配があった。

旧友イリーナは手袋を外して、すっと手のひらを向けた。

人差し指を根元から失った、痛々しい右手。中指も第一関節から先がない。

イリーナの右手を素手でじっくり見るのは初めてだった。

彼女と目が合って、会話に便乗して見入っている自分に気付き、慌てて目を背けた。

「運が悪かったな」とリュドミラが言った。

「ああ、お互いにな」とイリーナが答えた。

話の流れのままに、互いにセヴァストポリで負傷した境遇についてだろうと思っていたセラフィマは、そうではないと気付いた。彼女ら二人は、負傷したこと、指を失ったことが運が悪かったと思うほど生やさしい世界に生きてはいない。

共通することに気付いた。

彼女ら二人はともに死ぬことなく狙撃兵という立場から降りた。

二人は生きながらえたまま、撃ちあい、殺しあう戦場の一線から退いたことを運が悪かったと形容し、それを前提として会話していた。

背筋が凍る思いがしたとき、リュドミラが微笑んだ。

「ま、これが狙撃兵の、言ってみれば生き方だ」

一瞬ためらったが、セラフィマは言葉を返した。

「答えになっていません」

疑似餌《ぎじえ》を置かれた。煙に巻かれそうになったが、あの問答の真意、自分が知りたいことは別にあるのだ。

リュドミラはセラフィマと再び目を合わせた。

先ほどとは異なる冷たさを感じた。

「何が聞きたい」反問に回る口調が強かった。「お前はどんな言葉を聞きたいんだ」

「私はスターリングラードで優秀な狙撃兵と出会い、彼の死を看取りました。彼と約束したのです。狙撃を続ける意味。その果てにある境地を知ると。……彼の見ることの叶わなかった景色、丘の上に立つ人間に見える地平を見るのだと。同志リュドミラ。あなたはその境地にいる人間です。見える景色を語るべき人間です」

リュドミラは動じるでもなく頷いた。

一呼吸置いてから彼女は語り出した。

「昔、小学生の頃、地元の工場にネジ作りのソ連記録を更新した熟練労働者がいた」

再びの疑似餌か。正体をつかませないための煙幕か。だが違う気配がした。

「プラウダの支局記者が学校の先生と友達で、インタビューに行くのを見学させてくれた。……ああそうそう、あれ、授業だった。私は友達と一緒に工場に行ってその労働者と会ったんだ。丸っこくて優しそうな、五〇過ぎの男だった。記者の質問は色々あった。技術的なことを尋ねると機関銃みたいに話すが、記者がよく分からない。そこで『ネジを作るとき、どんなことを考えていますか？』『あなたにとってネジ作りとはなんですか？』と尋ねた。多分それがインタビューの終わりだって、聞いてて分かったんだ」

分かるか？　とリュドミラは目で尋ねた。

セラフィマはうまく反応できなかった。話の意味は分かるが、含意がつかめない。

「工場の達人が困った顔をして答えた。『別に何も考えていません』『ネジ作りが何かなんて考えたこともありません。ただ作ってるだけです』あとは妻と、もうすぐ孫を産む娘の自慢だった。……あんまりにもつまらない答えだな、と子ども心に思ったよ。それで学校に戻って先生が聞いた。『あのネジ作りの名手が何を言いたかったのだと思いますか？』と。なぜだったか忘れたが私がクラスの総意を答えることになって、起立して言った。『真の達人は欲望にとらわれずただ無心に技術に打ち込むということだと思います』と。……先生はその通りだと褒めてくれた。安心したんだな。私がオチをつけたから」

リュドミラが言わんとしていることのおおよそが、セラフィマには伝わった。

それ故に、彼女の言葉を聞くことに恐怖を覚え始めた。

「後々までこのことが気になってたんだ。私はクラスを安心させたかったのか、それとも自分で深読みしたのか、ともかく間違えていた。それでフリッツを二〇〇人ほど仕留めたあたりで、お前たちが現れた。私に狙撃の神髄だの精神性だの、境地だの。そういったものを求める人々に会って、私は気付いた。あの達人はなにも難しいことを言っていなかった。彼はただネジを作るのがソ連で一番上手《うま》かった。そしてネジを作るにあたり何も考えてはいなかったし、ただ作っているだけだった。彼にとって重要なことは愛する妻と身重の娘だった……それ故に、彼は幸せだったのだと」

リュドミラは自嘲的な笑みを浮かべた。

微かに置かれた間を、とてつもなく重く感じた。

「私は……最初の夫とはうまくいかなかったが、彼は軍隊へ行って帰ってこなかった。セヴァストポリで再婚した二人目の夫は、私の目の前で死んだ」

「はい」新聞で読んだ。彼女の復讐はそこから始まったのだと。

セラフィマの理解を読み解いたように、彼女は首を振った。

「私に何が残ったと思う」

何も残らなかった。そう言いたいのかと思った。しかし、違うと気付いた。

「狙撃です」

セラフィマが答えた。

「同志セラフィマ。君はもう私への問いを理解している。君は丘の上に立っている」

「私とあなたとでは、スコアの桁が違います」

「何も変わりはしない。君にそれを尋ねた狙撃兵も、本当はその景色を見ていた……最初に撃ったのはいつだ」

「ウラヌス作戦のときです」

「そうではなく、的か獲物だ」

「一〇歳のときに的を撃ちました。けれど人間とは違います」

「何も変わらない」

リュドミラはまったく躊躇なく答えた。

「私は一四歳のとき、コムソモールと口げんかしたあと、仲直りの場として射的場に連れて行かれて、初めて銃を撃って、当たった。その瞬間、私の世界が変わった」

セラフィマは気付けば、リュドミラの言葉に呑み込まれていた。

「射撃の瞬間、自らは限りなく無に近づく。極限まで研ぎ澄まされた精神は明鏡止水に至り、あらゆる苦痛から解放され、無心の境地で目標を撃つ。そして命中した瞬間に世界が戻ってくる。……覚えがあるだろう、セラフィマ」

覚えは——あった。

射撃によって研ぎ澄まされる精神。的に当たった瞬間、獲物を仕留めた瞬間の高揚。

ただ自分は道義的に動物を撃つことに楽しみを覚えないよう注意していた。

そうせざるを得ないほど、射撃には魔術的な魅力があった。

アヤもそうだった。確かにユリアンもそうだったのだろう。

「お前も、私も、もちろんイーラも、狙撃という魔術に魅了された。ネジ作りの達人がそうであったように、無心に至りその技術にのめり込んだ……そして、二人の夫を失った私は、三〇九人のフリッツを殺し、負傷して、その世界から降ろされた」

瞬時、隣のイリーナの顔色をうかがう。無反応を装った同調の表情。

自らを不運と捉える価値観の正体が眼前に示された。

「今度こそ、私には何も残されてはいない。分かったか、セラフィマ。私は言った。愛する人を持つか、生きがいを持て。それが、戦後の狙撃兵だ」

誰もがリュドミラ・パヴリチェンコに憧れていた。彼女になりたがっていた。

だが眼前にいるのは、孤独で悲しみに満ちた一人の女性だった。

丘の上から見える景色。頂点へ上り詰めた者の境地。

そんなものはなかった。あるとするならば知っていた。

学校で動機を階層化しろと言われたとき、それが何の違和感もなく受け入れられたのは、それが、既知の概念であったからだ。

狩猟に向かうとき、自分は村のため、村民のためと動機をつくりながら、獲物と向き合うときには、その全てを忘却していた。フリッツを撃つのと同様に。

ユリアンが言った、遠くのロウソクを吹き消す技術。まさしく、それこそが正体だった。彼にこれを聞かせたらなんと答えるだろうか。

リュドミラが一つ瞬きをした。それで思考が切り替わったのが見て取れた。

視線を旧友のイリーナに移し、立ち上がって彼女の元へ歩み寄った。

指の減ったイリーナの右手をたぐり寄せるようにして、彼女は握手を交わした。

「よく育てたね、イーラ」

親しみのこもった呼び方に、イリーナは笑顔で答えた。

「同じ卵から、色んな鳥がね。……アメリカ、どうだった？」

狙撃兵のプロ同士としての立場では決して出てこない質問だった。二人にしか共有することのできない空気が彼女らを皮膜のように包み、そしてセラフィマと二人を隔てていた。

リュドミラは苦笑して答えた。

「人種差別がひどいし、労働者は抑圧されている。それでいて選挙があるので自分たちは自由だと思い込んでいるから進展もない。ある意味で貴族制以上の欺瞞と搾取だ。知識人や市民はともかく大衆紙の新聞記者は馬鹿ばっか。性的な質問をする奴は殺してやりたくなった。私の扱いはサーカスのクマさ。……ただ……一人、友達ができた」

「誰？」イリーナが小首をかしげると、リュドミラが笑った。

「エレノア・ルーズベルト」

セラフィマは息を呑んだ。他でもない。フランクリン・D・ルーズベルト大統領夫人だ。

今は友邦、ブルジョワ国家の頭目。その妻をパヴリチェンコは友達と呼んだ。

「私、大統領の家に呼ばれて……疲れたから、一人で庭池のボートに乗ってたんだ。うたたねして、ひっくり返って、池の中に落っこちた」

「フリッツと戦ってるときじゃなくてよかったな」イリーナが笑った。

「うん。そしたらエレノアがタオルを持ってきてくれて、着替えて……お互いに笑って。私はほら、英語が話せるから、簡単なロシア語を教えて……そのまま一緒にクッキー焼いたり、婦人参政権の話をしたり、洋服について話したりした。いい人だったよ。心優しくて、思いやりがあった」

なめらかな語調が途切れた。けれど、という言葉を飲み込んだのが分かった。

イリーナが尋ねた。

「分かってはくれなかったんだね」

「うん……。私に、アメリカに定住しろって言うんだ。なんか、わけわかんない石油の大金持ちと見合いさせようとしたりするし……エレノアは結局、私が可哀想だと思ったんだろうね。私が戦わなくてもいいところ、その道を探そうとしてくれたから」

決定的な差異。それを示されたときに彼女が感じたであろう失望を、セラフィマは理解することができた。そうである自分に当惑を覚えた。

「私にはもう、見つけることができないんだ。愛する人なんて、ましてアメリカ人なんて……一緒にスターリングラードに行きたかった。もう、疲れたよ。あとは死んだ後に、どこかの通りの名前にでもなって終わりさ」

「リューダ」

イリーナは咎めるように彼女の名を呼んだ。

「まだ終わってない。そうだろう。君の人生はこれからだ。生きがいがある。要塞で言ってたじゃないか。復学して学位を取るって。学問には一生を捧げることができる」

「それが、狙撃を上回るものを与えてくれると願っている」

望み薄だと考えていることが分かった。彼女はイリーナに問い返す。

「イーラ。君は見つけられたか」

「ああ……二つのうち、少なくとも片方はなんとかしているよ。苦労しているけれど」

「そうだね。見れば分かるよ。君はよくやっている」

リュドミラとセラフィマの目が合った。

入室してから初めて、英雄はセラフィマに温かな視線を向けた。

分からない。どういう意味だ。自分は、イリーナにとっての何なのだ。

「同志セラフィマ。今はただ考えずに敵を撃て。そして私のようになるな」

それが、英雄がセラフィマにかけた最後の言葉だった。

わずかに名残を惜しむ会話をして、イリーナはセラフィマを連れて退出した。

ドアを開けて驚いた。

確かエリザヴェータという例の女性兵士が睨む先に、見慣れた顔ぶれが並んでいた。

シャルロッタ、ママ、それにターニャ。

「どうしたの、みんな」

「どうしたのじゃねえよっ！」

ターニャが呆れたように答えた。

「シャルロッタが、お前がいないって言うから、みんなで探したんだよ。あたしは前みたく大物に突っ込んで行ったんじゃないかと思って探しに来たらマジでいるって言うし、そのくせこの番犬が通してくれないし」

「誰が番犬ですか！」

エリザヴェータが吠えた。

会話に没入していたからか、彼女らが言い合いになっていたことに気付かなかった。

「ごめんなさい、みんな。心配をかけて」

セラフィマは心底から詫びた。

ママが微笑んだ。

「いいのよ。みんなで帰りましょう」

ぞろぞろと廊下を並んで歩くとき、セラフィマはそれとなくシャルロッタの隣についた。

声を潜めて尋ねる。

「ねえ、シャルロッタ。あなた、戦後はどうするつもりなの？」

シャルロッタは即座に答えた。

「私、ママと一緒にモスクワのパン工場で働こうかなって」

「えっ」

あまりにも牧歌的な答えに当惑の声を上げた。

ママもそれを知っているらしく愉快そうに笑った。

「気が早いっていうのに」

モスクワのパン工場で働く。

「ねえ、それ本気？」

「本気よ。だって、狙撃が得意だって戦争が終わったらそんな技能は使い道がないじゃない。元々私は工場労働者になりたかったのだし、早いところ違う道を見つけなきゃ。私は家族がみんな死んでしまったし、ママもそうでしょ。だから二人で家族になるの」

シャルロッタは一流の狙撃手だ。隊内ではスコアでセラフィマに次ぐ名手であり、すでに複数の勲章を授与されている。

それでいて心に陰りが見られず、幼いような振る舞いも変化しない。

ここまで純粋でいられる人であることに、セラフィマは憧れを抱いた。

「ね、ターニャはどうする？」

シャルロッタに唐突な調子で聞かれたターニャは肩をすくめて答えた。

「あたしはもとより看護師になるつもりだったからな。軍で得られた資格で働くよ」

そうか、とセラフィマは納得した。

それぞれに戦後の生き方を考えていたのだ。

自分は一体どうなるのだろう、と驚くべきことに、ここまで来て考えているとセラフィマは気付いた。自分には狙撃以外の技能がない。帰るべき村がない。たった一人だ。

「気が緩んでいるぞ」

イリーナが、明らかに意識して冷たい声を発した。それだけで全員に緊張が走った。

「ナチは倒れる。だがお前たちがそれまでに死なない保証がどこにある。気を抜くな」

全員で、はい、と答えた。その通りだった。だからこそ、セラフィマはもう考えるのをやめた。リュドミラに言われたとおり、今はただ敵を撃つのだ。

最高司令部予備軍は、独立親衛小隊に、情報に基づく最後の任務を授けていた。

倒すべき敵は、目の前に迫っている。

第六章　要塞都市ケーニヒスベルク

ケーニヒスベルク守備隊の士気はひどく低下している。前線勤務に出頭しないすべての男子は、その場で射殺するとの新しい命令が出た。……兵士らは民間人の服に着替えて脱走している。二月六日と七日、北の鉄道駅にドイツ兵八〇人の死体が積み上げられ、その上に『彼らは臆病風をふかしたが、死にざまは同じだった』と書いたプラカードが立っていた。

一九四五年、赤軍諜報部と接触した市民の証言（引用者註）

（アントニー・ビーヴァー　川上洸訳『ベルリン陥落１９４５』より）

一九四五年四月七日

ナチ・ドイツに併合されたポーランドの北端。

ドイツ語で「王の山」を意味する古都、ケーニヒスベルクは、遡ること七〇〇年ほど前に跋扈《ばっこ》したカトリックのごろつき集団、北方十字軍が北欧を荒らし回ったころに、その軍閥化したドイツ人一派たる「ドイツ騎士団」によって築かれた要塞を起源とする。

バルト諸国と西欧をつなぐ玄関口として重要な港を有するこの街は、その戦略的重要性故にレンガ造りの堅牢な要塞都市として発展し、第一次世界大戦終結におけるドイツ東部の領土割譲と、同地を取り囲むポーランド独立に際しても、この街はその周辺の「東プロイセン」の首都として、引き続きドイツの飛び地領土となった。

オーストリア、ズデーテン等を領土的野心のままに獲得し、戦争を恐れる西側連合国がこれにひたすら妥協する姿勢を観測し続けたナチ政権は、この飛び地状態解消のため本土から東プロイセンへ至るダンツィヒ回廊を割譲せよという滅茶苦茶な要求をポーランドに突きつけて、当然ながら断固として拒否され、正当性のかけらもない侵略に打って出た。

結果的にはこれが第二次世界大戦の勃発を招いたわけであるが、結局戦争にあっけなく敗れたポーランドそのものがドイツとソ連に分割され、その後ドイツはソ連占領地も征服したため、飛び地解消どころではなく、ポーランド全体がドイツの一部と化した後は、さながら占領下ポーランドの総督府所在地の様相を呈していた。

一九四五年四月。ソ連軍は今やドイツ首都ベルリンに突入しナチ政権の息の根を止めようとしていたが、ケーニヒスベルクに健在のドイツ軍を放置すれば、北からの側面攻撃の危険にさらされる。

故に、ケーニヒスベルクを陥落させることは、ベルリン陥落とともに、大祖国戦争におけるソ連最後の総仕上げといいえた。

ドイツ軍は近世からの要塞都市たるケーニヒスベルクに近代的なトーチカと防御陣地を幾重にも構築し、盤石の構えで立ち塞がった。そこに動員された兵力は実に一三万人。既に疲弊し戦意を低下させた将兵に、それを補うべく投入された素人同然の「国民突撃隊」を含むものであったが、高い城塞を利用した防御陣地は実に三重、場所によっては四重。ソ連軍は入念な予備砲撃を雨のように降らせたが、この街に降伏の兆しはなかった。察してはいた通り、結局は白刃を交える接近戦を経て街を占拠するほかなかった。

この局面で狙撃小隊に求められた役回りは、ちょうどスターリングラード攻防戦における攻守を反転させたものであり、かつてフリッツたちがそうしたように、接近戦において突破口開削を企図する装甲車両、および工兵たちを敵の狙撃から守り、歩兵たちを支援することであった。

総兵力二五万を投入し四月六日に始められた攻勢は、赤軍にとってほぼ順調に推移した。予備砲撃に加えて、入念な地雷処理が功を奏した。

重量級の対戦車自走砲と戦車はフリッツの反撃を防ぐとともにトーチカを潰し、突撃する歩兵たちを狙撃兵が援護する。

堅牢な城壁も近代戦の前には限界があった。市街外縁部から、赤軍は締め付けるように攻勢をかけた。市街戦開始より一日、既にケーニヒスベルクは風前の灯火であった。

むろん、と、死臭漂うケーニヒスベルクの塹壕で、セラフィマは思う。

その灯火の潰える過程で死ぬ一万人かその程度の数に、自分が入らない保証はない。

都市外縁部の城壁を突破し、通りに設けられ、敵の放棄した即席塹壕に彼女らはいた。縁に伏せた姿勢から、シャルロッタが指をさして尋ねた。

「フィーマ。あれ、なんて書いてあるの」

支柱上部を破壊され、内部のワイヤーでつり下がった看板が風に躍っていた。

「ドイツへようこそ」

セラフィマが答えると、ＮＫＶＤのオリガが鼻で笑った。

戦場に時折現れる悪趣味なジョークだ。

昨日は崩れ落ちたビスマルク像がそこを通過する赤軍兵士に足蹴《あしげ》にされ、廃墟と化した工場群の一角では「すべては総統のおかげ」という横断幕を目撃した。

眼前には、市街地への最後の阻止線が立ち塞がっていた。レンガ造りの二重城壁。内部通路に立て籠もったフリッツは、かつて矢を放つために設けられたと聞く狭間へさらにコンクリートを流し込み、わずかな穴をあけた銃眼からちまちまと狙撃や砲撃を繰り返す。

そのさらに向こうには、尖塔を擁する中世さながらの城塞があり、意外にもこれが抵抗の拠点として機能していた。

「内部の敵は未だ健在だな」とイリーナが呟いた。

「手っ取り早く迫撃砲で片付けられないんですか」

セラフィマが尋ねると、いや、と彼女はかぶりを振った。

「地図を頼りに撃っても向こうの増改築と秘匿壕までは破壊できないよ。使用している区画や城内部の区画が分からないんだ。向こうから合図でも上がれば別だが、この視界じゃ無理だ。まあ翌朝に塵《じん》埃《あい》が収まるのを待って、砲弾の雨を降らせるしかないかな」

味方の自走砲と戦車は連日の稼働に耐えきれず要修理が続出、徐々に数を減らしている。

今日は一時撤退も止むなしか、という空気が漂っていた。

そのとき、腹に響く爆音に続き、爆装した数機のプロペラ機が曇天を掻いて高度一〇〇メートル、前方五〇〇メートルの位置に現れた。

「うげっ、敵の戦闘機だ」

シャルロッタが悲鳴をあげ、周囲の赤軍兵士が伏せる。この局面でまだ戦闘機がいるとは――。塹壕内に伏せる彼らに機銃掃射が浴びせられる。隠れるのが遅れた一人が大口径機銃に撃たれ、血まみれになって塹壕内に転げ込んだ。

続けざまに爆弾が投下され、大地が揺らぐ。攻めあぐねるどころか、このままでは死ぬ。

頭上を通過する敵機に、無駄とは知りつつ銃口を向けると、照準器の中で敵機が火を噴いた。自分が撃ったのではない。

時を同じくして、塹壕内から歓声が上がった。

「おい見ろ！　ノルマンディー飛行隊だ！」

見知らぬ兵士が、隣で叫んだ。おお、と歓声が上がる。

胴体に赤星、尾翼にフランス国旗を彩った戦闘機が、急降下によって姿を現すと、鋭いターンによって敵機部隊の後方についた。

本国は降伏したフランス、一九四二年、徹底抗戦を主張していたド・ゴール将軍率いるその亡命将校たちのうち、ソ連で戦うことになったパイロットの一群、「ノルマンディー」は、譲り受けたソ連最新の戦闘機を駆りドイツ空軍と戦った。ソ連にとっては専ら連合国共闘のプロパガンダを主目的とする存在ではあったが、ナチ打倒を掲げる彼らの能力と意思は真正のものであり、数々の武勲を挙げている。昨年に連合軍が奇《く》しくもノルマンディー地方から上陸して以降、赤軍にとっての彼らは西側連合軍を象徴する存在となっていった。

フランス人パイロットの駆る戦闘機Ｙａｋ‐７が、地上の兵士たちへ接近する敵機に機銃掃射を浴びせ、メッサーシュミットは火を噴いて落ちてゆく。

露払いを得て現れた赤色空軍の攻撃機ＩＬ‐２が、城壁の向こう、市街深部へと急降下爆撃を仕掛ける。

いくつかの爆音に続き、辺りを揺るがす大爆発が轟いた。城壁内部で、おそらくは弾薬庫を破壊したのだ。

ノルマンディー飛行隊が正面から塹壕に接近し、そのまま頭上を通過していった。

プロペラには翼の付け根から赤、白、青の順で三色が彩られており、正面からみると印象的なトリコロールが読み取れるように設計されていた。翼を振ってこちらを激励する。

「ビーヴ・ラ・フランス！」

隣の兵士が片言のフランス語で叫び、塹壕から身を乗り出した。

「やめとけ」

セラフィマが彼を制したが時既に遅し、見知らぬ彼は銃弾を受けて即死した。

瞑目し、祈る。戦場に現れる悪趣味なジョークのうち、最大のものはこの種の死だ。

ともあれ抵抗力が弱まったのは確かであったので、残り少ない戦車と対戦車自走砲が列をなして突入してゆく。

一五二ミリ砲の砲撃が大地を揺るがし、二重城壁に大穴を開けた。車体を盾に接近していった工兵たちが、目標に達するや一斉に火炎放射器を発射した。地獄の業火を思わせる凄まじい炎が、二重城壁の内部を舐めるように焼いてゆく。炎は狭い城壁内を瞬く間に舐めあげ、勢い余って銃眼の隙間から噴き上がった。壮観だ、とセラフィマは思う。

火炎放射による掃滅はチュイコフ中将の開発した近接戦闘技術に加わり、その凄絶さをさらに増した。炎は面的な制圧を可能にするため、接近戦では恐るべき威力を発揮する。それによって焼かれる方は地獄だが、文字通りの火力が桁外れであるため、あそこまで近ければ内部の敵は即死だ。

守備隊として戦ったスターリングラードでは、撃つべきフリッツの最優先に工兵があったが、それも当然だな、とセラフィマは思った。

その刹那、自分の目にしていた光景に溶け込んでいた城塞の尖塔が、彼女の視界で、水面に気泡が浮かび上がるように、意識のうちに上った。

狙撃手がいる――。

スコープを覗き、そこを狙った。しかしその瞬間、眼前から凄まじい熱波が吹き付けた。

「うっ」

危険を察知し、反射的に伏せた。

そして顔を上げたとき、目の前に地獄があった。

火炎放射を放っていた工兵のタンクが狙撃され、工兵と周囲の歩兵数名が爆死していた。あまりにも濃密で高温の炎が、彼らを瞬時に炭のように真っ黒に焼き上げていた。

気圧《けお》されたように自走砲と戦車が後退する。視界の取れない彼らは随伴歩兵を失えば単独での戦闘は望めない。

「下がってこい、下がってこい……」

セラフィマは知らない間に口に出していた。周囲の兵士たちも同様だった。

じりじりと退却してくるSU－152が、突如として爆発した。

「敵の戦車だ！」

隣のシャルロッタが叫んだ。

スコープを覗く。穴の開いた城壁の向こう、四つ角の中央に、ドイツ軍最強と呼ばれる、確か、パンターⅡ型だかティーガーⅡだとか呼ばれている戦車がいた。狙撃でどうにかできる相手ではない。

全体的な劣勢を悟ってか、砲塔のみをこちらに向けていたその戦車も、すぐに後進して去って行った。

爆発した自走砲から乗組員が一人転がり落ちてきた。彼以外の搭乗兵は即死したのだと悟った。

即死を免れたその兵士は、全身を炎で焼かれていた。

燃料にまみれて焼かれると地獄だ――。自走砲兵であるミハイルの言葉を思い出した。

「殺してくれ！」

見知らぬ彼が叫んだ。セラフィマは銃を構えた。

「殺してくれ、殺してくれ！」

何日も苦しんでから死ぬはめになる――。

照準線の向こうに彼を捉えた。一〇〇メートル未満、外さない距離だ。

「殺して……」

銃声が一つ響いた。

彼は苦しみから解放された。

セラフィマは思わず自分の銃口を見た。自分は、まだ撃っていない。

「オリガ」

シャルロッタが呆然とした口調で呟いた。

視線を追うと、NKVDの回し者が、銃を下ろした。

ママも、イリーナも、他部隊の兵士たちも彼女を見つめていた。

紫煙の上る銃口を見つめて、NKVDのオリガは呟いた。

「彼は士気阻喪し、私はNKVDだ」

彼女がそう口にしただけで、全員が肩の力を抜いたのを見た。

彼は士気を失った。だから銃殺された。殺してくれと叫んだ彼を、彼女が撃った事実が変わるはずもない。しかし目の前で起きた現象から、味方殺しという文脈が失われた。

人間はこうまでして大義名分というものに縋るのか、と不思議な思いを感じた。

残る戦車は塹壕で擱座《かくざ》し、戦車兵は走って戻ってきた。赤軍に撤退命令が下った。

塹壕を這うように下がって、彼らはトラックに乗せられた。

「あの狙撃兵だ」

荷台の上で、セラフィマは無意識に口走った。

イリーナが視界の端で注意をこちらに向けたのが分かった。

「あの狙撃兵が、火炎放射器を撃って戦局を変えてみせた」

そしてあの狙撃兵こそ——。

「憶測はやめておけ」

イリーナが思考を中断させるように呟いた。

アメリカ製のトラックに乗って、そのまま無言で撤退の列に加わった。

ターニャのハーモニカの音色が、先行するトラックから聞こえて、無事だと分かって安堵した。いつもと同じ、優しく悲しげな音色だった。

周囲の景色に目をこらす。砲撃で破壊された工場跡地、市民の姿はなく、時折恐れを知らない子どもがもの珍しそうにこちらを見ていると、大慌ての親に連れて行かれた。

市街に人影はまばらだ。随所に見えるのは、投降や降伏を試みて絞首刑にされた者たちで、亡骸となった彼らが、蓑虫《みのむし》のように風に揺れている。

小さな人影がまた廃屋の向こうから現れた。ボロボロの服を着て、対戦車無反動砲、パンツァーファウストを抱えている。

セラフィマの体は即座に反応した。彼よりも遥かに早く、狙いを定める。

T字照準の向こうに敵を捉えたとき、既に引き金を絞り始めていた指に迷いが生じた。

幼い顔立ち、青い瞳。身長は一五〇センチ未満、年は一〇歳に満たない。

「子どもよ、セラフィマ！」ママが叫んだ。

しかしその子どもが対戦車兵器をこちらに向けていた。人差し指は止まらない。

引き金を絞りきるまでの刹那、逡巡により狙いが下にぶれて、その瞬間に愛銃は激発した。子どもはパンツァーファウストをあさっての方向に発射して倒れた。

銃声に車列が停まり、赤軍兵たちが周囲を警戒する。

照準線の向こうで少年は苦しんでいた。

可哀想に、という言葉が義務的に思い浮かび、自らの酷薄さに驚いた。

それはソ連赤軍兵を迎えた「ドイツへようこそ」と書かれた看板と同じく、まるで意味のない言葉だった。結局のところ少年のパンツァーファウストに味方もろとも殺されることよりも、自分たちが生き残ることを選択し、そこには微かな迷いしか存在しないのだ。

しかし、そうではない言葉を持つ者もすぐそばにいた。

「可哀想に！」

ママは叫ぶと、停止したトラックを飛び降りた。

「ちょ、ちょっとママ、待ってよ！」

シャルロッタが悲鳴を上げる。

「戻れ、ヤーナ！」イリーナが呼んだ。「負傷兵はフリッツが回収する！」

「それまでに死んでしまいます！」

答えを聞いて、セラフィマもトラックを飛び降りた。撃った自分に彼女を連れ帰る義務があると思い、後に続こうとしたシャルロッタを制止した。

イリーナが、シャルロッタに、お前は何人か兵士を連れて行け、と言った。

ママは聞かなかった。

「ママ、待って。危ないよ」

「怪我をした子を放っておけるものですか」

「子って……あれは国民突撃隊の少年兵、フリッツだよ、私たちを殺そうとしていたの」

「知ってるわ、だからこそ放っておけないの！」

ママは一瞬だけ振り向いた。

いつもの温和さを感じさせない、鋭い眼光をしていた。

「戦争で戦って死ぬ子どもなんて、もう見たくはない。私は我が子を戦争で殺された。戦うのは、子どもを守るためよ。殺すためじゃあない！」

卒業のときに彼女は言った。子どもを守るために戦う。

NKVDのハトゥナは、ママについてこう言った。「ドイツの子供も守りたいとか抜かした中年」。

確かに、ママはそう言ったのだろう。そして、それは本当のことだった。ママは子どもを助けるという目的のために行動し、そこに敵と味方の線引きをしていなかった。

女性を守るために戦うと言った自分はどうなのだ、という問いが突如として浮かんだ。

その瞬間、狙撃手としてのセラフィマの警戒感が最大に引き上げられた。通りを睨む尖塔。目に入らなかったそれが、廃工場に面した通りに入った瞬間、視界の端に入った。

セラフィマの、狙撃兵としての頭脳が瞬時に全力で稼働した。

フリッツがそこにいる。彼には、パンツァーファウストを放とうとした少年と、それが撃たれた姿が見えていた。狙撃兵は異変を注視する。そこに、敵兵士が現れる――。

「ママ、伏せて！」

セラフィマは全力でママに走り寄り、少年を起こそうとしているママにタックルした。

「うっ」

ほんの一瞬早く、ママの体を弾丸が貫いた。

セラフィマは地面に伏せながら、弾丸の飛来した方向を指し示し、味方に叫ぶ。

「尖塔に向かって射撃!」

シャルロッタと、彼女についていた兵士が即座に射撃を開始する。DP28機関銃を含む猛烈な射撃が開始された。圧倒的な弾幕に制され、敵の狙撃は続く気配がない。走ってきたターニャがセラフィマを突き飛ばし、ママを仰向けにする。

セラフィマは周辺に敵がいないかを探す。

「しっかりしろ、ママ! 聞こえたら頷いて!」

まだ息がある。しかし弾丸は胸の辺りに当たっていた。

「聞こえ、る……」

「聞こえるならいいんだ。しゃべるな!」

ママは苦しそうに口の端から血を流しながら尋ねた。

「あの子は……?」

セラフィマは少年兵を見た。パンツァーファウスト以外に武器も与えられていなかった彼は、腰から血を流し、半ズボンからのぞく生足をいたずらに動かし、這っていこうとしていた。

その向から先を視線と銃口で追う。敵はいた。短機関銃MP40で武装したフリッツが、自分が遥かに射程で後れを取るスコープ付きのライフルに狙われていると気付き、背中を見せて走り去ろうとした。

「逃がすか」

呟くと同時に引き金を絞った。今度は意図的に足を撃った。

もんどり打って倒れる彼を、他の赤軍兵二人とともに回収した。

全員の回収を終えて、車列は先ほどよりも速度を上げて撤退する。

国民突撃隊の少年兵は腰を撃たれ重傷、ママは意識不明に陥った。セラフィマが撃ったフリッツはふくらはぎを撃ち抜かれていたが、意識は明瞭だった。

ターニャは揺れる車内で懸命に止血と応急手当を試みる。

イリーナは静かに瞑目し、シャルロッタは取り乱して泣いていた。

「ママ、ママ！」本当に我が母を撃たれた娘のように、彼女は声を上げて泣き乱れた。「ママ、お願い死なないで！　私を一人にしないで！」

その様子は、膨大な人命を失ったソ連の兵士たちが、共通して抱える何かを刺激した。

「なんて奴らだ！　フリッツの血も涙もない狙撃兵め！」知らない赤軍兵が、顔を赤くし、怒りに身を任せて叫んだ。「君たちの仲間、この人はあの子を助けようとしたんだろう？　それなのに奴ら、そこを待っていたんだ！　撃たれた味方の少年を見て、それを助けに来る赤軍兵士をじっと待ち構えて撃ったんだ！　鬼畜め、おれはこの街のドイツ人どもを一人も生かしてはおかないぞ！」

周りの兵士たちも、彼ほど露骨に口には出さないまでも概ね憤懣やるかたない表情を浮かべていた。

だが、セラフィマはママが撃たれたことに衝撃と悲しみを覚え、その生還を願いながら、同じ怒りを共有することはできなかった。

ママを撃った狙撃兵がことさらに残忍なのではない。

ただ敵を冷徹に撃つ職人としての狙撃兵は、そこに撃てる敵がいれば撃つ。

そしてそのような狙撃をするカッコーを、自分は知っていた。

接収した前線基地に退却し、即座にママを医師に引き渡した。

内部の野戦病院は重傷者であふれていたが、すぐに外科医が処置に入った。

それはつまり、ママの容態が生死の境にあることを意味していた。

夜一〇時を過ぎて、軍医は、セラフィマとシャルロッタに説明をおこなった。

ターニャの応急処置は望みうる最高のものだった、と答えた彼は、しかし弾丸はかなり太い血管を傷つけていたので、相当のショックが体にかかっているといった。

「外科的な処置はできうる限りしましたが、もはや本人の回復を祈るほかないのです」

シャルロッタがセラフィマの体にもたれかかり、セラフィマは彼女を抱きとめた。

祈るべき神を持たない狙撃兵たちにとって、一番苦手な局面だった。それ以外の道――。

「シャルロッタ、ここで待っていて」

不安そうな彼女をおいて行くのは辛かったが、連れて行く訳にもいかなかった。


腰に差した拳銃とナイフを確かめ、NKVDの管理区画に歩を進め、尋問室へ向かう。

窓のない一室で、少年兵に武器を持たせたあのフリッツが、オリガと、おそらくはドイツ語を通訳している見知らぬチェーカーから取り調べを受けていた。

オリガが、何の用だ、と尋ねたが、セラフィマは答えずにフリッツを観察した。

三〇歳未満。憔悴はしているがそれを隠そうと虚勢を張ってふてぶてしい表情をしていた。逃亡防止のため、両手は肘掛けに縛り付けてあるが、自分の撃った足以外に怪我はない。不安は隠しようもないが余裕がある。こちらの顔色をうかがっている。

「尖塔にいたお前の狙撃兵、ハンス・イェーガーについて知っていることを吐け」

明らかな動揺。それを封じ込めようと無表情に戻る。セラフィマは確信を得た。

「言わないなら、お前を的にして射撃の訓練を始める」

見知らぬNKVDが顔をしかめて怒鳴った。

「そんな下手な脅しで吐くか。尋問の素人は黙っていろ!」

「プロは、何か吐かせたのか」

沈黙。否定の間。ロシア語の会話でもフリッツが趣旨を理解しているのが分かる。

「名前はユルゲンだそうだ」

再び沈黙が訪れた。それを破って、フリッツが口を開いた。

「頼みがある」

「腕をほどいてほしいか?」セラフィマが問い返すと、彼は引きつった笑みを見せた。

「投降ビラを読ませてくれ。あれを拾うと死刑だが、ここにならたくさんあるはずだ。確かそこには、捕虜は人道的に扱われるって書いてあるんだよね」

舐めているな……。

セラフィマは上着を脱いで、彼の背後に回り、袖を頭に巻き付けて目隠しした。

ユルゲン・ナイマンの視界は闇に閉ざされた。

身動きが取れない中の完全な視界ゼロ。恐怖がないとは言えない。しかし、小娘程度に吐かされてたまるか。自分は故郷を守る東プロイセン生まれの軍人だ。プロパガンダに反してイワンどもの尋問はさほど残忍ではない。

己を励ます彼の耳元で、女のささやく声がする。

「ロシアのささやき、って取り調べ、知ってるか？」

明瞭なドイツ語。NKVDの男よりも流暢《りゅうちょう》な発音は完璧に近い。

それ故に、異様な迫力があった。

「いいかい、お話しするには色々必要だが、相手には残さないといけないものがある。まず舌は一枚しかないし、下手に切断すると死ぬ。目は……」

ロシア語で制止する声がした。男と女。NKVDの連中だ。それが静まった次の瞬間、閉じられた眼球の上、まぶたと布越しに、冷たい金属の感触がした。

目の上にナイフが当てられている。目隠しをなぞるように刃が滑る。布の向こう数ミリ先をナイフがするすると動いているのを、目で感じる。

「目は二つあるが、取り扱いが難しい。摘出するとショックで死ぬこともある」

脅しだ。ユルゲンは汗が伝うのを感じながら歯を食いしばった。

「さて、では耳はどうかと言うと……片方がどうなっても、とくに支障はないわけだ」

耳たぶに妙な感触がした。刃物ではない。妙に柔らかい何か。

「私たちが飼っているヒルは変わった習性があって、闇と温度を好む。光に晒されるのをとても嫌がるので、目の前にある穴、暖かい穴に、なんでも飛び込もうとするんだ」

柔らかい感触が耳朶《じだ》を登り、耳の穴の近くでうごめいた。

ユルゲンは叫びを上げて立ち上がろうとしたが、体が椅子に固定されている。

「穴の中に入ると、取るのは大変だ。耳垢や鼓膜を餌と思い込んで直進するから。暖かい耳の中はヒルの天国だ。でもまあ、一匹ならいいだろ。お前の片耳が破壊され、死ぬまでヒルを体の中で飼うことになってもまだ手段はある。例えば片目を摘出するとか。分かるかい。だからお前の耳にこいつを放つことに、私はなんの躊躇もないわけだ」

耳穴に細い何かが侵入しようとしている。なにかがそれを押しとどめているような動きをする。あの小娘が、ヒルの端を持って放つタイミングを待っている。

「もう一度聞く、ハンス・イェーガーは？」

「知っている！」

ユルゲンは絶叫した。

その途端に心が変わった。よく考えたら庇うほどの人間ではない。

「ハンス・イェーガー！　知っている！　モスクワで敗走しスターリングラードで第六軍から逃亡して、合流した臆病者だ！　凄腕だから処刑を免れたが、皆に嫌われていて、尖塔にいた！」

「そんなことは知っている。お前の情報に価値はない。耳を食われるお前がみたい」

「やめてください！」

「吐け。お前が知っている全てを吐け。思い出せないならお前には無様に死ぬことで楽しませてもらおう」

ユルゲンは脳を全力で稼働させ、彼に関する記憶を呼び起こした。

「あ、あいつが尖塔の狙撃位置につくのは、夜の一〇時から午前三時までと、正午から午後三時までだ！」

「それだけか？　弱点は」

「じゃ、弱点って、いくらなんでもそんな……」

ヒルが耳孔に入り込む感触がした。

「あああぁ！　知ってる！　夜間は視界が取れないので照明弾が上がる。尖塔の周辺に来るのは真夜中零時から一五分刻み！　上がった瞬間は周辺を覗いてる！　そこが隙だ！」

突如として、視界が回復した。

涙に歪んだ世界で、二人のＮＫＶＤが、呆れたような顔をしていた。

すとん、と耳から感触が消えて、目の前に紙を丸めてつくったこよりが置かれた。

「え……？」

「ドイツ人はなんでみんなそうなんだ」

先ほどの女兵士が、こよりをくねくねと動かしながら笑った。

「『ロシアの』って言うと野蛮な話を信じるんだから」

自分を散々に脅した「ヒル」の正体はただの丸めた紙だった。

脱力のあまり机に突っ伏して、ユルゲンは泣いた。

イワンの女兵士に手玉に取られた。そのうえに、ああよかった、と安堵していた。

女兵士は特に勝ち誇るでもなく、足早に退出して行った。

「お前に褒美だ」

先ほどから自分に尋問を加えていた女ＮＫＶＤが、こよりにされていた紙を開いた。

ドイツ人兵士諸君！　もう戦争をやめよう。ナチのお偉方は、君たちが必死に戦う一年、一日、一時間を費やして、ベルリンで乱痴気騒ぎのパーティをしているのだ！　我がソ連赤軍は君を人道的にもてなし、あたたかい宴で迎えようではないか。

乾いた笑みが漏れて、それからユルゲンは大声で泣いた。もっとなんでも聞いてくれ。すべて答えてみせる。なんでもだ。そう言った。

数分の間をおいて、女ＮＫＶＤがロシア語で何か尋ねた。

男の方が、怪訝そうな顔でそれを通訳した。

「お前は子どものころ、どんな大人になりたかった？」

問いの意味が分からなかった。だが答えようと思った。考えることに疲れていた。

「サッカーのドイツ代表のキャプテンです。ソ連も代表チームがありますよね、サッカー。一応俺、この街、というか東プロイセンで一番うまかったから、なれそうだったんです」

「そう。私は女優になりたかったんだ。大人気の舞台女優になってさ、エイゼンシュテインの映画に出て海外でも有名になって、チャップリンみたいな話の分かる奴と対談してさ。それで私はウクライナのコサックですって言ったら、ソ連のみんながコサックを見直すと思ってたんだよね。そしたら私も多分、親に褒められると思ったんだ……まあ両親死んじゃったし、親代わりになってくれたのは秘密警察だし、私に素敵な女優の仕事をくれたその人も死んだけど」

未だ氏名を知らない女ＮＫＶＤは、そう言って微笑んだ。

「お前の耳を紙でくすぐってたあの女の子はさ、会ったとき少し驚いたくらい、真面目で心優しくて、本当は外交官になりたかったんだよ。ドイツとソ連の橋渡しをして世界を平和にしたかったんだ。それでドイツ語を覚えたんだ」

意図がまるでつかめないと思っていたが、ユルゲンは自分の人生を思い出していた。

一〇代の半ばまで、自分はサッカーのドイツ代表選手になって、外国へ行けると信じていた。オリンピックやワールドカップで船に乗っていろんな国へ行って、そこでサッカーをして歓声を浴びたかった。外国の選手と友達になりたかった。コーチたちにはゼップ・ヘルベルガーの再来だと言われていたし、兵役がなければ、そしてオリンピックとワールドカップが中止にならなければ、そうなったかも知れない。

「お前の仲間が撃った女性は、二児の母だった。その後もそうでありたかった。喪った子どもたちを育てて、いつか孫に会いたいと思っていた」

ソ連へ行って知らないロシア人と殺し合い、市民をパルチザンと呼んで銃で撃ちまくり、逃げ帰って少年にパンツァーファウストを持たせて、ソ連軍に丸めた紙で拷問される以外の人生はあったかも知れない。視界が滲んだ。腕をほどいてほしかった。

「なんで、今俺にそんな話をするんですか」

ユルゲンの目から涙があふれた。ある意味で、先ほどの拷問よりも辛かった。

目の前の女性はうつむいた。

「何でだろうな」

その目に、少し涙が浮かんでいた。これも尋問のための演技だろうか。彼女は、顔立ちが整っていて人目を惹く雰囲気があるので、確かに女優になれそうだとユルゲンは思った。自分がサッカー選手である世界なら。そのとき、あの女兵士は外交官だったのだろうか。

だが、そうはならなかった。現実は一つしかない。

顔を上げた彼女は、また尋ねた。

「なあ、なんでだと思う？」

ユルゲンはうつむいた。涙がぼたぼたと床に落ちた。

「分かりません」

ユルゲンは声を殺して泣いた。その後は誰一人として口を開かなかった。


セラフィマは身のうちに渦巻く高揚を抑えながら、廊下を歩いた。

隊長室のドアをノックし、返事を聞くが早いか入室する。

簡素な一室。自分に背を向け、窓の外を向いていたイリーナは、仕草で促した。

「同志隊長、イリーナ・エメリヤノヴナ！　あのカッコーはやはりハンス・イェーガーです。私に討伐隊を率いさせてください！」

「どうして分かった」

「あの捕虜に聞きました」

「なぜ口を割った」

「投降ビラを読みたいというので読ませました」

すらすらと、本当のことだけを述べた。

イリーナは振り向いた。いかなるときも平静さを保つこの女が、疲れた表情をしていることにセラフィマは驚いた。

「なぜお前がハンス・イェーガーを撃つ必要があるのだ」

セラフィマは耳を疑った。しかし、間を置かずに答えた。

「敵は優秀な狙撃兵であり、放置すれば障害となります。これに対抗狙撃を用いることは常道であり、私にはその能力があるからです」

「スターリングラードとは戦況が違う。明日には、尖塔を含めて敵に砲撃の雨が降る。お前がわざわざ狙撃で片付ける意味はなんだ」

「ママを……同志ヤーナやシャルロッタを元気づけたい。それに、私には義務があります。宣伝班は私が仇敵を討つ姿を待っているのです」

「動機が後付けだな」

「イリーナ！」

セラフィマは我慢できずに叫んだ。

「私は今日の日のために、イワノフスカヤからここまで戦い抜いてきたんです！」

用意された動機を捨てて本心を叫んだ。確かに、他に述べたことは事実ではあれ後付けだった。だが、他ならぬイリーナが、自分の気持ちを知らないはずがない。

だが、彼女は机から一枚の紙切れを取り出すと、それをセラフィマに渡した。

セラフィマ・マルコヴナ・アルスカヤ。中央女性狙撃兵訓練学校教官に任ずる。

無味乾燥な文字列に対して、理解よりも早く説明の言葉が続いた。

「推挙しておいた。お前には転任の辞令を出す。同時に中尉へ昇格だ。おめでとう」

言葉が出なかった。思考が空白化し、呼吸が荒くなる。

自分は故郷を皆殺しにされた一九四二年から戦い続けてきた。

ハンス・イェーガーを、母の仇、村の人々の仇、ソ連人民と女性の仇を討つために。

「なぜ……」

「適性がある。お前は後任の指導に当たれ。欠員は他から借りる」

「戦争はもう終わります。ナチのいない世界で女狙撃兵に出番があると思いますか」

思わぬ言葉が口をついて出た。しかしイリーナは動じるでもない。

「それはお前が決めることではない。私の知ったことでもない」

がち、がち、と頭の中で音がした。小銃に弾を込める音。

「あなたは私をここへ、この地獄へ連れてきた」呪詛《じゅそ》のように言葉が生じる。「復讐心を利用して素人の私を人殺しに育てて、狙撃兵にした。私はあなたの思惑を知りながら、復讐のためにその試練に耐えたんだ。八五人を殺して、一流の狙撃手になった。その目の前に仇が……」

「そうだ、セラフィマ。お前は私の思い通りに育った」

美貌を崩すでもなくイリーナは答えた。

「そして私にとって用は済んだ。だからもう帰れ」

がちん、と頭の中で大きな音がした。レバーが引かれて、弾丸が装填された。

「最初に言ったはず。私には殺したい仇がもう一人いる」

「そうだな」

殺してやる。セラフィマは腰の拳銃に手をやった。イリーナを殺してここを出て、夜間にイェーガーを殺して、それで終わりだ。その後など、ない。

イリーナの顔に、わずかな微笑みがあった。

グリップを掴みトカレフ拳銃を抜こうとしたそのとき、後頭部に熱気を感じた。まるで一〇〇万カンデラの光線を細い糸にして照射されたような熱さに覚えがあった。

狙撃兵の殺気だ。

「シャルロッタ……」

セラフィマは、前を向いたまま言葉を発した。後ろから、彼女の声が答えた。

「フィーマ、手を上げて！」

戦友シャルロッタ。そしてイリーナを敬愛する同志が、後ろから自分を狙っている。

イリーナは泰然としたまま姿勢を崩さない。セラフィマから視線を外しもしない。

「できない。私はここで降りる訳にはいかない。たとえ隊長を殺してでも……」

「それなら、私があなたを殺す」

セラフィマは目に涙が浮かぶのを感じた。

いつか、学校で話し合った。

自分はイリーナを殺したがっている。シャルロッタは、それを撃ってでも止める。

かつて話し合った光景が実現しそうだった。

「お前は、アヤを覚えているか」

突然イリーナが尋ねた。

忘れようはずもない。カザフ出身の天才。自分を遥かに上回る才能を持ちながら初陣で命を落としたあの少女を。

「今のお前は、あのときのアヤに似ている」

どういう意味だ。

セラフィマは彼女の言葉を検証した。技量という意味か。それとも、自分が死に向かっているという意味か。アヤは、最後に見たときに、どんな姿をしていた――。

連鎖的に彼女のことを考えていると、不意に背後から走り来る足音が聞こえた。

シャルロッタが銃を下ろした音がしたとき、セラフィマも拳銃から手を離した。

「隊長、みんな！」

看護師のターニャが、自分たち二人を追い抜いて隊長室へ駆け込んできた。

焦っていた彼女は、入室と同時に部屋の異様な空気を感じ取り、三人の顔を見比べた。充満している殺気に困惑していた。

だが、イリーナに軽く視線を向けられて、素早く本題を口にした。

「ママが意識を取り戻した。声をかけてやってくれ」

全員、ものも言わずに部屋を飛び出した。

病室へ行くと、ベッドに横たわるママは、既に生者とも思えぬ顔色をしていた。

他にも同じように、生死の境をさまよい、同僚たちに励まされている兵士たちがいた。

帰って一緒に英雄になろう。それぞれの故郷で結婚しよう。そんな言葉が聞こえた。

「酷なようですが、彼女をあまり安心させないでください。気迫が必要なんです」

狙撃小隊の三人は、軍医に念を押された。

シャルロッタが言葉をかみしめるように頷いてから、ママの元へ向かった。

「ママ、しっかりして、私よ」

「シャルロッタ……」

ママは無理をして微笑んだ。苦痛に顔が歪んでいた。

「あの子はどう？　元気？」

「あの子って？」

首をかしげるシャルロッタに、ママは尋ねた。

「あの、私たちを撃とうとした男の子」

シャルロッタが言葉に詰まった。おそらく知らない。気にしていなかった。

答えたのはターニャだった。

「大丈夫だよ。一命を取り留めた。自分を助けようとしたママに会いたいって言ってたよ。だからしっかりしな」

軽い口調ではあったが、彼女に生存への期待を抱かせるように慎重に選ばれた言葉だった。ママはゆっくり微笑んだ。

「それなら、もういいわ」

セラフィマは思わず大声を出した。

「何言ってるのママ！　いいわけない。元気にならなきゃ！」

シャルロッタが隣で頷いた。

「私はもういいの。モスクワで夫と娘たちを失ったとき、自分はただ死を待つだけだと思っていた。けれど、イリーナ隊長に会い、ここまで来ることができた。……あの子を救えた。あなたたちのような娘に看取られるなら、それでいいと思う」

シャルロッタは泣き始めた。感情が強すぎて言葉が出てこない様子だった。

「よくない。シャルロッタとパン工場で働くんでしょう！」

セラフィマが代わりに言って手を取った。あまりの体温の低さにぞっとした。

ママは返事をしなかった。まぶたを重そうにして、朦朧としていた。

「ヤーナ・イサーエヴナ・ハルロワ」

イリーナが久しぶりに彼女の本名を呼んだ。

「お前の娘たちは、ここにいる。シャルロッタを一人にするな。お前は、この子たちのママであれ。もうこれ以上、彼女らに母を失わせるな」

ママは微かに頷いて、そのまま眠りについた。

「ママ！」

シャルロッタの両肩をターニャが摑んだ。

「眠っただけだ。これ以上はもう無理だ。あとは回復を待つしかないんだ」

狙撃小隊の三人は、手当を彼女と軍医に任せて退室した。

イリーナは早々に去って行った。

シャルロッタは目に涙を浮かべて震えていた。

「大丈夫よ、シャルロッタ」

セラフィマは彼女を抱きしめた。

「ママがあなたを置いて行くもんですか」

シャルロッタは頷いて、セラフィマの胸で泣いた。

先ほど殺し合いを演じようとした相手とは思えなかった。

「フィーマは……」不意に、彼女が尋ねた。「あなたも、私を置いて行かないよね。ここで待って、私にあのカッコーを撃たせてくれるよね」

セラフィマは答えることができなかった。

「これを……」

シャルロッタが、セラフィマに一葉の写真を手渡した。

写真立てに入ったそれを見て、セラフィマは驚愕した。

若い日の母、エカチェリーナと、めいっぱい厳めしい顔をつくる男。この写真でしか知らない、父マルク。

かつてイリーナに捨てられたはずの写真、唯一の思い出だった。

「こ、これは……なぜこれを、あなたが？」

「私は事情を知らない。けれど、さっき隊長が、フィーマが部屋に来る前に、私にこれを渡して……フィーマにあげろって……」

イリーナは投げ捨てたあの写真を拾っていた。部下に回収させていたのだ。

自分の復讐心に火をつけ、怒りによって奮起させたその瞬間から、彼女はこの写真を、いつか返すつもりでいて、そのために持ち歩いていた。

目眩《めまい》がした。鬼畜と、そう思い込もうとしたイリーナの姿に。

シャルロッタは意味がつかめず、泣いた目のままで尋ねた。

「フィーマ、私はあの狙撃兵を許せない……私に行かせて。あのカッコーを撃たせて」

そのとき、イリーナの伝言を預かったという兵士数名が廊下の向こうからやって来て、それぞれ部屋に戻ってください、と、告げた。渋々セラフィマが自室に向かうと、兵士たちの一人、見るからに質実剛健、真面目一筋といった風体の男がついてきた。照準器つきのモシン・ナガンを背中に背負っている。

「誰だ。なんでついてくる」

眉をひそめて誰何すると、彼は勢いよく敬礼して、一息で答えた。

「小官は護衛部隊所属レオニード・ピチュクノフ伍長であります。同志イリーナ大尉より、セラフィマ少尉の警護を仰せつかりましたッ！」

逃がすつもりはないという訳か。セラフィマは、部屋の前までついてきた彼に「休め」と号令をかけて部屋に入った。

尉官ともなると待遇もいいものだ。伍長の警護をつけて個室で眠れるとは。

ベッドに仰向けになり、自分の立ち位置を整理した。

何年も戦った……。復讐を果たすために。

仇敵はそこに、目の前にいる。

シャルロッタとママは生きて帰らなければならない。

私が隊を離れれば明日彼女は、シャルロッタはあのカッコーに戦いを挑むだろう。

彼女の腕で敵《かな》う相手ではない。

ソ連はケーニヒスベルクを攻め落とすだろうが、イェーガーは逃げるかも知れない。あいつはスターリングラードからも、見栄も外聞もなく逃げたのだ。

最悪の場合、もしも投降したら、あいつは名前を偽り、過酷な労働にも耐えて、いつかドイツへ生きて帰るかも知れない。

自分は……。

何をなすべきなのか。自問したとき、答えが浮かんだ。

自分は女性を守るため、ここに来たのだ。

机を開ける。ペンサイズの水筒のようなものを手に取り、引き出しからノートを取り出す。

いつも持ち歩いている工具箱から、糊を取り出す。

一通りの下準備を終えて窓を見る。二階。降りられない高さではないが――。

あえて音を立てて、窓を開けようとした。案の定、開けきるより早くノック無しでピチュクノフ伍長が飛び込んできた。

「同志少尉殿、自分はあなたを外へ出すなと厳命されておりますッ！」

敬礼する生真面目な護衛に、セラフィマはしおらしく髪の毛を気にするそぶりを見せた。

「どうしましょう。部屋のベッドの下に、蛇がいるみたいなんです」

「蛇、とおっしゃいましたか？」

「ええ、笑われるかしら。私、蛇が苦手でして。取ってくださいますかレオニードさん」

レオニード伍長はまたしても敬礼した。

「お任せくださいッ！」

部屋に入ったレオニードは、生真面目にベッドの下を覗き込み、蛇を探し始めた。

セラフィマが背後を通ってドアをそっと閉めたことには気付かないようだった。

本当ごめん。心の中で謝ってから、セラフィマはレオニード伍長の背後にまわり、彼の首に右腕を回した。

「なっ……！」

驚く彼の胴体に両脚で飛びつき、左脚を彼の腹に回して、左足首に右脚の膝裏を引っかけて締め上げる。

二人でベッドに仰向けに倒れ込む。

レオニードは暴れようとしたが、全力で頸動脈と腹を締めると数秒しか保たなかった。

声を出させずに相手を倒す。練習した徒手格闘訓練は、相手が完全に油断しきって背を向けているという条件を得て成功した。

「本当にごめんね」

今度は小声で詫びて、携帯していた個人用麻酔を注射する。痛み止めだが、量を増やせば昏睡することを知っていた。レオニードは気絶から目覚める前に眠りについた。

愛銃、SVT-40は部屋に置かれたままだった。どのような局面であっても、狙撃兵にとって全てである銃を取り上げることはしない。

彼の着ていた上着で猿ぐつわを作って噛ませて、ベッドに両手両脚をくくりつけ、セラフィマは窓を開けた。

飛び降りるような真似はしない。雨樋を伝って、静かに地面へ降りた。

順路は地図と今日の光景で頭にたたき込んでいた。

真夜中のケーニヒスベルクを歩き、寒さに耐え、周辺を警戒しながらママが撃たれた場所を目指した。

火線が見えたのは、あの場所と、二重城壁の手前の二カ所だが、後者はフリッツに近すぎる。敵は破壊された箇所を修復しようとするから、おそらくは会敵する。

工場区画の一角に身を隠すと、敵の照明弾が辺りを照らした。

尖塔の方だ。フリッツの言ったことに間違いはなかった。夜襲を警戒している。

一五分間隔だ。

身につけた感覚を頼りに前進し、時折身を隠して照明弾をやり過ごす。

闇夜を照らす混合マグネシウムの火の玉は、一〇分程度で燃え尽きる。五分のタイムラグに前進し、徐々に尖塔が狙える、ママが撃たれた場所にたどり着いた。

血と硝煙の臭いが強く残るその場所で、セラフィマは銃を構えた。

距離は五〇〇メートル程度。撃ち上げる格好だが、向こうは油断している。

ここまで、長かった。

イワノフスカヤの平凡な女子だった自分が、村を焼かれ、狙撃訓練学校に入り、戦いに戦い抜いて、ここまで来た。目の前に仇敵がいる。村の人々、母の仇、そして、ママを撃った敵がいる。自分はそれを撃って、終わるのだ。

そこまで考えたとき、ふと思い出した。

今のお前は、あのときのアヤに似ている。

アヤは——思い出す。あのとき、妄執に取り付かれていた。自由を渇望したあの少女は、敵を撃つことに固執し、百も承知の鉄則を忘れた。一ヵ所に留まるな。自分の弾が最後だと思うな。そして……。

賢いのは自分だけだと思うな。

その言葉を思い出した瞬間、セラフィマは、自分の置かれた状況の不自然さに思い至った。あのフリッツは尖塔から離れてここにいた。イェーガーを露骨に見下していたその彼が、なぜかすべての状況を知っていた。次に、イェーガーの戦術を思い起こした。

狙撃兵は自分の物語を持つ。誰もが……。

奴はスターリングラードで自分の情婦に情報を流していた。それがこちらに漏れることを見越して、自分の存在を示した。ユリアンは言った。

相手の物語を理解する者が勝つ。

イェーガーは自分が追跡されていることを、おそらくは知っている。赤軍内部で出回った情報だ。無論、奴の名と情報は伏せてあるが、追われる側に悟られないはずもない。

彼の敵は自分を狙う狙撃兵。照明弾が上がる間際。狙える位置は限られている。絶好の場、そして無意識に求める、ドラマチックな舞台。

——狙われているのは私だ！

気付いたその瞬間、照明弾は上がった。スコープの向こう、尖塔に見えた人影は背光を浴び、すでにこちらを向いている。セラフィマは背を向けて走り出した。

後頭部に熱を感じて、その場に伏せた。同時に頭上で空を切る音がして、遅れて銃声が追いついた。

立ち上がり、頭の中でカウントを刻む。起点は着弾の〇・五秒前。最も優秀な狙撃兵がボルトを引き、再装塡し、狙いを定めるその瞬間、再びセラフィマは転がった。

二発目の弾丸は髪の毛を裂いて前方へ飛び抜けていった。

このまま、物陰まで逃げる。そう決めた瞬間、ひゅるるるる、と空を切る音が聞こえた。

ああ、とセラフィマは思う。「当たる音」だ。

頭を抱えて前方に身を投げ出す。着地の寸前に背後へ迫撃砲弾が命中し、爆風で体が宙を舞った。

視界が歪む。廃屋の陰に這って逃げて、尖塔の射角から身を隠す。

「あの化け物……銃弾を避けやがった……」

ドイツ語が聞こえる。やはり自分を逃さないために伏兵がいた。懐の手榴弾二発を握りしめる。なんのために使うかは決めておけ。イリーナがそう言った。決めていた。相手を道連れに爆死しようと心に決めていた。一発で爆死し、もう一発で敵を殺す。

自分は狙撃兵で、その上に女だ。相手になます斬りにされるより、その方がいい。

しかし――。

死んだら、復讐は遂げられなくなる。敵は目の前だ。だが、この兵士たちではない。

たとえ捕虜となっても、そのための下準備はしてある。

手榴弾を捨て、別のものを摑んだ。

頭をわし摑みにされ、引き起こされる。

セラフィマはドイツ軍の捕虜となった。

頰杖をついていた左手が乱暴に摑まれて、机に押しつけられる。

七センチほどの釘が、セラフィマの左手首を貫いて彼女の手を机に貼り付けた。

フリッツのこもる尖塔のある城塞。その地下にある、薄暗い一室。

歪んだ絶叫が、セラフィマの体深くから、喉を裂くように上がった。

「吐け！　お前の部隊はどこにいる！」

ドイツ語で脅され、ロシア語で反復される。

「くたばれ、ファシスト」

答えると、釘の頭から熱湯をかけられる。皮膚が赤くなり、傷口から湯が入り込む。

悲鳴を上げて、その後でセラフィマは笑った。

まったくの虚勢だったが、フリッツたちは不気味そうに顔を引きつらせた。

ペンチが目の前に置かれて、親指の爪を挟む。指先に冷たさを感じると同時に、錆と、それに混じった血の匂いがした。

「何者だお前は、なぜここへ来た！　あの赤字のノートはなんだ！」

「フリッツを殺すのに理由がいるのか？」

親指の先がペンチで締め上げられる。

「狙撃兵が単独で来ることに何の意味がある」

「黙れクズが。ドイツ人は無粋だな。女をいたぶるならもう少し上品にやれ」

フリッツはにやついて、左手でセラフィマの頬を摑んだ。

「実際お前は上玉だ」

その感触を楽しむように頬を撫でると、彼は笑った。

「そういう楽しみ方もあっただろうが、しかしあいにくと時間がないんだよ！」

ペンチに力が入り、固定された左手の親指から、爪が勢いよく剝がされた。

声にもならない絶叫が響き渡り、ややあってからセラフィマは答えた。

「なんか……芸もひねりもないな。私はもっとエレガントだぞ……」

頰を殴られた。素手に続いて蹴られ、木槌で殴打され、それで釘の頭を打たれる。

「結局こういうのが単純に効くからな、どうだ、あと両手足、一九回やるか！」

「待て待て待て」

セラフィマは彼を制した。

人間が耐えられる苦痛ではないし、これ以上粘っては不審がられる。

「条件がある。この釘を抜いてからそれを聞いてくれたら、何でも言う」

「この期に及んで条件だと、ふざけてるのか！」

「ここでぎゃあすか私が叫んでても、明日の朝には全員砲撃で死ぬんだよ！　私も！　そして私も死にたくねえんだ。少しは建設的な話をさせろ！」

セラフィマが血の混じったつばを吐き出しながら答えると、尋問官が顔を見合わせた。

「拷問、効いてるんですか。なんか異常ですよこいつ」

通訳が尋ねて、拷問官が答えた。

「そりゃ異常だろうよ。コミュニストの女兵士だ」

「これでは時間がかかります……確かに、長引くとまずいかも」

こちらの顔色をうかがっている兵士に、セラフィマは微笑んだ。

「大尉どの！」

別の兵士が尋問室に駆け込んできた。懐に忍ばせた、赤字で記されたノート。真っ先に懐から取られたそれを示した兵士が、口早に説明する。

「こいつが持っていたもの、赤インクのノートの一冊目は、ドイツ国防軍の戦争犯罪を示したメモです。スターリングラードで目撃した市民の殺害や、戦争捕虜の殺害証言が綴られています！」

驚愕に目を見開いた拷問官の大尉は、その表情を慌てて消して問い返した。

「真偽は！」

分かるはずもない。視線で兵士は答えた。大尉が問いを変える。

「二冊目は」

「二冊目は戦況ノートです。市内の地図も複写されていますが、符丁だらけで内容が読めません」

数秒の間を置いて、拷問官は命じた。

「一冊目は燃やせ、二冊目は残せ」

兵士は走り去って行った。他に処分の方法もあるまい。

そう、そのノートをお前たちは燃やすしかない。

セラフィマの左手首から釘が引き抜かれた。手をさするセラフィマに拷問官が尋ねる。

「これで条件の一つはかなえたぞ、後は何だ」

「ハンス・イェーガーを呼んでこい」

間を置かずに尋ねて、反応を読んだ。

明らかな動揺があった。なぜ知っている、と視線が聞いていた。

「二人だけで話をさせろ」

通訳が答える。

「彼はロシア語を話せないぞ」

「分かっている。ただ五分ほど二人にさせればいい。その後で、私が持っていたノートの意味と、お前たちの脱出路を教えてやる」

拷問官は迷っていた。黙るほどに、彼らは追い詰められてゆく。

脱出路を教えてやる。簡単に信じるはずもないが、だからといって無視できる戦況でもないのだ。

通訳が拷問官に尋ねる。

「イェーガーに会わせるだけならいいのでは。どうせ奴も卑怯な狙撃兵ですし」

「なにも思惑がないとは思えん」

「ですが、こいつは単独で狙撃位置まできて拷問に耐えています。特殊訓練を受けた兵士なら、脱出経路も知っているのではないでしょうか。嘘でも、どのみち殺す訳ですし」

自分がドイツ語を解することを伏せ、口を割らせるという大義名分を上乗せしてやることで、セラフィマは彼らがそれを選択しやすいようにした。

「五分だけだぞ」

拷問官が外へ通じる階段へ向かい、通訳も続く。背中に言葉を投げかける。

「誰か乱入するか、イェーガーが先に出たらその時点で打ち切る」

出る間際、通訳がそれを訳したのが聞こえた。

頭の中に風が吹くような感覚に耐えながら、血なまぐさい部屋でぼんやりと天井を眺めた。光量の少ない裸電球に引き寄せられて、蛾が飛んでいる。室外へ通じるのは狭い階段の向こうにあるドア。一カ所のみ。引き立てられて、ここまで来た道のりを反芻した。

地下の拷問室。入り口からここまではそう遠くない。煙突のある位置は、自分のすぐ頭上にあった。建物の周辺警戒は手薄……。頭上に狙撃兵がいる。

一〇分程度経って、拷問室へと至る階段の上から、光が差し込んだ。

背光を浴びて、その男は入室した。

救急箱を持った痩身の男。頬に傷がある髭面。

ハンス・イェーガー。

セラフィマの仇は、目の前に座ると、無言で救急箱から包帯を取り出して、セラフィマの左手首に巻き始めた。

目が合うと、彼は少しきまり悪そうに笑った。

「悪いな。痛み止めも使いたかったんだが、許可が下りなかった」

「必要ないね」

ドイツ語で答えた。包帯を巻く手を止めたイェーガーは、それを再開して答えた。

「話せるのか」

「言葉が通じると不安に思うのだな、ドイツ兵。相手が記号のように処分できる『スラヴ人』や『イワン』ではなく、意思疎通可能な人間であると分かるためか。お前は前もそうだった」

イェーガーが、セラフィマに包帯を巻き終えた。正しい手順で止血された左手を見て、セラフィマは笑った。自分ではなく、イェーガーの手が微かに震えていた。

「逃げ出すかい、ハンス・イェーガー。モスクワやスターリングラードのように」

『ゾーヤ』か。お前は何者だ」イェーガーはセラフィマの符丁を持ち出して反問に回った。明らかに動揺を隠すための反応だった。「なぜ俺を指名した。なぜ俺のことを知っている」

「私はセラフィマ。イワノフスカヤ村の生き残りだ」

イェーガーの目を見てセラフィマは答えた。

「母の仇を討つために、ここへ来た」

「え？」

イェーガーの表情をセラフィマは注意深く観察した。当惑。混乱。

隠そうとする反応の奥底に、恐れは見られない。まさか、と彼女は思い当たる。

「忘れたのか、お前……！」

間が空いた。それが答えだった。人生を賭けて殺すと決めた相手は、明らかにセラフィマも、母も忘れていた。

「いや、だって村は全滅して……ああっ……」

ややあって、イェーガーはおののくように声を上げた。

「お前は、あの女狙撃兵の傍らにいた娘か」

思い出されたことに安堵し、ため息をついた自分に腹が立った。

「母は狙撃兵ではなかった。ただの猟師だ」

相手を追い込むための糸口にようやくたどり着いた。

だが、こんな言葉に動じる相手でもあるまい。

「待ってくれ」

その予想に反して、イェーガーは声を震わせた。

「あなたの母親は、味方を狙っていたんだ。戦場で、指揮官を。それは狙撃兵だろう」

明らかに怯えがあった。セラフィマはあっけにとられつつ追い打ちをかける。

「母は、お前たちが村人を虐殺するのを止めようとした。お前たちが殺した村人はパルチザンだったか？　あれがパルチザンか？　私にそう言えるのか」

「違う」イェーガーは思わずといったふうに答えてから慌てて首を振った。「いや、違うが、だが私は誰も殺していない。私は狙撃兵で、他の歩兵たちが市民を虐殺してもそれに加わったりはしなかった。確かにあれはひどかった。だが、私が狙ったのは仕方ないんだ」

「お前の部隊が村民を虐殺したことは認めるんだな」

「私の部隊ではない。部隊指揮官ではなかったし、あの隊に入ってから日が浅かった。人望もなかったんだ。狙撃兵は嫌われているから」

「お前は何かしたのか」

「何かって？」

「村の虐殺を止めるために、何かをしたのか」

「それは……」

イェーガーの額に汗がにじんだ。

「無理だった。無理だったんだ。俺に止められることではなかった。隊の連中は敗走で頭に血が上っていた。それで、あの局面では景気づけに村を焼いて女を犯し戦利品を獲《え》ようという話になったんだ。そういうときに団結を乱す兵士はつまはじきにされるんだ。それでも、俺はそれに加わらなかった。だからどこへ行っても嫌われたんだ」

思わず目眩がした。言い訳の次元があまりにも低すぎる。

あまりにもくだらない、そしてどこか聞いたことのある論理だった。

「それで、お前は悪くないと言いたいわけだ」

言い訳していたイェーガーの体が震えた。目に涙を浮かべた。

「そうではない。申し訳なかった」

「なんだと？」

反問すると、イェーガーはついに涙を流し始めた。

「私には止められなかった。申し訳ない。俺が悪かった。許してくれ。俺はまだ死ねないのだ。平和になったら会いたい人がいる。戦争さえなければ、俺はあんなひどいことをしないで済んだ。すべては戦争が悪かったんだ。だから頼む、許してくれ」

視界がかすみ、耳が遠くなった気がした。

「私はお前とは違う」

セラフィマは反射のように言葉を返した。イェーガーが、泣きながら首を振った。

微かに頬が緩んだのをセラフィマは見逃さなかった。

「違うものか。実際にここへ来て、ソ連軍は同じようなことをしているじゃないか」

「だが私はお前のようにはならない。お前のように卑怯には振る舞わない。お前と私の決定的な違いは、自らに対して普遍的な信念を持っているか否かだ」

イェーガーの顔が硬直した。

「フリッツ、私は、それを忘れない。目の前で人々が、市民が殺されるなら、それを必ず止めてみせる。そこに味方も敵もありはしない。私は、私の信じる人道の上に立つ」

「時間だ」

イェーガーが、強引に会話を打ち切った。

「なかなか立派だとは思うが、俺も持ち時間は短かった。お別れだ。二冊目のノートの正体と、脱出経路について言え」

「私はお前のように女を置いて逃げもしない。二冊目のノートの巻末になりもしない」

「……なに？」

イェーガーは初めて問い直した。その瞬間を見て、セラフィマは両足を机の上に投げ出した。

「時間だろ」首をかしげて、問いを重ねる。「タバコをくれ」

「なぜだ」

「死に際に健康を気にする必要はない。アッティカ。持ってるし吸わないだろ、狙撃兵」

探る目つきがセラフィマを眺めたあと、イェーガーは懐から取り出したタバコをくわえさせ、火をつけた。セラフィマは一呼吸して紫煙を吐き出し、イェーガーに浴びせる。

「フリッツ。二冊目のノートのバツマークが砲撃の死角、斜線の引かれた経路を逃げろ。そうすれば、必ず助かる」

求められた「答え」を示してやると、イェーガーは呆然とした表情で答えた。

「嘘だ」

「そうとも。私は常に嘘しか言わないのさ。さて、本当でしょうか？」

笑ったとき、戸が外から乱暴にノックされた。

敵とイェーガーはセラフィマの出した条件に縛られている。彼女は声を上げた。

「時間切れだ、入れ！」

フリッツたちが外鍵を外してドカドカと入ってきた。

上官に視線で問われ、イェーガーは答えた。

「こいつはドイツ語を話せます。ノートのバツマークが死角、斜線経路が安全と言われましたが明らかな嘘です。情報は何も得られませんでした」

「なぜお前を指名した」

「彼女の故郷を、俺と一緒にいた隊が焼いたからだそうです」

「くだらん」拷問官大尉は答えた。「それなら、もう下がってよし、私が始末する」

イェーガーと他のドイツ兵は再び退出し、外から鍵がかけられた。

不思議なものだ、とセラフィマは思う。なぜか敵は女を殺す姿を味方に見せたがらない。大抵指揮官が一人で殺すか、そうでなければ誰か一人に押しつける。

その行動パターンは知っていた。間近で見たこともあった。

だが、敵はそのことを知らない。セラフィマが無力だと思い込んでいるので、わざわざ縛り直すこともなく、ただその場に立たせた。

尊大な大尉はワルサーPPKのスライドを引いて弾丸を装塡した。

頭の中で時間を数える。自分がここへ来てからの時間経過と今の時刻。

仲間の誰かは、とっくに私の行動に気付いている。私が何を持ち出したかにも気付いている。それは間違いない。

けれどあのノートが燃やされるまでには、もう少々の時間がかかる。

このままだと、間に合わない。どうやら自分は目の前の彼に撃たれて死ぬようだ。

「キス、して、くださる？」

わざとたどたどしいドイツ語でセラフィマは尋ねた。

「な、なんだと？」

太った大尉は動揺していた。言葉の内容と、ドイツ語で話しかけられたことの全体に。

セラフィマは笑みを浮かべた。

何も知らない、無垢な田舎娘の笑顔を、こう思い浮かべるのだろうと想像しながら。

「わたし、キスしたこと、ない。死ぬ前に一度……死にたく、ない。キスしてあげる」

セラフィマは目を閉じた。

しばらく、大尉が息を殺している気配を感じた。

頰に生暖かい手のひらを感じた。

口に大尉の吐息がかかる。目の前に顔がある。

それを感じた瞬間、セラフィマは口から火のついたタバコを吐き出して、くわえ直した。

ユリアンに教わった特技を披露して目を開くと、あっけにとられたドイツ軍大尉の顔があった。頬をわし掴みにしてやって、セラフィマはくわえタバコで笑った。

今だ、今だ。セラフィマは理解した。

「逃げんなよ」

首筋に、火のついたタバコを押しつけてやると、大尉が叫び声を上げた。

同時に、凄まじい爆音とともに地下の拷問室が揺れ、彼の声をかき消した。

ドイツ軍大尉に抱きつく。腰のベルトから銃剣を抜き出して、灼熱の接吻から逃れようとしている彼の肋骨の下から、上に向けて深く差し込む。拷問官の絶叫が途絶えた。死んだのではない。横隔膜を貫かれると叫ぶことができなくなる。

「チュース《さよなら》！」

笑顔で別れを告げたセラフィマは、拷問官大尉の腹に、銃剣をさらに深く刺し入れた。

切っ先が、深々と肺に達した感触がして、大尉は魚のように口をぱくぱくさせた。

信じられない、という顔をしていたが、こちらからすると拷問した相手がキスを求めてくると思える感覚が信じられなかった。

頭上には次々と迫撃砲弾の着弾音が聞こえ、建物が揺れる。

大尉の倒れる音は、無数の爆音とドイツ語の叫び声にかき消された。

血の海に倒れてもがく大尉に一瞥をくれて、拳銃を奪ったセラフィマは階段を上る。もう致命傷を負わせてあるので、わざわざとどめを刺す必要もなかった。

分厚いドアに背を預け、外の様子に耳をそばだてる。

上階に上がれ、銃眼から撃て、いや裏口だ。何人かの声に機銃掃射の音が連なる。

一階の敵は少ないと読んだセラフィマは、室内に向けて拳銃を三連射した。

ややあって、ブーツが床を踏む音が近づいてきて、外鍵が外された。

「大尉どの！」

ドアを開けて叫んだフリッツを射殺し、遺体を室内に引き込み、ドアを閉める。

自由のきく右手で彼の胸元から手榴弾を二つ取り出し、拷問を受けた左手でピンを抜く。そして一瞬だけ開けたドアの向こうに放り出し、再び閉める。

全ての動作が数秒、一呼吸でおこなわれた。投擲の瞬間に見えたフリッツは三人。

いずれも外部からの襲撃と内部で発生した異変を理解できず混乱していた。

数秒間を置いて、くぐもった爆発音が室外から聞こえた。肉塊と化した敵兵と手榴弾の破片が、横殴りの雨のようにドアを叩いた。

セラフィマは堂々とした足取りで拷問室を出た。

要塞の一階は、血と硝煙の臭いに満ち満ちていた。堅牢な構造は内部からの爆風を逃がすことができず、三名の遺体は原形をとどめないほどに損壊していた。

MP40を拾って正面口まで走る。出くわせば不意打ちで射殺する腹づもりだったが、幸い他の敵は上階に上がったか、裏口から避難したようだ。

あの地図を信用しただろうか。たとえノイズでも避難する際にはそれに縋りたくなるものだ。あのマークや斜線が正しいものであるかは、セラフィマも知らなかった。

ただ、正面に敵を向かわせまいとする狙いだけは的中した。

要塞の正面口から二重城壁までは五〇メートル。迷わずに走る。背後から射撃が浴びせられたが、正面からの援護砲撃がそれを黙らせ、正確な射撃を不可能にしていた。

一瞬振り返る。狙いを得た迫撃砲は、吸い込まれるように次々と要塞に着弾していた。

その最も破壊された箇所、煙突のあった部分から、赤い煙が上がっていた。

セラフィマが所持していた発煙インクは、説明の通り、紙を介しても色のついた煙を上げることができた。

ジグザグ走行で敵弾をかわして、セラフィマは最深部の城壁をくぐり抜けた。

そこから味方の陣地まではさらに三〇〇メートル程度。

だが、多分それより手前に味方がいる。セラフィマには確信があった。誰かがあのわずかな煙を認識し、砲兵に伝えたのだ。少数か単独によって前進して斥候としての役割を果たす特殊な兵士。それはすなわち、狙撃兵だ。

敵最深部の城壁と味方の最前線の空白地帯。街路に掘られたフリッツの塹壕。放棄されたそこに、見慣れた人影がいた。やや意外な人選に驚いて手を振った瞬間、彼女は仰《の》け反《ぞ》って銃声が聞こえた。

塹壕内に倒れ伏した瞬間、血の飛沫《しぶき》が見えた。

「オリガ！」

塹壕内に転がり込む。ほぼ同時に敵の弾丸が頭上を飛び抜けた。

ＮＫＶＤのオリガが、口元から血を流しつつ笑った。

「悪いな、イリーナとかシャルロッタではなくて」

「何馬鹿なこと言ってるの。すぐに逃げるよ」

「ダメだ……あいつは……お前の仇は、凄腕だ。私じゃ敵わなかった……私を引っ張ってちんたらしてたんじゃ死んじまう……あの世でお前とアヤに説教されたくないんだ」

セラフィマはオリガの言葉の半分も聞いてはいなかった。とにかく狙撃された場所から動かなければならない。塹壕内を引きずって移動する。

背を預けさせ、撃たれた箇所を確かめようとすると、彼女は笑った。

「セラフィマ、戦争ってのは悪趣味だ。手段を選べないんだ。偽装の種類も……ああ……よく聞け、コミュニストのくそロシア人、私から、最後の言葉を聞かせてやる」

「え、な、何？」

オリガはセラフィマの襟首を摑んだ。

「くたばれ、アバズレ小隊。くたばれソヴィエト・ロシア。私は誇り高いコサックの娘だ」

セラフィマが目を丸くしてその言葉を聞いたとき、オリガは眠るように目を閉じた。

首元に手をやる。脈拍は停止していた。

かつて級友のすべてを欺いていたNKVDの回し者。

そしてコサックの誇り高き娘は、最後までその姿勢を貫いて死んだ。

セラフィマは、彼女のSVT‐40を手に取った。

すべての怒りを敵に向けろ。セラフィマの集中力は見る間に研ぎ澄まされた。

イェーガーのあまりにも情けない姿に一度は気力が萎《な》えかけた。だがそれが演技であれ本心であれ、致命的な過ちがあった。彼は自分に、許してくれと言った。

許せるはずもない。謝罪とともに許しを請うその傲慢さに対する怒りが、狙撃に必要な気力と化して彼女の集中力を持続させた。

敵、自分を技量で上回るイェーガーは、こちらの位置を把握している。対して手首を貫かれた自分の左手は、もはや正常には機能していない。手当に使われた包帯をほどき、右手で銃身にくくりつける。セラフィマは、感覚の遠のいた己の左手に苛立った。本来の射撃姿勢など不可能だ。ただ土台として、一射に耐えろ。

まともにやりあって勝ち目はない。頭を出せばその瞬間に狙撃され、生半可な偽装は通じない。

出会い、別れた、様々な顔を思い出した。アヤ、ユリアン、リュドミラ、そして今ここに眠るオリガ。

先人たちよ、戦友たちよ。私に力を授けてくれ。

彼女は師の名前を呼んでいた。

「イリーナ……」

すべての思いを込めて。再び敵に意識を集中させる。

あの日撃てなかった母の、殺された村人の、ソ連人民と女性の怒りを弾丸に込めろ。

窓の上下を防弾鋼板で覆った二階の銃眼から、見知らぬ女性狙撃兵を仕留めたイェーガーは、そこに先ほどまで拷問されていたセラフィマが駆け込んだのを見て驚愕した。

ただ者ではないとは思っていた。しかし、あの状況からどうやって脱出したのか。

背後から同僚の声がかかる。

「持ってきたぞイェーガー、二冊目のノートだ」

「置いておいてくれ」

視線を外さずに答えると、彼が呆れたような口調で答えた。

「いまさら敵狙撃兵を撃ってどうなる。とっとと脱出したらどうだ。俺たちは逃げるぞ」

「分かってる。俺はあの狙撃兵を始末したら投降する。あいつは俺の顔と、昔の同僚の戦争犯罪を見ているから、生かしておく訳にはいかないんだ」

舌打ちに続いて、侮蔑を隠そうともしない言葉が続いた。

「薄気味悪い殺し屋め」

そうだよ、とイェーガーは去って行く彼に思う。戦争では皆殺し屋なわけだが、それを忘れていられる。その例外が狙撃兵だ。だから自然と嫌われる。

だが——。

視線を外さずに二冊目のノートをたぐり寄せ、巻末までめくる。

あのセラフィマとかいう小娘は、変なことを言った。

私はお前のように女を置いて逃げもしない。

何かを知っている口ぶりを聞いて気付いた。スターリングラードで、自分の相対した狙撃兵たちに女が含まれていた。そのうちの一人だったのか。

二冊目のノートの巻末になりもしない。

意味のない虚仮威《こけおど》しではない。意味があるなら、そこに、俺を優位にする情報が書かれているはずもない。

重々分かってはいたが、言葉のニュアンスがサンドラの行く末であると感じたため、イェーガーはそれを確かめざるを得なかった。指先だけでページをめくる。

敵から視線を外さず、おそらくはロシア語で書かれたノートをどうやって読んだものか、と思案していた指先に、微かな違和感があった。

銃眼から下がって安全を確保し、その箇所を観察した。

ノートの末尾、厚手の紙でできた部分に膨らみがあった。一度ナイフかなにかで開かれ、そのあとにのり付けしてある。スパイがよく、痕跡をつけずに手紙を開封するときに使う技術だ。

他の兵士たちはこの仕掛けに気付かなかった。平時ならば見破っただろうが、時間の切迫した戦況と、ノートに書き込まれた情報に集中させた作戦が成功した。

感触に金属的な硬さを感じたとき、嫌な予感がした。

ノートを慎重に破くと、指輪があった。

ヒューゴ・ボス。自分へ下賜され、そしてサンドラに渡した指輪。

敵の女狙撃兵がそれを持っていた。

ガンガンと頭が痛むのを感じて、それにくくりつけられた紙片を開いた。

達筆なドイツ語がそこにあった。

お前の女、サンドラは裏切り者として手足を切断したあと、私が喉を裂いた。彼女はお前の名前を呼んで泣きわめいていた。名前は最後に知ったそうだな。ハンス・イェーガー。

イェーガーは意味不明の絶叫を上げた。

怒りが頭から四肢の末端にいたるまで伝播《でんぱ》して全身を満たした。

それでも彼は狙撃のセオリーを忘れはしなかった。敵を探せ。さもなくば先に撃たせろ。自分がいるのは銃眼の奥で、塹壕より有利なのだ。先に見つけるか、撃たせれば勝てる。

ソ連軍のヘルメットが目に入った。

疑似餌だ。露骨な罠に目を向けず、敵を探した。

塹壕の端で人間が動く気配がした。ＳＶＴ－40の銃身が塹壕の縁からのぞき、その向こうから本物の人影が現れた。疑似餌に自分を攪乱させたと思い込んだ、まごう方なき女狙撃兵。今、あそこにいる女狙撃兵はセラフィマ一人だけだ。

「死ねえ！」

叫びとともに引き金を絞る。敵の頭に弾丸が命中し、脳漿をまき散らしてはじけ飛んだ。

倒した――。仇を討ったという実感の前に強烈な違和感に襲われた。

本来はその差分に気付かないはずもなかった。狙撃に一流の心得があるものならば見分けられること。命ある者と、こと切れた者。生者と死体。生物と非生物。

その境界、死んだばかりの死体、先ほど撃った女がスコープの向こうで崩れ落ちた。

そしてその向こうに、自分に完全な照準を合わせたセラフィマがいた。

悪魔め――。

そう思った瞬間、銃眼の狭間から飛び込んだ銃弾が、胸元を抉った。

戦争の悪趣味さ。自分以上にそれを体現した者はそうそういまい。

オリガの死体を抱えて標的にしたセラフィマは、崩れ落ちた彼女の陰から発砲炎に狙いを定め、次の瞬間には敵に弾丸を放っていた。確かな手応えがあった。

「オリガ……」

セラフィマの盾となり頭に銃弾を受けたオリガは、鼻から上が崩れ落ち、もはや人相も定かではないほどに変わり果てた姿となっていた。

どこまでが彼女の言葉だったのか、と考えた。

彼女はいつもそれを隠していた。学校で見せた友人としての顔は嘘ばかりだった……と彼女は思わせた。誇り高いコサックの娘、彼女が誇りを取り戻そうと戦っている。それはどうだったのだろう。最後の瞬間に悪態をついたのは、ただ自分が最後に真意としてウクライナとコサックを虐げるソ連軍兵士を罵倒したかったのか。それとも彼女の言った悪趣味さを利用し、死体を盾にしろという真意を最も効果的に伝えるために、わざと憎まれ口を叩いたのか。

いずれにせよ、確かめようがなかった。死者の考えを推し量り、言葉の意味を考えることは生者の特権であり、何を選ぼうと、死者がその正否を答えることはない。

オリガは死に、自分は彼女を偽装に用いて、生きている。それが全てだった。

狙撃が途絶えると、要塞からの反撃は勢いを失った。

迫撃砲弾に加えて、それを測距に利用した重砲が着弾し、旧式のレンガ要塞を次々と粉砕してゆく。

終末のような光景を、塹壕の陰からぼんやりと眺めていた。

「ロシア兵、撃つなー!」

つたないロシア語が聞こえた。何かを持ったフリッツがやってきて、誰かに撃たれて死んだ。その背後にいた別のフリッツがそれを拾って大きく振った。白旗だった。

「待て、撃つな、撃たないでくれ！　投降する！」

視線を上げると、要塞の屋上にも同じように白旗を振るフリッツがいた。

最深部城壁、その最も外側の要塞が降伏した。それを察知したのか、後方からトラックの走行音が近づいてくるのが聞こえた。

「セラフィマ、無事か！」

振り向くと、イリーナが走ってくるのが見えた。

目に涙を浮かべている。珍しく、頬が赤く上気している。

塹壕内に走り込んだ彼女は、勢いよくセラフィマを抱きしめた。

「無事か、セラフィマ！　無事なのか、返事をしろ！」

たとえ顔を見ても安心できない。そんな様子に驚いて、セラフィマは答えた。

「はい。無事です……」

「私が言うのもなんだが、ひどい指だ」

拷問を受けた左手を見てイリーナが顔をしかめた。

「止血されましたし、前もって痛み止めを打っていたので大丈夫です」

フリッツに捕獲される前、自爆を諦めてセラフィマは左手に麻酔を施していた。敵には仕草で左手を印象づけて拷問をそこへ誘導し、あたかも激痛にあえいでいるふりをすることで、拷問に屈したように見せかけ、すべてを優位に運んでいた。

「けれど、同志オリガが……」

はじめて、オリガを同志と呼んだ。

イリーナは無残にも顔を半壊させた遺体がオリガであると気付き、瞑目した。

「シャルロッタはママのもとに置いておいた。……追跡戦を言い出したのは私だが、他の隊に許可させたのは、オリガの力だ。発煙剤、ノート、痛み止めに銃。無くなっているものの性質に気付いて、お前は敵地に潜入し、合図の赤い発煙を内側から上げると言った」

涙がこみ上げるのをセラフィマは感じた。

彼女の真意がどこにあろうと、今ここに生きているのはオリガのおかげだ。

二人で祈りを捧げた。神ならざるなにか。おそらくは彼女らをつなぎ止めた精神に。

「イリーナ、私は仇を……ハンス・イェーガーを撃ちました。オリガを犠牲にして、個人的な恨みを晴らしたんです」

そう言って、しばらく間を置いた。

イリーナに殴られることを、期待していることに気付いた。

「お前が取ったのは軍事行動だ。オリガはそう言った。中途半端な責任感で自分を罰するのをやめろ。この戦場にそんなものを持ち込んでいたら身が持たんよ」

イリーナは疲れた顔で笑うと、セラフィマの頰を流れる涙を拭った。

温かいイリーナの胸元で、セラフィマは再び泣いた。ほどけた包帯が、イリーナの手によって再び巻かれ、赤黒い指を隠してゆく。ああ、とセラフィマは思う。

この人も耐えてきたのだ。あらゆる重圧、失われていく人命とその責任に。

要塞から続々とフリッツたちが出てきて、赤軍歩兵たちが彼女ら二人を追い抜き周辺警戒を始める。

「見に行くか」

イリーナが、軽い調子で尋ねた。

「お前が討った仇だ。生きてても困るだろ」

はい、とセラフィマは快活に答えた。


凄まじい死臭と硝煙にむせかえりながら、二人は白旗の翻《ひるがえ》る要塞内に入った。

敵陣に足を踏み入れる名誉は先陣を切った者に与えられるため、彼女らを阻む者はいない。

戦闘の終わった要塞というのは、こうも静かなのか。

生き残ったフリッツたちは既に裏からケーニヒスベルクのさらなる深部へと逃げるか、あるいは表口から投降していた。

この城塞が落ちれば、あとは防衛線の潰えたケーニヒスベルクでの市街戦を残すのみ。陥落は間近だった。

屋内にあるのは、砲撃にやられた死体ばかり。

「お前が乗り込んで煙を上げたことは、実際、陥落を早くしたんだ。朝から気長に攻めていては、こっちの損害はもっと大きかった」

イリーナに擁護されたことに、セラフィマは驚いた。

昨夜は敵討《かたき》ちに固執した自分を責めていたが、もはやその必要もないのだろう。

二階に上がり、自分が撃ち込んだ銃眼の場所まで行くと、そこにハンス・イェーガーがいた。床に這いつくばる彼が撃たれたのは、構えた右手のすぐ内側、胸骨のあたりだった。彼はまだ生きていた。

今までに撃たれた仲間たちがそうであったことを思えば、即死しないことは驚くに値しないが、撃った相手を見るのは初めてだった。無駄な抵抗を試みることもなく、彼はただ恨めしそうな目をこちらに向けていた。

その理由に思い至った。サンドラを殺したという嘘を、まだ信じている。

彼の心を軽くしてやる義理などないし、そのむなしさもユリアンを看取った時知った。

だから勝手に死ぬのを待とうかとも思ったが、ドイツ語が口をついて出た。

「戦線が落ち着いてた頃、一度だけ手紙が届いた……赤ちゃん産まれたって。言っとくけど、お前の子じゃないぞ。名前はセルゲイ・セルゲーヴィチくんだってさ」

イェーガーが困惑した表情を浮かべ、次に笑った。

「嘘つきめ……悪魔め……」

名前に何か心当たりがある、そんな笑い方だった。

なんでこいつの死に際を安らかにしたのだろうとセラフィマは思った。

「せめてそこで苦しんでいろ」

極悪人の印象を残したまま死なれては寝覚めが悪いからだ。そう思って、Ｋａｒ98ｋを胸元に構える。堅牢なボルトアクション式ライフル。マウントされたスコープは新式の四倍率で、視界はＰＵスコープよりもやや明るい。やはり光学機器の工作水準は、悔しいかなドイツの方が上か。

のんきな感慨に浸りながら、銃眼の外を覗く。

そこにあった光景に絶句した。

「……イリーナ」

イリーナは声色に何かを察したのか、駆け寄ってきて隣に並んだ。

彼女はＳＶＴ‐40のＰＵスコープを覗き込む。おそらくはセラフィマと同じ景色を見た。

「あいつら……女を……」

最終防衛線を突破され、外縁部を制圧されたケーニヒスベルク。

眼下の街を赤軍兵士たちが我が物顔で歩いていた。

妙な人だかりがあって、その人の輪の内側に、女性たちがいた。

赤軍兵たちは、壁際に押しつけられたドイツ人の女性たちの髪を摑み、衣服を摑んで、人の輪の内側に引き込もうとしている。

ドイツ語の悲鳴が、要塞内に響いた。

「止めようとしている指揮官は見えるか」

「ダメです。尉官の階級章がいますが、周りは、そいつに娘を差し出そうとしている」

頭の中に、様々な思念が交錯した。

自分は赤軍兵士だ。

自分はナチに復讐するために戦った。

自分はなんのためにここへ来た。

何のために戦うか、答えろ。——私は、女性を守るために戦います。

そう。自分は女性を守るためにここまで来た。

ママ、ヤーナは、見ず知らずのドイツ人少年を守ってみせた。

女性を守るために戦え、同志セラフィマ。迷いなく敵を殺すのだ。

だが私はお前のようにはならない。お前のように卑怯には振る舞わない。私は、私の信じる人道の上に立つ。

同志少女よ、敵を撃て。

まるで渦潮が船を呑むように、セラフィマの感情は収斂し、左手に感覚が戻り、狙撃手の持つ一筋の殺意と化して、彼女の操るライフルは、赤軍兵士たちの頭に照準線を合わせた。

「お前は下がれ、セラフィマ」

私がやる。その言葉を言外に察し、答えた。

「いいえ、私がやります。銃声が違う」

答えた瞬間、最も女性に詰め寄っていた兵士の顔を、スコープが捉えた。

豊かな金髪、柔和な顔立ち、アイスブルーの瞳。

「ミハイル・ボリソヴィチ・ボルコフ」

故郷の心優しき幼なじみ。イワノフスカヤ村で自分の他唯一の生き残り。かつて、自分が結婚すると思っていた相手は、スコープの中で女を路上に引き倒し、周囲から喝采を浴びていた。セラフィマは思い出す。私は尋ねた。

あなたは他の兵士と同じ場面になったら、例えば上官に言われたり仲間にはやし立てられたら、それでも女性を暴行しない？

もちろんだとも。ミーシカは答えた。そんなことをするぐらいなら死んだ方がマシさ。

嘘のない言葉だった。軍隊という特殊な圧力の中で誇りを保とうとする者の言葉だった。

その彼は見知らぬドイツ人女に馬乗りになって、下卑た笑みを浮かべていた。

セラフィマの心を無数の感情が掻き乱し、やがて、空《くう》が訪れた。

明鏡止水の境地に至り、彼女は歌った。

林檎の花ほころび　川面に霞立ち
君なき郷にも　春は忍び寄りぬ　君なき郷にも　春は忍び寄りぬ

岸辺に立ちて歌う　カチューシャの歌
春風優しく吹き　夢が湧くみ空よ　春風優しく吹き　夢が湧くみ空よ

カチューシャの歌声　遥かに丘を越え
今なお君をたずねて　優しその歌声　今なお君をたずねて　優しその歌声

変性的な意識の中、引き金を絞り、ボルトを引いて弾丸を装塡して、銃弾を次々放った。

再びスコープの景色を眺めたとき、逃げてゆく女の子たちが見えて、安心した。

路上に倒れたミハイルは、頭から血を流していた。

こめかみを撃ち抜かれた彼と、スコープ越しに目が合った。

「セラフィマ」

イリーナが名を呼んで両肩を摑み、要塞の内側に引き込んで、彼女は言った。

「何をなすべきか分かるな。赤軍の調べは甘くない。イェーガーが先に撃たれたことを他の兵士が知っている以上、あいつが味方を撃ったという言い訳は通じない。だがお前は、ドイツ人の銃で撃った。

生き残りがいたならば、二人のうち一人が死んでいれば、それを証拠にできる」

セラフィマは目に涙を浮かべた。

「この銃であなたを撃てと言うんですね」

「生きていたイェーガーに私は殺されたと言え。そしてSVT－40で奴にとどめを刺せ。お前は助かり、お前の復讐も終わる」

イリーナは微笑んでみせた。

セラフィマの心を軽くするため、そして、彼女自身の内心から零れた笑みだった。

ああ、と思った。確かに、そう言った。あんたも殺すと。この女は母親を燃やした……。写真を奪った……それは嘘だった……。村に火をかけた……。伝染病を防ぐためだと、あとで知った……。

「イリーナ、ずっとあなたはそのつもりだったんですね。私に殺されるつもりでいた」

彼女の顔がこわばった。初めて見せる種類の動揺だった。

「あなたはそれでいいでしょうね。私たちを狙撃兵に育てた苦しみから、それで逃れられるんだから。でも、私に一人で生きろって言うんですか」

「セラフィマ、このままでは、もし真相が分かれば処刑されて……」

「あなたが生きることを苦しみと言うのなら、私の復讐は、もっと長く続く！」

セラフィマは銃口を左手でふさいだ。

イリーナが制止する間もなく、引き金を引いた。銃声が城塞の中に響いた。

壁に背をつけ崩れ落ちる間際、イェーガーと目が合った。何かを悟った顔をしていた。

制圧したはずの要塞から突如として狙撃された赤軍兵士たちは、大わらわでＰＰＳｈ－41を構えて、発砲炎が上がった場所へ駆け上った。途中で銃声が響き、女の悲鳴が聞こえた。銃声は敵のＫａｒ98ｋ、しかし、とそのうちの一人が仲間に尋ねる。

「な、なあ。なんか変じゃないか？　あの女たちが敵狙撃兵を倒したから降伏したんじゃないのか。なんで撃ってくるの」

「知るかよそんなこと！　相手が誰でも、隊長の仇を討つぞ！」

仲間は、血走った目で答えた。その一人、ドミートリーは怒りに燃えていた。

彼はミハイル隊長を尊敬していた。鉄拳制裁が日常茶飯事である赤軍内にあって、彼はいつも優しく部下を褒めて自らの学識を授け、部隊の練度を上げてくれた。

その有能さを見込まれて危険な自走砲隊へ転属になってからは、隊長たる自らが先陣を切って敵陣へ切り込み、自分たちの盾になってくれた。無敵と恐れられたティーガー戦車も、燃料に焼かれる悪夢のような死も、ミハイル隊長といるから怖くはなかった。

命を賭して戦い、だからといって得られるものもない戦い。その最後に、せめて思い出をさずけようと美しいドイツ人女を献上しようと思ったのに、そこで隊長は頭を撃たれた。勝利と女を目の前にして、すべてを犠牲にして戦った彼は死んだ。

こんな理不尽があっていいものか。故郷を失い、家族を失い、戦友と共に命を賭けて戦い抜いてきたミハイル隊長が、最後にちょっとした恩恵も受けずに死ぬなど。

二階まで上がって室内に突入すると、そこに、異様な光景があった。

室内には三人がいた。

フリッツは倒れて血にまみれている。

赤軍女性兵士のうち、若い一人は左手からおびただしい血を流して壁に身を預け、上官にあたる女が、彼女を介抱していた。その顔に見覚えがあった。ともに、魔女小隊の有名な顔だ。

「イリーナ・エメリヤノヴナ大尉、セラフィマ・マルコヴナ少尉！　……一体これは……」

イリーナ大尉は息を整えながら答えた。

「見ての通りだ。こいつは息があって、投降したと見せかけ、お前たちを頭上から狙撃した。私の部下が倒したが、手を失った」

「え？　い、いやしかし、フリッツはセラフィマ少尉が撃ったはずでは？」

ぐ、ぐ、と異様な声がした。フリッツが生きていた。

自らの吐いた血に溺れるように喉から音を立てながら、彼は何かを言った。

同じように息も絶え絶えのセラフィマ少尉がそれを訳す。

「死んだ、ふり……だ。俺が……お前たちを撃った……見ていたぞ、劣等スラヴ兵ども、お前ら、女を……」

「卑怯なナチめ！」

言葉を制してPPSh‐41の連射を浴びせた。通訳が正しいかはこの際問題ではない。

セラフィマ少尉の通訳が正しいのなら、その先を言わせる訳にはいかない。

通訳が間違っているのなら、それは、彼女ら二人が、俺たちのしていたことを……。

何かに気付いた仲間も同じように振る舞い、数秒で五〇発以上の弾丸を浴びて、フリッツは死んだ。

「何を言おうとした？」

イリーナ隊長が首をかしげて問うた。

「同志、彼は今、何を言おうとしたと思うか」

「全く分かりません！」

赤軍兵士は答えた。仲間も同様に答えた。

「同志イリーナ、セラフィマ、あなた方は英雄です！」

そうか、と彼女が答えると同時に、セラフィマ少尉が床に崩れ落ちた。

「運べ！」

全員で手分けしてセラフィマ少尉を担ぎ、階段を降りた。

他にできることなどなかった。フリッツの狙撃兵は卑怯にも死んだふりをして通りを歩いていたミハイル隊長を撃ち殺し、セラフィマ少尉は深手を負い、俺たちがそのフリッツにとどめを刺した。それ以外に一体なにがあるというのか。

俺は一体何をしているのだろう、とドミートリーは思った。

目に涙が浮かんだ。一体、なんだったのだろう。今の光景は。

俺が、ミハイル隊長が戦った戦争は、一体なんだったのだろうか。

お前たちは、今どこにいる？
頭の中で、優しい声がした。耳を澄ませて、その声を待つ。もう一度――。
お前たちは今、どこにいる？
アヤ、お前は今どこにいる？
懐かしいアヤ。彼女の姿が見える。
美しい黒髪をたなびかせ、少し照れたふうに笑って、彼女は答える。
角度一三〇〇ミル、距離五六三メートル地点です。
正解だ。
優しく笑う声が、もう一度尋ねた。
シャルロッタ、お前は今、どこにいる？
シャルロッタは遠くに背光を浴びて、手を振りながら答えた。
角度一二〇〇ミル、距離八九三メートルであります！
正解だ。ヤーナ、お前は今、どこにいる？
角度一〇六〇ミル、距離、九七五メートルです！

正解だ！　オリガ、お前は今、どこにいる？

オリガは、すぐ隣にいた。

誰とでもすぐに仲良くなれる、屈託のない笑顔を見せて、彼女は答える。

角度八四〇ミル、距離、四三六メートルです。

正解だ。

セラフィマと、スコープ越しに目を合わせて、イリーナは叫んだ。

「セラフィマ、お前は今、どこにいる？」

その声を聞いたとき、セラフィマは、胸に痛切にこみ上げる懐かしさを振り払って、叫んだ。

私がいるのは……。

声が出なかった。叫ぼうとしても、水の中に閉じ込められたように声が出ない。

私は、角度……。

違う。こうじゃない。

イリーナが笑った。優しい顔で。柔らかな日の光を浴びて、もう一度尋ねた。

セラフィマ、お前は今、どこにいる？

「私、は……」

声が出た。その瞬間、凄まじい声量を出したように錯覚した。

「お、気付いたか。セラフィマ」

目が覚めたとき、見慣れた顔が、額の汗をハンカチで拭っていた。

「ターニャ……」

看護師の彼女は、ふっと笑った。

「最初に会ったときも、こんなんだったな」

ターニャは、セラフィマの左手をその眼前にそっとかざした。きちんとした手順で治療され、何重にも包まれた手は、以前に比べて形を変えていた。

「左手の親指は付け根からなくなった……人差し指も欠損。でも、生きててよかった」

周囲を見渡す。薄暗い一室。病室らしく、医薬品の匂いが鼻をついた。

「うう〜」

隣から、変に幼い声がして、その主を見てぎょっとした。

「ちょっとターニャ、パンツァーファウストで私を撃とうとした子じゃない」

「ああ。そして君に撃たれた子でもあるんだぞ」

「知ってる。なんで私の隣でフリッツが寝ているの」

ターニャは笑って、彼の幼い額を撫でた。

「フリッツじゃない。この子はヨハンくんだ。ケーニヒスベルクでは家族が全員爆死したんだって。あの街に置いておいたら死にそうだし。ま、傷が癒えるまでは手当するのがあたしの役目だからな。隊長に頼んで、しばらく面倒見ることにしたんだ」

まったく迷いのない言葉に、セラフィマはあっけにとられ、しばらくして口を開いた。

「ターニャ、あなたは敵味方の区別なく治療するの？」

「ああ。というよりも、治療をするための技術と治療をするという意志があたしにはあり、その前には人類がいる。敵も味方もありはしない。たとえヒトラーであっても治療するさ」

ターニャの言葉に一切の躊躇はなかった。

最初から敵と味方が存在しない世界。まるでおとぎ話のようだと思いながら、目の前には確かにその価値観に基づいて治療された少年がいた。

それをもたらしたターニャは、自分と変わらない年だ。

「ターニャは強いんだね」

「強さの問題じゃない。好みの問題だ。最初にさ、イリーナ隊長に会ったときに聞かれたんだよ。『戦うのか、死ぬのか』って。あたしも例によって家族皆殺しだったから」

看護師のターニャがそれを聞かれていたことに驚きを覚えた。

「どう答えたの？」

「そのまま。どっちも嫌だ。自分は人を治すんだって。あたし、元々看護師になりたかったんだ。戦うなんてごめんだし、だからって死にたくない。そう答えた。そしたら、たとえ戦争中でも、敵が皆殺しに来てもかって聞かれたから、そうだって答えた……そしたら衛生兵の教育課程に回してくれたんだ」

初めて聞く話、そしてターニャの覚悟だった。彼女が少し苦い笑みを浮かべた。

「セラフィマは命を賭けて戦ってる。戦わないあたしのこと、ずるいって思う？」

「そんな。思うわけない」慌てて首を振った。しかし、ずるいとは思わないが、なぜイリーナがその答えを許したのだろうという引っかかりはあった。彼女は、この戦争のさなかには二種類しかいないのだと語っていた。

その疑問を読んだわけではなかろうが、ターニャはヨハンの額を拭いて答えた。

「もしソ連の人民があたしみたいな考え方で、みんなみたいに戦う人がいなかったら、ソ連は滅んでいたし、世界はとんでもないことになっていただろうな」

セラフィマは無言でうつむいた。肯定も否定も出来なかった。

けれど、とターニャは付け加えた。

「あたし、本気で思うんだ。もし本当に、本当の本当にみんながあたしみたいな考え方だったらさ、戦争は起きなかったんだ。だからヒトラーを治療したら、その後で殴ってはやりたい。なんでこんなことをした？　って聞きたい。だから、あたしは自分について迷わない……前に、ごめんね。セラフィマ。人を殴ったの、初めてだったな」

その言葉を聞いたとき、セラフィマの胸に淀んでいた諸々の感情は、汚泥が流水に洗われるようにしてするりと流れ落ちた。

自分はイリーナに殺し屋にされた。

自分は生きるために殺す道を選んだ。

自分は生きる意味を得るために復讐を望んだ。

どれも違った。

殺すことを拒絶して生きる生き方、それを選ぶ道は、目の前にあった。

自分は自らの意志で戦いに挑み、そしてターニャはそれを拒んだ。

自らの家族を殺され、敵を憎まず、それどころか治療する生き方が、狙撃兵としての生き方よりたやすいなどと、誰が言えるだろう。

自然と、涙が流れた。悲しみとも喜びともつかない、思いの総量が涙と化してあふれた。

「大丈夫だよ、セラフィマ」

ターニャはセラフィマのベッドに腰を下ろし、両肩に手を置いて励ました。

「もう戦争は終わる。そうしたら、平和の時代は終わらないさ。世界中が戦争の恐ろしさをいやってほど知ったんだもの。きっと世界は、今よりよくなるよ。あたしも、セラフィマも若いんだ。もちろんシャルロッタもママもそうさ」

「うん……」

涙にぬれていたセラフィマの意識は、その言葉でやっと完全な明瞭さを取り戻した。

「ママは？　ママは、無事なの？」

「うん。もう意識ははっきりしてるよ。セラフィマを心配してた」

「会いたい、会わせて、ターニャ。シャルロッタにも、イリーナにも会いたい」

「いいよ……ところで、あたしたち今、どこにいるか気付いてる？」

「え？　ケーニヒスベルクではないの？」

ターニャが愉快そうに笑った。

手をつないで、ドアへ向かう。まだ目眩がするのか、床が傾くように感じた。

ドアを開けたとき、その向こうの光景に言葉を失った。

真っ暗な地面と、そこに置かれた流線形の巨大な基地。そう思った。

しかし基地の前方に旋回式の連装砲が置かれている。潮の香りと、揺れる視界を見て、セラフィマはやっと黒い地面に見えたものが、夜の海であることに気付いた。

「船の上……」

「ああ。月も出てるはずなんだけど、曇ってるから分かりにくいな。あれから、一週間とちょっとか。傷からするとずいぶん長らく眠っていたから、もう目を覚まさないんじゃないかって心配したよ。医者は精神的ショックだろうって言って点滴するだけだし」

「フィーマ!」

聞き慣れた声がして、振り向くと、シャルロッタが胸に飛び込んできた。

「シャルロッタ……」

セラフィマの胸にぐりぐりと頭を押しつけて、シャルロッタは笑う。

「もう、もう、フィーマのバカ! ママとフィーマがいっぺんに死んじゃうかも知れないって聞いたときの私の気持ち、考えた?」

「ごめんごめん、シャルロッタ」

笑うと、生きているという実感が、途端に彼女の身のうちに戻った。

「おかえりなさい、セラフィマ」

シャルロッタの背後から声がかかって、彼女がどくと、車椅子に乗ったママことヤーナがいた。

「ママ、よかった。本当に助かったんだ」

「ええ。おかげさまでなんとか。もうすぐ立てるようになるわ。……オリガのことは、残念だったわね」

セラフィマは瞑目し、うつむいた。

自分たちを欺き死地へ送り込んだ憎きNKVD。そう思わせることで自分たちを結束させていたあの少女は、最後にセラフィマを助けるために戦い、命を落とした。

シャルロッタに視線で合図すると、彼女はママの車椅子を押して二人の距離を縮めた。すでに扱いに慣れていることが見て取れた。

「辛いけれど、生きて帰らなきゃ。彼女のこと、アヤのこと。途中で失った戦友たちのことを、私たちは生きて伝えましょう」

はい、とセラフィマは答えた。

頬を伝う涙が、先ほどよりも熱く感じられた。

ふと気付いてシャルロッタに尋ねた。

「あれ、私たち、これからどこへ行くの……？」

「第三九独立親衛小隊は解散だって」

シャルロッタは肩をすくめた。

「このままレニングラードへ入港したら、そこで解散して、地域別の帰還部隊に合流だってさ。もう銃撃てるの私一人だし、しょうがないけど薄情だよね。あと何日かでベルリンが陥落しそうだから再編成も無し。残念だけど、セラフィマの昇進と教官の辞令も取り消しになったって。ていうかそんな話があったのね」

「そう……」

隊はともかく自分の行く末にはあまり関心が湧かないことに、我ながら驚いた。

「イリーナ隊長は？」

重ねて尋ねると、シャルロッタが急に悲しそうな顔をした。

「それが、隊長ってば極東に行くって言うの！」

「うん。日本の勢力の辺りで戦力を集めてるから、今度はそっちに転戦するって……私たちも、他の将校たちも毎日止めてるんだけど、全然聞かないの」

「きっと責任を感じていらっしゃるのよ」とママが答えた。「私たちに対する、あの方なりの責任を」

「あの人、今、どこにいるの？」

シャルロッタが胸元で答えた。

「艦尾で将校と話してる……ねえフィーマ、お願い、止めてくれる？」

言葉を聞くが早いか、セラフィマは走り出した。

大きな船に乗るのは初めてで、揺れる足下は心底恐ろしかった。足がもつれて、手すりを摑んだまま、船上階段を駆け上がる。対空砲座や艦橋を横目に通り抜けると、後部砲塔の向こうに、やっと艦尾が見えた。

イリーナはそこにいた。冷厳な面持ちで、将校と何かを話していた。

「イリーナ！」

気付けば、セラフィマは叫んでいた。

「セラフィマ！」

驚いた顔がこちらを見た。イリーナが、自分を見ている。

「セラフィマ。目が覚めたのか。お、おい走るな！」

頭の中で、懐かしい声が聞こえた。

お前は今、どこにいる――。

セラフィマはイリーナに向かって走りながら、耳を澄ませた。もう一度……。

潮風の向こう、揺れる船の向こうで、彼女は私に問いかけている。

まなじりに浮かぶ涙は指先に拭われ、後方に飛んでいった。

私は今――。

濡れた甲板に足が滑った。尻餅をつくと、そのままつるつる滑走して、彼女はイリーナの足下へと勢いよく流れ着いた。

「危ない！」

イリーナが叫んで、セラフィマを抱き上げた。そうでなければ海へ落ちていた。

何か言おうとするイリーナに、セラフィマは叫んだ。

「私は、あなたの側にいます！」

視界は涙でぼやけた。嗚咽《おえつ》を漏らして泣いた。

ずっと分かっていた。イリーナが、自分を生かしてくれたことを。虚脱し、生きる気力を失い、ただ死を望むだけだった自分を、生へと向かわせたことを。

そして狙撃兵として、殺人者としての苦悩から救うために、その苦痛を背負っていたことを。

お前を殺し屋にしたのは自分だ、と繰り返すことで、懊悩《おうのう》から救っていたことを。

思えば、それこそが生きがいだったのだ。

イリーナは行く先々で娘たちを見つけ、同じ問いを投げかけた。

戦うのか、死ぬのか。

戦うと答える者に戦いを教え、セラフィマのように死を望んだ者を再起させた。

両方を拒絶する者にはその道を教えた。ターニャのように。そして、狙撃学校で脱落していった仲間たちがそうであったように。

リュドミラ・パヴリチェンコが言った生きがい。彼女は、女性を救おうとしていた。自分よりも早く、そしてより深い意味を持って、同じ生き方を選んでいた。

「だから私の側にいて、イリーナ……」

上官と部下の言葉でもなく、教官と生徒の間でもない。

ただ個人の間に存在する感情に身を委ねて、セラフィマはイリーナに問いかけた。

「責任を感じるのなら、私と一緒に、イワノフスカヤに。私が帰る場所に……私と、他に誰もいない場所に……」

呆然としていたイリーナは、やがて呆れたように微笑んだ。

「お前は……いつも、私の予想を覆す。最後までそうだった」

はい、と答えた。そして何を思うこともなく、唇を重ねた。

「覆しすぎだ」

笑って、イリーナもキスを返した。

シャルロッタとよくするキスとは、少し違う感触がした。

「おやおや」

と、見知らぬ上級将校が声を上げた。

「極東方面の話は、無しにしようか」

「お願いします。目を離すと、すぐにどこかへ落ちてしまいそうだ」

イリーナが答えた。もとより彼女自身が無理押ししていた話だった。

「見ろ」

彼女が空を指さした。

曇天が風に吹かれ、見る間に視界が開けていった。

海風に吹かれ前進してゆく船は、瞬く間に夜の晴れ間へと躍り出た。

満天の星はまばゆいばかりに輝き、三日月の明かりが、煌々と自分たちを照らしている。

夜空から船の航路に光の帯を落とし、ゆらめく月光をレールにするように、自分たちは進んでゆく。

船の前方からママと、その車椅子を押すシャルロッタ、それにターニャがやってきた。

互いに身を寄せ合ったとき、同じ思いでいることをセラフィマは感じた。

自分たちは生涯にわたって、互いのことを忘れない。

船は停まることなくロシアへと進んでゆく。

戦争は終わろうとしていた。

エピローグ

一九七八年

イワノフスカヤ村の少年、十歳のダニイルは、村から山道を伝って裏山へと登ると、獣道のような細い路地を、恐る恐る進んでいた。

彼の手元には、二つの手紙があった。

イワノフスカヤ村に手紙が届くことは希《まれ》であり、共用ポストに投函されているので、少年たちが空いた時間にそれらを配ることが仕事のように義務づけられていた。

狭い村で手紙を配ることは別に苦痛ではないし、行く先で運が良ければ飴でももらえるので、少年たちは毎日、夕刻の遊ぶ時間にポストを訪れて、なにかゲームをして、勝った者がその役割を引き受けていた。

しかしその宛先が、「裏山の魔女」二人であるときは事情が違う。

イリーナ・エメリヤノヴナ・ストローガヤと、セラフィマ・マルコヴナ・アルスカヤ。

血縁があるのかも不明で、戦地帰りには珍しくもないが、片手が欠損している女性たち。

村から外れ、小高い裏山に小屋を建てて、細々とした軍人給金と家庭菜園で暮らす二人の女性に対する評価は、村人によって全く異なる。

ある者、特に年配の者は、三十数年前、あの大祖国戦争で壊滅した村を、戦後、わずか二人で再建し、当局と連絡を取り合って避難民を移住者として受け入れ、農業指導者を呼んで生活を豊かにした人たちだと語り、村の中興の祖、神様のように崇敬の念を捧げている。

また他の人は、全く村と接点を持とうとせず、技術を持っているくせに狩りの教えをせず、戦争の体験を聞こうとするとひどく怒る異常で不気味な二人だと忌み嫌う。他のある人はひたすらに二人を恐れる。

いずれにせよ、気軽に接することのできない相手と考えている。

ダニイル自身はと言えば、会話を交わしたこともない二人に特にこれといった思い出はないのだが、村人によってばらばらな印象について、ただ一つ確かなことは、二人は狙撃兵と呼ばれる兵科にいて、驚くべきことに二人とも約百人のドイツ人を殺したということだ。嘘や冗談ではなく、本当にそうなのだ、と学校の先生も言っていた。

二人は「人食い」と呼ばれ、特に大人が年少の子どもたちを脅す種となっていた。

悪いことをすると裏山の人食い魔女に連れて行かれる。あの二人に殺される。

そういうわけで、一カ月ぶりに彼女らに届いた手紙は気弱なダニイルに押しつけられた。

掘っ立て小屋に着くと、足が震えるのをこらえ、息を整えて、ドアをノックした。

全く反応がなかった。留守なのだと安堵したとき、突然ドアが開いた。

普通、物音かなにかで分かるのだが、気配というものをまったく感じなかった。首をかしげる、多分セラフィマという方の女性。確か五十過ぎ。年齢の割に痩せていて、妙に若く感じられた。

「お手紙です……」

無言で二つの封筒を受け取ったセラフィマは、そのうちの片方を見た瞬間、何かを察したように息をつき、裏返してその差出人を見て、静かに涙を流し、声も出さずに泣いた。

ダニイルは驚いた。百人のドイツ人を殺したとは思えない、優しそうな顔つきが、涙に濡れて美しく見えた。

彼女は自身に見とれる少年に視線を戻すと、何か誤解をしたのか、すまない、と謝った。

「驚かせたね。もう行っていいよ」

「は、はい」

ダニイルは去ろうとした。

しかし、これでいいのだろうか。目の前にいる人に、何か声をかけたかった。

「あの……」

声が出たが、続かなかった。無意味に、その、と言ってうつむくと、彼女が尋ねた。

「友達と仲良くできているかい」

心を読まれたような驚きがあった。しかし、恐れは感じなかった。

いいえ、と彼は答えた。

「いつも、僕、気が弱くて……色々押しつけられて、たまに殴られたりします……本当はみんな悪い奴じゃないけど、でも、やっぱり殴られるのは嫌なんです」

「そうか」

事実を、すとんと受け止めるように答えが返った。不思議な居心地の良さを感じた。

「友達を大切になさい。いつまでも一緒にいられる訳ではない。もしも悩んでいるなら、私なりに力になる。明日、気が向いたらまた来るといいよ」

「友達を連れてきてもいいですか？」

セラフィマは少し考えてから、ああ、と頷いて、ドアを閉めた。

ダニイルはもと来た道を足早に帰った。誘ったところで誰か来るだろうか、とも思った。けれど一緒に来てくれるなら、そいつとはもっと仲良くなれそうだな、とも思った。


室内に戻ったセラフィマは、一つ息をついた。

日課の屋内運動を終えたイリーナが、奥の部屋の椅子から声をかけた。

「シャルロッタからか」

相変わらず、先読みが早かった。

「うん」

それ故に、答えで全てが伝わった。

開封すると、セラフィマが予期した通りの文言があった。

一カ月前の手紙で、おそらく次はこの手紙が来ると分かっていた。

「ママが亡くなった」

ヤーナ・イサーエヴナ・ハルロワは天寿をまっとうした。安らかな最期だった。端的にそう記されていた。

先月の手紙では、患い始めた肺がよくないのだと知らされていた。

享年六十四。天寿をまっとうしたと受け止めるべきであろうと、セラフィマも思った。鉛玉を体内に入れた後遺症と精神的後遺障害に苦しみながら、彼女は確かに、シャルロッタとともにパン工場で働き、町の人に惜しまれて見送られたのだ。

あの船を下り、レニングラードで別れてからの自分たちを思い出す。

四月三十日にヒトラーは自殺。ドイツは五月九日に正式に降伏し、ソ連は勝利した。

「国家」という指標で語られる勝利と敗北。

四年に満たないその戦いにより、ドイツは九〇〇万人、ソ連は二〇〇〇万人以上の人命を失った。

ソ連の戦いはここで終わらず、余勢を駆るようにして残る枢軸、日本へ八月に宣戦布告した。この時期のソ連に太刀打ちできるはずもなく、中国大陸の傀儡国家とそこにあった軍勢が軍事史に残る迅速さで粉砕されると、列島が対米戦争で満身創痍であった帝国日本もまた無条件降伏し、ソ連にとっての戦争は、そして第二次世界大戦は終わった。

第三九独立親衛小隊。その後にこそ、彼女らの人生はあった。

我が子に死なれ、それでも戦後を生きなければならなかったママを、支えた人がいた。

シャルロッタ・アレクサンドロヴナ・ポポワ。

セラフィマは最初に出会った、お人形のような姿を思い出した。

幼い女の子のように振る舞い、まるで狙撃兵としての苦痛など感じないように見せた彼女の本当の強さを、戦後になって知った。

ヤーナはあまりにも善良でありすぎた。自分のように、慣れることができなかった。

戦争が終わったあと、祖国ソ連のリソースを極限にすり減らし、ありったけの人員をつぎ込まれていた赤軍は、多くの兵士の任を速やかに解き、もとの職に戻した。

それはつまり、人を殺す術を身につけ、躊躇なく敵を殺す訓練を受け、実際に殺し、味方の死を見届け、虐殺を目撃し、あるいは殺戮者となり、ありとあらゆるこの世の地獄を体験した多くの兵士たちが、生身で日常に放り出されることを意味していた。

殺される心配をせず、殺す計画を立てず、命令一下無心に殺戮に明け暮れることもない、困難な「日常」という生き方へ戻る過程で、多くの者が心に失調をきたした。

戦争を生き抜いた兵士たちは、自らの精神が強靭になったのではなく、戦場という歪んだ空間に最適化されたのだということに、より平和であるはずの日常へ回帰できない事実に直面することで気付いた。

戦後ソ連は傷病兵についてはそれなりに支援したが、戦争による精神障害に対しては異様に冷淡であった。それは、ソ連の医学水準が劣っていたからではない。第一次大戦後、ソ連の医学者たちは帰還兵の精神失調についての研究を進め、療法やカウンセリングについての論文を世界に先駆けて数多く発表していた。しかし、ありとあらゆる「惰弱《だじゃく》さ」を切り捨てた第二次大戦下の価値観は、それら戦争がもたらす精神的後遺症についての学術研究の成果さえ、まるでひ弱な臆病者の言い訳として扱い、自ら社会のゴミ箱へと葬った。

それでも生きて帰った兵士たちが英雄として扱われたことに変わりはなかった。その者が、女性でなければ。

学校で問いかけられたこと。そして、その後も考え続けたこと。

世界広しといえどソ連が唯一前線における「女性兵士」を生んだ理由が何であったのか、未だ明快な答えは見つからないが、それがなんであれ、戦争の終結とともに無用になったことは事実だった。

戦後ソ連が顕彰したのは、武器を手に戦地で戦った男たちと、その帰りを待ち、銃後を支えた貞淑な女たちだった。

復活した「男女の役割」は軍隊内にも波及し、女性は戦闘職ではなく支援職という古式ゆかしい棲み分けがなされた。生きて帰った女性兵士は敬遠され、特に同じ女性から疎外された。狙撃小隊の女性たちも、セラフィマとイリーナも例外ではなかった。

終戦直後の調査で、二人はケーニヒスベルクで何らの問題も無く敵を倒したと認められたが、スタフカは「何か」を察したのか、プロパガンダの種となることもなかった。そのため村の再建に没頭することができたが、どこまで献身的に村に尽くそうとも、二人が二人とも百人を殺した女たちだ。

村人は二人を我が家に招こうとはしなかったし、二人も付き合い方が分からなかった。

自分が人殺しなのは事実であり、恐れられることも正しいと思えたので、村がある程度軌道にのると、村人たちとは距離を置き、セラフィマは東ドイツおよび傍受された西ドイツの世相報告の翻訳、イリーナは戦史研究への協力で細々とした暮らしを送った。

二人が、シャルロッタとヤーナに最後に会ったのは、シャルロッタが工場の職長に任ぜられた二十年前。戦後十余年を経た当時、ヤーナの心は未だ戦争に侵されていた。

夕食の最中、彼女は自分が撃った敵兵のことを急に思い出し、あるいはスターリングラードで散った仲間たちを思い出し、その都度涙を流していた。

そしてシャルロッタの陽気さと陰りのなさは、悪夢にうなされ、自分を責め、子どものように涙を流すヤーナを懸命に励ましていた。

シャルロッタはソ連の代わりを果たすように、戦友会を通じて多くの戦友、特に女性兵士と手紙で語らい、あるいは思い出を語り合う場を設けて、それにより互いを癒やし合った。

多くの女性がその場を求め、ヤーナも仲間との出会いによって癒やされていた。

街へ出ると、シャルロッタは他の女性兵士と異なり、皆に好かれていて、自分が撃った敵兵の数も、不愉快な噂も冗談の種にしていた。職長としてモスクワ一のパン工場を仕切り、ミートパイが生産ラインにのると「具材の混入に要注意。特にドイツ製の肉」などの貼り紙をしていた。セラフィマは顔を引きつらせたが、労働者たちには笑顔で受け入れられていた。

二人の家から届く手紙。その書き手はシャルロッタであったりヤーナであったりしたが、ヤーナの筆致は年を追うごとに落ち着き、冗談を交えるようになった。

そしてついには、安らかな老後を迎えさせることができた。

今後も自分が死ぬまで集いを閉じるつもりはない、と前の手紙でシャルロッタは綴っていた。――きっとパン工場で働こうと決めたそのときから、シャルロッタは己が振る舞いを決めていたのだ。それが彼女の強さだった。

セラフィマは、ヤーナに比べれば遥かに冷淡だと自認していたが、それでもぐっすりと眠る間、突然迫撃砲の「当たる音」を聞いて外に飛び出したことが何度もあった。

自分は人を殺した。大勢の人を殺したという実感が、なんの脈絡もなく身のうちから湧き出て逃げ出そうとすることもあった。

そのたびに、イリーナが笑いながら家に連れ戻して、同じベッドで寝てくれた。

戦後は自分が助けるつもりだったイリーナに支えられていて、それがとても恥ずかしかった。

イリーナが涙を流したのはただ一度、四年前、リュドミラ・パヴリチェンコが六十に満たず亡くなったときだった。

果たしてソ連邦英雄の戦後はいかなるものだったのか。復学後の大学で学位を取得し、軍隊に復帰して戦史編纂に携わった彼女は一見気丈に見えた。自叙伝を出版してこれがベストセラーにもなった。しかし、その一方で彼女の生活は、他の多くの帰還兵と同じく、アルコール依存症と負傷の後遺症にむしばまれ、孤独のうちに生涯を終えた。

「もう一通は？　またフョードルさんか？」

「差出人に『スターリングラード』って書いて郵便局に消された跡がないから違う」

レニングラードに定住した看護師ターニャと、スターリングラード……今はヴォルゴグラードと名を変えたあの街で、その後無事家族と再会したフョードルさんと会うことは叶わなかったが、毎年、数通の手紙を皆で転送して、四カ所でやりとりをしていた。

この都市の名前の変遷が表象するように、戦後ソ連で「スターリン」の扱いは激変した。一九五三年、彼が亡くなると、「国を率いた鋼鉄の男」の死を、少なくとも表向きは国中が嘆き悲しんだ。

しかし、そのあとに第一書記となったのは、スターリングラードで一瞬だけ姿を見たことのある元政治委員、フルシチョフという男で、三年後、スターリンの恐怖政治と大粛清、開戦時における判断ミスを全面的に非難し、国民に対する弾圧者として彼を批判した。

すなわち「スターリンは恐ろしい男でその体制は恐怖政治だったのだ！」というフルシチョフの叫びを、多くの国民が、「もうそれを言っていいんだ」という安堵とともに、数々の当惑をもって受け止めた。

スターリンを崇拝していた政治家たちは、全員嘘をついていたということ？

それなのに、スターリンだけが悪かったの？

でもそのときフルシチョフって、スターリンの側近じゃなかった？

そして帰還兵たちは別の困惑を覚えた。

スターリン体制が恐怖政治であったなら、それを支えて戦った自分たちは何なのだろう。

しかしともかくスターリンが極悪人であったからにはその業績もすべからく否定すべしということで、保存されていた遺体が埋葬され、銅像が打ち砕かれ、多くの書物は書き換えられた。

当然スターリングラードもその名を変えねばならないが、だからと言って古名ツァリーツィンでは「ツァーリ」を連想させるため社会主義国として具合が悪い。

ヴォルガ川の側にあるから「ヴォルゴグラード」、という無味乾燥で中立的な名前が、取ってつけたようにあてがわれた。

この決定がなされた一九六一年、いつも温和な筆致で家族の成長の様子と不発弾処理にあけくれる日常を書いていたフョードルさんの手紙に、このときばかりは憤りと困惑が綴られていた。

「確かにスターリンは恐ろしい人だったのでしょうけれど、だからといって、僕らが『ヴォルゴグラード』という知らない名前の街で戦ったことにはならないはずです」

という一節が、概ねあの街で戦った兵士たちの心情を代弁していた。

しかし改名撤回の請願や署名運動は、軒並み却下されていた。

そのフルシチョフも一九六四年に失脚し、ブレジネフという俗物的な男が後を継いだ。

もはやソ連に絶対的な権威は存在しないのではないか、という空気を皆が悟りつつあった。

赤軍の象徴であったジューコフ元帥でさえ、スターリンとフルシチョフにそれぞれ重用されてはその後左遷され、四年前に回顧録を著して没するまで、めまぐるしい政治的浮沈を繰り返した。

「変わらないのは、ターニャぐらいか」

「うん。でも、これターニャでもないや」

ターニャは戦前に言っていた通り、看護師になって働いた。驚くべきことに保護したヨハンくん、つまりセラフィマが撃ったあの少年を養子として合法的に迎え、「ドイツ人の連れ子がいる未婚。それが好きな物好きとなら結婚してもいい」と言っていた彼女は、二度結婚して二度離婚した。ソ連では特に珍しくもないが、ともあれ彼女にとって結婚はあまり問題ではなかったらしく、今では大病院の看護師長を務めている。息子は仮名を使いながら元気に働いていて、手紙を通じてロシア語を教えたセラフィマも、彼の成長を見る度に嬉しく思った。彼の故郷ケーニヒスベルクはソヴィエト・ロシア領土となり、ここもまた名を変えて「カリーニングラード」となったが、そこに住まう民族ドイツ人たちは本国への過酷な追放に直面したため、ターニャの慧眼がなければ彼の命も危うかった。

そして自分があのとき殺さずにいたから彼は大人になれたのだ、と思うと、安堵とともに、自らがもたらした無数の死の正体、その片鱗が垣間見えて、また恐怖が訪れた。

果たしてアヤとオリガは、と、セラフィマは失った仲間に思いをはせる。

オリガの夢は叶ったのだろうか。戦後、ソ連は連邦内にあった最激戦地の二カ国、ベラルーシとウクライナの二カ国を優遇した。国際連合でもこの二カ国は独自の議席を得ていた。半ば独立国家のような扱いは、ソ連の中で破格の待遇と言えた。あのリュドミラ・パヴリチェンコが戦ったセヴァストポリ要塞を擁し、帰属をめぐる諸々の軋轢《あつれき》があったクリミア半島も、一九五四年にロシアからウクライナへ自主的に割譲された。

ロシア、ウクライナの友情は永遠に続くのだろうか、とセラフィマは思った。

しかし、自由化の風潮のもと、多くの民族自治領土が回復しても、コサックが名誉回復を宣言されることはなかった。アヤの故郷カザフもまた、ロケット基地の建設や重工業化への邁進、原爆実験場の設置を恩恵と考えれば先進的な都市化が進んだと言えようが、そこに遊牧民の居場所はなかった。

そしてまた、ソ連が自由化の時代にあろうと、停滞の時代を迎えようと、それぞれにおいて異論を許さない国家体制は健在であり、ハンガリーやチェコ等の周辺国で発生した自発的な民主化の試みは、その都度ソ連国軍の派遣によって蹉跌《さてつ》を見た。

ソ連という名の国家は、軋みながら進む砕氷船のようだった。

大小の氷を打ち砕いて進む船体が矛盾によって傷み、いつしか沈むのではないかという不安を皆が共有していたが、船が沈めば、ボートへ分かれ極寒の海へこぎ出すしかない。

航海中に船長が替わるように権力は変遷し、価値観はうつろう。その中で大祖国戦争こそは普遍的な「国民の物語」であった。

おびただしい人命を失いながら、防衛戦争として強大なドイツ軍を迎え撃ち、ついには人類の敵、ナチ・ドイツを粉砕したという事実は、ほとんど唯一といっていいほどにソ連国民が共有することのできる、輝かしく心地よい物語として強化されていった。

いくつかの勲章を授与されたセラフィマも、イリーナも、村人に戦争の体験を聞かれるときはいつも、その物語のみを求められた。

それ故に、ソ連軍兵士たちがドイツで働いた乱暴狼藉が話題になることもなければ、問題と考えられることもなかった。

女性への暴行については、終戦直後より、高級将校たちは似たような反応を示していた。すなわちそれが犯罪であるとは認識するし、取り締まりと処罰もおこなうのだが、あまり深刻な問題としては考えなかった。

故に終戦直後には赤軍兵士たちの性犯罪が猛威を振るい、それが落ち着いた占領下では、かつてサンドラ——戦後、彼女の行方はまったく分からない——がそうしたように、同意とも強制ともつかない胡乱な関係が蔓延した。

誰だかが言っていたように、これらはドイツ人にとってもある種の需要を生んでいた。「野蛮なアジア」のスラヴ人にドイツの女が犯されることは、国が受けた屈辱としてドイツの戦争を相対化するに最適な物語であり、それらはイギリスがもたらした空襲と並んで、即座に、一般のドイツ人とは別人の「ナチ・ドイツ」がもたらした「私たち善良なドイツ人」に対する被害の表象として受け止められた。

そしてドイツは国際社会へ復帰する過程で、空襲と暴行に表象される自らの被害に対して口をつぐむことを覚えた。虐殺されたユダヤ人への哀悼と謝罪を口にし、自らの被害を内面に留保することで、彼らは自らの尊厳を取り戻したようだった。

彼らにより語られるドイツの「加害」とは、専らユダヤ人に対する大量虐殺であり、国防軍が東欧で働いた虐殺ではなく、ましてソ連女性への暴行でもなかった。

そしてソ連でもドイツでも、戦時性犯罪の被害者たちは、口をつぐんだ。

それは女性たちの被った多大な精神的苦痛と、性犯罪の被害者が被害のありようを語ることに嫌悪を覚える、それぞれ社会の要請が合成された結果であった。

まるで交換条件が成立したかのように、ソ連におけるドイツ国防軍の女性への性暴力と、ソ連軍によるドイツ人への性暴力は、互いが口をつぐみ、互いを責めもしなくなった。

心地よい英雄的な物語。美しい祖国の物語。

いたましい悲劇の物語、恐ろしい独裁の物語。

そしてそれは、独ソのどちらでも、男たちの物語だった。

物語の中の兵士は、必ず男の姿をしていた。

それでも、とセラフィマは思う。東西に分割されたドイツの世情報告の中からは、新しい声が胎動のように聞こえる。若者たちは、ヒトラーとナチに責任を押しつけつつ、同時代を無抵抗に生きていた大人たちに対する反発を明らかにし、ゆっくりとではあるけれど、国防軍や広く一般のドイツ人について、同時代に対する責任を考える風潮が生まれつつある。

ソ連ではどうなのだろう。

たとえ船頭を替えても「大祖国戦争」の物語を美しく受け継ごうとするこの国には、それ以外の面を見ようとする日は、決して生まれ得ないのだろうか。

そう思ってもう一つの手紙を開封したとき、文字列のなかの一語が、水面に気泡の浮かび上がるように、セラフィマの目にとまった。

「戦争は女の顔をしていない」

その語句をそのまま口にすると、イリーナが立ち上がってこちらに来た。

手近な椅子に腰掛けた彼女は、相変わらず痩せていた。

二人とも、なぜか戦後から肉を食べることをやめた。

セラフィマは答える。

「彼女……スヴェトラーナ・アレクシエーヴィチが書きたい書物だって」

「ベラルーシ出身か。一九四八年生まれ？　戦争を語るには若いな」

イリーナの言葉に、思わず顔をほころばせた。自分たちが戦争を戦ったころよりは若くない。

「女性兵士たちの言葉を、ありのままに聞きたい。一切の編集や当局の意向を挟まずに、生の言葉を聞きたい。そう言っています」

自然と、口調が軍隊にいたころのものに変わった。

イリーナが、そう、と答えた。

「受けたければ受ければいい」

「いいの？」

戦中から今まで、彼女は新聞記者を毛嫌いしていた。

「お前がすこし、嬉しそうな顔をしたから……そうしたら……私の戦争も終わる」

言われて微笑んだ。言葉の後半はよく分からなかったが、この人の韜晦《とうかい》には慣れた。

それに、確かに嬉しかったのだ。同じ言葉を持つ人が、遠くにいるということが。

何を言えるだろうか。思い出を、さあ自由に語ってと言う人間に会って、本当に自由に話せば大抵は嫌がられるけれど、事実を事実のままに話すべき時が、今来たように思った。

それならばこれから先、思うままに語ろう、今日我が家を訪ねた、あの少年にも。

卓上の写真を眺める。まるで違う二つの写真。

自分に少し似ている、そして歳で追い抜いた母エカチェリーナと、めいっぱい険しい顔をする父マルク。

彼はわざと険しい顔をしたのではなく、緊張していたのだと、今になって分かった。

もう一つは、終戦後に受領した、狙撃訓練学校の卒業式の写真。

がちがちに緊張している若き日の自分。力を抜いた様子で片手を腰に当て、少し体を傾けているイリーナ。姿勢を正すシャルロッタとママ。つまらなそうに視線をそらしているアヤ。

背後、校舎内で目を光らせているハトゥナとオリガの影が、微かに写っている。

二葉の写真に写る九人のうち、今やこの世に生きるのは三人のみとなった。

セラフィマが戦争から学び取ったことは、八百メートル向こうの敵を撃つ技術でも、戦場であらわになる究極の心理でも、拷問の耐え方でも、敵との駆け引きでもない。

命の意味だった。

失った命は元に戻ることはなく、代わりになる命もまた存在しない。

学んだことがあるならば、ただこの率直な事実、それだけを学んだ。

もしそれ以外を得たと言いたがる者がいるならば、その者を信頼できないとも思えた。

アヤと、オリガと、ユリアンやボグダン、マクシム隊長と出会い、死によって別れた。

そして自らが百人の敵の命を奪った。

それを語ることができるのならば、彼女に会いたいと思った。

「明日、十歳の新しい友達が家に来るんだ」

セラフィマが微笑むと、イリーナが笑った。

「なにをしに？」

「友達と仲良くする方法を教えてほしいって」

「それはいい。それは大切だ。私たちも、それを教わらなければね」

イリーナの肩に手を置くと、首元に顔を埋めた。

シャルロッタからの手紙を読み返す。余白に、インクのあまりで書かれたような筆致の一文があった。


フィーマ。かつてリュドミラ・パヴリチェンコが手に入れろと言った二つのことを覚えていますか？　私は少なくとも一つを手に入れることができました。これからも、それを離しません。ねえ、フィーマはどう？


「勝ったよ、シャルロッタ」

「え、なに？」

尋ねるイリーナを抱きかかえるように立ち上がらせた。

懸命に鍛えてはいるが細くなった体が、とても軽く感じられた。

「外を観ましょう」

私は、二つ手に入れた。二つとも手に入れられたんだ。

ドアを開けて、二人で外の空気を吸った。

肺を冷たい空気が満たし、滞留していた部屋の空気に、清浄さがもたらされる。

夕焼けが目にしみて、景色がにじんだ。

明日は少年たちと語り合ったら、山道の上から、村を見に行こう。セラフィマは思った。

そこには、必ず人がいる。

主要参考文献一覧

佐々木陽子（２００１）『総力戦と女性兵士』青弓社
レギーナ・ミュールホイザー　姫岡とし子訳（２０１５）『戦場の性――独ソ戦下のドイツ兵と女性たち』岩波書店
スヴェトラーナ・アレクシエーヴィチ　三浦みどり訳（２０１６）『戦争は女の顔をしていない』岩波書店
スヴェトラーナ・アレクシエーヴィチ　三浦みどり訳（２０１６）『ボタン穴から見た戦争――白ロシアの子供たちの証言』岩波書店
キャサリン・メリデール　松島芳彦訳（２０１２）『イワンの戦争　赤軍兵士の記録1939－45』白水社
アレグザンダー・ワース　中島博／壁勝弘訳（１９６７）『戦うソヴェト・ロシア（上・下）』みすず書房
アントニー・ビーヴァー　川上洸訳（２００４）『ベルリン陥落１９４５』白水社
アントニー・ビーヴァー　堀たほ子訳（２００２）『スターリングラード　運命の攻囲戦　１９４２－１９４３』朝日新聞社
ローマン・テッペル　大木毅訳（２０２０）『クルスクの戦い　１９４３――第二次世界大戦最大の会戦』中央公論新社

大木毅（2019）『独ソ戦　絶滅戦争の惨禍』岩波書店
山崎雅弘（2016）『新版　独ソ戦史　ヒトラーvs.スターリン、死闘1416日の全貌』朝日新聞出版
デビッド・M・グランツ／ジョナサン・M・ハウス　守屋純訳（2005）『詳解　独ソ戦全史――最新資料が明かす「史上最大の地上戦」の実像』学研プラス
マクシム・コロミーエツ　小松徳仁訳（2005）『死闘ケーニヒスベルク――東プロイセンの古都を壊滅させた欧州戦最後の凄惨な包囲戦』大日本絵画
ハリソン・E・ソールズベリー　大沢正訳（1980）『独ソ戦――この知られざる戦い』早川書房
エーリヒ・ヴォレンベルク　島谷逸夫／大木貞一訳（2017）『赤軍――草創から粛清まで』風塵社
ゲオルギー・ジューコフ　清川勇吉／相場正三久／大沢正訳（1970）『ジューコフ元帥回想録――革命・大戦・平和』朝日新聞社
ジェフリー・ロバーツ　松島芳彦訳（2013）『スターリンの将軍　ジューコフ』白水社
マリー・ムーティエ　森内薫訳（2016）『ドイツ国防軍兵士たちの100通の手紙』河出書房新社
大木毅（2017）『灰緑色の戦史――ドイツ国防軍の興亡』作品社
永岑三千輝（1994）『ドイツ第三帝国のソ連占領政策と民衆〈1941-1942〉』同文館出版
永岑三千輝（2001）『独ソ戦とホロコースト』日本経済評論社

リチャード・ベッセル　大山晶訳（2015）『ナチスの戦争1918-1949　民族と人種の戦い』中央公論新社
ゼンケ・ナイツェル／ハラルト・ヴェルツァー　小野寺拓也訳（2018）『兵士というもの――ドイツ兵捕虜盗聴記録に見る戦争の心理』みすず書房
對馬達雄（2020）『ヒトラーの脱走兵　裏切りか抵抗か、ドイツ最後のタブー』中央公論新社
イリヤ・エレンブルグ　木村浩訳（1967）『わが回想〈第5部〉――人間・歳月・生活』朝日新聞社
ユーリ・オブラズツォフ／モード・アンダーズ　龍和子訳（2015）『フォト・ドキュメント女性狙撃手　ソ連最強のスナイパーたち』原書房
松戸清裕（2011）『ソ連史』筑摩書房
マーティン・ペグラー　岡崎淳子訳（2006）『ミリタリー・スナイパー　見えざる敵の恐怖』大日本絵画
かのよしのり（2013）『狙撃の科学――標的を正確に撃ち抜く技術に迫る』SBクリエイティブ
アルブレヒト・ヴァッカー　中村康之訳（2007）『最強の狙撃手』原書房
マイク・ハスキュー　小林朋則訳（2006）『戦場の狙撃手』原書房
ピーター・ブルックスミス　森真人訳（2000）『狙撃手（スナイパー）』原書房
チャールズ・ストロング　伊藤綺訳（2011）『狙撃手列伝』原書房
リュドミラ・パヴリチェンコ　龍和子訳（2018）『最強の女性狙撃手――レーニン勲章の称号を授与されたリュドミラの回想』原書房

謝辞

本作品の刊行にあたっては、第十一回アガサ・クリスティー賞受賞から出版に至るまでの過程において、ロシア語翻訳家・ロシア文学研究者の奈倉有里先生より、ロシア人名の添削、ロシア語文献の翻訳、時代考証、文化考証に関するチェックなど、多方面にわたり多大なご協力をいただきました。また、作家の林譲治先生からは、作中全般にわたる戦史関係の記述の正確性について、監修と多くのご助言をいただきました。心より御礼申し上げます。

なお、それらご協力いただいた部分を含めて、考証面の責任はすべて、筆者たる私のもとに執筆がなされましたことを、併せて申し上げます。

逢坂冬馬

推薦のことば

ロシア文学研究者
沼野恭子

逢坂冬馬の『同志少女よ、敵を撃て』は、第二次世界大戦時、最前線の極限状態に抛りこまれたソ連の女性狙撃手セラフィマの怒り、逡巡、悲しみ、慟哭、愛が手に取るように描かれ、戦争のリアルを戦慄とともに感じさせる傑作である（当時、実際に女性狙撃手がいたのだ）。読者は、仇をとることの意義を考えさせられ、戦争の理不尽さを思い知らされ、喪失感と絶望に襲われながらも、セラフィマとともに血なまぐさい戦場を駆け抜けることになるにちがいない。

従軍した女性たちの感情に焦点をあてた作品といえば、ベラルーシのノーベル文学賞受賞作家スヴェトラーナ・アレクシエーヴィチの『戦争は女の顔をしていない』があるが、これは多数のインタビューから成る証言集である。凄絶な体験のエッセンスのようなひとつひとつの証言の背後に、どのようなドラマが潜んでいるのかはおぼろげに想像するしかなかった。しかし本書は、優秀なひとりの狙撃兵を主人公に説得力あるディテールを与え、十二分に立体的な肉付けをして、公式のプロパガンダにはけっして現れることのない、かけがえのない唯一の物語を織りあげた。デビュー長篇とは思えない迫力である。

セラフィマの迷い、敵も味方もなく手当をする看護師ターニャの信念、ドイツ人狙撃手を愛したサンドラの存在自体が、敵か味方か、白か黒かという単純な線引きを攪乱して無化し、作品をさらに重厚なものにしている。「敵を撃て」というその敵とは、いったい何者なのか。それは、読者ひとりひとりに突きつけられた問いでもある。

百万人近くもの女性が従軍したソ連の女性史への哀惜の念と深い洞察に支えられた感動の書である。

第十一回アガサ・クリスティー賞選評

アガサ・クリスティー賞は、「ミステリの女王」の伝統を現代に受け継ぐ新たな才能の発掘と育成を目的とし、英国アガサ・クリスティー社の公認を受けた世界最初で唯一のミステリ賞です。

二度の選考を経て、二〇二一年八月三日、最終選考会が、北上次郎氏、鴻巣友季子氏、法月綸太郎氏、ミステリマガジン編集長・清水直樹の四名によって行なわれました。討議の結果、最終候補作五作の中から、逢坂冬馬氏の『同志少女よ、敵を撃て』が受賞作に決定しました。

受賞者には正賞としてクリスティーにちなんだ賞牌と副賞一〇〇万円が贈られます。

大賞

『同志少女よ、敵を撃て』逢坂《あいさか》冬馬《とうま》

最終候補作

『嘴《くちばし》と階《きざはし》』小塚原旬

『探偵の悪魔』森バジル

『プラチナ・ウイッチ』根本起男

『ビューティフル・インセクト』初川遊離

選評　北上次郎

選考委員が全員最高点を付けたのは、アガサ・クリスティー賞史上初めてである。逢坂冬馬『**同志少女よ、敵を撃て**』はそのくらい抜けていた。女性だけのスナイパー部隊の一員として成長していくヒロインを中心に、過酷な戦争の直中を駆け抜けていく日々を、臨場感たっぷりに、ディテール豊かに描いていくのだ。特にラスト百二十枚は、それまで溜めていたものが一気に爆発するから素晴らしい。アクションの緊度、迫力、構成のうまさは只事ではない。しかも最後の最後に、おお、これは書けない。

背景は独ソ戦、スターリングラード攻防戦と、要塞都市ケーニヒスベルクの戦いを描くものだが、女性狙撃手という実在した人物を登場させて、壮大な歴史を背景に、個的なドラマを作り上げるという、とても新人の作品とは思えない完成度に感服。

やや長すぎることと、タイトルが平板であることが気になるが、戦場を舞台にしたシスターフッド冒険小説として広範囲の読者の心を摑む作品だと信じる。

個人的な次点は、小塚原旬『**嘴**《くちばし》**と階**《きざはし》』と、森バジル『**探偵の悪魔**』。前者は鳥を語り手とする作品で、楽しく読めた。特に、熊鷹との死闘は迫力満点であり、鳥が鳥を食べるシーンは鬼気迫っていて、この作者の筆力を感じさせる。しかし今回は受賞作が強すぎたので、推しきれなかった。後者も、楽しい作品だった。いろいろな悪魔がいて、悪魔のルールがあって、それを使って殺人と推理が展開するという作品だが、その「論理のお遊び」がめちゃくちゃ楽しい。「保険業の悪魔」とは一週間以内に再契約ができない、とか細部のルールがケッサクなのだ。問題は、クランチ文体だろう。この作品にクランチ文体を使う必然性はない。話が面白いだけに、惜しまれる。

根本起男『**プラチナ・ウイッチ**』と、初川遊離『**ビューティフル・インセクト**』は、残念ながら他の三作より落ちるというのが私の見解である。

選評　鴻巣友季子

今年も非常にレベルの高い最終候補作がそろいました。

そして毎度のことながら、作風やジャンルもバラエティ豊かです。これは本賞が「アガサ・クリスティー」の名前を冠しながら、対象作品を「広義のミステリ」としているところにも起因しているでしょう。本格ものはもちろん、SF、ファンタジー、ホラー、冒険小説、ディストピアもの、パニックスリラー、変身譚(!?)、あるいはそれらを融合した型破りで独創的な作品が世に送りだされました。一時、「賞には統一的なカラーがあるべきでは」と悩んだこともありますが、この包摂性こそが「アガサ・クリスティー賞」なのだと自信をもって言えます。

あなたが「広義のミステリ」と思うものを、どしどしご応募ください。

さて、今年の大賞作品ですが、超弩級の戦争小説『**同志少女よ、敵を撃て**』に決まりました。第二次大戦の「独ソ戦」を舞台にした小説で、実在した女性だけの狙撃訓練学校と部隊を描いています。伝説の女狙撃手リュドミラ・パヴリチェンコや、いまコミック版が話題になっているスヴェトラーナ・アレクシエーヴィチの『戦争は女の顔をしていない』を想起する方もいると思います。期待を裏切らないでしょう。

狩りの名手の少女セラフィマ。彼女の個人的な復讐心に始まった物語は波乱のなかで、隊員同士のシスターフッドも描きつつ、戦場になだれこみ、壮大な展開を見せます。胸アツ。選考委員全員が満点をつけました。

『プラチナ・ウイッチ』は、素晴らしくイヤなイヤミスです。邪悪な方へ邪悪な方へとどんでん返しが続く終盤で味わう悪寒、そして五作の中ではいちばん現代の生活実感がある作品として、私は高く評価しました。佳作が出せれば出したかったです。

『ビューティフル・インセクト』は、ロンドンのスラム街を舞台にしたシリアル・キラーもの。文章に安定感もあり、語りの力量を感じます。気になるのは、なぜ舞台にロンドンを選んだのかということ。街の場末の情景や色合いや臭いをもっと生々しく感じさせてほしかったと思います。

『嘴《くちばし》と階《きざはし》』は、人間と鳥たちの世界を並行して描いており、鳥が探偵役になります。異種を描くことで、モータリティや殺しの本質について考察することになり、読ませます。中ごろから、鳥が鳥であることとの特異性が活かされなくなってきた感があったのが惜しまれます。

『探偵の悪魔』は、コミカルでファンタジックなミステリです。クランチ文体と呼ばれる独特な文体が面白く、アイデアも良いのですが、全篇このスタイルだと読み疲れるのも確かでした。

選評　法月綸太郎

『同志少女よ、敵を撃て』は独ソ戦に出征したソ連軍の女性狙撃兵を描いた雄篇。敵味方・男女といった単純な二分法ではなく、憎悪と差別（抑圧）が常に複数交差する戦場のリアルを鮮明に可視化、女性同志らとの共闘を通してストイックな主人公の成長を描ききっている。冒険小説らしい血湧き肉躍るスリルと狙撃シーンの臨場感はもちろん、虚実取り混ぜた人物配置とその造型にも隙がない。白眉は大詰めのケーニヒスベルク戦で、入念な布石の下に繰り広げられるラストバトルの衝撃的な結末にこの物語のすべてが詰まっている。文句なしの5点満点、アガサ・クリスティー賞の名にふさわしい傑作だと思う。初参加の選考会でも、この作品を推すのに全く迷いはなかった。

以下、評点の高い順に感想を。

『探偵の悪魔』は特殊設定のアイデアが魅力的で、犯人指摘後の展開には目を瞠った。ただし謎解き小説としての説得力が弱すぎる。不満点は特殊ルールの体系的説明が不十分で推理のフレームが定まらないこと、重要な情報が後出しでアンフェア感が先行すること。読者を置いてけぼりにしないためにも、ワトソン役の語りを練り直した方がいい。

『嘴《くちばし》と階《きざはし》』は烏の一人称と理系トリックの組み合わせ、特に視覚情報の処理に創意を感じた。空中戦の描写も読ませるが、烏と人間の意思疎通は工夫の余地あり。魔性のヒロインに魅入られた「使い魔」どうしの協力関係を強調するなら、青年刑事が初見で「俺」に目をつけるのは気が早すぎる。

『プラチナ・ウイッチ』は人でなし一家が破滅するサイコノワールだが、手数が多いわりに平板な印象。トリッキーなどんでん返しが裏目に出て、ヒロイン娘とモンスター母の対決が不完全燃焼に終わったせいでは。

『ビューティフル・インセクト』は先の読めないオフビートな語り口に期待が募ったが、中盤を過ぎても上滑りな展開が続き、最後まで物語の平仄が合わない。カトリックの神父に妻子がいるのは「？」だし、ラストも風呂敷を畳みそこねた感じ。

選評

清水直樹（ミステリマガジン編集長）

今回から選考委員に法月綸太郎氏が加わり、再び四人での選考となった。いずれも可能性を感じさせるバラエティ豊かな最終候補五作だった。

大賞は、十一回の選考で初めて、選考委員全員が満点をつけ、満場一致で決まった。**『同志少女よ、敵を撃て』**は、第二次大戦の独ソ戦を舞台にした作品。女性のみで構成されたソ連軍の狙撃手部隊の一員となった少女の成長を描く。とは言っても単なる冒険アクション小説ではない。優れたミステリであると同時に、優れた現代小説と評価できる作品だ。ソ連は、参戦国のなかで唯一、女性兵士が従軍した国である。その女性兵士の視点から、スターリングラード攻防戦をはじめとする苛烈を極めた戦闘と、仲間のスナイパーたちそれぞれの人間ドラマが描かれる。女性が戦場で戦い、生き抜くことの意味を突き詰めた、まったく新しい戦争冒険小説を読むことができた。多くの方に読んでいただきたい。

次点としたのは、『**ビューティフル・インセクト**』。文章は読みやすく洗練されていて、キャラクターもよく描けている。良質なコミックを読んでいるような味わいがあった。一方で、舞台を英国にした必然性に乏しく、ロンドンという街がもつ雰囲気が文章に込められていれば、より説得力のある作品になったのではないか。

同じく次点の『**プラチナ・ウイッチ**』は、現代を舞台にした社会派サスペンス。いわゆるイヤミスとして欠点の少ない作品。今回の選考作のなかで、もっとも現代社会と接点のある作品だったせいか、そのイヤさがより濃厚に感じられた。例年であれば、なんらかの賞に推していたかもしれない。

次点の二作に比べて、『**嘴**《くちばし》**と階**《きざはし》』はやや評価が落ちる。鳥同士の戦いは迫力十分に描けていて興奮して読んだ。だが、主要人物の女性の魔女的役割を考えると、ミステリというよりは、やはりファンタジーとして評価すべきではないかと私は思った。

『**探偵の悪魔**』は楽しく読める作品。特殊設定のアイデアは優れているものの、ほかの候補作に比べて、文章力、描写力など小説としての完成度で評価が低くなった。

この物語はフィクションであり、実在の人物・団体とは必ずしも一致しません。
本書は第十一回アガサ・クリスティー賞受賞作『同志少女よ、敵を撃て』を
単行本化にあたり加筆修正したものです。

同志《どうし》少女《しょうじょ》よ、敵《てき》を撃《う》て

二〇二一年十一月二十五日　発行
二〇二二年四月十日　19版

著者　逢《あい》坂《さか》冬《とう》馬《ま》
発行者　早川浩
発行所　株式会社　早川書房
郵便番号　一〇一 - 〇〇四六
東京都千代田区神田多町二ノ二
電話　〇三 - 三二五二 - 三一一一
振替　〇〇一六〇 - 三 - 四七七九九
https://www.hayakawa-online.co.jp
定価はカバーに表示してあります

Printed and bound in Japan

印刷・製本／三松堂株式会社
ISBN978-4-15-210064-1 C0093
JASRAC 出 2108326-219
乱丁・落丁本は小社制作部宛お送り下さい。
送料小社負担にてお取りかえいたします。